# ののはな通信

JN010028

三浦しをん

角川文庫
22664

# 目次

# 一章

はなへ

　今日もあのおかしな感覚に襲われた。

　本屋に寄って帰ったものだから、母はもう夕飯のしたくを終えたところだったの（地元の本屋なので、ご安心を！　ここまではさすがに、松《まっ》センも見まわりにこないでしょ。家が遠いのも、こういうときには都合がいいわ）。

　私はすぐに手を洗って、制服から着替えて、お膳にお茶碗《ちゃわん》やらお箸やらを並べた。まあ、お膳というか、ちっちゃな卓袱台《ちゃぶだい》なんだけど。あなた、私の家に来たことないよね。来たらびっくりするよ。台所と六畳（茶の間兼両親の寝室）と四畳半（私の勉強部屋兼寝室）しかないんだから。あ、お風呂はあります。聖フランチェスカに通ってる生徒のなかで、最小かつ最貧の家じゃないかな。でも、いつか遊びにきてね！　よかったら。

　なんだっけ。そう、夕飯のお膳立てをしたわけよ。母のぶん、私のぶん、まだ帰宅していない父のぶん。

　それで全部のはずなのに、どうしても、もう一人だれかいるような気がするの。「あれ、四人家族じゃなかったっけ？」って、思わず食器を数えてしまった。何度数えても三人ぶんで、うちは三人家族だから当然なんだけど、違和感が消えない。違和感というより、錯覚？

　はじめて行った場所のはずなのに、妙になつかしい感じがするときってあるでしょう。あるいは、「この手紙、以前にもう書いて渡したかしら」とか、「同じ会話を、同じシチュエーションでまえにもした気がする」とか。脳が混線してる感じ。そういうのと同じ感覚が、また襲ってきたの。

　隣の四畳半に、第四の家族がいる気がしてならないのよ。たぶん、私のきょうだい。弟かな、妹かな。もしかしたらお兄さんかお姉さんかもしれない。そのへんはまったく定かじゃないんだけど、私の「記憶」にきょうだいの気配だけはあって、「ご飯できたよ」ってもう少しで襖《ふすま》越しに声をかけるところだった。

　名前も知らないから、呼びようがないのだけれど。

　母がおかずのコロッケ（近所の「肉のたかはし」で売ってる。すごくおいしいのよ）をお皿に盛ってやってきたから、第四の家族については、それきり私のなかでうやむやになったけど、そうじゃなかったら危なかったわ。「四畳半に向かって適当な名前を呼びかけてる私」なんて目撃したら、母は卒倒してしまう。

　夕飯を食べながら考えた。姿を現さない、気配だけの家族は、あなたなんじゃないか、って。あなたが私の妹だったら、お姉さんでもいいや、とにかく私のきょうだいだったら、どんなに素敵だろう。学校だけじゃなく、私たち、眠るときも一緒にいられるのにね。

狭い四畳半ですけど、その点はごめんあそばせ。

ねえ、はな。これって、どういうことだと思う？　「もう一人の家族」を、あなたも感じることない？　私の脳がおかしいだけか。

おやすみなさい。また学校で。

野《の》々原茜《のはらあかね》

追伸。本屋に寄ったのは、もちろん「ＬａＬａ」を買うため！　『日出処《ひいづるところ》の天子』の最終回、ちょっともう……！　涙なくして読めない！　語りあいたいわ！　この手紙と一緒に、明日渡す。

追伸その二。「かい人21面相」って、だれなのかしらね。不謹慎だけど、わくわくしてしまう。

＊＊＊

のの

読んだわ読んだわ、『日出処の天子』！

いえ、ご安心を、委員長。先生には見つからないように読みましたから。

三時間目の体育の授業、私、途中からいなかったでしょう？「突《つ》き指《ゆび》した」って言ったけど、あれウソ。保健室行くふりして、ののに借りた「ＬａＬａ」を取りに教室へ寄って、そのまま屋上に直行。青空の下、寝ころがって漫画を読むのって気持ちいいですね。

本当は昼休みに、ののと思うぞんぶん語りあいたかった。でも、しのぶや村《むら》ちゃんもいたから。あの二人って、漫画をバカにしてるじゃない。というより、活字自体をあまり読まないでしょう。頭にあるのは、どこでどんな服を買って、どうやって男子と親しくなるかってことだけ。あ、それと、夏休みにハワイに行きたいってこととか。

「はな、いいよねー、英語できて」

って、このあいだ塾で村ちゃんに言われた。ハワイで通訳してほしいよー、だって。

ハワイ、べつに英語いらん。

あいまいに笑っておいたけど。

とにかく、『日出処の天子』は傑作だと思う。そういう作品について、全然わかってない村ちゃんたちのまえで話したくなかった。あのすごさは、私たちのあいだだけでの秘密。そうでしょ？

ひとつだけ。厩戸王子《うまやどのおうじ》と毛人《えみし》は、どうして別れなければならないのかしら。男同士だから？　そんなの変よね。毛人は絶対、布都姫《ふつひめ》なんかより厩戸王子と一緒にいたほうが幸せになれるのに。

今夜、電話するね。たぶん八時ごろ。

ののおうち、行きたいな。私なんて、いま妹と二人だけでしょう？　ケンカしても、だれもしかったり仲裁したりしてくれないから、二人でいつまでもむっつり黙ってるしかないんだもん。ののが私たちのお姉さんだったらな。妹もきっと喜ぶと思う。三人で楽しく暮らせるのにね。

ののの言う「おかしな感覚」、私は経験したことないなあ。でもこれからは、感じるようにする。私と妹のいる食卓に、ののもいるんだって思うようにする。

見えない家族がいるって、なんだか怖い気もするけど、素敵ね。

考えてみた。どうして、ののが「第四の家族」の存在を感じるのか。

一、私の生き霊が、ののの家にお邪魔している（毛人に会いたくて幽体離脱しちゃう厩戸王子みたいでしょ）。

二、ののには実は、ののも知らないきょうだいが本当にいる（お父さんの愛人の子とか？　気を悪くしたらごめん。彼または彼女は、野々原家の団らんに混ざりたくて、生き霊を飛ばしているのよ）。

三、家についた霊（以前に住んでたひとが、殺されて埋められているのかも。床下を要チェック！　気を悪くしたらごめん）。

どう？　正解（と思えるもの）はあるかしら？

週末は会えなくてつまんない。

　またね！

牧田《まきた》はな

　追伸。「かい人21面相」、迷惑しちゃう。昨日、せっかくお菓子買って帰ったのに、妹ったら「どくいりきけん」かもしれないからって、食べないの。「お姉ちゃん、しばらくお菓子やめなよ。ちょっと太ったみたいだし、ちょうどいいでしょ」だって。腹立つ。私、太った？

　追伸その二。学校でさんざんしゃべって、夜に電話もするのに、授業中に手紙書いて別れぎわに渡すなんて、バカみたいだよね。でも、ののとしゃべりたいことがありすぎる！

＊　＊　＊

野々原茜様（昭和59年5月26日消印　速達）

　昨夜は長電話してごめん。楽しかったわ。

　本日（26日、土曜日）、塾で村ちゃんから重大な話（おおげさかしら？）を聞きました。すぐにののにも話したかったんだけど、明日は妹の友だちが五人もうちに遊びにくる予定で、バタバタしているの。お手伝いさんにも休日出勤してもらって、朝から料理しなくちゃ。今日じゅうにケーキだけは焼いておこうと思って、さっき妹と取り組んだんだけど、なぜかスポンジがぺしゃんこ。もうやだ。ただいま焼き直し中。待ち時間にこのハガキを書いて、投函《とうかん》します。
月曜日を待て！　きっとびっくりするわよ。

牧田はな

＊＊＊

はなへ
言い忘れてたんだけど、大丈夫。あなた太ってないわ。思うぞんぶん、お菓子を食べなさい。
それから、「第四の家族」問題について考えてくれて、どうもありがとう。でも、いつのまにか「生き霊」問題にすりかわってるんだもの、手紙読んで笑っちゃった。帰りの電車のなかで読んでいたから、こらえるのが大変だった。授業中に手紙を書くの、やめなさいよ。また試験前に泣きついてきたって、知らないからね。
はなが挙げてくれた三つの可能性、検証してみた。うちの父は朴念仁《ぼくねんじん》だから、愛人はいないと思う。ましてや隠し子なんて！　いたらびっくりよ。きょうだいがいるって、どんな感じだろうと憧《あこが》れるものはあるけれど。はなは妹と仲がいいんだね。うらやましい。

床下には、たぶんなにも埋まっていない。埋蔵金でもあればいいのに。

「おかしな感覚」はね、いやな感じはまったくしないの。だから、殺されたひとの霊ではないんじゃないかな。怨《うら》みとか怒りとか、そういうマイナスの感情は感じない。ただ、気配を感じるだけ。……ちょっとちがうな。気配というより、記憶（錯覚なんだけど）の引っかかりを感じるだけと言ったほうがいいかもしれない。

日に当ててほかほかの布団で眠るときとか、アルバムをめくって子どものころの写真を見たときみたいに、なつかしくてあったかい感じ。そういう感じが、ふいに押し寄せてくるの。だから、「もう一人、家族がいるような気がする」って、脳が錯覚するのかもね。

私の結論は、「はなの生き霊」だよ。そうだったらうれしいから、そう思うことにする。

あなたは私の家族。ううん、家族よりも大切なひと。こんなになんでも話しあえて、感覚を共有できるひとに、はじめて出会った。いつも寄り添っていたい。別々の家に帰っても、魂は一緒にいたい。こんなふうに思うなんて、変かしら。

でも、あなたも生き霊を飛ばすほど、いつも私に会いたいと思ってくれているんだと思うことにした。「第四の家族」の正体は、きっとあなたよ。

面と向かっては恥ずかしくて言えないから、手紙に書きました。

はいはい、わかってる。「そんなことより、重大な話について書け」って言うんでしょ？　ハガキをもらって、今日が待ち遠しかった。せっかくの日曜日も、そわそわしながら過ごしてしまって、両親に不審がられたぐらい。

あなたが話してくれたこと、いろいろ考えながら帰った。重大な話というより、ゴシップだったけれど。いずれにせよ、私たちの退屈な毎日に、ちょっと刺激を与えてくれることまちがいなしね。

はな、慎重に動きましょう。村ちゃんにも口止めしておいたほうがいいと思う。まずは証拠を集めること。与田《よだ》はどうでもいいけど、上野《うえの》さんはどう思ってるのかしら？　彼女が退学なんてことになったら、かわいそうじゃない。私たちが口を出すのも、余計なお節介って気もするし。ほら、「ひとの恋路を邪魔するものは」って言うでしょ。

いま、月曜の夜十一時。隣の六畳から、父と母のいびきが聞こえる。ほかは静か。国道を行く車の音が、たまに遠く聞こえてくるぐらい。

あなたの家は、きっと閑静な住宅街にあるんでしょうね。洗濯物を干しても、排ガスで汚れない。家族のいびきなんて聞こえない。きっとそういうおうちでしょうね。

なにを書いてるんだろ、私。もう寝るわ。明日また、学校で会える。あなたがいるから、フランチェスカに通ってるようなものだわ。そうじゃなきゃ、あんな退屈で息が詰まりそうなとこ、行きたくない。

おやすみなさい。

野々原茜

＊＊＊

のの

ののったら！「慎重に」って言ったのは、あなたのくせに！

はらはらしちゃった。「与田先生、お母さまも奥さまもフランチェスカの卒業生だそうですね」なんて、突然言うんだもん。いつのまに同窓会名簿を調べたの？　このごろ放課後に見かけないと思ったら、図書館にいたんでしょ。一緒に帰れなくてさびしかったんだよ。ただでさえ、ののとは帰り道があんまり重なってないんだから、私を放って勝手に調べものなんてしないで。誘ってくれれば、私だって図書館にこもったのに。塾なんてさぼるよ。

それにしても与田のやつ、妙に動揺してたね。「そうだけど、急にどうして？」なんて、目が泳いでた。私、ちゃんと見てた。心臓はばくばくしてたけど。ののが堂々と、「私はあまりこの学校が好きじゃないので。いつか与田先生のご家族みたいに、学校を好きになりたいです」って切り抜けたから、感心しちゃった。サギ師の才能あるんじゃない？

私のほうも、着々と情報収集しています。村ちゃんによると、与田先生の奥さんって、元教え子なんだって。げーって感じ。将来の妻候補って目で、生徒を見てたってことでしょ？　気持ち悪い。授業中、先生なに考えてんだろ。「妻よりこの子のほうが、若いしかわいいな」とか思ってんのかしら。最悪。

しのぶが言うには（ごめん、村ちゃんがしのぶにも言っちゃったんだって。これ以上広まるのはまずいから、しのぶには口止めしておいた）、「上野さんのことは気にしなくていいんじゃない」とのこと。しのぶは上野さんと、フランチェスカの初等部のときから一緒じゃない？　あんまりそり合わないみたいで、「あの子、派手だしさ」って、さんざんだった。でも、うのみにはできないよね。どうする？

　さすがに勉強しないと！　今日返ってきた漢字テスト、まずいよー。ののはどうせ全問正解でしょ？　英語もさあ、しゃべるのはいいんだけど、文法がねえ。帰国子女なのに、英語の小テスト、ののより点数悪いってどうなの。もうやだ。

　私、もうやだばっかり言ってる気がする。へへ。

　またね！（今日はちゃんと、家帰ってから手紙書いたよ！）

牧田はな

＊　＊　＊

はなへ

　中間試験まではあと一ヵ月弱あるし、はなはもともと頭悪くないんだから、なんとかなるよ。よかったら一緒に勉強しよう。毎日、予習復習の範囲を決めておいて、ちゃんとやったかどうか、次の日にノートを見せっこするの。

はなは私を買いかぶってるけど、勉強ぐらいしかすることないってだけだから（いやみじゃなく）。うちが狭いって、このあいだ書いたよね。茶の間兼両親の寝室になってる六畳にしか、テレビがない。親が寝るまでしかテレビを見られないし、見るとしても、いつも親がそばにいる。ほかに行き場がないんだもの。

両親は悪いひとではないけれど、特に話すこともないから、一緒にテレビ見るぐらいなら、隣の四畳半で一人で勉強してたほうがまし。

なんで私が、中学からフランチェスカに通ってると思う？　どう考えても分不相応でしょ、私立に行くなんて。賭けてもいいけど、うちに通ってる生徒のなかで、私の家が一番貧乏だよ。

両親はね、私に期待してるの。フランチェスカに通って、いい大学に進学すれば、いい収入を得られる職業に就ける。そこで収入のいい男のひとと出会って、結婚して、お金に困らない生活ができる。両親もちょっとはおこぼれにあずかれるかもしれない。そういう期待。

「勉学で身を立てろ」って、いまどき二宮金次郎《にのみやきんじろう》かって話よ（「そして、いずれは玉の輿《こし》に乗れ」っていうのは、金次郎とはちょっとちがうけど）。でも、私は勉強する。それしかすることないし、だれにも頼らずに生きていける経済力が欲しいから。

誤解しないでね。両親は本当にいいひとたちなの。父は真面目に会社で働いてるし（給料上がらないかなって、いつもぼやいてるけど）、母はパートに出てる。私のためを思って、私を大学に行かせるために、一生懸命働いてくれている。

ときどき叫びたくなる。わけのわかんないことを、わめきちらしたくなる。早く大人になりたい。

ごめんね、くだらないことをぐだぐだと。

上野さんのことは、あなたに任せます。しのぶは私情が混じりすぎみたいだし、なるべく上野さんとは接触させないほうがよさそうね。いたずらに刺激してはよくないから。

ノートの見せっこの件、考えておいて。

野々原茜

＊＊＊

のの
今日返ってきた漢字テスト、一カ所まちがえただけだった（「諮問」ってなに？　辞書引こう。これを「しもん」って読むなんて、推測つくわけない）！　ありがとう、ののおかげ！
ののはえらいね。私、将来なんて考えたことないよ。お父さんもおじいさんも（母方のおじいさんまで！）外交官だけど、私はあんまり頭よくないからなあ。外交官にはなれなそう。妹のほうが、まだ見込みあるかも。父も、私にはそのへん全然期待してないって。気楽だけど、親に期待されないってのも、「あらら」って感じよ。

でも、いろんな国に行くのは好き。日本に帰ってきたとき、ちょっと戸惑ったぐらい。町は清潔で、同じ制服着て、みんなおとなしくて。おとなしいのは、フランチェスカだからかな。

将来の夢は、強いて言えば「世界中を見てまわること」。ぷらぷら旅したい。それじゃただの放浪者か。職業にはならないね。

上野さんに、さりげなく聞きこみしてみる。さりげなくって、むずかしいけど。どう聞けばいいのかなあ。「与田先生とは、合意のうえですか」とか？　無理！　なんか生々しい。

牧田はな

おつきあいなんて、あーたたちにはまだまだ早すぎるというものです（↑シスター・マチルダの物真似《ものまね》で読んでね）。

＊　＊　＊

はなへ

ねえ、泣かないで。どうしたの？　なにがあったの？

野々原茜

＊＊＊

はなへ

さっきの英語の小テスト、また面倒くさがって関係代名詞を全部「that」にしちゃった？　それとも、いつも授業中に指の毛抜いてるのがばれて、先生に叱られた？　おなかが痛い？　水虫がかゆい？

野々原茜

＊＊＊

のの

ばか！　授業中にメモまわすのなんて、慣れてないくせに。見つかって怒られても知らないからね、委員長。

はな

＊＊＊

はなへ

じゃあ、どうしてさっき泣いてたのか、教えて。気になって気になって、母さん寝てられないよ。げほげほ。

野々原茜

＊＊＊

野々原茜様（昭和59年6月2日消印　速達）

少し気持ちが落ち着いたので、手紙を書きます。心配かけてごめんね。

こういうことがあったの。

ここ数日、私が上野さんとよくしゃべってたのは、ののも気づいてるでしょう？　教室移動のときとか、体育の準備体操のときとか。上野さん、仲のいい原田《はらだ》さんたちとちょっとうまくいってないみたいで、私が話しかけると喜んでくれた。華やかな子たちにも、いろいろあって大変だなと思ったよ。なんだかうしろめたい気もしたな。こっちには打算っていうの？　情報を引きだしたいという思惑があって声かけてるわけだから、だましてる感じがして。

原田さんたちとぎくしゃくしてるからか、上野さんは私にいろいろ話してくれた。ぎくしゃくしてる原因は、与田先生とのことらしいんだけどね。原田さんは上野さんを心配して、先生と親しくするのはやめたほうがいいって言ったみたい。でも、上野さんが言うことを聞かないから、怒ってちょっと無視してるんだと思う。与田先生と上野さんに関するウワサの発信源も、原田さんたちじゃないかな。

私が上野さんに言ったのは、

「先生とのウワサ、聞いたよ」

ってことだけ。上野さんは最初、「ええー、なんのこと？」って、明るく笑い飛ばしてた。でも、「どの先生？」とか「どんなウワサ？」とは聞き返してこなかった。

次の日の昼休みには、上野さんのほうから私に声かけてきた。

「与田先生は悪くないの。だれにも言わないで。ウワサを聞いたら、『嘘《うそ》らしいよ』って否定してくれない？」

って。だれにも相談できなくて、不安だったんだろうね。

「じゃあ、実際はつきあってないのね」

と聞いても、黙ってるの。青ざめてて、気の毒だった。

そうじゃないかと薄々わかっていても、先生とつきあってる子がいるって明らかになると、びっくりするもんだね。わくわくしちゃったというのも、本当のところ。

こうなったら、真剣につきあってるのかどうかが問題じゃない？　遊びとかだったら、上野さんがかわいそうだし。それで、余計なお世話かなとも思ったんだけど、探りを入れてみたの。

「いつから？」とか、「どこで会うの？　学校だと人目があるでしょ」とか、「そういえば与田先生って、上野さんのことよく見てるよね」とか。最初のふたつは好奇心まんまんのおばちゃんみたいな質問だし、最後の質問はただのカマかけなんだけどね。

「ほんとう？」

って、上野さんは急に元気になった。「ほんとに、与田先生は私をよく見てる？　授業中とか？」

困っちゃったけど、「うん」って答えるしかないじゃない。

「政経の授業なんて、あまり生徒を当てることもないけど、そうじゃなかったら与田先生、絶対に上野さんばっかり指名して答えさせたと思うよ」

私にしては、とっさにうまく言い逃れたでしょ？

上野さんはそれでますます気を許したみたいで、私にあれこれ話してくれた。つきあいだしたのは、今年に入ってから（それって、今年度って意味？　一月からって意味？　一月だとしたら、与田先生、高一の女子に手を出したってことだよ。こわくて詳しく聞けなかったけど）。会うのは、塾帰りに扇町のラブホテルが多いんだって。関内から近いわりに、あのあたりって行かないじゃない？　ちょっとゴミゴミしてるというか、あまり治安がよくないというか。

でも上野さんが言うには、

「そのほうがばれにくいから」

ってことらしい。「先生は私のことをすごく考えてくれて、いつも長者町五丁目の交差点で待ち合わせするの。夜に一人で扇町まで歩くのは危ないからって」

ねえ、のの。どう思う？　本当に生徒のことを考えてる先生は、夜に連れだって歩かないよね。しかも、扇町のラブホテルまで。危なくないようにって言うなら、長者町五丁目じゃなく、伊勢佐木警察署前で待ち合わせしたらどうなのかしら。

まあいいわ。与田先生と真剣交際してるってことにしましょう。最後に、どうしても気になることを聞いてみたの。

「だけど先生、結婚してるよね」

上野さんはまた黙っちゃった。

そのまた翌日の昼休み、廊下で与田先生とすれちがった。「牧田、ちょっと」って、先生は笑顔で手招きした。西階段の、防火扉の陰になるところで、先生と私は向きあって立った。生徒たちがすぐそばを行き交ってて、密室ではないけど、緊張したわ。上野さんが先生になにか言ったんだろうなって、予想はついたから。

はー、手が疲れてきちゃった。読書感想文だって、こんなに長く書いたことないんだもん。小指の側面が鉛筆でこすれて真っ黒。ちょっと休憩。

わかってる。じらすなって言いたいんでしょ？　はいはい、書かせていただきますわ。防火扉の陰に立つ私と先生は、端から見たら、ちょっと秘密の話を、でもなごやかにしてる、って感じだったでしょうね。「牧田、最近成績がますます落ちてるぞ。どうしたんだ」というふうに。

でも、実際はそんなもんじゃなかったの。

与田先生は、笑顔のまま言った。

「牧田は男女交際に興味があるみたいだな」（男女交際って言いかた、ださいよね）

「どうしてですか？」

「どうしてって、わかってるだろ。俺は教師だから、頼まれればなんでも教えてやりたいんだけど、おまえは無理。ブスで地味だから」

「ブス」って、与田先生は明確な破裂音で言ったわ。なんとも思ってない相手であっても、ブスって言われるとものすごい衝撃。びっくりしちゃって、反射的に涙が出そうになった。悔しいから、意地でこらえたけどね。

私がにらみつけてたら、先生は笑いを消さないで一方的につづけた。

「こそこそ嗅《か》ぎまわんなよ。こっちは節度を保って楽しくやってるんだから」

「節度？　生徒とつきあってるのに、ですか？」

「どんな証拠があって、そういうことを言うのかな。迷惑だからやめてくれないか」なんでも教えてやりたいとか、節度を保って楽しくとか、上野さんとのことを認めてるくせに、開き直ってるのよ。上野さんにも、私にも、先生の不利になるようなことはできっこないって、たかをくくってる。

上野さんは、先生を好きだから。私は、まだ子どもだから。バカにしてると思わない？

「私が教頭先生か校長先生に告げ口したら、先生は学校にいられなくなると思いますけど」

「それならそれで、べつにかまわないんだよね。どうでもいいんだ。バカでブスばっかりの女子校で教師やるのが、どんなに退屈か牧田にはわかんないだろうけど」

「でも、奥さんは……」

「おまえ、もしかして結婚に夢を持ってるタイプ？　そっか、まだ男とつきあったこともないんだもんな」

先生は愉快そうだった。「奥さんとは、俺に稼ぎがなくなったら、それで終わり。女なんて、みんなそんなもんだろ。かえってせいせいするね」

与田先生についてわかったのは、ずいぶん正直なひとなんだなってこと。そこだけは認めてあげてもいいかも。

「だけどさ」

と与田先生は言った。「牧田があることないことしゃべったら、いろいろ面倒なことになる。それはたしかだ。上野だって学校にいられなくなるだろう。おまえは友だちの立場を悪くするような密告をする子じゃないと思うけど、ま、よく考えろよ」

話はそれだけ。そう言って先生は、最後まで笑顔のまま廊下を歩いていった。

どうしたらいいのか混乱しちゃって、教室に戻ってののの顔を見たとたん、涙が出ちゃったの。こわかったっていうのもある。先生は「先生」じゃなくて、生身の人間、男のひとなんだって思い知らされた気がして。

ねえ、ののの。どうすればいいと思う？　与田先生の言うとおり、知らんぷりをするべきなのかな。上野さんのためにも。迷っています。

牧田はな

＊＊＊

牧田はな様（昭和59年6月4日消印　速達）

日曜日に手紙をもらって、その夜のうちにこれを書いています。

明日（月曜日）、私は学校ではなに、「与田についての話はやめよう」と言うでしょう。はなは不満に思うかもしれないね。でも、追及の手をゆるめよう、という意味ではないの。どこから与田や上野さんに漏れるかわからないから、学校でこの件について話すのはやめよう、という意味です。

この手紙はたぶん、火曜の夕方には、はなの手もとに届くはず。水曜日に、学校で教えてください。上野さんが塾に行くのって、何曜日？

そう、私は長者町五丁目の交差点で、張りこみをしようと思ってる。与田と上野さんのあとをつけて、証拠を押さえるつもり。

なぜかって、許せないからよ！

わかってると思うけど、はなは断じてブスじゃない。地味でもない。あなたのような子は、清楚《せいそ》と言うのよ。

与田はひとをナメている。お望みどおり、学校にいられなくしてあげようじゃない。家庭もめちゃくちゃになればいい。

はなはきっと、「もしかしたら、与田先生は上野さんのことを本当に好きで、だから私に口止めしたんじゃないかしら」って言うでしょうね。でもね、性善説もときと場合による。賭けてもいいけど、与田は何度も同じようなことをするわよ。与田の奥さんが元教え子だったって、忘れたわけじゃないでしょ？　黙っていたら、奥さんと別れて上野さんと卒業後に結婚するか、奥さんとは面倒くさいから結婚したままで、上野さんの卒業後にまたべつの生徒に目をつけるか、どちらかよ。

私たちと同じ校舎で、与田みたいな男が同じ空気を吸って存在してること自体が汚らわしい。

女の園から追放しなければなりません。

はなは、「上野さんが退学になったら」って、気にしてもいるんでしょ？　それも心配しなくていいと思う。与田みたいな男に引っかかるような女に、心配や気づかいは無用。退学になってもならなくても、ダメな男のひとに引っかかりつづけて生きていくにちがいないんだから。

どちらが最初にアプローチしたのか知らないけど（たぶん上野さんでしょうね。与田はただ、待ってるだけ。そして、罠《わな》にかかった虫をぱくりと食べるだけ）、浮ついた好意の応酬があれば、立場を忘れてすぐにやっちゃうって、どうなのかしら？　動物じゃないんだからさ。

本当の愛や好意は、もっとひそやかで深いものでしょう。心を打ち明けたいけれど、ためらってしまう。自分の思いが相手を驚かせ、戸惑わせ、傷つけてしまう可能性があればあるほど、愛は心の奥深くに埋めるほかない。暗い土のなかで爆発しそうに大きく育った愛を、必死に押しこめるほかない。

そういうものだと思うんだけど、ちがう？

与田と上野さんの関係が愛だなんて、私は認めたくないな。べつに私が認める必要もないんだけど。

はなをバカにするような発言は、絶対に許さない。報いを受けてもらわなければ。

カメラの用意はできてるわ。父がしまいこんでいたものを、こっそり拝借しました。

私一人でやるから、はなは心配しないで待ってて。

野々原茜

追伸。テレビは「かい人21面相」のニュースでもちきり。警察は犯人を取り逃がしたらしいわね。私はそんなヘマはせず、証拠をつかむつもり。

＊　＊　＊

のの

昨日、手紙読んだ。メモを授業中にまわすのも、途中でだれかに読まれちゃうかもしれないから、手渡しするね。廊下でさりげなく、ののの手に握らせる。スパイごっこみたいで、ドキドキする。

塾、今日だよ。終わるのは六時半ぐらい。

私もののと一緒に行く。

牧田はな

＊　＊　＊

はなへ
ダメよ！　いい子にして、あなたはおうちへ帰って。

野々原茜

＊＊＊

のの
へーき、へーき。向こうも警戒して、今日は会わないかもしれないし。私、これでも逃げ足には自信あるし。ののこそ、走るのはあまり得意じゃないでしょ？　大丈夫なの？

牧田はな

＊＊＊

はなへ
失敬な！　いざとなれば、私だって加速装置のスイッチを入れます。

野々原茜

＊＊＊

のの
つまんないなあ、空振り。気が抜けちゃった。次は金曜日。火、水、金だよ。時間はだいたい同じ。

牧田はな

＊＊＊

はなへ
了解。でも、いくら気が抜けたからって、授業中にメモまわしちゃダメ。

野々原茜

＊＊＊

のの
空振りつづきだね。もう別れたのかな。スパイ方式でメモやりとりするの、面倒なんだもん。メモがののの机に着くまで、途中で開けて読んでるひとがいないか、ちゃんと見張ってるよ！

牧田はな

＊＊＊

はな

まえ向いてよ。もうすぐ中間試験なんだからね。こんなことで成績下がっても知らないから。

野々原茜

＊＊＊

野々原茜様（昭和59年6月14日消印）

ちょっとちょっと、やったね、ののの！　興奮して寝つけないよ。明日も学校でののと会えるけど、朝、わざとポストにこの手紙を投函しようと思ってるの。秘密の郵便でおしゃべりするのもいいでしょ？　私たちの勝利の記念だもん。学校ではこんな話できないし、かといって単なるメモじゃもったいないし。

長者町五丁目付近の風景も、私たちにはもはや見慣れたものですけど、今日はひときわ鮮やかに感じられたわ。とうとう、上野さんと与田先生が現れたんだから！　先生は私に対しては、「言うなら言え」って感じに開き直ってたくせにさ。妙に周囲をきょろきょろ気にしちゃって、おかしかったね。上野さんとずいぶん距離をあけて、すたすた歩いていっちゃうし。上野さんが与田先生を信じたい気持ちはわかるけど、大切になんてしていないのが丸わかり。なんだかむなしいような気がした。ののはどう思った？

それにしても、ののの行動が大胆で驚いちゃった。あのあたりはまっすぐな道ばかりだから、いくら私たちが私服に着替えてるとはいえ、見つかるんじゃないかとはらはらした。でも、ののは、

「けっこう離れて尾行してるし、日も暮れたし、大丈夫よ」

って、堂々と歩いてたね。たしかに、堂々としたほうが目立たないかもって、私も一生懸命、なにくわぬ顔をして歩いた。

だけど歩くうちに、だんだん気になってきたの。「そうよ、日が暮れてるじゃない。写真をうまく撮れるかな」って。ののが鞄《かばん》に入れてたカメラって、一眼レフならうえに、ストロボをべつにくっつけたやつだったでしょ？　使いこなせるの？　って、正直なところ不安になった。

ののはラブホテルに行ったことある？　あるなんて言わないでね、ショックだから。

私、ラブホテルをまじまじ見たのって（建物の外からだけど）、実ははじめてだったの。もっとキラキラしてるのかと思ってたけど、案外地味というか、すすけてるものなんだね。ホテルにもよるのかもしれないけれど。

実際はそんなことをじっくり思う暇もなく、ののが毛糸の目出し帽をかぶって走りだしたから、あぜんとしちゃった。いま思い出しても、笑えてくる。私もあとを追いたかったのに、あんまりびっくりしちゃって動けなかったよ。まあ、ののも「ここにいて」って言ってくれたけどさ。角からホテルのほうをこっそり覗《のぞ》いてるしかなかった。不覚だわ。

いままさにホテルに入ろうとする与田先生と上野さんに駆けよって、

「与田さん」

と声をかけて振り向いた二人を激写した姿なんて、写真週刊誌のカメラマンも顔負けだったね。しかも、二人がなにか言う間も与えず、まわれ右して駆け戻ってくるんだもん。

目出し帽かぶってカメラとストロボ抱えた女の子に、全力疾走でこっちに近づいてこられたら、どんな気持ちになるかわかる？　笑えて笑えてしょうがないよ！

角を曲がって私のまえを通りすぎるとき、

「走って！」

と、ののは小声で言った。私も急いでののあとをついていった。最後にちらっとホテルのほうを見たら、上野さんは泣いてるみたいだった。与田先生は、ただ立ってたな。諦めてるようにも見えたけど、なんとなく達成感を覚えてるようでもあった。そんなふうに感じるなんて、自分でも変だなと思うんだけど。

先生はもしかしたら、全部が明らかになって破滅する日を、待ってたのかもしれないね。

そんな自暴自棄な気分につきあわされた上野さんも、先生の奥さんも私たちも、とんだ迷惑ですけど。

とにかく、スカッとしちゃった。伊勢佐木町の大通りまで走りっぱなしで、喉《のど》のあたりで血の味がするぐらいだったけどね。

現像してみた？　うまく撮れてるといいね。これからどうする？　先生と上野さんのこと、学校に告発する？

ののの意見を聞かせて。

牧田はな

＊＊＊

牧田はな様（昭和59年6月14日消印　速達）

はな、私たちの勝利に乾杯しましょう。キリストの血、真っ赤な葡萄酒《ぶどうしゅ》で。

いま、ブドウを漢字で書くために辞書を引いちゃった。もう覚えたから大丈夫。でも、子羊たる私たちは、ブドウジュースにしておいたほうがよさそうね。

葡萄酒といえば（ほら、ちゃんと書けるでしょう？）、ねえ、あなた知ってる？　聖フランチェスカに来る神父は、大半が酒びたりなんですって。神父だけじゃない。ここは女子校だから見かけないけど、修道士も。

フランチェスカの裏手に、修道館があるでしょ。そこの窓から覗くと、ワインやウィスキーの瓶が床にたくさん転がっているのが見えるそうよ。世俗と離れて男だけで生活するからには、アルコールぐらい摂取しないとやっていられないということかしら。禁欲も大変ね。

だけど、あらかじめわかっていたことでしょ？　身を清く保ち、恋や欲望に惑わされず、神にすべてを捧げると誓って、修道士や神父になったのでしょ？　苦悩してアルコールに逃げる必要がどこにあるの。恋や欲望にまつわる苦悩から大手を振って逃れてもいいと、せっかく信仰という名の免罪符を与えられたかれらなのに。

もっと楽しそうにしなければ嘘だわ。

ひたすら清廉に神と対話しようと努めても努めても、どうしても恋や欲望と手を切れず惑ってしまうというなら、明らかなことはひとつ。

神の教えのほうがまちがっているのよ。

「異性を排除すれば、恋や欲望から解き放たれて清らかになれる」だなんて、私たちはそんな単純な生き物ではないということ。そうでしょ？　たとえ同性しかこの世にいなかったとしても、ひとは恋をするし欲望を感じるようにできている。同性だけの世界で、恋と欲望の結果としてどうしても子孫が必要だというなら、異性がいなくても妊娠出産できるように、人類は自然と体質を変化させるでしょうよ。単性生殖したり、必要に応じて性を変えて繁殖する生き物は、たくさんいるらしいじゃない。

　神なんていない。神がこの世のあらゆる生き物を、いまある形で創ったなんて、バカみたいなおとぎ話。生殖のためにオスとメスがいるんじゃないわ。一人（あるいは一匹）じゃさびしくて、自分以外のだれかと触れあったりまじわったりしたいと願ううち、気づいたら地球に生き物があふれてただけ。

　生命は恋をし、欲望し、柔軟に進化しながら地球で生きてきた。これからも同じ。神さまは人間を見くびっている。恋と欲望の強さをちっともご存じない。神はひとの脳みそが生みだした単なる幻影よ。

　神父や修道士は、そんな神を信じて（信じようとして？）、閉ざされた空間で身もだえしながらアルコールに逃げている。素直になればいいのにと思う。神の存在はとりあえず棚上げして、自分の頭で考えるようにするか、恋と欲望の強さを認めて、好きなひとに「好き」と言ってまじわればいいのよ。

　ひとはだれかを好きになる生き物なんだから。

　私だったら、修道院に入ってもうまく生きていけるかもしれない。世界から男が消えても、なんとも思わないもの。女だけの世の中で、楽しく語りあったり愛しあったりしながら生きていくの。素敵だと思わない？

つまり、いまの学校生活と同じ。女しかいない世界。意地悪な子も、愚かな子もいるけれど、そんなのは放っておけばいい。同性だけでも社会は築かれるし、好悪の感情は生まれるし、ときとして愛も……。

異性愛しか想定せず、認定しない神は、あらゆる意味で人間の生命力に敗北しているとしか思えない。

わかってるわ、はな。そんな話はどうでもいいって言うんでしょ？　それより、与田のことをどうするの、って。

いまごろはなも、私に手紙を書いてくれているんでしょうね。そういう気がする。私は興奮してしまって、寝つけずにいるの。それでこうして、神について、単性の世界について、恋と欲望について、考えているのよ。

明日の朝、この手紙を投函します。あなたはきっと、明日学校で、なにごともなかったような顔をして過ごすんでしょうね。ときどき、私にめくばせしながら。笑いを押し殺してすましている、あなたの顔が思い浮かぶわ。私たちは打ち合わせなんてなにもしなくても、同じように考え、行動するはず。心がひとつだから。

そう、なにごともなかったように振る舞うのよ。それで正解。女だけの世界における異分子が与田。清らかさを、秩序を、破壊するためにだけ息をしている。あんなやつに私たちの調和を乱されてはならない。

だけど、もう放っておきましょう。写真がうまく撮れているかどうか、まだわからないけど（帰りがけに現像に出しておいた）、写真を撮られたというだけで充分に牽制になるはず。これ以上ことを荒立てては、与田はどうでもいいけれど、上野さんが気の毒だし。

今回のことで与田が懲《こ》りて、生徒に手を出すのをやめれば、それでいいじゃない？沈黙は金。不気味な沈黙を守ることで、与田にプレッシャーをかける作戦を採ろうと思うの。

写真を撮ったのはだれか。生徒か、そうじゃないのか。写真をどうするつもりなのか。いつ自宅に、学校に、送られてくるのか。疑心暗鬼になって、授業中も家のベッドのなかでも気が休まるときがない。かわいそうな与田が見えるようだわ。さすがにもう寝ないとね。おやすみなさい。明日、あなたと視線が合う瞬間が楽しみ。私たちはきっと、チェシャ猫みたいに笑いあうはず。

ねえ、はな。長々と書いてきたけれど、私はまだ、恋と欲望を本当には知らないの。

野々原茜

＊＊＊

のの

じれったいわ。学校では人目があるから、例の件についてなかなか話せないんだもの！

ただいま金曜（6月15日）の三限。宗教の時間。シスター・マチルダのありがたい聖書のお話しをノートに書きとめるふりして、必死にこれを書いています。

驚くべきことに、ののからの手紙、昨日帰ったら配達されてたのよ。お手伝いさんによると、昼過ぎには家に届いたって。早朝に投函して、その日の午後には着くって、そんなことあるんだね。私も速達にすればよかった。今月ちょっとお菓子を買いすぎて、お小遣いがたりないの。まだ月の半ばなのに……。

そんな話はどうでもいいや。ののの手紙を読んで、気になった点をひとつ。今日、直接聞こうと思ったんだけど、なかなか機会がなくて。しかたなく、こわーいシスター・マチルダの目を盗んで、これを書くという暴挙に出ています。みんながうまく、このメモをののところまでまわしてくれますように。神よ、我を守りたまえ。

気になったのは、上野さんよ。上野さんにも、なにも言わずに黙っておくの？　そうすると彼女も、いつだれが写真を暴露するのかって、おびえて暮らさなければならないでしょ？　それってかわいそうだと思うんだけど、どう？

今日で一週間は終わり。やっほーい！　でも、いよいよ来週からは中間試験。しょぼーん！　この週末は勉強しなきゃ。

のの、一度、私の家に遊びにきて。そうしたらまわりを気にせず、たくさんおしゃべりできる。妹が邪魔してくると思うけど。妹はののに会うのを楽しみにしてるの。私、しょっちゅうののの話をしてるから。

牧田はな

＊＊＊

牧田はな様（昭和59年6月16日消印）

このハガキ、いいでしょう。「花とゆめ」の新年号についていた、付録の年賀状。時季はずれもいいところで、ごめんあそばせ。手持ちのハガキがこれしかなかったの。

手短に。上野さんにも、なにも言ってはダメ。私たちが扇町で見たことも、写真のことも。おびえて暮らせばいいのよ。与田なんかとつきあったことへの、当然の報いというものじゃない？

はなの家に遊びにいきたい！　それを楽しみに、地獄の試験期間を乗り切るわ。はなもがんばって。

また学校で。

野々原茜

＊＊＊

のの
ののは冷たい。
牧田はな

＊＊＊

はなへ
なによいきなり。明日から中間なんだよ？　ちゃんと授業聞いて。
野々原茜

＊＊＊

のの
だってー。Ｕさんのこと、納得いかないんだもん。
牧田はな

＊＊＊

はなへ

放っておけばいいって言ったでしょ。メモまわすの、試験が終わるまで禁止。授業中に邪魔して、みんなに迷惑になるんだからね。

野々原茜

＊＊＊

野々原茜様（昭和59年6月25日消印）

やっほーい、試験終わったね！　結果を考えると、しょぼーんだけど。

「やっほーい」と「しょぼーん」を繰り返すことばっかりで、疲れちゃうわ。

週末はテレビばかり見ちゃって、ちっとも勉強が手につかなかった。だから、試験最終日の今日の科目は、ほかに輪をかけてめためたでした。追試になったら、ののの、ヘルプー。

あなたの言うとおり、上野さんとはふだんどおりに接しているよ。というか、以前の距離に戻った感じかな。

探りを入れてたとき、私ちょっと上野さんに接近したでしょ。話してみて、いい子だなとわかったから、これからも仲良くできたらいいと思ってたんだけど、だめそう。上野さんのほうがなんとなく、また離れていっちゃった。私のこと、疑ってるのかしら。ううん、警戒してると言ったほうがいいかも。私だけじゃなく、ほかの子のことも、みんな。

そりゃそうだよね。先生とホテルに入るところを、目出し帽をかぶった女に写真撮られちゃったんだから。背恰好《せかっこう》で、若い女だということは察しがついただろうし。そうなるとあやしいのは、聖フランチェスカの生徒、しかも上野さんの身近にいる子の可能性が高い、ってことになるもん。

上野さん、あんまり笑わなくなっちゃった。打ち解けない感じっていうか。やっぱりかわいそうだなと思う。ののには、ののの考えがあるって、わかってるけど。撮った写真を使って、先生と上野さんからお金をまきあげようとか、そういうことだってできるのに、ののは黙っていようと言う。冷たいなんて言ってごめんね。ののは大人で、やさしい。私はそれをちゃんと知ってるのに、つい意地悪言った。せっかく仲良くなれた上野さんに、隠しごとするのいやだなと思ったから（いまはもう、黙ってるのが一番だとわかってるから、安心して！）。

これはねえ、ののにだけ打ち明けるんだけど……。私なんだか、いい気分でもあるの。上野さんがおびえて、まわりの友だちを警戒しているのを見ると。

きゃー、私ったらサド？　でも、かわいそうだと思う心の隅で、笑いたいような、見ていたいような、ときどきちょっとつきたいような気持ちになるのよ。すごくちっちゃい子猫が、きょうだい同士でかたまって眠ってるのを見てるときみたいに。ひっくりかえっちゃったコガネムシが、足をばたばたさせているのをしゃがんで見てるときみたいに。

　こんなこと書いて、きらわないでね。

　神さまって、もしいるとしたら、人間や動物や植物や、地球で起きるすべての出来事を、こんなふうに眺めているのかもしれない。

　残酷で、醜い。神さまも、私も。

　ののはどうして、神さまについて考えるの？　フランチェスカがミッション系だから？

　いまの日本で、しかも高校生で、こんなに神さまについて考えているひとって、きっと多くはないんだろうね。

　私がアメリカから戻ってきてびっくりしたのは、息がしやすいってこと。

　アメリカのほうが自由だというイメージがあるでしょ？　それは事実でもあるんだけど、ひとつ、ものすごい……、なんだろ。辞書引いた。枷《かせ》だ。ものすごい枷があるの。

　アメリカにはもちろん、いろんな人種・宗教のひとが住んでいるけど、大きな勢力を持っているのは、キリスト教徒（プロテスタント）だってこと。かれらが一番理解できる相手は、同じプロテスタント。次に、カトリックをはじめとする、ほかのキリスト教宗派。その次に、キリスト教以外の一神教。それから渋々、多神教も宗教だと認めて、一番理解の外にあるのが、宗教や神という概念を信じないひとたち。無神論者だなんて、とても言えない雰囲気よ。

考えることを捨てて、ただ神を信じればいいだなんて、とても危険なことのように私には思えるんだけど。

神が死ねと言えば死ぬの？　死ぬんでしょうね、かれらは。

私はできない。生きていたい。考えていたい。中間試験の結果が永遠に出なければいいのにと思うほど、頭のできがあまりよくないけど、それでもね。

日本では、キリスト教をはじめとする一神教を信仰してるひとって、そんなに多くないし、宗教はあってもなくてもいい、信じるひとは勝手にやってくれ、という感じでしょ？　これって実は、すごく自由で息がしやすいことだと思う。

だからね、ののの。宗教の授業も、聖書の教えも、ピンとこなかったら聞き流しておけばいいわ。私たちは考えることをやめず、恋と欲望に生きる。やっほーい！

恋と欲望か。私も知らないや。えへへ。この学校、与田以外の男のひとっていったら、よぼよぼのおじいさん先生しかいないんだもん。だからって、与田に行くか、ふつう？　ほんとにわかんない。周囲を警戒して心を閉ざす上野さんは、やっぱり自業自得かもね。今後もサド心をもって、鋭意観察します。私ってひどい？

めずらしくちょっとむずかしいこと考えたら、頭も手も疲れた。これぐらい集中して勉強したら、中間も楽勝だったのに。

どんどん話が脱線しちゃったけど、私が書きたかったのはね。今度の週末（6月30日、土曜日）、うちへいらっしゃらない？　ってこと。お泊まりオッケーよ！　お返事待ってます。

牧田はな

＊　＊　＊

牧田はな様（昭和59年7月2日消印）

ああ、素晴らしい週末だったわ！

帰宅した日曜の夜に、これを書いています。まだ夢みたいでドキドキしてる。あなたとしゃべったこと、たくさん笑ったこと、思い返してはまた楽しくなってしまうの。

うちはあいかわらず狭くて、隣の部屋から両親のいびきが聞こえてきてるっていうのにね。今夜だけは、それも気にならない。「第四の家族」（あ、「はなの生き霊」ってことになったんだっけ）も、気配が感じられなかった。たぶん私がいま、さびしくないからよ。昨日今日と、はなをいっぱい補給したおかげ。

あなたの妹さん、かわいらしいのね。私も妹が欲しくなった。どうしてフランチェスカの中等部に入らなかったの？　いずれ、うちの高等部を受験するのかしら。

それにしても、「はな」と「みどり」なんて、ご両親のセンスはなかなかのものだと思うわ。しかも名字が「牧田」。あなたたち、結婚しちゃだめ。せっかくの名前だもの。どうしてもというなら、婿養子をもらうとか？

はなはお嬢さまなんだね。そうなんだろうとは思っていたけど（フランチェスカはそういう子ばかりだし）、おうちを見て、やっぱり驚いた。

あんなに何部屋もあるなら、そりゃあお手伝いさんが必要だよね。でも、夜ははなとみどりちゃんだけのことが多いなんて、ご両親も心配でしょう。お仕事だからしかたがないけれど。外国でがんばっているご両親を知ってるから、はなはしっかりしているんだと納得した。私だったら、とっくに自堕落になってる。毎晩、友だちを呼んで酒盛りをしたり、伊勢佐木町にこっそり繰りだしたり。

将来のこと、はなが具体的に話したのってはじめてだったね。私に話してくれて、うれしかった。でも、私には話せるようなことがなにもなくて、悪いなって思ったし、あせったわ。ゆうべ、はなに言ったとおり、なにも考えていないの。

大学へ行く。自立できるだけのお金を稼ぐために、就職する。それだけ。

こういうのって、将来の夢って言う？

「いつかは外国で働きたい。通訳とか、国連の職員とか」って話してくれたとき、はなの目はきらきらしてた。とてもきれいだった。私にはそういうの、なにもない。なにもない自分が恥ずかしかった。

はなが外国へ行ってしまったら、きっとさびしいだろうな。それよりもまえに、高校を卒業したら、べつべつだね。学校で毎日はなとしゃべって、手紙も書いてるから、あと二年弱で離れてしまうだなんて、実感が湧かない。起きているときの大半の時間はもちろんのこと、夢のなかでも、あなたといることが多いんだもの。

大学へ行っても、大人になって就職しても、私はいつまでもあなたを思っていると思う。なんの保証もないのに、こんなことを言うのはバカみたいだと思う？

この手紙を死ぬまで取っておいて。そうしたら、私が本気で言ってたことがわかるから。もし、途中で私の心が、あなたから離れるとしたら……。わからないな、思いつかない。時間も、経験も、言葉も、こんなになにもかも分けあったあなたを、きらいになるきっかけなんてあるのかしら。

はな、どうもありがとう。みどりちゃんにも、お手伝いさんにも、お礼をお伝えしておいて。お料理、どれもおいしかった。楽しかったわ。

私の家にも来て、と言いたいところだし、礼儀からしたら言うべきだとわかっているんだけど、やめておく。うちを見たら、あなたはきっとびっくりするわ。はなに気まずい思いをさせたくないし、私もみじめになりたくない。

こんなことを書くと、またあなたは心を痛めるんだろうと、それもわかっているんだけど。

夏休み、どこか遊びにいかない？　本格的に受験に備えなきゃいけないんでしょうけど、少しぐらいいいじゃない？　夏期講習がお休みの期間があったら、教えて。

野々原茜

追伸。私たちの暗躍なんて、「かい人21面相」に比べたら、かわいそうなぐらいちっぽけね。本当にこのまま事件は終息して、いずれは犯人が捕まるのかしら？

追伸その二。あなたは残酷ではないし、醜くもない。私には、だれよりもまぶしく見える。それを忘れないで。

＊　＊　＊

のの

試験が終わったら気が抜けて、家でも全然勉強する気にならない。ののからお手紙が届いていたので、お返事書きます。物理のレポート、まだやってないや。明日、ノート見せてくれると助かる。

ののは私を買いかぶってるよー。でも、うれしいけど。

私の夢なんて、ほんと夢のまた夢っていうか、妄想だよ。まずは学校の勉強をちゃんとやらなきゃ、大学行けるかどうかも微妙なところだもん。そこが、ののとちがう。ののはちゃんと地に足ついてるじゃない。やりたいことや、できることなんて、大人になればそのうち見えてくるんじゃないかと思うんだけどな。そういうものでもないのかな。

よくわかんなくて、もやもやするね。なんだか、あせるというか。

妹はフランチェスカの高校を受ける気ないみたい。悔しいことに、あの子ったら出来がいいのよ。うちの学校だって、基本的には中高一貫で、大半の生徒は大学を受験するけどさ（私は帰国子女ってことで、高校のときに編入した変わり種兼落ちこぼれだけど）。妹は、もっと大学受験に特化した進学校に行きたいんだって。中学生の時点でそんなこと考えてるなんて、かわいげないよね。妹はしっかり、私はぼんやり。姉妹なのに、なんなの、この差。

救いは、うちの両親があまりうるさくないこと。離れて暮らしてるからかもしれないし、私のことはもう諦めたからかもしれないけどね。

私の父って、なんだかんだでエリートなのよ。こう書くと、いやな感じだけど。東大以外は大学じゃないと本気で思ってる、みたいな。だから私と妹も小さいころから、「せめて東大に行けよ。ハーバードでもオックスフォードでも、留学したっていい」と、父に冗談めかして（その実、本気で）言われて育った。私は「はいはい」って聞き流してきたけど、妹は真に受けちゃったみたいなのよねえ。

行けって言われて行けるなら、だれだって行くよね。私は勉強するのがあんまり好きじゃないし、成績もご覧のとおり（って、ののに通知表見せたことないけど、察しはつくでしょ？）。父も最初は衝撃を受けてた。勉強が苦手な人間がいるってことが、父にはよくわからなかったみたい。フランチェスカでもらった通知表を、お正月に帰国した父に見せたんだけど、おかしかった。「え？」って、何度もたしかめるみたいに見るの。父は自分の通知表だって、あんなにまじまじと眺めたことはなかったでしょうね。

「はな、ちょっと座りなさい。これはどういうことだ」

と言うから、

「どういうって？　見ればわかるでしょ、私の成績だよ」

って答えた。

「なにを開き直っているんだ。『中の下』といえばまだ恰好もつくが、下から数えたほうが早い順位じゃないか」

「うん」

「うんって……」

父は自分が成績のことで説教された経験がないから、子どもにどうお説教すればいいかわからなかったんだと思う。口ごもっちゃった。そしたら、母が笑いながら助け船を出してくれたの。

「パパ、ビリの子もいれば中間ぐらいの子もいるから、一番の子もいるんじゃない。順位をつけるって、そういうことでしょ」

「それはまあ、そうだ」

父は通知表を食卓に置いて、腕組みした。「しかし、我が子がこういう成績を取るとは、想像もしていなかった」

「それは想像力の欠如よ」

「お姉ちゃんはアメリカにいるころから、そんなに成績よくなかったよね。友だちはやけにいっぱいいたけど」

母と妹にやりこめられて、父は形勢不利。父以外は女ばかりの家族だから、口げんかでは勝てっこない。それでも父は、最後の反撃に出た。

「そうは言っても、勉強なんて、すればできるものだろう。はなは努力がたりないんじゃないか」

「パパ」

私はため息をついて言ったわ。「どう努力したって、私の頭じゃ一番なんて取れないし、だいいち、努力する気力も湧かないの。そこまで勉強好きじゃないし、得意でもないってことがわかる程度の頭は、かろうじてあるから」

「なるほどなあ」

父は気圧《けお》されたみたいにうなった。「そういうひとがいると話には聞いていたし、そういうものかもしれんと薄々は納得していたが、まさか自分の娘がそうだとはなあ」

「そういうひとって？」

「勉強が得意じゃないし、したくもないというひとだ」

「そりゃ、いるわよ」

「パパの世間が狭い」

　また母と妹にやりこめられて、父の負け。

　さすがに父も、文化も風習もちがう外国で仕事をしてるひとだから、柔軟性はわりとあるほうだと思うんだ。「どうやら自分の娘は、勉強が不得意らしい」と認識したら、理解はできないけど、事実として受け入れる感じ。おかげでそれ以降、私はますます自由にやらせてもらってるし（ますます期待されなくなったってことだとも言えるけどね）、妹は妹で父の期待に応えるべく、得意な勉強に嬉々《きき》として励んでるってわけ。

　また長くなっちゃった。

　夏休みはねえ、平日はほとんど夏期講習（お盆休みの時期を除いて）。でも土日は、模試のある日以外は大丈夫！　ののも一回ぐらいは、申しこんで模試を受けてみたら？全国の順位を把握しておくのもいいと思うよ。

　それと……。今日、村ちゃんに聞いた。ののが、休み時間に与田先生と話してたんだって？　私、なんだか心配になっちゃって。上野さん（との証拠写真）のこと、先生になにか言ったの？　お願いだから、一人で行動しないで。先生に対して、なにか行動に移すときは、私も一緒よ！　約束。

牧田はな

＊＊＊

はなへ

村ちゃんはスピーカーね。Uさんと与田のこと、一部でけっこう噂《うわさ》になっていたし、村ちゃんはその噂を広めるのに一役買っていた。興味津々なんでしょう。口の軽い、信用できないひと。

そんな村ちゃんの言うことなんて、いちいち気にしちゃだめよ。昨日、与田と話してたのは、単に「政経のプリントを配っておいて」って言われただけだから。あの男と話すだけで、しそうのうろうになって歯が全部抜けそう。ああ、いやだ。与田も、ゴシップがないか嗅ぎまわってる村ちゃんも。

夏期講習の件、了解。夏休みになったら電話するわ。はなも、都合がいいときに電話して。たまには気分転換しなきゃ。遊びましょう。

模試のことも、考えてみる。一回ぐらいなら、たぶん受けられると思う。うちが貧乏じゃなければ、はなと一緒に夏期講習に行けるのにな。

また貧乏自慢しちゃった。自慢じゃないか、こんなこと。はなのおうちは、ご家族の仲がいいんだね。うらやましい。

物理のノート、貸すわ。このメモ挟んであること、気づいてね。

野々原茜

＊　＊　＊

野々原茜様（昭和59年7月26日消印）

暑中お見舞い申しあげます。

のの、元気？　やっと夏休みがはじまったのはいいけど、ののに会えなくて退屈。私は毎日、夏期講習に通ってます。塾って学校よりは気をつかわなくていいから、その点は楽。ほら、人間関係とかさ。村ちゃんやしのぶとも、全部の講義がかぶってるわけじゃないし。塾で男子と仲良くなる子もいるみたいだけど、私はおとなしくしてます。してなくても、私になんてだれも声かけてこないけどね！　そういうわけで、日々マジメに塾行って、勉強したり、うっかり昼寝しちゃったりしてるよ。今度電話する。（ハガキってスペース狭すぎるよ！　どこまで小さい字が書けるか挑戦した。どんどん小さくなるよ……）

牧田はな

＊　＊　＊

牧田はな様（昭和59年7月28日消印）

暑中お見舞い申しあげます。

まだ（ぎりぎり）七月なのに、暑いわね。先日はハガキとお電話、ありがとう。祖母の家に行くのは、やはりお盆になりそう。というわけで、そのまえに会いましょう！四日（土曜日）なんてどうかしら。片瀬江ノ島駅（竜宮城みたいな駅舎の改札口）に、午前十時。水着とバスタオルもお忘れなく。都合が悪かったら電話ください。

野々原茜

＊＊＊

野々原茜様（昭和59年8月6日消印）

ののの！　江の島、楽しかったねえ。実は私、夏の江の島って行ったことなかったの。日本の小学校に通っていたとき、一度だけ遠足で行った記憶があるけど、春先だった気がするな。

だから、あんなにひとがいっぱいだとは思ってなかった。海の家の焼きそばって、おいしいんだね。ううん、同じものを家で食べたら、そんなにおいしいと感じないのかもしれない。お日さま、潮の香り、熱い砂浜、わいわいしてる大勢のひとたち。それにののがいたから、おいしいと思ったんだ、きっと。

それにしても、あんまり泳ぎたい気分になる海じゃないね。なのににぎわってるのが、不思議といえば不思議。バスタオルにくるまったののが、爪先だって波につけるものかって決意を見せたのが、本当におかしかった。たしかに、きれいとは言えない海だけど、だったらどうして「江の島に行こう」なんて言ったの？

せっかく墨汁の子たちが声かけてきてくれたのに、むっつり黙りこんでるし（墨汁って、開明《かいめい》高校の生徒の呼び名なんでしょ？　ののに、「やめなさいよ、ボクジュウに愛想ふりまくのなんて」って言われたとき、意味がわかんなかったから、あとでしのぶに電話で聞いちゃった。村ちゃんに聞くのを避けたのは、賢明でしょ。あることないこと言いふらされたら、いやだもんね）。わりとかっこよかったのにー。彼らも残念そうだったじゃない。私より、ののに狙いを定めてたと思うよ、絶対。昨日の夜、小木《おぎ》くん（ちょっと背が低いほうね）からさっそく電話かかってきたから、少ししゃべった。いいひとそうだったよ。「今度、野々原さんも一緒に、四人でまた会おうよ」ですって。

いやいや、わかってる。みなまで言うな。ののは海より、男の子より、どっちかっていうと洞窟探検に興味が向いてたんでしょ？　ののったら墨汁の子たちを振り切って、どんどん江の島のほうへ歩いていったもんね。

江の島の裏っかわに、あんな洞窟があるなんて知らなかった！　ろうそくに火をつけて、二人きりでゆっくり進んでいく。暗くて、空気はひんやりしてる。ドキドキした。そして、あの龍！　私たち、ちょっと笑いすぎたかしら。でも、あんなところに効果音と電飾つきで龍が出現するなんて、思ってもいなかったもんねえ。洞窟の天井が落ちるほど笑ったって、しょうがないってものよね。

　小学生だったら私、絶対に絵日記を描いてる。そうじゃなくても、日記に書きたいところよ。ののと私が、江の島で楽しく遊んだ日。ずっとずっと記憶に残るように。でも、私は日記をつける習慣がないの。つづかないんだ。だから、手紙を書きました。この手紙をののが取っておいてくれたら、あの一日が形になって残るでしょ？ ののからもらった手紙やメモ、これからは箱に入れて取っておくようにしよう（お花畑みたいな柄の、きれいな紙箱があるの。クッキーが入ってたやつなんだけどね）。そう思って部屋を探してみたら、「もう一人の家族」についてのメモ以降は残ってた。それ以前のものは、残念だけど見つからない。五月の連休に、部屋の掃除をしちゃったからなあ。「そのあとは掃除してないの？」とか、そういうことは言っちゃいやよ。ののの、また遊ぼうね。夏休みはまだまだある。そう考えると、なんだか走りまわりたいような気持ち。

牧田はな

＊　＊　＊

野々原茜様（昭和59年8月13日消印）

のの、手紙届いてる？

何度か電話したんだけど、昼間はお留守みたいでだれも出ないし、夜にかけても、「茜はもう寝てしまって」って、ののお母さんが言うの。

心配してます。風邪《かぜ》でも引いた？　お盆におばあさんの家に行くって言ってたよね。もう行っちゃったかな。帰ったら電話してください。また遊ぼう。

牧田はな

＊＊＊

野々原茜様（昭和59年8月20日消印）

のの、なにか怒ってるの？　私の考えすぎかな。連絡ないので、どうしたのかなって心配しています。

もし私がなにかしちゃったのなら、言ってね。謝るから。なんにも言わず、黙って怒ってるのはやめて。

牧田はな

＊＊＊

牧田はな様（昭和59年8月23日消印）

はな、心配させてしまってごめん。はなが私になにかするなんて、ありえないよ。はなはなにも悪くない。私がちょっと変なだけ。

こんなふうに書くと、またはなを心配させてしまうわよね。ご安心を、体のほうはいたって健康です。変なのは頭というか心なの。そんなのはまえからなんだけど。

変といえば、今年のお天気。この夏は結局、ほとんど雨が降らないままみたいだね。台風も日本のほうへは近づいてこないらしいし。水不足って叫ばれてるけど、どうなっちゃうのかしら。プールの水だけじゃなく、飲み水にも苦労するようになって、私たちみんなひからびて死んでしまうかも。

私はすでにしてひからびそう。

祖母の家は信州の山のなかで、涼しいから助かったわ。うちにはエアコンがなくて、網戸にしていても、とても暑いの。お盆に両親と帰省した以外は、近所の図書館へ行って、涼みながら時間をつぶしています。夏休みの宿題は終わった？　私はあと、化学の問題集が少し残ってる。

化学式やら構造式やらを見てると、不思議な気持ちになってくる。元素って人間みたいね。水素はほかと結びあう手をひとつしか持ってない、とか。水素同士がくっついたら、もうだれともつなぐ手がない。運命の相手って感じがする。でも、水素と炭素がくっついたとして、水素としては、炭素が運命の相手だと思ってるんだけど、炭素はちがう。ほかにまだ三つの手があるから、水素の知らないところで、ほかの水素とか酸素とかとこっそり結びつくことができる。かわいそうな水素。炭素にとってあなたは、唯一無二の運命の相手じゃないのよ。

私は水素の気分。運命の相手だと信じたひとは、私のことを運命だとは思っていない。ほかのひととも仲よくすることができる。

こんな考え、重いかしら。恨み言っぽいかもね。

でも、正直に書くわ。私ははなのことが好き。

友だちとして好きなのかなと思ってた。私以外のだれかと親しくしすぎないで、って思う気持ち、友だちでもあるよね？　ほかの子としゃべっても、はなにとって一番大事な友だちは私。はなが、だれにも言わない秘密、悩み、楽しかった出来事、考えてることを、打ち明けたいなと思うときに浮かぶのは私の顔。そうだったらいいなと思ってきたし、実際、はなはそうしてくれていたとも思う。うぬぼれかもしれないけれど。私にとってのはなも、そういう存在だから。

でも、それだけじゃなかったみたい。もちろん、はなは一番大事な友だちだよ。だけど、もっと……、なんていうの。独り占めしたい。友だちのまま、友だち以上に。水素同士で結びついたときのように、ほかのひとはもう必要ないぐらいに。

あなたと私だけ。そんな世界であっても、私はきっと退屈せずに年取って死ぬことができると思う。幸せな気持ちのまま。

私はね、はな。はなが江の島の海で男の子たちとしゃべってるのを見て、なんだかショックだったの。私と海に来てるのに、ほかのひとと話さないで、視線を向けないで、笑いかけないで、って。おかしいでしょ？　おかしいのよ。自分でもおかしいと思った。はなと江の島の洞窟を歩いてるとき、真っ暗な通路の奥のほうで、いつまでも二人でじっと黙って座っていられればいいのにと願ってた。暗い子宮のなかに浮かんでる、二卵性の双子みたいに。目も手も足もいらない。受精卵の状態でいい。ひとつの子宮のなかに発生した、ふたつの小さな点。ほかのだれかを見つめる目も、ほかのだれかとつなぐ手も、ほかのだれかに近づいていく足もない。お互いの存在を感じながら、だれにも邪魔されることなく浮かんでいる。

これってふつうじゃないでしょう。はなはきっと、私を気持ち悪く感じると思う。だから会えなかった。手紙も電話もできなかった。一人でずっと考えて、でもやっぱりあふれてしまったので、伝えることにしました。黙ってることなんてできない。黙って、いままでどおり大事な友だちとして、あなたがほかの男子（女子も）と仲良くしてるのを、にこにこしながら見てることなんてできない。

私だけだと言ってほしい。

おかしいのよ、私。

安心して。友だち以外のなにものでもない、って顔で、これからもはなとしゃべったり笑ったり遊んだりするつもり。そう努力したいと思ってる。でも、はなはきっと、私を気味悪いと感じるでしょうから、新学期に顔を合わせても無視していいよ。めちゃめちゃに残酷に、木の枝を折ったり草を踏みしだいたりするみたいに、振る舞ってくれていい。

私だったら、きっとそうする。好きでもない、友だちだと信じて疑ってなかった相手が、いきなりこんなこと言いだしたら。

今日は、なんの気配も感じられない。第四の家族、会ったことのない私のきょうだい、もしかしたらはなの生き霊。私がおかしなことを手紙に書いてるから、たぶんこわがって逃げちゃったんだ。

あなたはやさしいから、これを読んで悩んだり困ったり、どうすれば私を傷つけずにすませられるか考えたりするかもしれない。でも、どうか気にしないで。気にしないでって言うぐらいなら、こんなもの書かなきゃよかったんだけど。

あなたはいままでどおりでいい。いままでどおりがいやだったら、さっきも言ったように、思いきり残酷に、いくらでも私を傷つけてかまわない。無視して、罵《ののし》って、嫌悪感まるだしの目で見て、ちっともかまわないの。

私はそれを受け止めるだけ。ああ、そりゃそうだよな、しかたがない、って。私がおそれるのは、私のせいであなたの気持ちを曇らせたり傷つけたりしてしまうんじゃないかってことだけ。

長々とごめんなさい。せっかくクッキーの箱を用意してくれたのに、無駄になっちゃったわね。この手紙は捨ててくれてかまいません。

野々原茜

＊＊＊

野々原茜様（昭和59年8月28日消印）

あかね、って、慣れてないし恥ずかしくって呼べない。書くこともできない。ののは私のこと、いつだって「はな」って呼んでくれるのにね。

あなたのお名前を書こうとすると、ドキドキして息が苦しくなるし、ほっぺたが熱くなるうえににやにやしちゃうし、おなかのあたりがよじれるような感じになるし、なにより手汗がすごいの！　握っているペンをじわじわつたって、びんせんを湿らせるぐらいなのよ。実は、いま書いてるびんせん、二枚目なの。最初は、「あかね」という呼び名を使って手紙を書こうと試みてたんだけど、びんせんが手汗でぶよぶよになっちゃって、捨てるしかなかった。

ザセツの経験を踏まえ（これ以上、びんせんを無駄にもできないしね）、いままでどおり「のの」って書きます。だって、私のなかでののはののなんだもん。それで定着しちゃってるんだもん。いまさら変えられないよ。心のなかでも、会って呼びかけるときも、「のの」です。

ああ、早く始業式の日になればいいのに。私は教室に入って、まっさきにののを探す。たぶん友だちはみんな日焼けして、休みのあいだにあった出来事を、あれこれ話しあってるでしょうね。そのなかにいるののうしろ姿を見つけて、「のの」って呼びかける。ののは振り向いて、私たちはにっこり笑って、目だけであいさつを交わすのよ。言葉なんていらない。私たちのあいだになにがあったか、私たちだけが知っていればいいんだもの。そうでしょう？

夏休みが終わるまで、あとたった一週間。でも、その一週間がすごく長く感じる。ののと一緒にお弁当食べて、駅までの道を一緒に帰ることができる学校って、なんていい場所なんだろう！　平日だけじゃなく、土日も学校行ってもいいかも。授業がなくて、ののとしゃべってるだけでいいなら、もっといい場所なんだけどなあ。

ばかみたいなこと書いてるね、私。ま、いつものことか。えへへ。浮かれてるんだと思う。とってもうれしいから。

私を好きだと言ってくれたこと。会いにきてくれたこと。すごくやさしく私に触って、私の髪をなでたこと。

ののがうちに来てくれた夜のこと、忘れない。

はっ、いやなことに気づいちゃった。前言撤回！　いま夏休みに終わられたら困る。終わらないで、夏休み！

だって、宿題全然やってないんだもん。うわー、どうしよう。化学や現国の問題集に手をつけてないのはもちろん、英文法のプリントも半分ぐらいしかできてないよ。あっちで暮らしてるとき、文法なんて考えたことなかったから、どう答えたらいいのかよくわかんないんだよね……。

残りの一週間は、宿題に追われることになりそう。とほほだよ、ほんと。

始業式で会いましょう！　私が無事に宿題を提出できるよう、神さまにお祈りしてくれるとうれしいな。

牧田はな

＊＊＊

牧田はな様（親展　昭和59年8月30日消印）

はなったら、いもしない神さまに祈ったって、どうにもならないでしょうに。それより、私にお願いすればいいのよ。あなたのお願いが耳に届いたら、私はすぐ、こう言うにちがいない。「そなたの願いをかなえてしんぜよう」。

問題集もプリントも、同封した私のものを写せばいいわ。ばれないように、ところどころ適当に答えを変えるのをお忘れなく。だいたいの宿題は、夏休み明けの最初の授業で提出しろって言われるはずだし、いまから猛然と写せば、余裕でまにあうと思う。どう？　神さまよりもずっと頼りになるでしょ、私。

お手紙ありがとう。手汗の分泌量が尋常じゃないみたいね。でも、この一週間の私の心拍数のほうが、もっと尋常じゃなかったんじゃないかしら。

絶対に気持ち悪がられると思ってた。きっと、はなに避けられてしまうんだろうなって。私の想いを受け止めてくれるなんて、予想もしていなかったの（そうなればいいのにって、心の底から願ってはいたけれど）。いまも信じられない。

あんな手紙を送ってしまったから、もう友だちでさえいられなくなるんだと覚悟してた。手紙を読んだあなたが、うちに電話してきてくれて、私がどんなに驚いたか、うれしかったか、わかってもらえるかしら。受話器の向こうにいるのがあなただと気づいたとき、涙があふれて止まらなかった。

あなたは、「のの」って小さな声で言って、あとはかすかな泣き声みたいなものしか聞こえなくて、ああ、はなもなにも言えずにいる、なにを言ったらいいかわからずにいる、それでも私に電話をかけてきてくれたんだと思ったら、もう駆けださずにはいられなかった。会いたかった。

電車に乗ってるあいだも、小さく足踏みしてたわ。まわりのひとは私のこと、貧乏揺すりが激しいやつだと思ったでしょうね。受話器を置くなり家を飛びだした私を、母は呆然《ぼうぜん》と見送ってたわ。声をかけることもできないぐらい、びっくりしたんだと思う。いままで私、夜に出歩くなんてしたことなかったから。

はなの家のインターフォンを押すとき、私の指はおかしいぐらい震えていた。あなたはいきなり玄関のドアを開けたわね。なんのためらいもなく、私が来るのをわかってたみたいに。室内の明かりが私の足もとまでさっとのびて、その明かりに包まれて立つあなたは本当にかわいくてきれいだった。門のところから動けずにいる私に、あなたはサンダルをつっかけて走り寄ってきてくれた。そして私の両手を取って、私の目をまっすぐ見て、言ったのよ。

「のの、私たちは友だちだよ」

なんてうれしくて、なんて残酷な言葉だろう！

私はもううやむやにしたくなかったから、あなたの手から、そっと自分の手を引き抜いた。

「ううん、友だちじゃないの」

あなたは一瞬、傷ついたような目をした。でも、その目にだんだん、理解と喜びの色が浮かんで（私はその様子を息を詰めて見守っていた）、あなたははっきりうなずいた。腕をのばしてあなたを抱きしめたとき、蒸し暑い夜だというのに、あなたと私の体はなんて心地いい温度なんだろうと思ったわ。

「お姉ちゃん、どなただった？」って、みどりちゃんが玄関先に顔を出して、私たちの抱擁は終わったわね。でも、あなたと私は何度も視線を交わした。おうちに入れてもらって、リビングで冷たいコーラを飲んでいるときも、電話を借りて「今日ははなの家に泊まる」って母に伝えたときも、テレビを見ながら三人で笑いあっているときも。みど

りちゃんが、「私もう寝るね」って自分のお部屋に引き取るまでが、どれだけ長く感じられたことか！（ごめんね、みどりちゃん）

　お風呂を借りて、はなの部屋へ向かって震えながら廊下を歩いた。もちろん、寒かったんじゃないよ。全身が震えていた。はなは、ベッドの横に布団を敷いて待っていてくれた。前回泊まらせてもらったときと同じように。でも、前回と今回とでは、なにかがまったくちがっていた。私は布団に膝をついて、ベッドに腰かけているあなたを見上げたわ。許しを乞うように。おこぼれを期待するように。あなたは自分の膝に置いていた手をゆっくりと上げ、私の頬に軽く触れた。私は結局、布団を使わなかった。

　私たちは友だち。でも、それだけじゃないなにかが加わった。目が覚めて、朝の光のなかで同じベッドに眠ってるあなたを見たとき、私にはわかったの。

　生まれ変わったんだ、って。

　私たちは生まれ変わった。いもむしとちょうちょは、まるでべつの形をしているみたいに見える。でも、ちょうちょの胴体には、いもむしの名残《なごり》がけっこうあるわよね。それと同じようなことだと思う。友だちの形や要素を濃厚にとどめつつ、私たちは新しい姿の生き物に生まれ変わったのよ。

　飛べそうな気がする。いまなら。うつくしくはばたく羽を手に入れた気がする。私たちはベッドに横たわって、一枚のタオルケットにくるまった。鼻先をこすりつけあうみたいにして笑いあった。あなたは小さな声で、「私も好き」って言ってくれた。私に触れたはなの指先。私が触れたはなの頬、肩、鎖骨……。私たちはいままで知らなかった音楽を奏で、ほかのだれにも聞こえない旋律を歌う。

はな。私を拒絶しないでくれて、本当にありがとう。好きなひとが、「好き」と返してくれる。それがこんなにうれしいことだとは思っていなかった。

どうして今年は、九月一日が土曜日なのかしら。そのぶん始業式が遅くなってしまって、腹が立つ。カレンダーに怒ったって、しかたがないんだけど。

三日の月曜日、顔を合わせたら完璧な友だちのふりをしましょうね！　生まれ変わった私たちの姿は、はなが言うとおり、私たちだけの秘密。ふふふ、なんだかわくわくしちゃう。

野々原茜

追伸。呼び名なんて、どうでもいいの。あなたが私を呼んでくれるだけでうれしい。それに私、たぶん結婚しないと思うし。つまり、いつまでも「のの」のままってわけ。

あなたが呼ぶ名が、私の名前。私の名前はのの。永遠に。

＊　＊　＊

野々原茜様（親展　昭和59年8月31日消印）

親展ってどういう意味かわからなくて、辞書を引いちゃった。まねして私も、宛名のところに「親展」って書いてみたけど、ハガキじゃ意味ないよね。

問題集とプリント、ありがとう！　助かるー。いま必死に写しています。始業式の日にはお返しできそう。ののの字、本当にきれいだよね。丁寧に解いてあるし。すごいよ。

牧田はな

＊＊＊

野々原茜様（昭和59年9月5日消印）

たしかに今後、授業中にメモをまわすのはまずいよね。ののが言うとおり、だれかに見られたら困る内容のときは手紙にする。

さっそく秘密の用件があるんですけど、なんか私、学校でずっとにやにやしてない？　塾へ行ってはじめて、ほっぺたが筋肉痛なことに気づいたの。学校でののと一緒にいるあいだ、ずっとにやにやしてる証拠よ。このままじゃ、ののに不気味がられるんじゃないかって、不安になってきた。

でも、幸せなんだもの！　私たち、息ぴったりだよね。理科室へ移動するとき、なんにも相談しなくても、同じことを考えてたもん。できるだけのろのろ歩いて、クラスのみんなをさきに行かせようって。おかげでだれにも見られずに、予鈴の鳴った廊下で、こっそり手をつなぐことができた。

新しい生き物になるって、なんてときめくんだろう！　友だちってだけだったときより、ずっといいわ。ののに触れられるし、まえよりもっと、心が結ばれている気がする。私の勘違いじゃないよね？

女の子同士なのに、こんなふうに感じるなんて変かな。変じゃないと私は思うんだけど、よくわからない。

昨夜、ボクジュウの小木くんから電話があって、でも妹に頼んで、私はもう寝たってことにしちゃった。だって私、考えてみたら、小木くんとほとんどしゃべったことない。彼がどんなひとなのか知らない。会ってしゃべって、これからどんどん知っていけばいいじゃないって、村ちゃんあたりだったら言いそうだよね。でも、そうしたいとも思わない。

だって私にはののがいるもの。私はののことをよく知ってる。これまでたくさんしゃべって、笑って、私たちは親しくなった。だれよりも大切な友だち。その友だちが、私を好きと言ってくれて、私も「本当にそうだな」と思って、触れて、一緒に眠って、居心地がいい。安心できる。

変なことなんて、なにもないと思う。でも、ほかのひとには、あまり言わないほうがいいんだろうなということもわかる。ちょっと苦しい。どきどきわくわくする気持ちのほうが大きいけれど。

じゃあまた、学校でね！

牧田はな

＊＊＊

牧田はな様（昭和59年9月5日消印）

なにを書いたらいいのかしら。はなにはメモを控えるように言ったけれど、本当は私も秘密のおしゃべりがしたくてたまらないの。村ちゃんやしのぶのまえで、あなたといままでどおりの関係を装っているのは、とてもじれったいわ。でも、いざ家に帰って手紙を書こうとすると、想いがなかなか言葉にならない。心のなかには渦巻いているのに。

大好きなはな。今朝、めずらしく一緒に登校できたわね。うれしかった。これからはがんばって、一本早い電車に乗るようにしようかな。

石川町の改札を出て、商店街を抜けて石段を上りはじめたとき、なんとなくはながいるような気がしたの。私はいつも、足もとを見ながら歩くようにしてるんだけど（だって、オレンジ色の紐みたいなヒルが、石段でいっぱいひからびてるじゃない？　あれってヒルよね？）、ふと顔を上げた。そうしたらやっぱり、石段の途中にはなのうしろ姿があった。

村ちゃんとしゃべりながら、ゆっくり階段を上ってたあなたは、すぐに私に気づいて、笑って手を振った。いつもは長く感じられる二十分の道のりも、今日はあっというまだったわ。

はなは魔法みたいな力を持っている。私の毎日を、ものすごいものに変えてしまう力を。あなたの家に押しかけた日から、なんだか目がちかちかするの。雪目になっちゃったみたいに、世界がまぶしく見えてしょうがない。

やっぱり、うまく書けないわ。こんな気持ち、こんな経験、はじめてなんだもの。

おやすみなさい。

野々原茜

＊＊＊

牧田はな様（昭和59年9月7日消印）

同じ日に手紙を書いて、同じ日に投函したみたいね。話題が噛《か》みあわなくって、ごめんなさい。

ねえ、はな。まったく変なんかじゃないわよ！　私たちはただ、お互いのことをとても大切に思ってるというだけのこと。性別なんて無意味だし、関係ないと思わない？　男は女を、女は男を愛さなければいけないというのは、単なる常識よ。常識は時代とともに変わるし、常識を採用するか否かは個人の判断に委ねられているものでしょう。常識と良識はちがうわ。社会生活を営み、個人が判断を下す際には、良識に基づかなければいけないと思うけれど、やみくもに常識に縛られるのは愚か者のすることよ。少なくとも私はそう思っている。

私は自分のなかの良識に基づいて、常識に従うかどうかを決めるつもり。

私があなたを大切に思うことで、いったいだれに迷惑をかけるかしら。あなたも、私があなたを大切に思うことを許してくれているというのに。

あなたと私のあいだに通う気持ちは、ひたすら個人的な、私たちだけのもの。変なことなんてひとつもない。

ただ、外野にあれこれ言われたり、好奇の目で見られたりするのは、耐えがたいわ。邪魔されたくないし、汚されたくないの。私たちの思いを。だから黙っていましょう。秘密はよりいっそう、関係を甘くする。

今日、だれもいない屋上であなたにはじめてキスしたこと、私はちっとも後悔してないわ！　あなたもそうだといいんだけれど。

野々原茜

＊　＊　＊

野々原茜様（昭和59年9月7日消印）

ねえ、のの。私たちちょっと落ち着かないとね。同じタイミングで手紙を書きつづけていたら、いつまでたっても話が進まないもん。これからは、相手の返事を読んでから手紙を書くようにしようよ。

ああ、でも、まどろっこしい！　もっと速い通信手段があればいいのに！　書いたことを一瞬でやりとりできるような、そんな方法が編みだされないかな。エスパーにでもならなきゃ無理か。

……本当は、そんなことどうでもいいの。手紙を書くのは楽しいし、ののからの手紙を読むのも大好き。電話よりももっと、ののの声が聞こえてくるような気がするから。

書きたいのはね……、キスのことよ。びっくりしたけど、全然いやじゃなかった。ののの唇、乾いててやわらかかった。私の唇、荒れてなかったらいいんだけど。まだまだ暑い季節だから大丈夫かな。冬に備えて、こまめにリップを塗るようにしますわ。

塾でも家に帰ってからも、エッチなおじさんみたいににやけてる。妹にも、「お姉ちゃん、どうしたの？」って言われちゃった。でも、何度も思い出しちゃうのよー。なんだっけ、はんすう？　牛みたいだよね。もぐもぐ。

ずばり聞くけど、ののの、キスしたのはじめて？　私は恥ずかしながらファーストキスです。知ってると思いますが。でも、ののの態度はすごく自然だったし、もしかしたらはじめてじゃないんじゃないかと疑ってるの。胃もたれしたみたいに、おなかがもやもやする。これが嫉妬ってやつ？　きゃー。

牧田はな

＊＊＊

野々原茜様（昭和59年9月8日消印）

ちょっと私たちったら、息が合いすぎるにもほどがあるわ。また同じタイミングで手紙書いちゃったじゃない。もうやだー。

本当に落ち着くようにします。深呼吸。すーはー、すーはー。

金曜日（7日）の宗教の時間、暇だったから聖書をぱらぱらめくってみたの。ののはもうとっくに読んでると思うけど、レビ記ってすごいね。「獣姦するな」とか書いてあるんだもん。

まえに、日本史の授業で福《ふく》やんが、「禁止令が出されるということは、その行いをするひとが多かったということです」って教えてくれたでしょ。ってことは、聖書の時代には獣姦するひとが大勢いたわけ？　昔のひとってすごい。それとも私が知らないだけで、いまも獣姦ってよくあることなの？　なんの獣と、どういうふうにするんだろう。ちょっと気になる。

いえいえ、動物としたいってわけじゃないから、安心してね。レビ記の話に戻すと、「同性とするな」とも書いてあったの。私はキリスト教の信者じゃないけど、「いけないことだ」と言われると、うしろめたいというか、ひるむよね。その文章を見つけたとき、ドキッとして、思わずののほうを見ちゃった。ののは机につっぷしてお休みちゅうだったわ。校長先生の授業なのに、度胸あるわよねえ。さすがののの、って、おかしくなっちゃった。

今日（8日）、ののからのお手紙を読んで、「変じゃない」って書いてあったから、すごく気持ちが楽になった。常識と良識はちがう。本当にそうだと思った。ののは大人だ。私がうまく考えをまとめられなくて、むずむずしてることを、いつもずばっと言葉にしてくれる。

週末なんて、なくていいのに。もうののに会いたくてたまらない。でも、明日は日曜日。やんなっちゃうなあ。妹が部屋の模様替えをしたいって言ってるから、タンスを運ぶのを手伝うことにします。ののは週末、なにをして過ごす？　いえ、答えは教えてくれなくていいの。図書館で勉強かな。本屋さんへ行って漫画を立ち読みするのかな。想像するのが楽しいから。

牧田はな

＊　＊　＊

牧田はな様（昭和59年9月10日消印）

キスなんて唇がもげるほど何度も、何人ともしたことあるわ。

と言いたいところだけど、はなだけ。安心して。もし（幸いにも）ご満足いただけたとしたら、それは私の技術が高いせいではなく、私たちの心が通いあっているからよ。

　みどりちゃんのお部屋の模様替え、うまくいった？　はなのお部屋は、いつも居心地がいい感じがするわよね。かわいいクッションがあったり、薄いピンク色のカーテンがかかっていたり。とっても女の子らしくて、はなにぴったり！

　私の部屋とはおおちがい。それは、うちが和室ではなの部屋が洋室っていうちがいだけじゃないと思う。親の経済力や、はなと私のインテリアセンスの差だけでもない、もっと大きな部分のちがい。

　私の部屋は、私の心の殺伐とした面を反映してるんじゃないかしら。そう考えると、なんだかこわくなるの。畳に置いたいとこのお下がりの学習机と、日に焼けてちょっと茶色くなったレースのカーテンと、毎日上げ下ろしする布団。押入のなかに積んだカラーボックス（中身は地味な部屋着と外出着）。襖のところに掛けた制服。あとは、小さな本棚にお気に入りの漫画や小説を並べてあるだけ（そのほとんどが、古本屋で買ったり、あなたからもらったりしたものよ。物を増やせないから、漫画雑誌を厳選して買って、読んだら捨てるしかないの）。

　ね？　殺伐としてるでしょ。女の子らしいものなんて、なにもない。余裕とか潤いがまるで感じられない。本当は口紅ぐらい欲しいし、メリットじゃなくもっといい香りのするシャンプーで髪を洗ってみたいし、しのぶみたいに化粧水も使ったほうがいいのかなと思う。でも母は、「早くから色気づくと、女の子はろくなことがないわよ」と言う。お小遣いのなかから、私が余計なものを買っていないか、いつもさりげなくチェックしている。母は私に、男子との交際やおしゃれにうつつを抜かすことなく、勉強して就職してほしいと思ってるみたい。

母の言うことにも一理あるけど、つまらない。真面目に生きた結果が、父みたいに堅実だけど面白みも稼ぎもない男と結婚して、自分もパートしながら家計のやりくりに頭を悩ませる日々なの？　そう聞いてやりたい。もちろん言わないけどね、ケンカになるから。

私自身も、もっと華やかで潤いのある女の子になるよう努めればいいのに、恥ずかしい感じもして、母の言うとおりにしている。だって、私がいまさらおしゃれだとか美容だとかって、笑っちゃうでしょ？　こんな無味乾燥な部屋で寝起きしてるくせに。

母にこっそり反抗しているとしたら、交際してることぐらいね。相手は男子ではないけれど。

はなは私の、一番大切で大きな秘密。口うるさい母にだって、絶対に邪魔はさせない。目を閉じると、あなたの部屋が思い浮かぶ。かわいくて素敵な小物や、体をやさしく支えてくれるベッドや、そこにあなたと横たわったときの香りが。

私の家にも遊びにきてほしいって、以前に書いたと思うけど、いまは絶対に来てほしくない。だって私の部屋を見たら、あなたはきっと私をきらいになるわ。少なくとも、こわくなると思う。こんなに素っ気ない部屋に、平気で住んでいられる神経の持ち主なんだ、って。

あなたにきらわれたくない。このところずっと、そればかり思っているの。すごく臆病になってる。だけど、あなたの部屋を思い浮かべながら、次はもっともっとはなに近づきたい、触れたいとも感じている。ずうずうしいでしょ？　でも、本心よ。

はなは私となにをしたくて、なにをしたくない？　正直な気持ちを教えて。

野々原茜

＊＊＊

のの

メモでごめん。でもどうしても聞きたくって。昨日の夜、ののの手紙を読んでから、もうずっと頭がいっぱいなの。

女の子どうしって、どうやるの？

はな

＊＊＊

Hさま

あなたったら、もう！　スパイ大作戦もいいかげんにして。

方法はまあ、いろいろあるわよ。お互いの気持ちと体のおもむくままでいいんじゃない？

このメモは飲みこむかトイレに流すかすること！

Nより

＊＊＊

野々原茜様（昭和59年10月2日消印）

手紙を書くの、すごーくひさしぶりな気がする。学校もなんだかざわついていたもんね。いまもざわつきはつづいているけど。

私たちには関係ないこととはいえ、ののの考えを聞いてみたくなって。学校ではいつも一緒にいるけど、なかなか落ち着いて話せないでしょ？　村ちゃんやしのぶもいるし。それで、手紙を書くことにしました。

上野さん、こんな中途半端な時期に退学して、どうするのかな。べつの学校に移るって話だけど、夏休み明けからはほとんど登校してなかったし、大丈夫なのかしら。

村ちゃん情報によると、上野さんの親、「学校にも責任があるだろう！」って怒鳴りこんできたらしいよ。それでも知らん顔して居座る与田先生って、相当神経太いよね。上野さんも、だれとつきあってたかは、親にも頑として言わなかったそうだけど。

彼女、交際の証拠とか全然持ってないのかな？ 手紙のやりとりすらもしてなかったってこと？ 与田先生なら、それぐらい用心しててもおかしくないけど……。なんかもやもやする。上野さんは学校を辞めて、先生はなにごともなかったみたいに私たちに授業をしてるなんて。

本当は、証拠ならあるじゃない。ののが写真を持っている。あれを学校側に突きつけてやるのはどうかな。それとも、知らんぷりしていたほうがいい？ 考えだすと、どうすればいいのかわかんなくなってくる。

あと、これも村ちゃん情報なんだけど、与田先生、八月に女の子が生まれたんだって。奥さんの妊娠中に、生徒に手を出してたってこと？ うげー、最低！

与田先生に罰《ばち》が当たればいいのに、とついつい思ってしまう。罰が当たるって、キリスト教では言わないのかな。ミッションスクールの生徒としては、「主《しゅ》の怒りのイカズチに撃たれるがよい！」と言ったほうがいいのかしら。

そうだ。のの、最近すごくかわいいよ！ いやいや、恋の眼鏡をはずして見ても、かわいいと思う。ののと見つめあってると、まえよりずっとドキドキしちゃう。もうすぐ文化祭があって、ボクジュウの男子やらもたくさん来るだろうけど、浮気しちゃやだからね！

牧田はな

＊＊＊

牧田はな様（昭和59年10月4日消印）

文化祭よりまえに、体育祭が迫ってるじゃない。ゆううつ。

どうして体育祭って、瞬発力系の競技が多いんだろう。はなはおっとりしてるようで、短距離も球技もわりと得意だから、体育祭を楽しめていいわよね。私の場合、百メートル走よりは持久走のほうがまだまし。時間をかけて黙々と走っていれば、なんとかなるもの。百メートル走だと、一番のひとがゴールした三分後にびりっけつがゴールなんてこと、まず起こらないでしょ？　短いあいだに、優劣が一目瞭然にわかってしまうし、どうやったって速く走れる気がしないし（実際、走れないし）、本当に気が重いわ。

　小学生のころ、軒下にてるてる坊主をさかさまにぶらさげて、本気でお祈りしていたのを思い出した。でも、運動会や体育祭が雨で中止になったこと、一度もないの。ねちねちと底意地悪いくせに、晴れ女なのよね、私。

　そんな私が最近かわいくなったとしたら（ありがとう、お世辞でもうれしいわ！）、はなのおかげ。もちろん、はなに恋して、きらわれたくなくてがんばってるというのもある。でも直接的には、先月の私の誕生日にはながくれた、シャンプーとリンス。

もう、うっとりするぐらいかわいいボトルに入ってるじゃない？　部屋に飾って、いつも眺めているの。使うときに、お風呂場へ持っていく。お風呂場に置いておいて、父が使っちゃったらいやだから。あんなに甘い花の香りをさせてる父親って、ちょっとね……。

　とにかく、はなにプレゼントしてもらってから、やっぱりおしゃれっていいなと思い直したの。いままでは石けんで顔洗ってたんだけど（いい年して恥ずかしいから、みんなには内緒ね）、洗顔フォームも買って使ってるし、ピンクのリップも買っちゃった。キスするとき、リップの脂《あぶら》っぽさが気になったら言ってね！（なんてことを書くから、村ちゃんに、「たまにオヤジ」「老成してる」ってからかわれるのかしら。私がオヤジなら、村ちゃんなんてオバチャンじゃないのよねえ）

　はなの隣に立つんだから、私も少しでも華やかに、女の子らしくいなくちゃね。

　あら、ごめんなさい。こんなふうに浮かれている場合じゃなかったっけ。

　上野さんのこと、私も驚いた。特に上野さんは、小学校からフランチェスカでしょう。せっかく一貫校に入ったのに、途中で転校するひとって、めったにいないものね。

　与田が子持ちになってたことも、ちっとも知らなかった。私が不思議なのは、浮気とか不倫とか生徒に手を出すとかするひとって、自分の娘が将来そういう境遇になるかもしれないって、ちっとも想像しないのかなということ。自分は遊びまわってたくせに、娘の門限には妙に厳しかったり、「嫁にはやらん」なんて所有欲丸出しにしたり、バカだなと思う。あんたが育てるんだから、あんたの娘もあんたと同じように、規範意識もあそこもゆるゆるになるんじゃん？　って、だれか言ってやって！

つい、下品な言いまわしになってしまったことをお詫びします。それぐらい、与田には頭にきてるけど、でも放っておきましょう。はなも書いているとおり、「私たちには関係ないこと」よ。もう上野さんは学校を辞めちゃったんだし、いまさら写真を出して与田とのことを暴露しても、私たちにとってなんの得にもならないわ。

上野さんは結局、恋の敗残者なのよ。厳しい言いかたかもしれないけれど。与田と思いが通じたつもりになっていたんでしょうけど、現実はそうじゃなかった。与田の奥さんと子どもに負けた。そんな男に、自分を大事に思ってくれないような相手に、惚《ほ》れこんでしまう時点で、彼女もどこかおかしいんだと思う。「恋はひとをおかしくさせる」という説もあるけど（私も現に、恋をして洒落《しゃれ》けづいているわけですが）、私が言ってるのはそれ以前の問題。

どうかと思う相手に恋をするなんて、そのひとは恋をしてもしなくてもおかしいんだ、ってこと。

相手の性格や振る舞いや相性を見きわめず、たまたま身近にいた異性だからとか、だれかとつきあいたかったからとか、外見が好みだったからとか（与田の外見のどこがいいのか、私には謎だけど）、そういうところにばかり目が行ってたってことでしょ？

つまり、相手を軽んじてたという意味では、上野さんも与田と似たようなものなのよ。

放っておこう。どうでもいいわ。私はもっと、自分の恋愛について考えたい。あなたのことだけで、胸も頭もいっぱいにしていたい。

野々原茜

＊＊＊

野々原茜様（昭和59年11月6日消印）

ああ、ののの。なんて楽しい文化祭だったのかしら！

あなたも私も、ふだんあまりクラブ活動に身を入れてないじゃない？　だから私、地理研究部であなたがあんな企画を進めてるなんて、ちっとも知らなかった。

国際喫茶って、なんかちょっとあやしげな響きだけど、世界のお料理やお茶もおいしかったし、地理研の子たちが着てる民族衣装も、とってもきれいだった。ののののチマチョゴリ姿、似合っててかわいかったよー。各国の民族衣装を集めるの、大変だったでしょう。お料理も家庭科部と提携してるって聞いて、びっくりした。ののの、社交とか交渉とかできたんだねえ。すごいやり手だよ。

体育祭の百メートル走で、のののがペンギンみたいに走ってるのを見て、百年の恋も冷めるかと思ったんだけど（もちろん、冗談よ。ペンギンであっても愛《いと》しいわ）、見直しちゃった。外部からのお客さまにも、国際喫茶は好評だったんだってね。ボクジュウの男子が、国際喫茶の整理券を持ってるのを見たよ。

それに比べて、写真部の私の作品はお恥ずかしいかぎりです。さぼってばっかりだったから、いまだに現像も自分ではうまくできないの。後輩に手伝ってもらっちゃった。あの写真、ののの手なんだよ。気づいた？　ののが教室で机につっぷして居眠りしてるとき、光がすごくいい感じだったの。それでこっそり、腕に置かれた手だけを撮ったんだ。

ののの手、大好き。いつも少し冷たくて、節が目立たない長くてすんなりした指で、でも爪は薄くて丸っこくてかわいいの。手だけを見ても、私はののだってわかる。それを言うなら、スカートからのびる脚だけでも、後頭部のカーブの具合だけでも、あなただってわかるんだけどね。

あーあ、今年で部活も引退か。ほぼ幽霊部員だったといっても、やっぱり感慨深いわ。これからの残り一年ちょっと、ますます受験一色になっていくんだろうね。

ののが気にしていた小木くんのことだけど、たしかに文化祭にはお友だちと来てた。でも、ろくに話もしなかったのは本当なの。「また電話していい？」って聞かれたけれど、あいまいに笑っておいた。向こうも受験するんだろうし、なにより私には、もうつきあってるひとがいるんだから、たぶんこのままだよ。ののに嫉妬されて、ちょっとうれしかった。でも、なにも心配しないで。

もうののもわかってると思うけど、私にはののだけ。

そう、文化祭のことなんて、実はどうでもいいの。私が書きたいこと、わかるよね？ののと本当に恋人になれた気がする！

私たち、もともと友だちだったじゃない。告白して、つきあって、キスしても、学校でバカな話をして笑ったり遊んだり、いままでと変わらない友だちの部分ももちろんあって。じゃあ、つきあうって、恋人って、なんなのかなと、少しとまどうときもあった。これまでといまと、なにがどうちがうの？って。

だけどもう、はっきり言える。ののと私は、やっぱりつきあってる。恋人どうしとして。

ののは私が流されたと思ってるかもしれないけど、そんなこと全然ない。文化祭の振替休日に、ののを家に招待したのは、もちろん「そうなるかな」って期待があったからだよ。妹の学校は、なぜか文化の日じゃなく、勤労感謝の日に文化祭をやるの。だから、妹がふだんどおり登校するって、ちゃんとわかってたし。

昼間で、表からは近所の子どもの声も聞こえてるのに、私たちだけはベッドに入ってるって、なんだかおかしな感じだったね。声を殺してあんなに笑ったのって、はじめてだったかも。ののもおんなじように笑ってたよね。家にはだれもいないんだから、べつに声を殺す必要なんてないのに、やっぱり緊張してたのかな。

ののの体に、たくさん触れた。ついでに、舐《な》めもした。舌があんなに、肌のかすかなでこぼこを感じ取ることができるなんて、私いままで気づいてなかったよ。少ししょっぱくて、なめらかで、たまにほくろがあって、すごーくやわらかくて細くて薄い産毛が生えてるののの肌。

　ののは私よりもっと、私の体を触ったり舐めたりしてくれたよね。ちゃんとお風呂に入ったけど、なんか変じゃないかな、汚くないかなって、不安だった。世の中のひとはみんな（みんなは言いすぎかな）、あんなことしてるの!?　実際してみたいまでも、信じらんない！　だって、触ったり舐めたりは肌だけじゃなく、もっと……。きゃー！　恥ずかしくない!?　なんか私、変なかっことか声とかだった気がするし。いやあ、だめだ。思い出すと耐えられない。

　とにかく、ののの指が私のなかを触ったとき、百メートル走なんて比べものにならないぐらいドキドキした。あそこを見たことないって言ったら、ののの、見せてくれたでしょ？　へえ、なんか想像とちがうって思った。そのあと、鏡を使って、私も自分のを見たよね。いま考えたら、ののの いるまえで自分のを見るなんて、ものすっごく変なことじゃない？　ごめんね。なんか頭がボワーッとして、おかしくなってたの。私のはなんだか、あんまりかわいくないように思えた。「そんなことないわよ」って、ののが指でやさしくなぞってくれたから、よかったって安心したけれど。

　変だったら、言ってね？　あそこが変でも、どう直したらいいのかわからないけど、ほかのとこ（触りかたとか声とか体型とか）なら、なんとかなることも多いと思うから。

　次は私も、もっとがんばる。ののにばっかりいろいろしてもらっちゃって、悪いなと思ったんだけど、とにかく頭がボワーッで、なんにもうまくできなかったの。でも、どうすればいいかちょっとわかったし、次は大丈夫！　なはず。

なんだか、うれしいの。ののとすごくすごく、近づけたことが。

「あ、いま、ののと私は同じことを考えてるな」って思う瞬間、これまでもたくさんあったでしょう？　ちがうことを考えたり感じたりしたときも、「ののはきっと、こういうふうに思ったんだな」って、推測できるときが多かった。だから私たち、友だちなわけだけど。

　でも、考えかたとか感じかたとか好みとか、そういう頭のなかのことだけじゃなくて、もっともっと、なんていうの……。物理的（？）に近くなれるんだって、はじめて知った。べつべつの脳みそだとか、お互いの肌と肌で境目が区切られているとか、そういうのを一気に全部飛び越せる方法。テレパシーみたいな。

　そんな力が自分の心と体に宿されていたなんて、本当に驚き。そしてこの力は、ののとじゃなければ決して引きだせないの。

　不思議ね。

牧田はな

＊　＊　＊

牧田はな様（昭和59年11月9日消印）

ここ数日、学校で会っても、はなの顔をまともに見られなかった。いつもいつも、はなの姿を目で追ってきたのに、はなの視界に入りたいと願ってきたのに、いまはまるで逆。

あなたが私を見て、微笑《ほほえ》みかけてくれるのを目にすると、臆病な小動物みたいに巣穴にもぐりこみたくなる。

はなをきらいになったんじゃないわよ。わかってるでしょう？

恥ずかしいの。私ほどあなたのすべてを見て、知っている人間は、ほかにいない。私が見て触れて知ったあなたの姿と振る舞いは、あなたのご両親だってご存じないでしょう。そう考えると、とても誇らしくて、でも恥ずかしい。はなの心身のうつくしさに比べて、私ときたらどうだろう。身勝手で醜くはなかったかしら。

はなを直視できない。地表にはじめて顔を出したもぐらみたいに、目が灼《や》かれそう。

それでも、あなたを見ずにはいられないの。あなたがこっちを見ていないときに、こっそり見つめる。あなたは私の視線に敏感で、いつだって、すぐに振り向いてくれるのよ。私はあわててうつむくのだけれど、内心ではうれしくてたまらない。あなたが私の視線を敏感に察知することが、愛の表れであるような気がして。

私の態度があんまりぎこちないものだから、しのぶにも村ちゃんにも、「はなとケンカでもした？」って聞かれた。「ううん、べつに」って、なに食わぬ顔をして答えたわ。

本当はこのうえなく親密ですのよ、ご心配なく。そう言いたかったのだけれど。親密さ。私に幸せを感じさせたのは、そこかもしれない。はながテレパシーと言ったのと、たぶん同じもの。

はなとセックスできたのがうれしいんじゃなく（もちろん、それもうれしいけれど）、そのあとでただ手をつないで並んでベッドに横たわっていたことや、あなたが私の髪をやさしくなでてくれたことや、顔を見合わせてはくすくす笑ったこと、そういう親密な感じ、その時間がうれしい。自分以外のだれかと、こんなに近づき、ひとつになれるってことを、どうしていままで知らずに生きてこられたのか不思議よ。この親密な感覚を知ったあとでは、もうあなたなしでは息もできない。そんな気がする。

はなとずっと一緒にいるために、なにをすればいいのかを考えている。

高校を卒業したら、大学なんて行かないで就職しようかと思うようになった。早く自立したい。もちろん、はなは大学へ行ってね。私はアパートを借りて一人暮らしをするから、そこへ訪ねてきてくれればいいわ。同棲してもいいかも。親にもクラスメイトにも邪魔されず、あなたと二人だけで生きたい。

卒業まで一年以上あるかと思うと、ぞっとする。そのあいだに、もしあなたの心が離れてしまったら、どうしたらいいの？　死んでしまう。

あなたと暮らす部屋には、かわいらしいカーテンをかけたい。あなたの部屋にかかっているようなカーテンを。

野々原茜

＊＊＊

野々原茜様（昭和59年11月12日消印）

ののったら、だめよ！ あなたは大学へ行かなくちゃ。私はバカだから、べつにどっちでもいいけど（まず、大学に受かるかどうかが問題だわ）、ののは勉強しなきゃもったいないよ。

ほら、以前に言ってたじゃない。大学へ行って、いい会社に入るよう、親にも言われてるって。それはね、親御さんの願望も入ってるかもしれないけど、冷静に考えて、のの自身のためにもなると思う。働くなら、高卒より大卒のほうがお給料がよさそうだし。私だってたまには、現実的な意見を述べるのですよ。

あせることなんか、なにもないわ。高校生のあいだも、大学に行ってからも、就職しても、私たちずっとつきあってるに決まってるもん。働いてお金を稼いで、二人でアパートを借りればいいじゃない。家賃は折半で。

そうなるまでに、最低でも……、五年以上かかるのか。たしかに、気が遠くなりそう。でも、私たちの永遠の愛のまえでは、そんなの一瞬よ！

ののからのお手紙を読んで、悲しくなっちゃった。だって、別れること前提みたいに言うんだもん。ねえ、私たちはつきあってるんだよ？　お互いに、お互いのことが大好きで、なのにどうして起きてもいない悲しいことを考えるの？「失ったら」なんて仮定は、やめにして。そんなときは来ないから。

ののは私の大切なひと。ののが私をきらいにならないかぎり、私がののから離れる日なんて来ない。

ヒカン的なのが、ののの悪いところよ。

私たちが暮らす部屋のインテリアを考えよう！　それから、来月に迫ったクリスマスについて。もうすぐ正門のところに、イエス様の誕生シーンが再現されるころだよ。あのミニチュア、なんて呼ぶんだろうね。ハリボテの岩穴みたいなもののなかに、マリア様とヨゼフ様が座っている。二人が覗きこむ飼《か》い葉《ば》桶《おけ》のなかには、赤ちゃんのイエス様が眠っている。岩穴の外には、馬と、ロバっぽいのがいて、三人のおじいさんがいままさに訪ねてきたところ。

なんとなく幸せな気持ちになるから、クリスマスの時期にあのミニチュアが飾られるのが、とっても楽しみ。

ののはプレゼント、なにが欲しい？　私のおこづかいの範囲内で、リクエスト募集中だよ！

牧田はな

＊　＊　＊

牧田はな様（昭和59年11月16日消印）

はな、ありがとう。あなたのおかげで、ちょっと目が覚めたわ。

そうね、あせったって、なにもいいことなんかない。大学へ行って、就職して。あなたと一緒に生きていく未来のために、一歩ずつ進んでいくしかないわよね。

幸せを感じた瞬間に、とてつもない不幸を想像してしまうのは、私の悪い癖なの。「あれでよかったのかしら」と、ついつい過去を振り返ってしまうのも。

なにが正解だったのか、いまもわからない。もちろん、はなに告白して、はなとつきあえるようになったことは、ちっとも後悔してないわ。そうじゃなく、自分の行いについて……。いえ、やめましょう、こんな話。

いま、私たちは想いが通じあって、幸せ。それだけでいいのだから。

クリスマス、楽しみね。フランチェスカのことは好きになれないけど、クリスマスのムードは好き。ヒイラギの植え込みには、あたたかい黄色の電飾が絡められ、正門の脇にあるモミの木には、大きな星がつけられて。街はお祭り騒ぎだけど、学校のまわりは静かにクリスマスを祝う雰囲気に包まれ、信仰のない私ですら、なんだか敬けんな気持ちになる。

でもね、はな。大事なことを忘れてるわよ。クリスマス週間のまえには、定期試験があるってこと。
ちゃんと勉強してる？　やっぱり大学へ行こうと決めた私たちであるからには、試験対策をしなくっちゃ。一緒に勉強する？

プレゼントなんて、なにもいらない。そう言おうと思ったのだけれど、ちょっと考えを改めた。はなとおそろいのなにかが欲しいな。私たちの気持ちが嘘ではないと証《あか》すような、なにか。指輪だとありふれているかしら？
はなの意見を聞かせて。「ずっとつきあうんだから、証《あかし》になる物なんかいらない」と、はなは言うかもしれないけれど。私を安心させるためと思って、譲歩してちょうだい。
今日（15日）、古文の時間に国語資料集をぱらぱら眺めていたの。「百人一首一覧」に、私のいまの気持ちにぴったりな和歌を見つけた。

逢ひみての　後の心に　くらぶれば
　昔はものを　思はざりけり

想いが通じてからのほうが、苦しいなんて！　でも、恋などしなければよかったとは、決して思えないの。大昔のひとも、同じように感じていたのね。

野々原茜

＊＊＊

のの

もう〜、ののがいやなこと（定期試験）思い出させるから、週末はなんにも手につかなかったよ。へへ、責任転嫁。私もたまには、むずかしい四字熟語を使います。でも、なんで「嫁」なんだろうね。嫁もたまったもんじゃないと思う。

今週末は、キンロー感謝のおかげで三連休だよ。妹も文化祭でいないし、ぜひぜひ一緒に勉強しよう（お察しのとおり、私はピンチです。物理のノート見たら、みみずみたいな文字で判読不可能だった。授業中、いつ寝たのかすら覚えてないよ）。私の家でいいよね？　村ちゃんやしのぶには内緒にしておいて。私たちだけ。ね？

はな

＊＊＊

野々原茜様（昭和59年12月17日消印）

はい、終わりました。定期試験も終わったけど、来年のクラス替えへの期待と希望も同時に砕かれました。

ののー、どうしよう！　試験、全然できなかったよ。それというのも、勉強そっちのけで、部屋でののとキスしたりいちゃいちゃしたりしてたせいだと思うの！　と、責任転嫁するのもむなしいわ。だって、ののはいつもどおり、ちゃんと答案を埋められたんでしょう？　本当にすごいわ、あなたって。私はダメ。恋にエネルギーをまわしたら、頭がすっからかんになっちゃったみたい。「もとから……」とか、そういうことは言わないでね。

高三になったら成績順に、志望大学別のクラス分けになるでしょ。私はひそかに、ののと同じクラスがいいなあと思ってたの。でも、天地がひっくり返っても無理だよ。国公立や難関私大に行けそうなひとは、文系理系問わずA組。その他理系のひとは、B組。その他文系のひとは、C組。それ以外の、あまり成績よくないひとは、D組。

ののは絶対、A組だよね。この感じだと私は、C組に入れればラッキー。もしかするとD組かも。ああ、どうしよう。ののとちがうクラスだなんて、さびしいよ。ちょっと（？）バカな私だけど、見捨てないでね。

でもまあ、済んじゃったことをうじうじしてもしょうがない。試験期間は無事に（私の成績はとても無事じゃないと思うけど）終わったし、あとは楽しいクリスマス週間。そしてそのあとは、お正月！　わーい！

冬休みにののと会えないのは残念だけど、両親がぜひ、赴任地に来いと言うの。私も外国暮らしが長かったから、たまに日本を出たくなるんだよね……。だから、ごめん。

やっぱり年末年始は、両親のところへ妹と行きます。お土産《みやげ》、期待していてね。

そのまえに、延び延びになっていたプレゼント選びをしよう。今週中に、横浜で一緒にお買い物ってことで、どう？　塾がない日がいいな、ゆっくりできるから。先生に見つからないように、駅のトイレで私服に着替えればいいと思うの。与田先生と上野さんを張り込みしていた、探偵の日々再び、だね。

与田先生といえば、ちょっと気になることがあった。試験の最終日、たまたま廊下で与田先生と会っちゃったの。先生は社会科研究室から出てきたところだった。

西校舎の二階って、あんまり人通りがないじゃない。「しまった、やだな」と思ったわ。私もふだんなら、あんなところを通らないんだけど、地下のボイラー室へワックスをもらいにいった帰りだったの。バケツに入ったワックスが重かったし、雨が降ってて中庭を通れなかったしで、つい、近道の西校舎を選んじゃったのよね。

またブスって言われたらたまらないから、会釈して通りすぎようとしたんだけど、与田先生は声をかけてきた。

「牧田は、野々原と仲いいの？」

「べつに、ふつうです」

って答えたら（もちろん、本心じゃないからね！）、「ふうん」ですって。なんかニヤニヤしてて、イヤな感じだったな。

なんだと思う？　写真を撮ったのが私とののだってこと、与田先生は気づいてるのかな。放っておいていいかな？
買い物の件、都合のいい日を教えてね！

牧田はな

＊　＊　＊

はな
与田には近づかないで！　あいつがなにを言ってきても、無視して。相手にしちゃだめ。お願いよ。

のの

＊　＊　＊

牧田はな様（昭和59年12月22日消印）
はな、与田と会っちゃだめって、強く言ってしまってごめんなさい。あなたが理由を尋ねてきても、はぐらかしてしまったけど……。実際のところ、理由なんてないの。本当よ。ただ、いやなだけ。あいつはよくない。危険だわ。はながあいつの視界に入って、あいつと言葉を交わすかと思うと、身震いが出るほどいや。

ずうずうしくて、恥を知らない男。与田のことは、どうか放っておいて。はなの安全のためにも。

あいつのせいで、ちょっとケンカっぽくなっちゃったのに、はなは予定どおり横浜へ買い物に誘ってくれたでしょ？　うれしかった。いま、一緒に選んだ指輪を左手の薬指にはめて、この手紙を書いているの。あなたもおうちで、指輪をしてくれていればなと思う。

同じ指輪をした私たちは、離れていてもつながっている。そう想像すると、幸せ。結局、デパートやちゃんとしたお店じゃなくて、露店で指輪を買うことになっちゃったね。自由になるお金がないって、つらいわ。でも、気に入ったのが見つかってよかった。八百円には見えないと思うんだけど、どう？　シルバーだって、露店のお兄さんは言ってたけど、本当かしら。この指輪にあしらわれた四つ葉のクローバーが、はなと私に幸福と幸運を運んできてくれますように。

冬休み明けには、指輪にチェーンを通して、ネックレスとして学校にもしていこうかと考えてるの。いつも、はなとつながっているんだと感じたいから。最初はひんやりしていた指輪が、だんだん私の体温と同じにぬくもっていく。そのたびに私は、はなに触れるときのことを思い出すはずよ。

クリスマス週間、楽しかったね。はなと点字絵本を作ったり、みんなで大掃除をしたり、クリスマスミサに出席したり。はなったら、ふだんのミサでは居眠りしてることも多いのに、クリスマスというだけで、妙に張りきって聖歌を歌うんだもの。隣の席で笑いそうになっちゃった。

キャンドル・サービス、とてもきれいだった。はながフランチェスカに来るまえは、きれいだなんて感じたことなかったのに。はなと会った去年ですらも、「ただのロウソクの火じゃん」って思ってた気がする。

でも、今年はまるでちがって見えた。はなが隣にいたから。講堂の薄闇のなかで揺らめく炎が、なんだかとても貴いものに見えた。ううん、正確に言うと、貴いのはあなたの目。たくさんのロウソクの明かりを映す、透明な膜が張ったような、澄んだあなたの目。それに私は見入っていたの。なんてうつくしいんだろうと思いながら。

冬休みに会えないのは、残念だわ。でも、しかたないよね。はなとみどりちゃんが会いにいったら、ご両親はとても喜ばれるでしょう。親孝行をしてきて。私は自宅でお雑煮を食べます。

お土産なんて、なにもいらないわ。気をつけて行ってきてね。指輪を忘れずに持っていって！　私も毎晩、はなのことを思って、指輪にお祈りするつもり。新年に、お互い元気で、また会えますようにって。

おかしなものね。戦場に行くわけでもないのに、こんなに熱心にあなたの無事を祈るなんて。第一、私はどんな神さまも信じていないのに。

恋をして、あなたの心を得て、私は弱くなった。なにもかもが恐ろしくてたまらない。

私からあなたを奪う可能性があるもの……、死や、べつのだれかや、心変わりや、時間の経過による倦怠《けんたい》や、そういうすべてが。

いまこの瞬間、私たちの心が通じあっているときに、一緒に死ねたらどんなに幸せだろうと思う。もちろん、実行には移さない。生きて笑っているあなたが好きだから。

はな、大好きよ。自分でもこわいぐらいに。

よいお年を！

野々原茜

＊＊＊

野々原茜様（ＡｉｒＭａｉｌ）

ＨＡＰＰＹＮＥＷＹＥＡＲ！

のの、元気？　今年もよろしく。

この絵ハガキ、ヤシがぼんぼん並んでてすごいでしょ。ヤシの木に登って実を取ってくる、かしこいサルを見たよ。現地のおじいさんが飼っていて、息子みたいにかわいがってるの。私もバナナをあげた。小さいサルだから、両手でバナナを持って、一生懸命食べるんだよ。

ののことを、しょっちゅう思っています。指輪をしたまま海に入ったら、黒くなっちゃったの。母が銀磨きを持っていたので、急いで借りて磨いてみたら、もとどおりぴかぴかになって一安心。本当に銀だってことかな。

書きたいことたくさんあるけど、スペースたりない。始業式の前日には帰国します。

はな

＊　＊　＊

牧田はな様（昭和60年1月8日消印）

あけましておめでとう。今年もよろしく！

今日（七日）の始業式でも言ったから、二度目ね。でも、今年はじめての手紙ですもの。ちゃんと挨拶を書いておくわ。

おみやげ、どうもありがとう。さっそく部屋に飾りました。なんだか呪われそうなお人形だけど、よく見たらかわいくて気に入った。母が、「太鼓を持ったおじさん？」と言うんだけど、ちがうわよね。私は、現地のひとが信仰してる神さまじゃないかと思うんだけど……。

今日、屋上でひさしぶりに二人きりになれて、キスできて、うれしかった。もっと頻繁に会えればいいのに。もちろん、学校がはじまったから、毎日のように顔を合わせておしゃべりできるけれど、それはあくまで友だちとしてでしょう。じれったさが体のなかに溜まっていて、ときどき、「私、なにか怒ってるのかしら」って、自分でも自分の気持ちがわからなくて驚くの。

思うようにならないことが多すぎて、いらだってるんでしょうね。いままでだって、思うようにならないことなんていっぱいあった。家が狭いとか、あんまり裕福じゃないとか、顔が地味だとか。でも、そんなのは全部、「だれかと比べてみれば」のことなのよね。私は飢えたこともないし、考えかたのちがいはあるけれど両親は私を愛してくれているし、顔の地味さだって死を選びたくなるほどじゃない。むしろ、思いどおりになってきたことのほうが多いぐらいだったのよ、いまにして思うと。正直に言って、勉強は得意だし、運動神経の悪さはご愛敬《あいきょう》ってところだし（自分で言う厚かましさ）、友だちとうまくいかなくて悩んだ経験だってべつにない。つまり、家でも学校でも、特別な問題ってほとんどなかった。目立つわけでも、忘れられてしまうほど存在感が薄いわけでもない。無難な、いい子。

だから、自分のなかにこんなあせりやいらだちがあったなんて、驚いているの。あなたとのことは、なにかと（だれかと）比べてどうこう思えるようなものじゃない。そのせいで、どうしたらいいのか、まるでわからないの。思いどおりになってるのか、そうじゃないのか、その判断すらつかない。思いどおりになっているとしたら、その状態をいつまでつづけられるのか、それも予想がつかなくて不安。

私は毎日、いつでもどこでもあなたの隣に恋人として立ちたい。ひそひそ声でおしゃべりしたいし、キスしたいし、触れたい。そんなことを思う自分が正常なのか、だれかに判定してほしい。テストの点数によって順位が決まるみたいに。

はな、誤解しないでね。友だちとしてのあなたをきらいになったんじゃないの。友だち成分よりも恋人成分のほうが、自分のなかでどんどん濃厚になっていって、抑えようがなくなってきてしまった。息が苦しい。私たちが男と女だったら、ほかの友だちのまえで堂々と、「つきあってる」って言えたのにね。

そんなのは、無意味な仮定だけれど。

私は女で、女の子のはなが大好きなんだから。

はな、屋上でキスしたあと、「だれかいたかもしれない」って心配してたよね。階段室のあたりに気配を感じたって。でも、べつに大丈夫だと思うな。教室に帰ってから、注意深く観察していたんだけど、ふだんとちがう素振りをする子はいなかった。だいたい、東校舎の屋上なんて、だれも来ないよ。今日は寒かったし。

冬休みのあいだ南の国にいたから、日本の寒さがつらいんじゃない？　風邪ひかないようにしてね。

なにはともあれ、学校がはじまってホッとしてる。一日一度ははなと手をつながないと、私はどうにかなっちゃうの。点滴で生きてるみたいでしょう。はなが私の栄養分。つないだ手から栄養を摂取する。

私が太ったら、責任取っていただきたいわ。

野々原茜

＊＊＊

はな

今朝、いつものようにあなた宛の手紙を投函したんだけど、なんだかもんもんしてるというか、変な内容だったかも。おびえないでね。

まったく、夜に手紙なんて書くもんじゃないわ！

のの

＊＊＊

のの

あは、了解。ののにおびえるなんて、あるわけないでしょ。安心して。

私もいつも、手紙は夜に書いてる。あとからまとめて読み返したら、恥ずかし死《じ》にできるかもね。

ところで、さっきさ（三時間目のあと）。与田先生に、「ちょっと話があるんだけど、昼休みか放課後、時間があったら社会科研究室に来てくれる」って言われた。あいまい

に返事しておいたけど、無視でいいよね。　　　はな

＊　＊　＊

はな

無視して！　絶対に！　与田と二人きりになんてなっちゃだめ！　　　のの

＊　＊　＊

野々原茜様（昭和60年1月9日消印）

ののの言いつけどおり、昨日も今日も社会科研究室には行ってません。昼休みはののといたいし、放課後は塾あるしねー。与田先生ほどヒマじゃないのです。うふふ、

ののの手紙、読んだよ。ずばり、きみは欲求不満というやつじゃないのかね。ののったらエッチなんだから。

ののが言うとおりかもしれない。恋って思いどおりにならなくて、不安になることばかり。だれにも聞けないし、だれとも比べられないもんね。特に私たち、恋愛初心者だ

し、女の子どうしだし。

でも、ののと一緒にすることだから、そこは安心。一人で恋してたら、それこそ私、どうにかなっちゃうよ。「きゃー」「わー」って、いつも叫んでないといられない気分になってたと思う。

ののが私に告白してくれたおかげで、私も自分の気持ちに気づけた。言ってくれて、本当にありがと。すごく勇気が必要だっただろうなって、いまになってやっとわかる。私はただボケーッとしてて、ののに好きだって言ってもらえて、私も好きって言って、のんきだよね。ののが不安にならないように、これからはもっとがんばる。妹が友だちの家にでも泊まりにいってくれるといいんだけど。あの子、うちで勉強ばかりしてるの。マジメっていうか、向上心にあふれてて（野心まんまんとも言う）、我が妹ながらびっくりしちゃうわ。

あ、そうだ。ののにあげたおみやげですけど、おじさんでも神さまでもなく、おサルさんです。ヤシの実のカラでできてるんだよ。

母には、「お友だちへのおみやげなんでしょ？　そんな気味悪い人形でいいの？」って言われたけど、そうなの、よく見るとかわいいよね！　ののならわかってくれると思った。魔よけのお人形なんだって。呪わないから、そのままお部屋に飾ってあげてね。

さて、今日は思ったよりすらすら書けた。最後の回収にまにあいそうなので、これからポストへ行ってきます。妹がプリン買ってこいって言うし。うちの最寄り駅に、新しくコンビニができたんだよ。ちょっと偵察してくるつもり。

牧田はな

＊＊＊

牧田はな様（昭和60年1月11日消印）

今日、学校をお休みしてたね。先生は風邪だって言ってたけど、大丈夫？　休み時間に、事務室脇のピンク電話からかけてみたけど（私たち生徒はみんな、あれを「ピンク電話」って呼んでるけど、よく考えたらエッチな電話みたいで変よね）、だれも出ないから心配しています。病院行ってたのかな……。

ノートは全部コピーしておくから、安心して。なにか食べたいものや、読みたい漫画があったら、電話ください。すぐにお見舞いにいくわ。

お大事に。

野々原茜

＊＊＊

牧田はな様（昭和60年1月14日消印）

土日もちっとも電話が通じないし、今日（月曜日）も学校を休んでるから、とても心配してる。まだ具合悪い？　お願い、起きられるようだったら、電話に出て。もしくは、電話ください。

会いにいこうかとも思ったけれど、寝ていたら悪いと思い直して、土日はずっと家でそわそわしていました。みどりちゃんが看病してくれていると思うけれど……。

明日は成人の日だね。ゆっくり休んで。水曜日には、元気になったはなに会いたいです。

なんだか妙にかしこまった文章になってしまう。

はな、どうして連絡くれないの？　風邪がひどい？　私にできることがあったら、なんでもするわ。遠慮なく言ってね！

くれぐれもお大事に。

野々原茜

＊＊＊

野々原茜様（昭和60年1月16日消印）

なにから書いたらいいかわからない。

学校を休んでるのは、熱が出たからっていうのも本当。妹は心配して、母に帰国してもらおうかって言ってる。現実問題として、そんなのは無理だけどね。娘がただ風邪をひいただけじゃあ、母は帰ってこられない。距離もあるし、飛行機はお金もかかるし、外交官の奥さんって、実はいろいろ忙しいものだから。

私は小さいころから、父の仕事の都合で海外と日本を行き来してきた。母は父の仕事に協力してパーティーに出たり、外交官の奥さん同士の勉強会に出たりしていたから、同じ家に住んでいても、一緒にはいられないときも多かった。べつに、さびしくはなかった。そういうものなんだろうと思ってた。

でも、いまはさびしくて、悲しくて、たまらない。母に会いたい。妹が心配するから、泣くこともできない。

こういう気持ちを一番打ち明けられるのは、ののだった。だけど、もう信じられない。ののに抱きしめられてわんわん泣きたいけれど、私が泣きたい理由はのの、あなたよ。

どうして与田とセックスしたの？

なのにどうして、私を好きだなんて言ったの？

牧田はな

＊＊＊

牧田はな様（昭和60年1月17日消印　速達）

電話に出て、はな。お願い。あなたからの手紙を読んで、心臓が止まるかと思った。

誤解よ。Yからなにを聞かされたか知らないけれど、そんなことあるわけないでしょ。

あいつのタワゴトを信じるなんて、はならしくない。

Yじゃなく、私を信じて。

野々原茜

＊　＊　＊

野々原茜様（昭和60年1月18日消印）

ののを信じられたらいいのにね。

だけど、無理だよ。

与田は、

「牧田は野々原とつきあってるんだよな」

って言った。「嘘つかなくていいよ。見たんだ」

「見たって、なにをですか」

「キスしてるところ」

与田は笑ってた。おだやかでこわいぐらいだった。

「レズってやつ？　それはまあ、べつにかまわないんだけどさ。俺には関係ないし」

ののとは友だちです。そう言おうと思ったのに、私は黙ってた。バカにするみたいな与田の言いかたに腹が立って、私たちの関係を否定するようなことは死んでも言いたくなかったし、なにより、ひるんでしまっていた。このひとはいったいなにを言いたいんだろう。どうして私に絡んでくるんだろう。やっぱり、上野さんとの写真を撮ったのが私たちだってわかってて、いやがらせをしてきたのかしら。

でも、なんでいまさら？　なんで、ののじゃなく私にだけ？

そんなことをあれこれ考えてしまって、こわくてたまらなくなったの。

「俺はね、牧田」

与田はちょっと眉《まゆ》を下げてみせた。「おまえが心配なんだ」

心配なんてしてもらいたくない。与田の声と表情は、いかにも「心配そう」だったけど、目は笑っていた。檻《おり》に入れられてパニックになってるハムスターかなにかを見てる目だった。

「野々原は俺と寝てるんだ。何度も」

言葉の意味がわからなかった。私がぼんやりしていたら、

「セックスしてるんだよ。おまえも野々原とした？」

って、与田は言った。

信じない、と私は言ったわ。なに言ってるんですか、先生。頭おかしいんじゃないですか。上野さんの相手は先生だったって、みんなウワサしてますよ。

そしたら与田に、写真を見せられた。ベッドで眠ってるあなたの写真よ、のの。たぶんホテルだよね。裸の肩が布団から出ていた。

私がののを見まちがえると思う？　私は何度もあなたの腕をなでた！　肩を触ってつかんだ！　バラバラ死体になってたってわかるよ、まちがえようがないじゃない！

目のまえが真っ暗になるって、本当にあるんだね。あとのことは、よく覚えていない。

学校に言いたきゃ言えば。与田はそう言ってた気がする。でもそのときは、野々原も退学だけど、って。

「俺は、どっちでもいいんだよね。職を失っても、べつに痛くもかゆくもない。おまえらみたいな思いこみ激しいバカの相手しなくてすむようになるんだから。若い女抱くぐらいのごほうびがなきゃ、教師なんてやってらんねえだろ」

　でも、と与田は声をひそめた。

「おまえのことは心配なんだよ。牧田って純朴そうだもんなあ。野々原のこと信じてレズの道に走っちゃったんだろうけど、やめときな。あいつ、俺ともやってるんだもん」

　おまえには教えといてやったほうがいいかと思ってさ。与田はそう言って、煙草《たばこ》に火をつけた。「もう行っていいよ」と、めんどくさそうに手でドアを示されたけど、私は膝ががくがく震えちゃって、うまく歩けなかった。

　どうやって社会科研究室を出たのかしら。ののが、与田と二人で会っちゃだめって言ったのは、こういう理由だったんだなと思った。

ののは私を裏切った。私が気づかないもんだから、このまま黙っておけばいいやと思ってた。

そういうことでしょ？

バカにしないで。

これが、10日（木）の放課後の話よ。ののはめずらしく部活に出てたから、私は一人で、塾も行かずに帰った。家に帰りついたとたん、三十八度五分の熱が出て、それからずっと寝こんでいた。

ここ数日は熱もほとんど下がって、昼間はずっと部屋の窓から外を眺めてる。でも、すすけたみたいに灰色なの。冬だから？　大そうじをしそびれたままで、ガラスが汚れてるから？

いいえ、ちがう。

もう二度と、まえと同じように世界を見ることはできないと思う。

ずいぶん長く休んでしまったから、月曜からは学校へ行く。だけど、話しかけないで。触らないで。

ののなんて、ひからびて死んじゃえばいい。

牧田はな

＊＊＊

牧田はな様
本当に死にそうだわ。今日一日、あなたに無視されただけで。

ううん、完全な無視ではないわね。村ちゃんやしのぶのまえでは、友だちみたいに振る舞ってくれる。友だちみたいに！

耐えられない。村ちゃんやしのぶも、私たちの様子がおかしいことに気づいている。「どうかしたの？」って、しのぶにトイレで聞かれた。「ううん、なんにも」と笑って答えたけれど、個室に入ったら涙があふれた。

週末、はなからの長い手紙を読んで以降、食べ物がほとんど喉を通らない。さっきお風呂上がりに体重を計ってみたら、三キロやせていた。二日半で三キロ。「はな断ち」、新しいダイエット法として売りだせそうよ。

茶化さないで、とあなたは怒るでしょうね。そんなつもりはないの。ただ、こうやってバカみたいなことを書いていないと、死んでしまいたくなる。あなたの言うとおり、このままひからびて死んでもかまわないと思う。

はなを裏切ったんだから、死んで当然だ。

だけど、お願い。私の話を聞いて。私が好きなのは、心から愛しているのは、はなだけ。これだけが、ずっとずっと変わらない真実なの。

　裏切ってなんかいないと、否定しつづけようかとも考えた。でも、ごまかすのは無理そうね。与田に写真を撮られてたなんて、知らなかった。はなを傷つけるつもりじゃなかったのよ。

　はな、この手紙、読んでくれてる？　読まずに捨てたり、途中で破ったりしてるんじゃないかと、急に不安になった。電話をしても、みどりちゃんは取り次いでくれない。困ったように、「姉はまだ具合が悪いみたいで」と言う。だから、手紙で弁明することにした。「言い訳なんて聞きたくない」って、はなは怒ると思う。私からの手紙なんて受け取るのもいやだというなら、これで最後にするから、どうか読んでちょうだい。お願い。

　私はたしかに、与田と何度か寝た。でも、それははなとつきあうまえのことなの。与田があなたになにを言ったか知らないけど、はなに告白してからは、あいつと個人的には全然会っていない。誓って本当よ。今後も、会うつもりはさらさらない。

　たとえ、今回のことではなと別れることになったとしても。

　だって最初から、私は与田なんて好きでもなんでもなかったんだもの。与田も、私になんの感情も抱いていない。私たちは、ただセックスしただけ。

　それをはなが許せないと言うなら、何度でも謝るわ。本当にごめんなさい。あなたとつきあえるようになるなんて、思ってもいなかったの。もし、そういう未来がわかっていたら、与田と寝たりなんかしなかった。

……いえ、少し嘘だわ。

好きでもない相手と寝るなんて、はなは理解できないでしょうね。汚いと感じるかもしれない。繰り返しになるけれど、あなたを傷つけるつもりも、裏切る気もまったくなかった。

与田となにがあったか、説明する。

上野さんと与田の写真は、思ったよりもうまく撮れていた。ゲリラ的撮影だったのに、たいしたものだ。そう思いながら、私は現像した写真を自分の部屋で眺めていた。飾り気のなにもない、あなたを呼ぶことも恥ずかしくてできない、私の部屋で。隣からは両親のいびきが聞こえていた。

そのときふと、思いついたの。この写真をネタに、与田を脅してやったらどうかしら、って。

脅すと言っても、お金が欲しいんじゃない。私はセックスがしたかった。どういうものなのかを知りたかった。はなのことが好きだったから。はなを抱いて、はなに抱かれて、それがどういう感覚なのか知りたい。でも、あなたとセックスできるようになるなんて、とても思えなかった。

じゃあ、私は一生処女のままなの？　そう考えると、なんだかどろどろした暗闇に全身を押しつぶされそうな気持ちになった。重かった。

もうひとつ、自分が男とセックスできるのか、試したかったというのもある。私がはじめて明確に、セックスしたいという意味も含めての恋愛感情を抱いた相手は、あなたなの。私はレズビアンなのかしら？　男には全然欲情しないの？　それとも、中学から女子校で、まわりに女の子しかいないから、そのなかであなたを選んだというだけなの？

よくわからなかった。だから、与田で試してやろうと思いついた。与田の体で。あらゆる意味で、ほめられた行いじゃないことはちゃんとわかっていた。はなを好きすぎて、自分はちょっとおかしくなってるんじゃないかとも思った。

だけど、それがどうしたっていうの。そうも思った。ほめられた行いじゃないことをしてるひとなんて、いっぱいいるじゃない。ほんの出来心で、不倫や遊びのセックスをして、なに食わぬ顔で電車に乗ったり家族とご飯を食べたりしてるひとなんて、数えきれないほど存在する。与田だって、その一人よ。

だったら、そいつを利用してなにが悪いの？　私は出来心で悪事を働くのではない。確信をもって「実験」するのよ。自分の体と与田の体を使って、自分がだれを真実愛しているのかを証明するために！

実験の結果は、「セックスなんて、だれとでもできる」だったわ。気持ちいい瞬間が一度もなかったと言ったら嘘になるけれど、気持ち悪くなかったと言ったら、それも嘘だ。なるほどね、こういうものなのか、と思った。滑稽だと感じたわ。

こんなもののために、出来心で不倫したり適当な相手と寝たりするひとって、バカかヒマかどちらかだ。でも、はなと寝ることができたら、それはどんなに素晴らしいかしらと夢想した。きっと、与田とするのとはまるでちがったものになるだろうと、想像の翼が広がった。

つまり、実験結果のもうひとつは、「私ははなを愛している」だった。男ともセックスできるけれど、愛してるのははなだから、私はやっぱりレズビアンなんでしょう。それでいいわと思った。自分が多数派からはずれていると知らされるのは、少しこわい。でも、それが真実ならば、認めて受け入れよう。私ははなを、女のひとを、愛する生き物。

与田には、社会科研究室で写真を見せた。驚いてちょっと顔をそらそうとしている上野さんと、笑ってるようにも見える与田が写った写真。与田は、「ふうん、それで？」と言った。

「やっぱり野々原だったんだな。じゃ、もう一人は牧田か」

「ちがいますよ。もう一人がだれなのかは秘密です。大事なのは、この写真を私が持ってるってこと」

「脅し？　金ならないよ。教師ってのは薄給だし、もうすぐ奥さんが子ども生むから、節約生活なんだ」

なんなの、この男。めまいがしそうだった。与田は煙草に火をつけて、ゆっくりとふかした。

「それに、学校に言ったって無駄だと思うけど。俺の母親、この学校の卒業生で、金持ちと再婚したから毎年すげえ寄付してるんだ」

「本当ですか？」

「さあね。でも、おまえが思ってるより、世の中はコネと金だよ。それはほんと」

その後、上野さんだけが学校をやめたところを見ると、与田の言うことは案外本当だったのかもしれないわね。

「先生、私はお金なんか欲しくないんです」

なるべく背筋をのばして言った。おびえたり迷ったりなんかしていないと、与田によくわかるように。

「じゃあ、なに？」

「私ともセックスしませんか」

与田は黙って煙を吐き、うえから下まで私を眺めながら、煙草を灰皿でねじ消した。

「いいけど」

と与田は言った。「野々原って派手さはないけど、よく見るときれいな顔してるしな」

早くも気持ち悪さがこみあげて、与田に向かって食べたばかりのお弁当を吐きかけてやればいいと思ったけれど、私は黙って立っていた。煙草くさい息が近づいてきて、与田の唇が私の唇にくっついた。ふうん、と思った。たぶんそのとき、私は与田と同じ顔をしてたんでしょうね。つまらない、なにもかもがどうでもいい、って顔。

与田が私を連れていったのは、扇町のホテルだった。上野さんとも行っていた、あのホテルよ。バカのひとつ覚えって、こういうことなんだなと思った。

「ポイントカードがあるんだよね」

と与田は言った。「二十回利用すると、一回タダになる」

さっきも書いたけれど、べつにどうということもなかった。処女じゃなくなったからって、悲しくなることもうれしくなることも、はなへの愛が消えるわけでもなかった。

与田とは何度かセックスした。横浜駅で制服から私服に着替え、長者町五丁目の交差点で落ち合ってホテルへ行く。与田が私の体のうえで腰を動かすのを見る。私もたまに、わざとちょっと声を出したりする。ポイントカードのハンコが増えてるのに気づいたら、上野さんはどう思うのかしら。そんなことを、たまに考えた。

どうしても抑えきれなくなったから、私ははなに思いを打ち明けることにした。そのまえに、与田には「もう会えない」と切りだした。

「ふうん。いいけど、なんで？」

と、与田は言った。社会科研究室で、与田はやっぱり煙草を吸っていた。

「飽きたから」

「自信なくすなあ」

って、与田は笑ったわ。自信があったのかと驚いた。そんなにいいとも思えなかったのだけれど。

「ま、わかったよ。じゃあね」

与田はぞんざいに手を振って、机に向き直った。私は社会科研究室を出ていこうとして、最後に聞いた。

「先生。先生やってて楽しいですか」

「んー。やれる女がたまに見つくろえるのは楽しい」

人間やってて楽しいですか、って聞くべきだったかもね。答えは同じだっただろうけれど。

　私ははなとつきあえて、幸せになった。セックスってなんて幸せで気持ちのいいことだろうって、はじめて知った。だれかを愛し、そのひとに愛される、喜び。

　与田はたぶん、コンプレックスの塊なんだ。あなたとつきあってから、私はそう考えるようになった。寄付金が多いらしい母親の言うとおりに、勉強して大学に行ってコネでフランチェスカに就職して、奥さんもきっと母親が喜んで認めるフランチェスカ育ちのお嬢さんで、「質素に暮らす、仲のいい若い夫婦」って近所では言われている。本当の与田は、必死に水面に顔を出して息をする、溺れかけの金魚みたいなもののくせにね。母親にがんじがらめにされていて、学校で若い女を見つくろってセックスするときだけ、自由になれたと勘違いできる。

バカなやつ。でも、自分はそうじゃないと言いきれるひとって、どれぐらいいるだろう。私だって、両親の無言の期待を背負って、身の丈に合わないフランチェスカに通って、勉強していい大学に入って、安定した職を得たいと願ってるじゃない。

そう思ったら、なにもかもがバカげて感じられてきた。与田と私のなにがちがうの？

いいえ、ちがうところがある。私は愛を知った。はなを愛する私の心は、損得や世間体や親の考えや、そういうあらゆるものから解き放たれて自由だ。私はますます、あなたを愛するようになった。あなたの目、言葉、笑顔、指先、あなたのすべてが私のすべてになった。

それなのに、与田が写真を撮っていたなんて。それをあなたに見せるだなんて。答案用紙を渡すときより事務的に、「じゃあね」なんて言ってたくせに、いまになって。あいつは本当に卑劣なバカ男だ。

いいえ、わかってる。私が一番のバカだった。あなたを愛する自分の気持ちを信じきれず、実験しようなんて思いついたのが愚かだった。

本当にごめんなさい。どうか許してください。ううん、許さなくてもいい。私を信じられないというのなら、もう一度信じてもらえるまでそばにいたいの。お願い、チャンスをちょうだい。

私が愛するのは、あなただけ。あなたが私を許せないなら、このさき私はもうだれにも触れることはないし、愛を告げることもない。一人で生きていくしかなくなってしまう。さびしいわ。このさびしさから私を救えるのは、はなだけなの。

野々原茜

＊＊＊

野々原茜様（昭和60年1月25日消印）

水曜日にののからの手紙が鞄に入っていることに気づき、家に帰って読みました。

こんなに腹が立ったことってない。与田とのことを、私に知らせてどうなるっていうの？　あなたは男ともできて、それじゃあ私は？　あなたに好きだって言ってもらえて、その言葉を信じて、あなたと寝た私は？　私は男としたことなんかないよ！　愛してもないひととセックスなんかしない！　あなたは男ともできるからレズじゃないかもって一人で安心できて、私はあなたを信じたおかげでレズ確定なの!?　「多数派からはずれて」、あなたを許し、あなただけを信じて、これからも生きていけって？　知りたくなかった！　知りたくなかった!!

私も適当な男と寝るわ。ボクジュウの小木くんにでも電話すれば、ほいほいやってくるでしょう。それでおあいこ。ちがう？

……ううん、なにを言ってんだろ私。小木くんに失礼だよ。そんな理由で私と寝ることになる男のひとに対して失礼だよ。おかしくなった。私はおかしくなった。ののの せいで！

これが嫉妬ってもの？　だったら嫉妬って、なんて苦しくて醜いの。こんなに苦しくて醜い気持ちを私に植えつけたのが、私がだれよりも好きなあなただってことが耐えられない。どうしたらいいの。どうしたらこんな気持ちから逃れられるの。あなたを嫌いになれば、忘れられる？

無理よ！　嫌いになったとしても、憎しみは消えない。ののは私を、これまでの私とはまったくちがう生き物に変えてしまった。愛の力でではなく、裏切りで。

でも、やりなおすしかないんでしょうね。だって私、ののことを嫌いになりきれないんだもの。あなたを信じたい。私を愛してくれているという、あなたの言葉を信じたい。信じて、取り戻したい。しゃべって、笑いあって、見つめあって、キスして、あなたに触れる、あの幸せな時間を。

上野さんと与田の写真を、私にちょうだい。私たちが扇町で撮った、あの写真を。そうしたら許してあげる。

牧田はな

＊　＊　＊

牧田はな様（昭和60年1月26日消印　速達）

もちろん、あなたに渡すわ。それで許してくれるなら。でも、写真をどうするの？

野々原茜

＊＊＊

のの

学校に送りつけてやるのよ。もっと早くそうすればよかった。写真を撮った時点で。そうしたら与田は学校にいられなくなったでしょうし、上野さんは退学しなくてすんだかもしれないし、ののが与田と寝ることもなかっただろうに！　私がのんきにしてるからって、こんなにののにバカにされることもなかった！

あなたはバカになんかしてないって言うんでしょう。授業中にこんな手紙をまわして、だれかに見られたらどうするの、とも。でも、どうだっていいわ。全部どうでもいい。

与田はあなたの顔が写った写真も持っているかもね。それを学校に見せて、あなたのことも道連れにするかも。そしたら退学かもねえ、のの。いい大学、いい会社への道が遠くなっちゃう。

だけど、ののならうまく言い逃れられるでしょ。とにかく私、与田の顔を見るのもいや。どっか行ってほしい。この学校で、同じ空気を吸ってるなんてがまんできない。

キリストへの愛を証すために殉教したひとたちみたいに、私への愛を証明してみせて。

写真を私に渡して、降りかかる苦難を見事に乗りきってみせてよ！

はな

＊＊＊

野々原茜様（昭和60年2月1日消印）

ああ、のの。私、なんてことをしちゃったんだろう。やっぱりおかしくなってたんだ。いまさらこわくなってきた。

ののはすぐに写真をくれたでしょう。私は迷って、迷って、でも結局、怒ってたし嫉妬でわけがわからなくなってたから、昨日、横浜中央郵便局のポストに投函してしまったの。校長先生宛で。宛名も手紙も、筆跡でばれないように定規を当てて書いた。「与田は生徒と寝ている。いますぐ学校を辞めさせろ」って。一文字一文字、定規に沿って直線だけで書いていくうちに、なさけなくて涙が出た。自分が、ののが、与田が、みんなバカでなさけなくて。

でも、封筒が手から離れてポストに吸いこまれた瞬間から、後悔してる。どうしよう。ののが学校をやめなきゃならないことになったら。私たち、離れなきゃならなくなる。どうしよう、どうしよう、助けて。ごめんなさい、のの。どうしたらいい？　私、ののと離れたくない。のののこと、やっぱりどうしても好きなの。なんで気づけなかったの。

なんでこんな大事なことに気づけず、手紙なんか出しちゃったの。自分で自分がわからない。

叫びだしそうだから、タオルを噛んでいる。私はおかしい。のの、なんとかして。おかしくなっちゃった私を止めて。お願い。

牧田はな

＊＊＊

牧田はな様（昭和60年2月3日消印）

ああ、はな！ 今日（2日、土曜日）、あなたの家へ駆けていって、玄関に出てきたときのあなたの顔！ 泣いちゃって、すごくかわいかった。なんて愛しいんだろう。あなたを抱きしめたとき、私がどんなに幸せだったかわかる？

あなたの部屋でも言ったけれど、まだ不安そうだったから、手紙を書くわ。大丈夫よ。中学の入試があって、学校側もバタバタしてるでしょう。この週末は動きはないはずだし、上野さんももう退学してるんだから、うやむやに終わらせるんじゃないかしら。

もし、与田がもっとはっきりした写真を持っていたとしても（私の不徳のいたすところよ。本当にごめんなさい）、どうってことないわ。はなが手紙に書いてくれたとおり、試練だと思って切り抜けてみせる。退学になったって、べつにかまわない。言ったでしょ？　はなが私を好きでいてくれれば、ほかになにもいらないの。

大学や就職や、そんなものがどれだけ無価値か、私は今度のことで思い知った。私はもう二度と、自分の心も、あなたのことも、裏切らないわ。大切なことを見誤らない。フランチェスカに通えなくなったとしても、あなたを愛することができれば（そして、あなたが私を愛してくれるのならば）、それでいい。それだけで充分。
だから、なにも心配しないで。どうなるかなんてわからないし、どうなったって私は平気だから。口が達者なの、はなだって知っているでしょう。
はなが怒って手紙を出したのは、当然だと思う。私を許すと言ってくれて、泣いちゃうほどうれしかった。はなはなんて心が広いんだろうと思った。
ねえ、はな。手紙のことはもう気にしないで、もしよかったら、どこか遊びにいこうよ。また江の島はどう？　冬だからひとが少ないだろうし、あの洞窟の迫力も増すかもしれない。

そしてね……、こんなこと言える立場じゃないと思うんだけど、適当な男と寝たりなんか絶対にしないで。女とも、もちろんだめ。はなが私以外のひとと、と考えるだけで吐き気がしてくる。こんな嫉妬をはなに味わわせたんだと思うと、自分をぶち殺したくなる。

はな、ありがとう。私を許してくれて。あなたを安心させるだけの力がないことが、悔しくてたまらない。

野々原茜

＊＊＊

野々原茜様（昭和60年2月5日消印）

昨日も今日も、いつののが職員室へ呼びだされるかと、はらはらしちゃった。与田はいつもどおりだったけど……。こんな毎日が、これからずっとつづくのかしら。改めて、なんてバカなことしたのかと後悔してます。

どうして、ののを、ののの愛を、試すようなことをしたんだろう。「愛は試さない」って、ミサで神父さまがよくおっしゃる。でも、そんな愛とは私はほど遠い。神さまも、よく人間を試すよね。「おまえの息子を捧げろ」なんて言う。ほかの神さまを信じたと知ると、怒り狂う。神さまも嫉妬するってことなのかな。そういうのを聖書で読むと、「ああ、人間が考えた話なんだな」って思う。そう思うようになった。

いままでは、授業中に聖書を読んでるののを盗み見て、「ひまつぶしにしても、もうちょっとほかに読むものないのかしら」と思ってたけど、私もぐんぐん聖書を読みだしちゃった。心が落ち着くかなと思って。けっこうおもしろいね。心のほうは全然落ち着かなくて、神さまの嫉妬とか、そんなことばっかり気になっちゃうんだけど。

江の島、いいね！　でもごめん、いまはそういう気持ちにならない。ののを許してないんじゃないよ、誤解しないでね。ののが退学になったらどうしようって、気になって遊ぶ気持ちになれないの。

学校から呼びだしがかかったら、絶対に教えて。一人でなんとかしようと思わないで。私のせいなんだから。

牧田はな

＊　＊　＊

はな

心配性ねえ。大丈夫だってば。

はなに試されたとは思わないけれど、試してくれたんだとしたら、うれしい。もっと試して。必ず証明してみせるから。

私の愛を。

ふふ、ちょっと恥ずかしいことを言ってしまった。私も授業中にまわすメモで、大胆になってみることにしたの。

聖書って、読み物としておもしろいわよね。でも、もっと明るい息抜きも必要よ。はなの気持ちもわかるけど、江の島が私たちを呼んでるわ！

のの

＊＊＊

のの

昨日、放課後に職員室へ行ったんですって？　しのぶから聞いた。ああ、塾へなんて行かなきゃよかった！　先生たちに、なにを言われた？　私に教えてって言ったのに、どうして黙ってるのよ。昼休み、問いつめるからね！

はな

＊＊＊

牧田はな様（昭和60年2月12日消印）

本当だったら三連休中に、はなを江の島に誘いたかったんだけど、行けずじまいで残念です。

連休明け（12日、火曜日）、私は学校をお休みします。というか、停学一週間になってしまったの。はなに直接報告できなくて、ごめんなさい。でも、なにも問題ないから、どうかご安心を。

学校から呼びだしを受けたあと、はなは何度も、「大丈夫なの？」って心配してくれた。私はそのたびに、「へーき、へーき」と答えたでしょう。あれは嘘をついたり、はなに隠しごとをしたりではなく、実際に平気だろうと思っていたの。

　先週の木曜（7日ね）に呼びだしを受けて、放課後に職員室へ行った。表情の硬い担任に導かれて、校長室へ通されたわ。校長室に入ったのなんて、中学受験の面接以来。校長の机のうえには、小さなマリア像と、白い百合の花が活けられた大きな花瓶が置いてあった。百合の香りで、むせかえりそうだった。

　私はソファに座らされた。隣には担任、ローテーブルを挟んで向かいのソファには、校長と教頭が座った。

「なぜ、あなたを呼んだかわかりますか」

　と、校長は言ったわ。シスターの恰好をした初老の女性に尋問されるって、なかなかない経験よね。

「いいえ」

　と、私は緊張しているふうを装って、小さな声で答えた。罪など知らなそうな、なるべく純真な顔つきで。

　校長から目配せされて、教頭は居心地悪そうに座り直した。ほら、うちの学校って、男の先生は気が弱そうなひとばかりじゃない（与田のやつは例外的に、精神が脂ぎってるけど）。授業中に受けるそういう印象って、やっぱりまちがってないんだなと思った。先生同士の関係性においても、フランチェスカでは男が押され気味みたい。

「これは内密にしてもらいたいんだけどね」

と、教頭は言った。「実は密告の手紙が届いたんです」

「密告」

「ある先生が、その……」

言いよどむ教頭をじれったく感じたのか、校長がきっぱり言った。

「生徒と不適切な関係にあるという密告です」

シスターは一応、だれとも「不適切な関係」を持ったことがない、ってことになってるものね。さすがに堂々とした態度だわと思ったら、噴きだしたくなっちゃって、我慢するのに苦労した。

こういうときは、無口が一番。「まあ」と言うにとどめておいたわ。

教頭と担任は、どう切りだしたものか悩んでいるみたいだった。校長は私の表情をじっとうかがっていた。

沈黙に負けたのは教頭だった。

「その先生に事情を尋ねたところ、事実ではないとおっしゃるんだ。自分は生徒を補導していただけだと」

「すみません」

と私は口を挟んだ。ここは質問したほうが無難だろうと判断したから。

「密告の手紙には、具体的にはなんて書いてあったんですか？　どうして私が先生たちから呼びだしを受けているのか、よくわからないんですが」

「密告の手紙には、写真が添えてありました」

と校長は説明した。「私たちはいま、いくつかの疑問を抱いています。ひとつは、その写真を撮り、先生と生徒の不適切な関係を密告する手紙を書いたのは、だれなのかということ」

もうひとつは、と言ったところで、校長は教頭に視線をやった。教頭は膝に置いていた青いファイルから、一枚の写真を取りだしてローテーブルにすべらせた。

「今朝になって、これが校長先生の机に置いてあった」

お察しのとおり、与田が撮った私の写真よ。薄暗いラブホテルのベッドで、裸の肩を剝《む》き出しにして、うつぶせで眠っている写真。たぶん、はなが与田に見せられたのと同じものでしょうね。

さて、どうしようかな。と私は思った。想像していたよりも不鮮明な写真だから、先生たちも私だと確信は持てていないだろう。とりあえず否定も肯定もせず、再び無言作戦を採って、相手の出かたをうかがうことにした。

「この写真、野々原さんじゃない？」

と、隣に座った担任が聞いてきた。校長に比べると、教頭も担任も小物だ。私たちの担任、まだ若いしね。

「えっ、私？」

私はわざとびっくりしたふりをした。「ちがいます、先生。なにがなんだか、わけがわかりません」

もちろん、よーくわかってる。はなからの密告の手紙が届き、校長たちから問いつめられた与田は、「ホテル街をふらふらしていた上野さんを、補導したときの写真です」とでも言い逃れしたんだろう。「そのときたしかに、女子高生らしき二人組に写真を撮られましたが、だれだったのかわかりません」とも言ったかもしれない。与田と上野さんの写真は、ホテルの外で撮ったものだものね。私たちは決定的な瞬間をつかんだと思ったけど、証拠としては弱かったかも。悔しいことに。

校長の机に私の写真を置いたのは、もちろん与田以外にいない。あいつ、私を学校から追いだすために、反撃に出たのよ。「職を失っても痛くもかゆくもない」って感じにかっこつけてたのに、いざとなると度量の狭い男よね。

「そうですか。じゃあ、こちらの写真は？」

と校長が言い、教頭が青いファイルからもう一枚の写真を取りだした。

やられた、と思ったわ。もっとはっきりと私の顔が写った写真だったの。あんなの撮られていたのに、気づかず寝ていたのは一生の不覚よ。両親のいびきがうるさくて、いつも睡眠不足気味なのが祟《たた》ったわ。つまり、うちが狭くて壁が薄いのがすべての元凶。貧乏って本当にいや。

ふざけないで、ってはなは怒るでしょうね。私もそのときは、真剣に考えた。人生で一番速く脳を回転させて、このピンチをどう切り抜けたらいいかと考えまくった。

でも、どうしようもないわよね。さきに一回、「私じゃないです」って否定しちゃったんだから。そこへ、私だと明確にわかる二枚目の写真を出されたら、もう降参よ。「私じゃないです」という、最前の否定は嘘。なぜ嘘をついたかというと、うしろ暗いところがあるから。自動的に、そう証明されたようなものでしょ。二段構えで来るなんて、先生たちも策士というか卑怯というか。

こうなったら、と思って、泣いておくことにした。えぐえぐ泣きながら、「ごめんなさい」と言った。

「でもこれ、友だちと好奇心で行ったホテルなんです。友だちって言っても、女の子です。ほんとに、『ラブホテルってどんなところかなあ』って、ノリで行ってみたっていうか。制服がしわになるのは困るから、交代でお風呂に入ったあとに、そのままベッドに寝てみただけで」

「友だちというのは、だれですか」

「それは言えません。他校の子だけど、迷惑をかけたくないから」

こんな言いぶん、通るものかしらと自分でも思ったけど、押しとおすしかない。与田の名前を出すのは、やめておいた。与田と上野さんの写真に写ったホテルの外観と、私の写真に写ったホテルの内装を、現地に行って確認してください。そう訴えてもよかったかもね。「私は与田先生に脅されて、与田先生とホテルに行ったんです。上野さんと同じように」って。

でも、危険すぎる。なんとかこの場を言い逃れて、与田とは痛み分けということにしないと、今後、与田になにをされるかわからないと思ったの。あいつが学校を辞めさせられるかわりに、私も退学になるんじゃ、割りに合わないでしょう。

校長先生たちは、だれとホテルに行ったのか何度も何度も尋ねたわ。でも私は黙秘した（言えるわけないわよ、相手は与田なんだから）。しまいには、

「先生、私は友だちを売りたくないんです。ホテルに行ったのは悪いことですが、そこでひとに言えないようなことをしたわけではないんですから。私はユダにはなりたくありません」

と涙ながらに言ってやった。そう言われたら、向こうだってひるむわよね。生徒というかわいい子羊を導く立場で、まさか「ユダになれ」とは言えないもの。

「わかりました」

と、校長はため息とともに言った。「でも、親御さんに学校へいらしていただきます」

「私、学校をやめなきゃいけないんですか？」（えぐえぐ）

「それは厳しすぎるでしょう。『われらが人に赦《ゆる》すごとく、われらの罪を赦したまえ』です」

キリストの教え、ありがたいかぎり。停学で済むなと踏んで、私は最後に言った。与田にやられっぱなしなのは、むかつくから。

「先生、ありがとうございます。もうバカなことはしません。でも……。この写真、持っていたのは与田先生なんです」

先生たちが素早く視線を交わしたのがわかった。

「『他校の友だちと、このあいだラブホテル行っちゃった。残念ながら、女子となんだけどね』って、おもしろいから友だちに見せようと思って、写真を手帳に挟んで学校に持ってきてたんです。そしたら、与田先生に見つかってしまって、『没収』って。事情を説明したら、『ほかの先生には黙っておいてやるけど、もう二度とそんなとこ行くなよ』って、すごく怒られました。あたりまえだと思います。でも、なんでその写真が校長先生の机に置いてあったんでしょう。だれかが与田先生から盗んだのかしら。まさか、与田先生が置いたってことはありませんよね？　与田先生なら、こっそり置く必要なんてないですものね」

はー、手が疲れた。長々とごめんなさい。三連休のあいだ、暇だからずっとこの手紙を書きつづけているんだけど、なかなか終わらない。両親は激怒してる。土曜日（9日）に母と私は学校へ行った。生徒がだれもいない学校の校長室で、私は停学一週間を言い渡された。事情を知って、母はぶるぶる震えながら私の頰をぶったわ。もう片方の頰を差しだそうという気には、到底なれなかった。教頭が慌てて、「お母さん、落ち着いて」と止めに入った。校長は冷ややかな口調で、「停学中は、毎日反省文を書くこと。

課題も出しますから、自宅できちんと学習するようにしてください」と言った。

母は校舎を出ると、早足で歩きだした。私の顔なんか見たくもない、という感じだった。どんどん小さくなる母の背中を見ながら、私は校門までの小道をゆっくり歩いた。薄く晴れた冬の空。葉っぱを落として、黒く細い枝を広げるケヤキの木。灰色の窓ガラスが並ぶ私たちの学校。

テニスコートには、土曜日だというのにテニス部の子たちがいた。中村《なかむら》さんが、

「あれ？　野々原じゃん。どしたの」

と金網越しに声をかけてきた。

「ううん、ちょっとね。部活がんばって」

「ありがとー。またね！」

私たちは笑顔で手を振りあった。中村さんはコート内を走っていき、後輩にラケットの振りかたを指導していた。そのときだけは、なんだか自分がみじめに思えたわ。

あなたを傷つけ、母を怒らせ、与田なんかのせいで停学になった自分が。ひどく薄汚れて馬鹿げた生き物に感じられた。

「野々原さん」

と、まただれかに呼ばれて、私は振り返った。担任が小走りに近づいてきた。急いで追いかけてきたのか、彼女はコートも着ていなかった。ブラウスにカーディガンを羽織っただけの恰好で、担任は私のまえに立った。

「ねえ、お願いだから私には本当のことを言って」

と、担任は小さな声で言った。「あなた、与田先生となにかあったんじゃないの？　ラブホテルに行った相手は、お友だちなんかじゃなく……」

「先生」

と私はさえぎった。「誤解しないでください。私がかばっているのは、与田先生じゃありません。私自身と、私が本当に好きなひとを守るために、ああ言ったんです」

「じゃあ、やっぱり」

「この学校に、狼が入りこんでいるのは事実です。先生たちも、薄々気づいていらっしゃるんじゃないですか」

担任の目に、動揺とかすかな決意の色が浮かんだ気がした。彼女は災難よね。上野さんと私、自分のクラスから立てつづけに問題児が出てしまったんだから。でも、だからこそ考えてもいたはず。いったい相手はだれなのか、って。かぎりなくクロの男がいるってことは、先生たちもみんなわかってるのよ。ただ、ことを荒立てたくないから、肝心なところに踏みこまずにいるだけで。

「狼を追いだすのは、子羊ではなく羊飼いに与えられた役目ですよね」

と私は言った。「子羊は狼に食べられるだけです。放っておいたら、どんどん食べつくされるだけ」

失礼します、と会釈し、私は校門を出た。担任は自分の体を抱きしめるようにして立っていた。もしかして、担任も与田とできてたりしてね。だとしたら、清らかな女の園のはずが、とんだ泥沼だわ。

長い石段を下りて、駅まで歩いた。改札口のところで、母が待っていた。

「遅い」

と、母はいらいらした様子で言った。「まったくあなたは、なにをしてるのよ。これで内申は最悪になっちゃったじゃない」

「ごめんなさい」

と謝ったけれど、内心では内申なんてどうでもいいと思ってた（あら、期せずしてダジャレになってしまったわ）。もともと、推薦は狙っていない。東大には推薦入学なんてできないもの。試験に通れば大学に入れるんだから、内申なんて最悪でもかまわないわ。

乗客の少ない昼下がりの電車に乗って、母と並んで座った。少しまぶたが熱くなった。母はやっぱり、私がいい大学に入れるかどうかだけが大事なんだなと思ったら、なさけなくなったから。高校生の娘がだれかとラブホテルに行って、写真を撮られて、その写真が校長の机のうえに置かれるなんて、ただごとじゃないでしょう。担任みたいに、実はたちのよくない相手に引っかかったんじゃないかと心配するのが、当然だと思うのよね。

だけど、母はそんな心配なんかしない。娘がだれかと寝たんじゃないか、だれかにだまされたんじゃないかという心配よりも、大学や就職のほうが一大事なのよ。なさけない。そんな親が私の親だということが、むなしくてたまらない。

「いまさら泣いたって無駄よ。バカなことをしたせいで、もう停学に決まったんだから」

私の手の甲に落ちた涙を見て、母は吐き捨てるように言った。

はな、こんなことになって、ごめんなさい。でも、内申で揺らぐ私ではないし（えらそうでしょ）、本当に大丈夫だから心配しないでね。与田が今後どういう処分をされるのか、それともこのままのうのうとフランチェスカで教師をつづけるのか、わからない。とにかく、近づかないようにしましょう。私が休んでるあいだ、絶対に二人きりにはならないようにね。

それから、「残念ながら、ラブホテルに行ったのは女友だちとです」って先生たちに説明したけど、「残念ながら」なんて思ってないです。もし、はなとあそこに行けるなら、うれしいし刺激的だと夢想する。うふふ。

同性だと友だち。同性とラブホテルに行ったら、それは好奇心が理由で、具体的な行為はなにもないはず。そういう思いこみというか「常識」って、なんなのかしらね。その「常識」を逆手に取って、言い訳に使っちゃったわけだから、私もひとのことをとやかく言えないけれど。

同性であっても、恋人ということはあるわ。あなたと私のように。恋人とラブホテルに行ったら、そりゃあ、することをするわよね。

はなといつか、ラブホテルに行きたい。「どんなとこだろうね」なんて、友だち同士でひやかしにきたふりをして、私たちは広いベッドで愛しあう。

それじゃあ、はな。元気でね。しばしのお別れ、さようなら！　一週間後にまた会いましょう。

野々原茜

＊＊＊

野々原茜様（昭和60年2月14日消印）

昨日（12日、火曜日）、学校に行ったら、ののはお休みだった。そして、ののが停学になったっていうウワサで持ちきりだった。「ラブホテルに行ったのがばれたんだって」「うっそ、だれと？」。教室や廊下のあちこちで、みんな好奇心いっぱいでささやきあっていた。

しのぶや村ちゃんだけじゃなく、ふだんはあまりしゃべったことない子たちからも、いろいろ聞かれたよ。「はな、なにか知ってる？」って。「ううん、なんにも」と答えた。だって本当に、なにも知らされてなかったんだもの！　ひどいよ、のの。私が火曜日、どんな気持ちだったかわかる？　すごく混乱して、不安で、心配で、どうにかなりそうだった。

与田はいつもどおり学校に来て、いつもと変わらず授業をしてた。どんな神経してるんだろ。このまま、フランチェスカに居座るつもりなのかな。先生たちはそれを許しちゃうのかしら。だとしたら、大人って本当になにもできない、バカで無力な存在ね。子羊は鋼鉄の鎧《よろい》をつけ、剣を手にしなければなりません（いま、鎧って字を辞書で引いたよ）。あいつから身を守り、あいつを刺し殺してやるために。

ののの一人に罪をかぶせて、なにくわぬ顔をしてるなんて！　与田、許せない！　あいつの湯飲みに便器にひたした雑巾の水を絞ってやりたい。

いえいえ、しませんよ、そんなこと。社会科研究室には近づかないから、安心して。ののが戻ってくるの、待ってる。とにかくウワサがすごいから、しばらく居心地悪いかもしれないけど、大丈夫だからね。私が守ってあげる。

今日、家に帰ったらののからの長い手紙が来ていて、一気に読んだ。ののったら冷静ねえ。私なら、校長室に呼びだされた時点であわあわしちゃって、とてもののみたいには頭がまわらないわ。

お母さんのことは、気にしないほうがいいと思う。ののを心配する気持ちを、そういうふうにしか表せなかったんだよ、きっと。お母さんだって、突然のことに動転したはずだもの。

ののの手紙を読んで、昨日今日とちゃんとノートを取っておいてよかったと思った。

ふだんだったら寝ちゃうとこだけど、ののためにと思って、がんばって全部の授業、起きてたんだ。えらいでしょ。「それがふつうよ」って、ののは言うでしょうけど（ののだって、授業中にしょっちゅう寝てるくせに）、私にとっては大変なことなんだから。ののの停学のおかげで、私の成績が上がるかもしれないわね。うそ。ノート取ったぐらいで、私の頭の出来がよくなるとは思えないし、なによりも私の成績なんてどうでもいい！　そんなことより、ののが停学にならないほうがよかったよ。

ノートのコピー、同封します。明日からのぶんも、全教科コピーして送るようにするね。

反省文って、なにを書いたらいいんだろうね。「もう出来心でラブホテルには行きません。ちゃんと恋人と行きます」とか？　あ、なんかちょっと嫌味っぽいかな、私。ごめん。そんなつもりはないの。

バレンタイン、一緒にいられなくて残念。早く一週間が過ぎますように。

牧田はな

＊＊＊

野々原茜様（昭和60年2月15日消印）

ののがいない一週間は、とてつもなく長かったよぉ。本当につまらなかった。でも、なんとか乗り越えたわ。

いま、金曜日の五時間目。与田の授業中です。ノートもちゃんと取ってるから安心してね。今日じゅうに、この手紙と一緒にコピーを送るつもり。週末のあいだによーく目を通して、月曜からの授業にちゃんとついてきてちょうだい（ののが停学になったときぐらい、私も優越感にひたりたいのです。ふふ）。

と言っても、よく理解できないまま板書を写した教科もけっこうあるからなあ。あまりお役に立てないかも。ごめんね。私ふだん、いかにノートの消費が少なかったか思い知らされたよ。ののを見習って、もっと勉強しないと、ほんとにまずい。

あ、いま、与田と目が合った。大丈夫、キゼンとした態度で授業を受けております（内職してるけど）。こっちから視線をそらすことは、絶対にしてやらないの。与田と目が合うなんて、気持ち悪いし腹が立つしでゾワッとするけど、私は負けない。ほら、向こうがぎこちなく視線をそらして、べつの子を当てたわ。

与田は私のことがこわいんだと思う。

そりゃそうよね。あんたなんか死ねばいいと念じてるもの！

ののと寝た男なんて!!!　軽い気持ちで、ののと!!!

ごめんなさい、こんなことを書いて。なんだかおかしいんだ、私。ののと一週間会えなくて、さびしかったからかな。ときどき、怒りをおさえられなくなる。与田の顔を見ると。あの写真を思い出すと。胸のなかでなにか（心臓かな？）が爆発しそうになって、どうしていいのかわからなくなる。ジョーチョ不安定なんだと思う。たぶん。

私の大切な、大好きなのの。週明け、元通り登校してきたあなたと話して、笑って、そうすればきっと私、いつもの私に戻るはず。信じてね。いまの私は、本当の私じゃない。

死ね。死ね。死ね。殺す。みんな死んでしまえばいい。

書いたらちょっとすっきりした。ちょうど授業も終わり。少なくとも来週まであなたと会わないですむと思うと、心からホッとします。

あ、ののことじゃないよ。与田に言ってやったの（心のなかで）。

のの、本当に大好きよ。

牧田はな

＊　＊　＊

はな
ノートをどうもありがとう。すごく役に立ったわ。
同封されていた手紙を読んで、ずっとはなを心配してた。家から出るなって両親にきつく言われて、お返事も出せなかったの。私がバカだったせいで、つらい思いをさせてしまって本当にごめんなさい。家で手紙を書いてきたんだけど、それはさっき、破って捨てた。ひさしぶりに学校ではなに会って、しゃべって、はなは私を笑顔で受け入れてくれて……。すごくうれしかった。はなは実は、とてもしっかりした子だもんね。私が心配するなんて、かえって失礼というか、そんな気がして、書いておいた手紙は捨てたというわけ。

　そしていま、こうして新たな手紙をしたためています。ええ、授業中に。勉強なんてどうでもいい。私もう、だれに手紙の内容を見られてもかまわない。はなだけが大事。はなの心に平安を。黒板のうえに掲げられている十字架に、はじめて祈った。はなの心が平らかに、いつか私を本当の意味で赦し、再び私を真実の愛と信頼で包んでくれる日が来ますように。そのためなら私はなんでもします。はな、あなたのためなら。

　はなが予告してくれてたとおり、たしかに停学明けの学校って、最悪の居心地です。廊下を歩いていると、べつのクラスの子までがキラキラした目で私を見てくる。キラキラの原因は、私に尊敬と崇拝の念を抱いてくれてるからじゃないわよ。好奇心でいっぱいだからよ、念のため。

となると、キラキラよりも、ギラギラと表したほうが適当かしら。

　休み時間にトイレに行ったら、私の顔を見て、鏡のまえにいた先客数人がふいに黙ったわ！　そのなかに村ちゃんもいて、「あらあら」と噴きだしそうになるのをこらえるのが大変だった。

生じた沈黙に気づかないふりで、私は「やほ」かなんか笑顔で言って、個室に入った(不覚なことに、相当ぎこちなかったと思う)。彼女たちは、「うん」かなんか笑顔で返して、不自然なほど明るく「でさぁ」なんて、ちがう話題に転じつつ、トイレから出ていったみたいだった。ドアが閉まり、声が遠のいて静かになったトイレの個室で、私は笑った。「あはは」って、実際に声に出して。

自意識過剰ではないと思う。彼女たちは私の噂話をしていたのよ。たぶん悪口でも意地悪でもなく、ただひたすら好奇心に満ちて。もちろん議題は、「本当のところ、なぜ野々原は一週間も停学を食らったのか」。ギラギラとしか言いようがない。

暇でかわいいひとたち。

少々の居心地の悪さは我慢しなければね。そのうち飽きてくれるでしょうし、私が招いた事態ですもの。

はながいままでどおり接してくれて、どんなに救われていることか！　はなは私の太陽。愛。光そのもの。

いいえ、神さまかもしれない。私にとっての神は、あなたの姿をしている。いつも私の内にあって、輝き、いさめ、善へと導き、尽きることのない愛を引きだし、終わることのない愛を降りそそいでくれる。

あなたは以前、たしか神と自分自身を評して、「残酷で、醜い」と書いていたわね。でも、それはまちがいよ。私があなたに見いだした「神」は、このうえもなくうつくしい。優しく、慈悲深い。

いくらでもおかしくなってくれてかまわない。それすらもうれしいの。おかしくなるほどあなたを苦しめてしまったのだと思うと、私も苦しくてたまらない。でも、うれしいのよ！　こんな気持ちがあるなんて、想像すらしなかった。あなたを愛するまでは。こんなに矛盾した、独善的な気持ちを自分が抱くなんて。

だけど正直に書こう。はな、どうかおかしくなって。遠慮しなくていい。すべてをぶつけて、さらしてほしい。おかしくなったあなたすら、私にはいとおしい。

私の、あなたの、愛をもっともっと試して。私は決して揺らがないと、自分ではもう確信を持っているの。神に等しいあなたへの愛だもの、なにがあっても揺らぐはずないでしょう。

はな、言葉では追いつかないわ。あなたも、どうか私を信じてくれますように。私の心を。愛を。

神のようなあなたにこんなことを言って恐縮ですけれど、もうすぐ期末試験でございます。私はあなたがコピーしてくれたノートのおかげで準備は万全ですが、あなたはどう？　もしよかったら、また一緒に勉強する？　そのあたりに関しても、どうか遠慮せずご希望を言ってね。

さて、書き終わったのでルーズリーフを折り畳んで、あなたの机までこっそりお届けします。途中で福やんに見つかりませんように。配達ルート上に位置する村ちゃんが、好奇心に負けて盗み読みしませんように。
いろいろお祈りすることがある今日このごろよ。

のの

＊　＊　＊

のの

そうだ、期末が近いんだった！　なのに、ののったら余裕なんだから。授業中に、こんな長い手紙を書いてる場合？　停学になってたくせにさ。ぷん。

たしかに、ウワサやささやきがいっぱい。でも、気にしなくていいと思う。ののは、いつもどおりにふるまって。私もそうするから。

ののは「ギラギラ（好奇心）」と言ったけど、もちろんそれもあるだろうけど、ホントのところはちがうんじゃないかな。みんな、やっぱりキラキラしてるように私には思える。尊敬とすうはい（漢字じゃなくてごめんあそばせ。もうすぐ授業の終わりのチャイム鳴りそうであせってるの。って、説明したほうが書くのに時間かかっちゃったよ。私のバカ）。そっちのほうが近い。

のの、あなたは英雄になったのよ。この子羊の群れのなかで。

あなたはべつの世界を知り、経験したひと。大人の仲間入りをしたひと。みんなはそう感じて、それで興奮してるし、興味しんしんだし、もっと詳しく知りたくてうずうずしてるの。

あなたが男とつきあって、男と寝て、そのせいで停学になったから！（少なくとも、そういうウワサが学校じゅうまんえんしている）

私はそれをどう受け止めればいいの？　私だってあなたとつきあって、あなたと寝て、でもその事実はだれも知らない。気づこうともしない。苦しい。苦しい。悔しい。気持ちがあふれて叫びそう！　いますぐ叫べたらいいのに！　福やん先生がびっくりするほどの大声で。校舎に響きわたってガラスが全部割れて横浜港の波も荒くなるほど大声で、絶叫できればいいのに!!!

私は英雄にはならなかった。なれなかった。なりたくもないけど、でもこの差はなに？　あなたと同じかそれ以上に、あなたを愛し、あなたに私のすべてを渡したのに！　なかったことになった。私の愛だけ、私の行いだけが、存在しないみたいに透明のまま。あなたが私の愛と行いを踏みにじり、消し去ったのよ。与田と寝ることで。そしてあなたは英雄になった。

そのことを忘れないで。

おかしい。また私はおかしい。心を文章にしようとすると、どんどんおかしくなっちゃうの。あふれて、とまらない。

ののにきらわれたくないのに。ののを許したはずなのに。

許すって、どうしたら許すことになるの？

試験勉強、ぜひ一緒にさせてー。それが終わったら春休み。楽しいことを考えたい。江の島。ののと歩く道。キラキラ光る海。カモメ。

はな

＊＊＊

野々原茜様（昭和60年3月7日消印）

やれやれ、試験も終わったね。ほんと、やれやれだった。でも、のののおかげで、なんとか高三になれそう。やっぱり私の成績じゃ、来年はののと同じクラスになるのは無理な気がするけれど。ううん、まだ通知表は出てないもん、希望は捨てずにいよう。

のの、私ずっとジョーチョ不安定で、本当にごめんね。ののはいつも私を支えてくれて、「大丈夫よ」って安心させてくれて、「愛してる」って髪や肩をなでてくれる。うれしい。ありがとう。私も。

ののが来てくれて、うちで試験勉強して、とっても楽しかった。妹も、私が元気になったからホッとしたみたい。「お姉ちゃんは野々原さんがいないとダメなんだから」なんて、わかったような顔して言ってるわ。大人ぶっちゃって、おかしいの。

ののと暮らせたら、もっと安心できるのに（妹というジャマ者がいますが）。夕飯にチャーハン作って、交代でお風呂に入って、同じ部屋で眠る。ときどき、同じベッドで(毎晩だと、ほら、学校で眠くなっちゃうでしょ?)。私たちの舌。私たちの指。私たちの体温。

なんかエッチなこと書いちゃった。えへへ。

もうすぐ終業式だね(通知表のことは、いまは忘れる!)。先輩たち、とうとう卒業かあ。写真部でお世話になった先輩がただから、卒業式で泣いちゃうかも。ピントや露出の合わせかたから、現像のしかたまで、全部教えてもらったんだもの。現像は最後まで、私はうまくできなかったけどね。

クラブのみんなで、先輩たちにちょっとしたお花を渡そうと思って、花屋さんに予約済み。手配は私がした。あんまり部活動に参加してこなかったから、せめてそれぐらいはしたくって。ののの地理研は、なにかする?

来年度、一年後のいまごろは、私たちが最上級生になって、ののとクラスが分かれて(たぶん、きっと)、私たちも高校卒業かあ。どうなるんだろう。フランチェスカに通わなくなった自分を、いまは想像できない。想像すると、こわい。ぼんやりした夜のなかにいるみたいに、なにも見えてこないから。

牧田はな

＊＊＊

はな

感動的な卒業式だったわね。一番長くつきあいのあった先輩たちだし、次は私たちの番だと思うと、やっぱりちょっと涙が出た。

それにしても、はなったら、わんわん泣くんだもの。かわいくって、かわいそうで、どうしようかと思ったわ。

私たち、同じ学年でよかった。来年、一緒に卒業できる。新しい一歩を踏みだすのも、二人ならこわくないと思える。

計画していた江の島、26日（火）はどう？　春休みで混んでるかもしれないから、せめて平日のほうがいいかと思って。あ、でも、はなは春期講習があるかな？

今夜、電話する。

一年後の卒業の日まで、少しでも時間がゆっくり進めばいいのに！

あなたの最愛の恋人兼一番の友人より

追伸。通知表、どうだった？　たとえ別々のクラスになったとしても、私たちはなにも変わらないわ。安心して。

＊＊＊

牧田はな様（昭和60年3月28日消印）

はな、元気？　昨日会ったばかりなのに、こんな書きだしって変か。

春の江の島もいいものね。洞窟はやっぱりドキドキした。

前回、あんなにカモメはいたかしら。夏だったから、かれらは浜辺の騒がしさに辟易《へきえき》して、沖のほうへ出ていたのかもしれないね。

はなと楽しく一日を過ごした以外は、ボーッとしたり漫画を読んだりで春休みを無駄にしてしまっています。高三になって、いよいよ受験に向けてスパートをかけなきゃいけない。頭ではわかってるんだけど、どうもダメだわ。

いま、江の島ではなと買った、「星の砂」の小瓶を眺めながら、これを書いています。どこで採ってくるのかしらね、こういう砂って。江の島近辺には、星の砂がある海岸なんてないでしょ？　それに、砂なんて元手タダじゃない。考えてみたら、いろいろ謎な部分のあるお土産物だけど、星の砂はきれいだしなんだかロマンティックだから、私は好き。

はなも、星の砂の小瓶を机に飾ってるかな、と想像する。私の机は、はなにもらったヤシの実人形と星の砂で、小さな南の島みたいです。そして、私たちのおそろいの指輪、そのクローバーにキスを。

共通の思い出を宿す品物が少しずつ増えていくたび、つながりが深まって、離れていてもあなたがそばにいてくれているように思える。

春期講習、がんばってね。私も気持ちを切り替えて、参考書に取り組むことにします。

新学期がはじまるまで、あともう少しの我慢。早く会いたい。いつでも電話してください。

野々原茜

＊＊＊

野々原茜様（昭和60年4月8日消印）

手紙もらってたのに、お返事もお電話もしないまま、新学期突入しちゃった。

やっぱりクラス分かれたねー。そうなるだろうなと思ってはいたけど、ショック。うわーん、さびしいよう。私が頭悪いせいで、ごめんね、のの！　ののは国公立狙いのA組にちゃんと入って、さすが。

星の砂、私はお庭にまいたよ。眺めているうちに、なんとなく。ビンにちょっぴりしか入ってなかったし、もう風に飛ばされちゃったかもね。

それにしても、驚いたよね。与田がボクジュウに移ったなんて。終業式の日には、そんなお知らせも挨拶も、なにもなかったのに。同じカトリックで近所だし、あっちは男子校だし、女ぐせの悪い与田をなんとかしようと、フランチェスカとボクジュウのあいだで話しあいでもしたのかな。だけど、ボクジュウじゃ距離が近すぎると思わない？　二度と顔も見たくない！　この山手の丘から出ていってほしかったのに！　道でばったり会ったら、私は確実にゲロを吐いちゃうと思う。ボクジュウが与田を引き受けたんだとしたら、大人って本当にいや。おおごとにしたくないってことしか考えてないんだもの。バカみたい。

牧田はな

＊＊＊

牧田はな様（昭和60年4月16日消印）

……ねえ、はな。最近なんだか冷たい気がするのは、私の勘違い？　なにか怒ってる？　与田のこと？　だったら、もう気にするのはやめましょうよ。私がこんなこと言うと、はなはますます怒ってしまうかもしれないけれど。あいつのことをいつまでも考えて、そのせいで私たちの仲がおかしくなるなんて、そんなの変でしょう。ただでさえクラスが別になって、学校で一緒にいられる時間が少ないのに。

このあいだも言ったけれど、フランチェスカから与田がいなくなっただけで、よしとしない？　はなが推測したとおり、これ以上、生徒に手を出されないように、きっと、うちの校長があっちの校長と協議したんだわ。まえから、先生とか事務のひととか、わりと交流というか行き来があるみたいだからね。ことなかれ主義な汚い大人の取り引きだけど、私は清々した。与田が男子校で働くだなんて、いい気味！

あいつのことなんかどうでもいいわ。最初っからそうよ。私にとって、チリトリとか黒板消しクリーナーとか、そんな程度のものだった。そこにあって、便利そうだったから、ちょっと使ってみただけ。

ひどいこと言ってると思う？　でも、何度も説明したとおり、それが真実なの。ちょっと使ってみたことを、心から後悔している。あなたを傷つけることになってしまったから。だけど、与田に対してはなんの感情も意味も抱いていないのよ。

もう一度、あなたにはっきり伝え、誓うわ。大切なのは、愛してるのは、いままでもこれからもはなだけ。

ねえ、はな。今度の週末、ひさしぶりに横浜で遊ばない？　もちろん二人で。新学期に入ったとたん、うちの学年全体が一気に受験モードって感じになったけど、たまには息抜きしなきゃ。

どう？

野々原茜

＊＊＊

牧田はな様（昭和60年4月21日消印）

昨日（20日、土曜日）は楽しかった。はなはほんと、洋服なんでも似合うね。次々と試着するあなたを見てると、自然と笑顔になってくる。お小遣いではなかなか買えなくて残念！　うちの学校、バイト禁止だものね……。そうじゃなかったら私、新聞配達でもフロアレディでもやって、あなたのために稼いだんだけどな。かわいい女の子になんでも買ってあげちゃうオジサンの気持ち、わかった気がする。

また遊びにいきましょう！　今度は映画なんてどうかしら。『ネバーエンディング・ストーリー』のコマーシャルをテレビで盛んにやってたけど、はなは見た？　なんなのかしら、あの「おっさん顔のマルチーズ」みたいなファルコンは。もっとかっこいい龍であってほしかった。というわけで、『ネバーエンディング～』は却下ね。

はなと伊勢佐木町で別れたあと、日劇で『ミツバチのささやき』を見たの。主人公を演じたアナ・トレントって子が、とてもかわいい！　内容のほうは……、退屈だって感じるひともいるかもしれない。でも私には、すごくさびしくてうつくしいもののように感じられたわ。嘘も本当もすべて混じりあって、荒涼とした大地でだれもが一人で生きている。暗闇から怪物が襲いかかってくるのを恐れながら、待ちながら。たまに差す希望の光にすがりながら、倦《う》みながら。

はなは日劇に行ったことないでしょう。私は去年の冬ぐらいからときどき行っている。いい映画館よ。酔っ払ったおじさんたちが町にも館内にもわりといるけど。でも、みんな静か。静かになにかを見てる。淡く光るスクリーンだったり、雨ににじむ路面だったりをね。あそこには先生たちも見まわりにはこない。制服を着た私がぶらついていても、だれも気にしない。面倒くさいことは忘れて、映画を見ていればいいの。

　試着した黒いスカート、買えばよかったのに！　はなのお小遣いなら買えたでしょう？　とてもよく似合っていた。私に遠慮したんじゃないよね？　スカートを買うお金で行ったラブホテルはどうだった？

　そう、私はこれを書きたかったのよ。

たいしたことないってわかったでしょ、あんなとこ。ほかのだれかと行こうとしないでね、絶対に。

野々原茜

＊＊＊

　はな
手紙、届いてるかしら？　いつ教室を覗いていても、屋上へ行ってみても、あなたはいない。休み時間、どこで過ごしてるの？　考えたくなかったけど、やっぱり私を避けてるの？　スカートについて、「遠慮」なんて書いてごめんなさい。この学校にいると、つい卑屈な気持ちになってしまうの。はなにも注意されたのにね。「心がビンボーなわけじゃないんだから、堂々としてればいいのよ。親の収入なんて、実際だれも気にしてないもん」って。

　気にしてないのは、気にする状況じゃないひとたちだからよ。そうも思うけれど、はなが言うことはもっともです。気にしないようにする。卑屈にならないようにする。すべてあなたの言うとおりに。

　校内にいるのがわかってるのに、あなたとなかなか会えず、しゃべれないのは、なによりつらい。すごく空腹で、おいしそうなカレーのにおいだけは漂ってるのに、鍋のありかがわからなくて絶対に食べられないみたいなものよ。カレーにたとえて、失礼。子どもっぽいと思うんだけど、けっこう好物なの。

　クラスが別々になるって、こういうことなんだね。ひもじくて死にそう。

のの

＊＊＊

のの

新しいクラス、楽しいよ！　いままでクラスがちがって、あまり話したことなかった子たちと、けっこう仲良くなった。宮野《みやの》とか、シノちゃんとか。みんな楽しい子たち。
これから塾だから、さき帰るね。またね！

はな

＊　＊　＊

はな
どうして同じ学校にいるのに、下駄箱《げたばこ》にメモ入れてやりとりしなきゃならないの？
あいかわらず教室にもいないし。もしかして、あなたはめったに姿を見せない妖精かなにかなの？

のの

＊　＊　＊

野々原茜様（昭和60年5月9日消印）
のの、しばらくゆっくり話すこともできなくて、ごめんね。ゴールデンウィークに遊びにいこうって、わざわざ教室まで誘いにきてくれたのにね。

避けていたわけじゃない。本当よ。ゴールデンウィークも塾に行かなきゃならなかったの。私たち受験生だもの、勉強しないと。特に私は。

スカートなんていらない。それよりラブホテルに行ってみたかったんだ。あなたが与田と行ったラブホテルに。「この部屋だった？」って、しつこく聞いたから、ののは気を悪くしたかもね。「覚えてない」って言ってたけど、ホントにそういうもの？「このホテル、どの部屋も同じような内装だし」って言葉の裏には、与田と行ったのは一回じゃないって意味がやっぱり含まれてるよね。

すごく嫉妬した。だから私、部屋に入ってからずっとブスッとしてたの。ホテルに入るときはドキドキして、受付のひとに呼び止められたらどうしようと思って（顔も見えないつくりになってたけど）、冒険に出たみたいな気持ちだったのに。ののだけが頼り。でも、ののはラブホテルの仕組みに手慣れた感じで、それもまたいらいらした。

あなたからべつのひとのにおいがするのが、たまらなくいやだった。においっていうか、気配っていうか。

部屋の内装、すごいね。大きなベッドしかない感じ。しかも布団カバーはテラテラした紫！　あんなとこでセックスする気になるなんて、信じられない。男のひとは特に、ほら……、「その気」にならないとできないでしょ？　あんな「さあ、どうぞ」って部屋で、「はい、どうも」と「その気」になるなんて、どういうことなの？　男のひとのあそこって、ボタンを押したらボッキするんですか？

こんな部屋でも男のひとを「その気」にさせるぐらい、ののがミリョク的だったんだと思うと、もうどうしていいかわからないぐらいもやもやした。

私たちはベッドに並んで座って、テレビを見たね。なんの番組だったか、全然覚えてない。レポーターがどっかの町に行って、なんか食べてたような気がする。カレー？　ううん、大きなハンバーグだったかな。肉汁たっぷり。ジューシー。二時間が長く感じられた。ののはいろいろ気をつかって、「お茶飲む？」って聞いてくれた。ずっと手をつないでいてくれた。たまに私たちはキスをした。軽く唇に触れるだけの。私はののの髪の毛の香りをそっと吸いこんだ。お花みたいに甘い香り。私があげたシャンプーを、そのあとも買ってくれてるのかな。私を落ち着かせてくれた、あなたの香り。

これまでは。

ベッドに座って、私がなにを考えていたか、ののは想像したことある？　私はこのごろずっと、考えつづけてきたの。

のの、私たち、別れましょう。

牧田はな

＊＊＊

牧田はな様（昭和60年5月11日消印　速達）

いやよ！　絶対に別れない！　どうしてそんなことを言うの？　あなたが好き。あなたが好き。捨てないで。私を捨てないで、お願い！

野々原茜

＊＊＊

野々原茜様（昭和60年5月14日消印）

逃げないで電話に出て、のの。私の気持ちは変わらない。でも、手紙で伝えてそれで終わりなんて、したくない。会って、あなたの顔を見て、ちゃんとお別れしたい。

そのあとも私たち、できれば友だちでいましょう。もとに戻るだけ。学校で笑いあって、一緒に駅までの長い石段を下りて。ね？　なにも変わらない。ううん、いまよりもっと、楽しい時間を過ごせるはずだよ。嫉妬からも、怒りからも、もやもやからも、これで私たち自由になれる。

会って話したいの。のの、わかって。

牧田はな

＊＊＊

野々原茜様（昭和60年5月16日消印）

のの、今日も学校をお休みしていたね。風邪でも引いた？　ううん、ちがうでしょ。私に会いたくないから。そうでしょ？

おうちで心を落ち着けて考えて。私なんかに言われなくても、あなたはいま、いろいろ考えてるんでしょうけど。ののはもうわかっているはず。私の心を取り戻せないことは。

決めるまで、私も苦しかった。あなたを好きだったから。あなたしかいないと思ってたから。いまも思っている。たぶん、私にはあなたしかいない。

だけど、だからこそ私はあなたを許せない。……ちょっとちがうな。心が台風みたいになって、めちゃくちゃになっちゃう自分を許せない。やり過ごせるかなと思ってたけど、いつまでもこの嵐はやまないの。あなたを好きでいるかぎり。

私は私を楽にするために、ののと別れる。

「逃げないで電話に出て」と私は書いた。本当は、逃げてるのは私。つらくてたまらないから私は逃げる。逃げる私を許してほしい。許せなくてもいいから、もう終わりにさせてほしい。

落ち着いたら、必ず登校して。私と向きあってくれなかったという記憶を、ののと私の最後の思い出にさせないで。

牧田はな

＊＊＊

野々原茜様（昭和60年5月22日消印）

あなたの家にはじめて行った。ののは私に、家に来てほしくないのかなと感じていたから、これまで遠慮していたんだけど。

学校帰りに川崎へ出て、多摩川べりを走る電車に乗り換えた。南武線に乗るのも、たぶんはじめての経験。ののが私に味わわせてくれた、たくさんの「はじめて」を思い出していた。

愛したのも、憎しみや怒りや混乱でいっぱいになったのも、だれかと本当の意味で触れあったのも、あなたが最初。あなただから、私はすべてを経験できた。

私が訪ねてくるのを、ののはわかってたみたいだったね。

「うちは狭いし、ちらかってるから」

って、あなたは後ろ手に玄関のドアを閉めて、さきに立って歩きだした。薄手の黒いカーディガンを羽織って、ジーンズをはいて、おばちゃんが履くみたいなつっかけサンダルで歩いてるあなたの姿は、なんだかとってもかわいくてきれいだった。

ののについて歩いて、私は土手へ上がる石段を上った。八段あった。数えたの。一段ずつの高さも幅もまちまちな、小さな階段。隙間から草が生えていた。たぶんタンポポを咲かせるんだろう。

　土手に腰を下ろすと、草がちくちく私の膝の裏を刺した。少し湿った土の感触が、制服のスカート越しにお尻をあっためた。青くさいにおい。夕暮れに近い空の色。工場の煙突かな、向こう岸で明かりが点滅してたね。なにかの合図みたいに見えた。

　私はその点滅を八つ数えてから、

「別れようよ、のの」

　って言った。緊張するかと思ってたんだけど、そんなことはなかった。私の心はものすごく静かだった。多摩川の川面《かわも》よりも。それで、ああもうとっくに、私のなかでは終わってしまっていたんだなと気づいた。だからののが、

「どうしても？」

　と聞いてくれたときにも、迷わず「うん」ってうなずくことができたの。

　ののは黙って、立てた膝に長いあいだ顔を伏せていた。泣いているのかなと思った。あなたの背中をなでてあげたいとも思った。でも、私も黙って、ただ隣に座ってた。

　あなたと与田とのことを知ってから、私は自分が死後の世界にいるみたいな気がしてた。心のなかは波立ち、逆巻いているんだけど、外からの刺激はなにも感じられない。あなたがなにを言っても、プールに潜ったようにぼわんとしか声が聞こえない。あなたが優しく私に触れても、ぶあつい膜に包まれてるように体温も触感もあいまいなまま。

　私は死んでしまったんだと思った。生き返りたいと思った。私なりに、必死にがんば

ってきたつもり。お棺のフタを内側からぶちあけて、ちっ息しそうになりながら一生懸命に地表を目指して土を掘る感じ。ツメなんかはがれちゃうぐらいよ（たとえ話だけど）。カビくさくて重い土がのしかかって、目を開けられないし、口にも鼻にも耳にもようしゃなく入ってくる。痛くて苦しくてもがきまくって、でもいつまでも地上の光は差してこない。

それでわかった。こんなに苦しい思いをしてまで生き返りたいと願うのは、ののを好きだからだ、って。私を土に埋めて苦しい思いをさせているのは、ののなの。ののしたことを、私が裏切りだと感じたからなの。どうして裏切りだと感じて苦しむかというと、私があなたを好きだから。

そう気づいて、もう地上を目指すのはやめにしようと決めた。私は永遠に死後の世界を生きます。今後、生あるかぎり、私はあなたを愛し愛された記憶とともに、もがくことをやめて土のなかで静かに眠ります。この埋葬は、あなたと私でしたことです。

さよなら、のの。たまには、私たちが埋めたもののことを思い出してね。学校で私の笑顔を見かけたら、生き霊かゾンビなんだと思ってね。私の心は土の下。二度と覚めない眠りについています。

別れようという私の申し出に、最後までののの返事はなかったけれど、かしこいあなたはわかっているはず。だから私も、しばらく待ってから立ちあがり、一人で土手をあとにした。あなたを残して。

地面が草からアスファルトに変わって、でも私は歩くスピードを変えないで、駅まで戻った。南武線に乗って、武蔵小杉で東横線に乗り換えた。涙は一度も出なかったよ。生き霊やゾンビは泣かないのです。泣きたくても涙が流れない体なのです。

高校を卒業するまで、まだ一年弱あるね。それまでもしかしたら、私たちは友だちみたいに過ごすのかもしれない。「もとに戻るだけ」って、このあいだ私が書いたとおり。だけど、本当のところは無理だよね。だって私たちは友だちではなかったんだもん。もっともっと激しいなにかだったんだもん。それをなかったことにして「もとに戻る」って、どういう状態なのかわからない。恋をし、あなたを愛したせいで、私の帰り道は消えてなくなってしまった。

それを後悔してるのかどうか、いまはまだ自分でもわからない。ただ、クラスが別れてよかったと思う。勉強できないのも、たまにはいい結果をもたらしてくれるんだね。毎日、同じ教室で顔を合わせて、気まずい思いをしなくてすむ。

これまでののが私にくれた手紙を、すべて返送します。手紙だけじゃなくメモまで取ってあって、我ながらすごいなと笑っちゃった。自分で捨てようかとも考えたんだけど、どうしてもできそうにないから、ののに返すね。私がののに出した手紙も含め、捨てても、燃やしても、ののの好きにしてくれてかまいません。

手紙やメモをしまっておいたクッキーの紙箱は、ただの空き箱になった。この箱を、お庭でこれから燃やします。描かれたお花が灰になっていくのは、きれいでしょうね。

私たち、楽しかったのかな？　楽しかったんだろう、たぶん。でも、その記憶もどんどんとろけて土に流れだしていく。埋葬された私の脳から。せめて少しの養分になって、あの土手の階段のタンポポを咲かせてくれますように。

牧田はな

＊＊＊

牧田はな様

あなたからの手紙を、何度も何度も読み返しました。小包で一緒に届いた、私が書いたこれまでの手紙やメモも順に読んだ。あなたの気持ち、あなたとしたこと、あなたが私に差しだしてくれたすべてのもの。

いまやそれら全部は、私が失い、もう二度と取り戻すことのできないものになりました。あなたに別れを切りだされても、私はとうとう「わかった」とは言えなかったけれど（だって、わかりたくない！）、こうなってしまうんだろうなと、本当は薄々気づいていた。与田とのことをあなたに知られてしまったときから。いいえ、あなたが純粋に、純真に、すべてを振りきって私を心から愛し、受け入れてくれたときから。

どうしてはなへの愛を貫けず、自分の気持ちを信じきれなかったのか、あれこれ考える。結論はいつも同じ。私がずるかったから。そのせいで私はすべてを失った。後悔してもしきれない。

　私のせいで埋葬されてしまったあなたの心が、せめて安らかであるようにと全身全霊で祈ります。いつの日か、新たな愛を注がれて、あなたがよみがえりますように。

　その日が来るのを見たら、私はきっと嫉妬でどうにかなるでしょう。だからやっぱり、あなたが決断したとおり、私たちは別れて正解なんだと思う。到底認めがたく、耐えがたい苦しみだけれど、あなたの愛と誠実と信頼を裏切り、ずるいばかりだった私は、あなたの決断に従うほかありません。

　私が書いた手紙とメモは、あなたが書いてくれた手紙とメモとともに、段ボールに入れて押入にしまいました。燃やしてしまおうかとも思った。箱を抱えて、ライターを持って、多摩川の土手まで行った。でも、できなかった。あなたの言葉と、私たちの大切な記憶が詰まっているんですもの。

　どんなに言葉をつくしても、どれだけ長い手紙を書いても、あなたの心に届かずすり抜けていっていると、本当は知っていた。最近は特に。もどかしくて、なんとかしたいと思えば思うほど、どんどん言葉はあなたに届かなくなった。

　それでも、交わした手紙のことを、燃やしていいただの紙切れだとは、どうしても私には思えない。私は私たちの記憶を、押入に、私のそばに、埋葬します。お棺が段ボールなのは許してね。

　これは私があなたに書く最後の手紙です。でも、投函はしない。段ボールのなかに地層のように重なった私たちの記憶。その一番うえに、私の愚かしさの証として載せ、箱の蓋を封印します。

学校で私たちは、必要最低限の会話を笑顔で交わすんでしょうね。友だちのふりをして。友だち以外のなにかであったことなんて、これまで一度もなかったかのような顔をして。

自分がなにを失ったのか、その大きさを、もしかしたら私はまだちゃんとわかっていないのかもしれない。うめき声を上げて、あるいは声もなく泣きながら、何度も目を覚ます夜がこのあと永遠につづくのかもしれない。

それが罰だとしたら、甘美な罰です。私は暗闇のなか、布団の重さを感じながら、あなたのにおいや体温を探すでしょう。あなたが私に向けてくれた笑顔や、指さきや、言葉を、何度も何度も再生しては土のなかで眠るあなたに思いを馳《は》せるでしょう。

私にとっての死後の世界は、そういうものです。苦しみを感じるたび、あなたに対する私の愛はまだ死んでいないのだと確信させられつづける。甘美な地獄です。

時間が経《た》てば、また心から笑いあえるのかしら？「そういえば私たち、熱に浮かされたみたいにお互いを好きだったね」と。そんな未来、想像もつきません。あなたの愛が、私の愛が、徐々に薄らぎ遠のいていくぐらいなら、私は永遠に地獄で苦しむほうを選びます。

はな、あなたが好き。もう伝えることはできないけれど。

野々原茜

# 二章

野々原茜《ののはらあかね》様（昭和62年　年賀）
あけましておめでとうございます。
ウサギのように、たくさん食べて元気に跳ねまわる一年にしたいです。
今年もどうぞよろしくお願いします。

ののの。卒業以来ごぶさたしてますが、元気？　同窓会、来られたら来てください。
牧田《まきた》はな

＊＊＊

野々原茜様（昭和63年　年賀）
あけましておめでとうございます。
龍のように天高く飛翔《ひしょう》する一年になりますように。

今年もどうぞよろしくお願いします。

私、彼ができちゃった〜。まだAもしてないけどね。えへへ。

牧田はな

＊　＊　＊

牧田はな様（昭和63年4月16日消印）

引っ越しました。

おばが住む陋屋（おば談）に同居させてもらっています。お近くにいらした際は、ぜひお立ち寄りください。

郵便番号　１５１

渋谷区大山町４－○－○　丸岡《まるおか》方

※電話はおば宅のものしかありませんので、ご遠慮ください。

野々原茜

＊　＊　＊

野々原茜様（昭和63年4月19日消印）

やっと連絡くれたと思ったら転居ハガキって、そっけないのね……。

ののの、おうちを出たんだ。いいなー。私なんて、両親が日本に戻ってきたので、ひさしぶりに監視（?）のもとで暮らしてるの。これまで気ままな生活だったから、外出しようとするたび、「今日、夕ご飯いるの?」とか母に聞かれて、くすぐったいというかびっくりしちゃう。

そうそう、妹は去年、志望どおり進学校に入学したんだけど、息つくひまもなく、今度は「東大に入る」って言って勉強してるわ。ののの後輩になるかも。なんなのかしら。ほんと、すごい向上心というか野心。

あ、野心っていうのは、ののことじゃないよ。妹のことだからね。いつ部屋を覗《のぞ》いても勉強してて、頭がおかしいんじゃないかと、ちょっと心配になってくる。

じゃあ、またね！

牧田はな

＊＊＊

野々原茜様（昭和63年4月30日消印）

ののの、お返事くれないのね。

いいわ、ひとりごとの多い人間になる。気が向いたら読んで。

昨日の同窓会、やっぱりののは来なかったね。私たちの学年、けっこういろんな子が顔を出してたよ。成人式を口実に、一月に学年だけの同窓会をやったばっかりのわりには（ののの振り袖姿、見たかったなあ。行事への参加率、悪すぎるわよ）。村《むら》ちゃんもしのぶもいた。みんな元気そうだった。「女子大生」って感じだった。私もだけど。

明日（5月1日）からは、彼と旅行に行くの。いえいえ、二人きりじゃありません。スキーサークルで仲のいいみんなと。スキーって言っても、全然体育会系じゃないお遊びのサークルで、そうなると冬以外、なにもすることないでしょ？ サークルの結束力にかかわるので、せっかくゴールデンウィークなんだし房総のほうにでも行こうかってことになった。なんで房総なのかは、謎。車を出してくれる先輩が、房総に行ってみたかったんだと思う。たぶん。安い民宿に泊まって、お魚を食べます。

彼とはサークルで出会ったの。慶大法学部の同学年（向こうは一浪してるから、年は一個うえ）。「他校の学生も歓迎」ってサークルはけっこうあるので、女子大の私でも男の子と会う機会はあるのです。

安田《やすだ》文紀《ふみのり》くんっていうんだけど、優しくてまじめなんだ。いままでつきあったことなかったんだって。まわりは派手で遊びなれてるっぽいひとが多くて、かえって私は安田くんをいいなと思った。裏切られたくない。誠実なひとが一番。そうでしょ？

安田くんは私を、「おじょうさまなんだね」って言う。外交官の娘で、外国帰りで、ミッション系の女子校を卒業してて、おとなしそうに見えるからかな。

実際は、全然ちがうのにね。アメリカ暮らしが長かったせいか、わりとズバズバ言っちゃうし、漢字もろくに読めないバカだし、女子とつきあった経験ありだし。でも私、「そう？」って、にこにこしてるの。おとなしいおじょうさまな私を、安田くんは好きなんだろうなって思うから。

そういえば、ののの転居ハガキにあった「陋屋」（↑ハガキを横に置いて書き写した）が読めなかった。読めないから、辞書で調べることもできない。

ののにおばさんがいるなんて、知らなかった！　どう？　おばさんとの二人暮らしは。

仲よく元気にお過ごしくださいね。

じゃあ、また！

牧田はな

＊＊＊

野々原茜様（昭和63年5月9日消印）

のの、元気？　のののことだから、きっとゴールデンウィーク中も、大学の図書館で勉強したり、親子連れやカップルが絶対行かないような地味な映画を見たりしてたんでしょうね。

私やっぱり、安田くんとうまくいかないかもしれない。ううん、キスはしたの。千葉の浜辺で。浜辺ってところが、ロマンティックでしょ？　星がいっぱい出てた。夜はまだちょっと寒くて、私たちは流木に腰かけて肩をくっつけあってた。二人きりで、民宿をこっそり抜けだしたの。ほかにも抜けだしてるひとたちは、何組かいたけどね。

女子部屋（十畳ぐらいの部屋を二つ借りて、男子と女子に分かれた）に戻ったら、みんなに冷やかされた。「みんな」というのは、抜けだし組からあぶれて、部屋でテレビを見ながらゴロゴロしていた女性陣のこと。慶応の子もいるけど、いろんな女子大から参加してる子もいる、混成チーム。うちのサークルは気楽な雰囲気で、わりと仲がいいほうだと思うな。

「キスした？」「それとももっと？」って、中学生に戻ったみたいだった。修学旅行の夜に似た感じ。「内緒」「やだもう、先輩ー」なんて笑って答えたけど、心のなかではがっかりしていた。

安田くんとのキスに、全然ドキドキしなかったから。キス以上のことができるなんて、とても思えなかったから。

キスするぞ、って意気込んでるのが、すごく伝わってきた。隣に座った私の肩に腕をまわして、安田くんはぎこちなく顔を近づけてきた。手が震えてたし、ほっぺたがひきつってたわ。私はそれを、噴きだしそうになるのをこらえながら見てた。ひどいでしょ？　でも、本当だからしょうがない。「ふうん、こんなものなのか」と思っていた。

このぎこちなさで、服を脱いでいろいろして、エッチまでこぎつけるの？　無理だよ、絶対！　かといって、私がなんかしてあげるわけにもいかないし。だって、「おとなしいおじょうさま」なんだもん。

それにね、ののが私に教えてくれたこと、どうして私が安田くんに教えてあげなきゃならないの？　ののと安田くんがエッチするようなものじゃない。そんなの絶対にいや。「あなたから別れを切りだしたくせに、どうして連絡取ってくるの。ずうずうしい」。ののは、そう思ってるんでしょう。安田くんとのことなんて、知りたくもないわよ、って。

ののの、私こわいの。安田くんと、ううん、男の子と、どうやってつきあったらいいのかわからない。つきあうって、エッチな意味だけじゃなく……。なにを話して、どう接すればいいのか、よくわからないの。これからも、ほかの男の子と話して親しくなったら、つきあうようになるかもしれない。安田くんと、いまそうなってるみたいに。そういうとき、どうすればいいの？　ののの姿や声や指が浮かんで、「あのときは、こうだった」と思い出ばかりが頭のなかをぐるぐるまわって、だけど目のまえにいるのは男の子で、なんだか妙な気持ちになる。

お願い、ののの。相談に乗って。ののと話したい。高三の春までのように。

牧田はな

＊＊＊

牧田はな様（昭和63年5月13日消印）

思わせぶりな手紙はやめて。

はなも書いているとおり、私たちはもう別れたはず。はなが別れたいと言ったから。

高三のあの日から、ろくに話していない。卒業式の当日ですら、当たり障りのない挨拶しか交わさなかったじゃないの。

大学に入って、三年目。私も親元から離れて、環境も変わって忙しいし、新しい人間関係もうまくいってるし、からかってるなら惑わせないでほしい。

はななら、だれからも愛されるし、だれかをちゃんと愛せるわ。私に相談なんかしなくても、大丈夫。

野々原茜

追伸。陋屋は「ろうおく」と読みます。

＊＊＊

野々原茜様（昭和63年5月14日消印）

ののと話をしたいだけ。友だちとして。
からかってなんてないわ。本当よ。ののと話をしたいだけ。友だちとして。
だって私たち、だれよりもわかりあえていた。いまも、魂のどこかがつながっている
のを感じるの。私だけのかんちがいではないと思う。……そう思いたい。
別れたって、友だちでいることはできるでしょう？
「大丈夫」と励ましてくれて、ちょっと勇気が出ました。安田くんにも、もっとのんび
りと、優しい気持ちで接しようと決めた。私、あせってたのかもしれない。「私だって、
男の子とできるんだ」と思いたくて。バージンを早く捨てたがる気持ちっていうの？
……私、バージンじゃないよね。なんか心配になってきた。もし私がバージンじゃな
いとわかったら、安田くん、どう思うかしら。裏切られたと感じるかな。安田くんに裏
切ってほしくないと思ってる私が、安田くんの期待を裏切っちゃったらまずいわ。
ああ、あせってエッチしなくてよかった。どうすればいいか、考えなくちゃ。
おばさんの家に、ののの用の電話がないのは不便。電話があれば、もっとたくさんおし
ゃべりできるのに。
とにかく、返事をもらえてうきうきしちゃった。ポストにののからの手紙が入ってる
のを見つけて（毎日、しつこく覗いていたの）、スキップして玄関を入ったら、妹にバ
カにしたような目で見られてしまった。やつったら最近、生意気なの。二人きりで暮ら
してたころは、「おねえちゃん、おねえちゃん」って頼ってきたくせにね。

追伸。陋屋、調べました。意味を覚えたわ！　ののがどんなおうちに住んでるのか、興味ある。

牧田はな

＊　＊　＊

牧田はな様（昭和63年5月17日消印）

はなったら……。ばかげたこと書いてこないで。あきれちゃった。

いいわ、私たちは友だち。実際、そのとおりですものね。あなた本当に、私をほだす（丸めこむ？）のがうまい。

友だちとして忠告しますけど、バージンのふりなんてばかな真似《まね》、やめたほうがいいわよ。そんなこと気にするような男と、なぜつきあってるのか疑問です。

そもそも、相手ははじめてなんでしょ？　だったら、緊張した感じでじっとしていれば、バージンだと思ってくれるんじゃない。わからないでしょ、処女か非処女かなんて。「わかる」って豪語してる男、大学でもたまにいるわ。でも、最初から血も出ないでスムーズにできたという子もいれば、清純そうな外見と演技力で、相手が勝手にバージンだと勘違いしてくれたという子もいる。バージンじゃなかったのに、間が空いてたり相手がものすごく下手だったりで出血してしまった、という子だっている。いずれのパターンも、複数の女性から聞いたことあるから（それらの体験談において、相手のほとんどは自称童貞ではない男よ、念のため）、実際のところ、判定基準なんてないに等しい。「わかる」と豪語する男は、わかった気になっているだけのことが多いんじゃないかしら。ご愁傷さま。

じっとして、「はじめてなの」って言えば、それでいいんじゃない。重ねて申しますが、そんなことを気にする男、どうでもいいと思うけれど。はなを、「おとなしいおじょうさま」ですって？　ふふ、笑っちゃう。

あなたは太陽みたいなひとよ。あたたかくて、まぶしくて、でもときどき残酷に照りつけるの。あなたのせいで灼《や》かれ、渇き、それでも求めずにはいられない。あなたを失ったら世界は暗闇だから。

そういうひととつきあってるんだってこと、安田くんでしたっけ？　彼も早く気づいて覚悟したほうがいいわね。私と同じ目に遭いたくなかったら。「別れてもいい友だちでいましょ」なんて、残酷な言葉を吐かれたくなかったら。

うまくいくよう祈ってるわ。

野々原茜

＊　＊　＊

野々原茜様（昭和63年5月19日消印）

でも、友情復活ね。「ちがうわよ。社交辞令よ」って、ののは言うかもしれないけど、ののってば、意地悪！　私を悪女みたいに言って。

いま、どんなに晴れやかで楽しい気分か、わかる？　ののとまた、こうしてお手紙をやりとりできる日が来るなんて！

ののののアドバイス、胸と頭に刻みます。なるべくじっとして、噴きだしたりせずに、安田くんのしたいことをさせてあげるようにする。「はじめてなの」って、震えるような小声で言うことにする。

がんばるわ！　なんのためにがんばるのか、自分でもわからなくなってきたけど。安田くんと別れるなんてことにならないようにするため？

それも変だよね。だって私、安田くんとこのままずっとつきあって、結婚して、死ぬまで一緒にいる未来なんて、これっぽっちも思い描いてないし期待してもいないんだもん。むしろ、ぞっとする。優しくてまじめな安田くんと、一生を過ごす？　退屈で早死にしそう。

たしかに私は残酷かも。でも、だれだってそうでしょ？　安田くんが私を「おとなしいおじょうさま」って思ってるのと同じように、私も安田くんと、「悪いひとじゃないし見た目も吐き気がするほどきらいではないし私のことを好きだと言ってくれたから」

つきあうことにしただけ。みんな、そういうものじゃない？「大手企業に入って高給取りになりそうだし、まじめで浮気もしなさそうだから」って、結婚してくれるまで安田くんにしがみつこうという計算がないぶん、私はまだマシだし、正直だと思うけど。ののとのことは、べつよ。あなたとつきあったのは、計算なんかなかった。愛してるからつきあった。それだけ。ののは、ちゃんとわかってくれていると思う。だから私たち、また友だちに戻れた。そうでしょ？

どうして私、安田くんを純粋に愛せないんだろう。もっと夢中になれないんだろう。世の中では、「話が合って、一緒にいると楽しくて、見た目も変じゃない異性がいたら、つきあうものだ」とされているから、つきあってる。なんかそんな感じがするの。たぶん、もっと激しくて、瞳孔が縮んじゃってほかのことなんて目に入らなくなるぐらいの恋を、私がもうしてしまったのがいけない。ののとの恋に比べたら、安田くんとつきあうのは、朝起きて顔を洗って歯をみがくのと同じ、「流れ」みたいなもの。そして、どんな恋もいつか終わる。滝みたいに激しくても、小川みたいに穏やかでも、いつか水は蒸発したり地面に染みこんだりして消えてしまう。そこに水があったという跡だけを白々と残して。

どう？　私ったら、ののみたいに詩人でしょう。

安田くんとうまくいくように努めます。でも、あのね、今週末は、特にデートの予定も入ってないの。家にいるので、もしよかったらお電話ください。おしゃべりしたい。

もちろん、番号は変わってない。

ここに番号は書かないわ。ののならきっと、うちの番号を覚えてる。そういう気がするから。

牧田はな

＊＊＊

牧田はな様（昭和63年5月23日消印）

どうして、またあなたと手紙を交わすことになってるのかしら。三年に進級してから大学では発表やレポートが毎週あるのに、電話もしてしまったし、すっかりはなのペースね。

電話でも少し話したとおり、おばの家は、小田急線の東北沢駅から歩いて十分ぐらいのところにある。大きなお屋敷も多い町だけど、おばが住んでいるあたりは、ふつうの住宅街。道が細くて入り組んでいて、むしろごみごみしているほうかもしれない。おばの家がまた、まさに陋屋という言葉がふさわしいボロ屋なの。はな、見たら驚くと思う。温室というかサンルームがあって（縁側を増築しただけの代物だけど）、そこは気に入っている。

大学までは、晴れた日は自転車で通っている。二キロもないぐらいだから、わりとすぐ。おばを手伝って、スーパーで買い出しもするから、前後にカゴのついた自転車。かっこいい自転車だと、盗まれるんじゃないかと心配しなければならないけど、私の場合、気が楽よ。

　部にもサークルにも入っていない。アルバイトは、去年の年末まで渋谷の喫茶店だった。川崎の自宅から大学まで通うのに時間を取られるせいで、なかなか働けなくて、店での居心地は悪かった。春休み以降は、駒場にある小さな書店でバイトしている。おばが知り合いの本屋さんに口をきいてくれたの。シフトはわりと自由に組めるし、社長はどこかをぶらついていて、私一人で店番することが多いし、日なたの猫みたいにのんびりした仕事。

　三年になって、迷ったすえに比較文学を勉強することにした。高校生のころは、官僚を目指そうとか、司法試験のほうがいいかしらとか、そんなふうに考えてたのにね。結局、つぶしが利かなそうなものを選んでしまった。

　でも、後悔はしていない。両親の期待を背負って、いい大学に入っていい会社に就職してなんて、ばかげていると心底から気づけたのよ。あなたのおかげね、はな。

　はなと別れることになって、すべてが終わったと思った。勉強以外にできることがないから、それだけはしていたけれど、機械が作業するのと同じようなものだった。条件づけられたとおり、ただただ問題集を解いていただけ。それで東大に受かるんだから、私もたいしたもんだわ。いえ、ちがう。受験勉強なんて、その程度のものだってことかも。

両親は合格をとても喜んで、だけど私は脱け殻だった。あいかわらず、はなを失った空白を埋められなかったから。両親の期待どおり、今度はいい会社への就職を目指してがんばるなんて、とてもできそうになかった。

それで、まあ……、いろいろあって、考えて、自分のしたいことをしようと決めたというわけ。家を出ることにもした。私、家では反抗もしたことない、おとなしくて従順な娘だったのよ。信じられないでしょうけれど。私の変化を、両親は到底受け入れられないだろうと思った。だから、距離を置くことにしたの。お互いのために。

はなが電話で近況を教えてくれたから、私も自分のことを書いてみた。興味なかったらごめんなさい。あなたにだけしゃべらせるのは悪いかと思って。

はな、今度うちに遊びにくる？　おばと会ったら、あなたどう思うかしら。ふふ。あなたの反応を知りたくなった。

都合のいい日があれば教えて。そのころには、安田くんとも進展していますように。

野々原茜

＊　＊　＊

野々原茜様（昭和63年5月29日消印）

昨晩、父にぶたれた。父があんなに怒ったのははじめて。離れて暮らしている時期も長かったから、父はふだん、私や妹をとてもかわいがってくれるんだけど。

家族で海外に赴任すると、たとえアメリカであっても、文化や習慣がけっこうちがうし、父以外は最初は言葉もうまくしゃべれなかったし、とても心細い。家族だけが仲間で味方、みたいな状態になる。そのせいかしら。うちはけっこう団結力があるの。私と妹を日本に残して、両親だけで外国に行っていたときも、頻繁に手紙をやりとりしたわ。離れていても、私たちはつながっていた。つながっていると感じられた。

でも、いざ両親と一緒に住みはじめたら、なかなかうまくいかないことも多い。すぐそばにいるのに理解しあえないって、なんてさびしいことなんだろう。会えないさびしさより、もっとつらい。

父が怒った理由がケッサク。安田くんとつきあってることを知って、怒ったの。

「そんな浮ついたことをして、いいと思ってるのか」

って。父は私が東大に行かなかったのを不満に思ってるのよ。行けるわけないじゃないねえ。でも、親も外交官だった父からすると、「大学とは東大のことである」という考えらしいわ。エリートって（と、自分の父を言う気恥ずかしさ！）、ほんとに不思議な生き物。

父に言わせると、東大に行けなかった私は一族の落ちこぼれで（「がんばって勉強しているみどりを見習え」としかられた）、残された道は、優秀な若手外交官の妻になって、彼を支えることしかないんですって。「経済的にも立場的にも恵まれた環境に生まれたものは、国家や社会に奉仕する義務がある」んだそうよ。直接的に国家や社会に奉仕する能力に欠けた人間は、国家や社会に奉仕するひとを家庭内で支えろ、という意味なんでしょう。「貴族かよ」と思うんだけど、父は大真面目で、とにかく外交官にも官僚にもなりそうにない馬の骨との交際など許さん！　って感じ。

「でも、安田くんを好きなのに」

と抗議しようとしたら、全部言わないうちにほっぺたを叩かれた。叩いた父のほうが「がーん」って顔してたけどね。母が「まあまあ」とその場を収め、父は書斎に引っこんだから、それっきり今日も父を無視してやってる。横暴すぎるもん！　腹が立つ！

母は、「パパはショックを受けてるだけよ」と言う。

「はなが男の子とつきあってるって知って、動揺してるの。パパのなかでは、あなたはいつまでも、かわいいかわいい小さな娘なのよ」

娘が男とつきあうのって、そんなに動揺するようなこと？　嫁には行ってほしいみたいなのに、勝手なものよね。「大丈夫よ、パパ。私がつきあったことあるのは、男だけじゃないから」って教えてあげたい気分。ふふ。びっくりして父の心臓が止まっちゃうかも。

ののの、本当に遊びにいってもいい？　誘ってもらったけど、なんとなく遠慮しちゃってた。でも、やっぱりののに会いたい。

あーあ、私も一人暮らししたいなあ。このごろ、親の干渉がうっとうしくてたまらないの。遅れて来た反抗期かしらね。

牧田はな

＊＊＊

牧田はな様（昭和63年5月31日消印）

どうぞ遊びにいらして。おばもいいと言ってるし。はなの家からだと、東横線で渋谷に出て、井の頭線で下北沢へ行き、小田急線に乗り換えって感じかしらね。ちょっと面倒よね。でもまあ、私は水曜の夕方ならバイトもないし、だいたい家にいます。土日にいらっしゃる場合は、事前に手紙で連絡ちょうだい。おばの都合も聞かなきゃならないから。

「経済的にも立場的にも恵まれた」家庭にも、いろいろ悩みや諍《いさか》いがあるのね。あたりまえか。私はいま、とても楽よ。親から離れることができて。

だけど、週に一度は家に電話しなければならない。「元気なの？」と母は言う。「あったかくして」とか、「ご飯ちゃんと食べるのよ。果物も忘れずに」とか、「折りたたみ傘はあるの？」とか。おとなしく、適当に相槌《あいづち》を打ちながら、私は考えている。すべてから自由になれたら、どんなに清々するだろうって。

でもね、さびしい自由を味わってみたい反面、親が生きてるかぎり、私は死ねないなとも思う。私に夢やら希望やら期待やらをさりげなく押しつけてくるひとたちだけど、私を愛してくれているのも事実だから。両親を悲しませるようなことにはならないといいなと思う。

もうちょっとご両親と一緒に暮らしつづければ、あなたもきっと適切な距離を測れるようになるわよ。ひさしぶりの同居だから、いまはまだ慣れていないだけなんじゃない。でも、一時避難（息抜き）の場がほしいなら、どうぞ遊びにきて。待ってるわ。

野々原茜

＊＊＊

野々原茜様（昭和63年6月10日消印）

ののの、昨日はどうもありがとう！　おばさまにもよろしくお伝えして。夕飯までごちそうになっちゃって、私ずうずうしかったよね。でも、お鍋おいしかったー。豆乳鍋って、はじめて食べた。おばさま、お料理がお上手ね。

それに、とてもふんいきのあるひと。きれいなだけじゃなく、迫力があるっていうか……。ちょっとしたシワとか、白髪まじりの灰色の髪とか、なんだかエキゾティックで魅力的。さすが、のののおばさんだね。「おばさん」って呼ぶの、ためらっちゃう。ののと同じように、私も「悦子《えつこ》さん」って呼ぼうかな。

ひさびさに会ったののも、元気そうで、あいかわらずクールで、感激しました。私が泣きそうになってたの、わかった？　会えて、おしゃべりできて、うれしい。本当に。

ののと悦子さんが住んでる家、ちっとも陋屋（辞書を見ながら書いた）じゃないよ！　古いけれど、とても居心地のいいおうち。床板があめ色に磨かれていて、手が触れる部分の柱の角が少しなめらかになっていて、室内の砂壁は日が差すときらきら輝いて、畳はほどよくやわらかい。いつまでものんびりしていたい感じ。それで、つい長居して、夕飯までごちそうになってしまったんですが。

なにより、あのサンルーム！　庭に張りだす形のガラス張りの空間に、サボテンやら蘭《らん》やら見たこともない鉢植えやらがたくさん置いてあって、ずっと眺めていたかった。ジャングルにいるみたい。そこに分け入った人間は、私が最初なのよ。
隊長！　人食いピラニアが棲息《せいそく》する川にぶち当たりました！　危険です、危険です！　対岸へ渡るには、ワニの背に乗るしかありません！

一人でそんなことを言って遊んでいたら、コーヒーをいれて持ってきてくれたあなたが笑った。そのとき私は、ひさしぶりに幸せだなと感じた。とてもリラックスして、午後の光は静か。

親とのこと、安田くんとのこと、相談しようと思ってたけど、やめにしたの。そんなのブスイだから。私たちは、サンルームで黙って座っていたね。布張りの古いソファに並んで腰かけて。ほこりが日をはじきながら、あたたかい空気のなかを舞っていた。コーヒーの香りが私たちを包んでいた。あなたは本を読んでいた。緑色の表紙。なんの小説だろう。ページをめくる音。私は半分ぐらい眠りに落ちかけている。隣に座るあなたの腕や腿《もも》のぬくもりを感じながら。

ののの、また遊びにいってもいい？

牧田はな

＊＊＊

牧田はな様（昭和63年6月11日消印）

おばもあなたをとても気に入ったみたい。「はなちゃん、かわいいわねえ。いつもブスッとしてるあなたとはおおちがい」と、私をからかう。

ええ、どうぞまたいらして。

おばの家を好きになってくれて、ありがとう。陋屋なんて書いたけど、実は私も、あの家をとても愛してるの。はなの言うとおり、落ち着くし、あたたかい雰囲気がある。なにより、静かだから。私の大切なシェルター。

茶の間のコルクボードに、世界中の風景を写したスナップが貼ってあったでしょう。全部、おばが旅したところ。ヒッピーだったんですって。インドでヨガの修行したり。変わってるわよね。それとも、その時代はそれがふつうだったのかしら。

豆乳鍋、お口に合ったようでよかった。おばはたまに、「飽食の時代の申し子め」と言って、あえておかしな料理を作るのよ。「あなたも、なんでも食べるたくましさを育まないとね」なんて言って。実際は、冷蔵庫の残り物をなんとか消費したいがゆえの、無茶な創作料理ってだけのくせに。変なひとでしょ。

でも、退屈しない。おばとの暮らしは。

野々原茜

＊　＊　＊

野々原茜様（昭和63年7月7日消印）

早く梅雨が明けるといいのに。

このところずっと、水曜日ごとにお邪魔してるわね。雨音を聞きながら、暗くなっていく庭を眺めてサンルームで過ごすのが、一週間のうちで一番安らかな時間。

父とはなしくずし的に、またしゃべるようになった。家族って、そんなものよね。絶交できない。ケンカもなんとなく終わってしまう。

安田くんのこと、父はもうなにも聞いてこない。私も、なにも言わない。一昨日、とうとう安田くんとセックスした。その翌日、ののと会ったわけだけど、なにか気づいた？　私、どこか変わってた？

たぶん、なにも変わらなかったでしょう。私自身も、「こういうものか」と思っただけだったから。ののが与田《よだ》先生とセックスしてたと知って、あんなにおかしくなったのは私なのに、妙なものよね。自分が経験してみたら、なんてことなかった。あのころ、私はののとのセックスしか知らなかったから。心から愛するひととのセックスしか。だから、とても重要な、重大なことだと思っていたんだと思う。そう思えたのは、幸せなことだったのかもね。ののとのセックスしか知らなかったせいで、それが基準になってたせいで、あなたを許せず、あなたと別れることになったんだから、もしかしたら不幸せなことだったのかもしれないけど。

気になっていたことを聞いてもいい？　いまのののの部屋には（「の」が続きすぎ！）、私があげた南の島のお人形がないね。もう捨てちゃった？　クローバーの指輪は？　私は持ってるよ、指輪。つけることはしないけど、大切にしまってある。ののと江の島で買った星の砂、どうして庭にまいちゃったんだろうと、最近よく思い出す。あれも取っておけばよかった。

あの砂は、風にちらばってどこまで行っただろう。

牧田はな

追伸。今日は七夕だね！　あいにくのお天気だけど。ののは、たんざくに願いごとを書いた？　あのサンルームに笹の葉を飾ったら、きれいでしょうね。ジャングル的な繁《しげ》り具合と、ちょっとミスマッチだけど。

考えてみたら私、たんざくって、小学生のころに書いたきりだ。そのときはたしか、「ねこをかいたい」って願いごとだった。ほかの子は、「お嫁さんになりたい」とか「算数ができるようになりますように」とかだったのにね。

父の仕事は転勤が多いから、結局うちでは動物を飼ったことがないままだなあ。

＊＊＊

牧田はな様（昭和63年7月23日消印）

梅雨は明けたのかしら。なんだかはっきりしない天気がつづくわね。四月に雪が降ったり、夏に差しかかっても気温が上がらなかったり、今年はなんだかおかしな年ね。ようやく試験は終わったけれど、レポートもあるし、研究合宿もあるの。やっぱり夏休み中は、遊びには出かけられません。ごめんね。でも、はなは安田くんとデートするんでしょ？

あなたのむくれる顔が見えるようだけど、私もヒマじゃないのよ。これまでどおり、水曜の夕方なら、おばのうちに来てくれていいから。ね？

そういえば、はなは就職どうするの？　来年になったら、そろそろ考えなきゃいけないわよね。それとも、就職はしないのかな。「おじょうさま」だもんね。

私はいま、迷ってる。先輩たちの話によると、リクルーターがたくさん来て、青田買いしていくらしいけど。東大ブランドは強いってことかしら、「どこでも希望の会社に入れるよ」って、先輩たちは口をそろえて言う。でも、経済でも法律でもなく、文学だからね……。その点、ちょっとハンデがあるわよね。それに、院に行ってもう少し勉強したい気もするの。おばも、「そうしたら」と言ってくれてるし。

まあ、どうするかはぼちぼち考えればいいとして、院試を受ける可能性も否定できないから、夏休み中もちゃんと勉強しておくというわけです。

このあいだの水曜日、はなはなんだか不満そうだったね。私が、あなたからの手紙に返事をしなかったから？　会っても、その話題には触れなかったから？

じゃあ、率直に言いましょうか。

あなたが安田くんと寝たかどうかなんて、考えもしなかった。だって、あなたと私はもうとっくに別れてるんだもの。だれとどうしようと、あなたの自由だし、興味ないの。だから、全然気づかなかったわ。

それから、あなたにもらった（呪いの？）人形。あれはどうしたかなあ。捨ててはいないと思う。おばのところに引っ越すときに、両親の住む家に置いてきちゃったんでしょう、きっと。

はなは私を冷たいと思うかもしれないけど、そうじゃないの。本当は私、二度とあなたに会うつもりはなかった。でも、再会したからには、私はあなたの友だち。一番の友だちでありたいのよ。

はなの悩み、苦しみ、なんでも聞くわ。相談に乗るし、励まし力づけてあげるし、私でできることならなんでもする。だけど、私になにかを求めないで。私に近づきすぎないで。

まえにも書いたとおり、私にも新しい人間関係はあるのよ。あなたは気づいていないようだけれど。そんなあなたを、私が「冷たい」と責めたことがある？

友だちの距離を保つこと。いまの私たちに大切なのは、それだと思うわ。

野々原茜

＊　＊　＊

野々原茜様（昭和63年8月8日消印）

ののの、元気？

あなたからの手紙をもらって、むくれつつも、ずうずうしく悦子さんのおうちにお邪魔しつづけていたけど、今週の水曜はうかがえなくなっちゃった。

いまねえ、安田くんと沖縄に来てるの。三泊して、木曜の夜に帰る予定。もちろん親には、「スキーサークルのみんなと合宿」って言ってある。スキーなのに沖縄って、意味わかんないけど。

ののの言うこと、そのとおりだなと思った。だから私、親離れならぬ「ののの離れ」をするように心がける！
のの離れ作戦その一として、七月末から短期バイトをはじめたんだー。サークルの先輩に紹介してもらって、スーパーで実演販売するバイト。ほら、たまにスーパーの一角に、ホットプレートを使ってちゃちゃっと調理して、「試食いかがですか？」って言ってるひといるでしょ。あの仕事です。焼き肉のタレとかウィンナーとか、なにを売るかも、どこのスーパーへ行くかも、日によって変わる。朝から八王子のスーパーへ行ったときは、遠くてほんとに疲れた。でも、そのつどバイト代をもらえるから、手っ取り早く稼ぎたいときにおすすめだよ。

　バイト代と、子どものころから貯めてたお金で、安田くんと沖縄に行こうって決めたのは先週。急だったから、飛行機取れないかなと思ったんだけど、ホテルとパックになってるツアーにちょうどよくキャンセルが出たとかで、行けることになった。

　さっき、ホテルに着いたところ。部屋はそんなに広くないけど、海が見えてけっこういいよ。明日は泳ぐつもり。沖縄はさすがに気温が高いけど、やっぱり天気はすっきりしない。雨は降ってないけど、明日もくもりっぽい。

　この旅行が、のの離れ作戦その二よ。私はいま、安田くんとつきあってるんだから、安田くんともっと仲良くなるようにする。たくさんしゃべって、笑って、楽しい旅行にしたいな。ののにもおみやげ買っていくね。

　あ、安田くんが部屋に帰ってきた。ホテルの近くのお店で、タコライスをテイクアウトしてきてくれたの。今夜はお部屋で食べようと思って。タコライスって知ってる？　私ははじめて知った。どんな味なのかしら。タコは入ってないそうです。

「ずいぶん長く書くんだね」

って、安田くんが言う。大切なお友だちへの手紙だから、って私は答える。

じゃあ、また！　暗くなっていく海を見ながら、タコライス食べます。

牧田はな

＊　＊　＊

野々原茜様（昭和63年8月19日消印）

沖縄みやげに「ちんすこう」買ったんだけど、なかなか届けられなくてごめんね。

旅行はねえ、安田くんとちょっとケンカしちゃった。私は浜辺でごろごろしたかったんだけど、安田くんは町をぶらついたり、首里城とかも行ってみたかったみたいで。でも、車もないから、そんなに移動できないじゃない？　私たちの泊まったホテル、本島の北のほうにあったし。

それで、ケンアクなふんいきになったりもした。

「じゃあ、安田くんだけで行っていいよ」

「それじゃ意味ないだろ、せっかく二人で来てるのに」

ってことで、結局首里城は行った。特になんにもなかったけど。建物を復元するとかで、工事がはじまるみたいだった。

一緒に旅行してたって、別行動する時間があってもいいよね？　それとも、恋人同士はいつも一緒に動くものなの？　めんどくさい。そう思う私は冷たいのかしら。安田くんのこと好きだと思うんだけど、なんかよくわかんなくなってきたなあ。

好きってどんな気持ちだったっけ。

そういうわけで、沖縄から帰ってから、安田くんとは一回しか会ってない。安田くんも私もバイトあるし。私はこのあいだ、二子玉川のスーパーで漬け物を売ったよ。多摩川のすぐ近く。ののが住んでたのは、多摩川沿いだったなと思い出していた（対岸だけどね）。この夏にしてはめずらしく、スカッと晴れていて、川は青空を映して流れていた。

多摩川って悠々として、河原でいろんなひとが遊んだり散歩したりしていて、でもなんだかさびしい感じもする川だね。いやなさびしさじゃなく。多摩川を見てると、「あーあ、さびしいけど、しょうがないか」って気持ちになるっていうか。

ところで父が、なにかを察知したみたいなの（いつもはドンカンなのに）。「なにか」というのはつまり、安田くんと旅行したことなんだけど。それで、今度部下を家につれてくるって言うんだよね。

「将来有望な若者で、深夜まで熱心に働いているからな。たまにはねぎらおうかと思って。ママ、当日の夕飯は五人ぶんで頼むよ」

だってさ。ねぎらいたいなら、レストランにでもつれていってあげればいいじゃない。わざわざ自宅に招くって……。

「お姉ちゃんと引きあわせたいんでしょ」

と妹は言う。やっぱりそういうことか。やんなっちゃうなあ。ま、適当にお相手しておきますけど。

いったいどんな、「将来有望な若者」が来るのかしら。また報告するね！

牧田はな

＊＊＊

牧田はな様（昭和63年9月4日消印）

はな、お忙しいみたいね。最近すっかりご無沙汰じゃない。

安田くんとは、どうなった？　仲直りできたかしら。お父さまが連れてきたという「将来有望な若者」は、どんなひとだった？

もう少し涼しくなったら、また遊びにきて。おばの家のサンルーム、夏は地獄だけど、秋以降はとても居心地がいいのよ。お茶会をしましょう。紅茶だと少女漫画っぽくて素敵ですが、残念ながら緑茶です。でも、なかなかいいお茶なの。京都へ旅行したおばが、お土産《みやげ》として買ってきた。

私はこの夏、合宿以外は旅もしなかった。大学図書館とバイト先の本屋へ行くだけで、あとはおばの家で昼寝をしたり課題をやったり漫画を読んだり。漫画って、大人になったら読まなくなるものなのかと思っていたけれど、そうじゃないのね。成人しても、あいかわらず読んでいる。はなは？　再会してから、そういえば漫画の話を全然していない。もう読んでないのかな。高校時代は、学校で毎日のように、読んだ漫画について語りあっていたのにね。

私たちはどんどん変わっていってしまう。

野々原茜

＊＊＊

野々原茜様（昭和63年9月14日消印）ののの、週末にお邪魔してしまってごめん。とっても楽しかった。悦子さんにも、よろしくお伝えください。

ちんすこう、無事に渡せてよかった。長く保《も》つお菓子だけど、ほら私、どちらかといえばがさつなほうでしょう？　箱を落としたり、うえに教科書を置いちゃったりして、砂みたいにさらさらになってるんじゃないかと心配だった。ちゃんと原形を留《とど》めていてホッとしたわ。

ちんすこうと緑茶、合うね！　ののはいつも、悦子さんとサンルームでお茶会をしてるの？　二人が静かにお茶を飲んで、ちんすこうをかじってる姿、すごくステキだった。

私ってばなんだか、「ちんすこう」みたいだなと思えて、気おくれしちゃった。

　なのにののったら、『ちんにゅう者』って、一字入れ替えると大変なことになるのよね」なんて言うんだもの。私、意味がわかるまで二秒ぐらいかかった。「やめてよ、のの」って笑いながら抗議したけど、「あら、有名な話じゃないの」って、ののは平然としてたね。悦子さんが、「この子、たまに下品なのよね」と、あきれたように言ったのがおかしかった。

　ののの子どものころの話とか、聞きたかったな。ののがトイレだか台所だかに立ったとき、悦子さんに聞いてみたの。ののはどんな子どもでしたか、って。

「なぜ私に聞くの？」

「え……。ののおばさまだったら、ご存じかと思って」

「ああ」

と悦子さんは少し笑った。「子どものころの茜とは、会ったことがないの」

なにか事情があるのかしら？　親戚でも、あまり親しくつきあってこなかったということはあるだろうし……。ねえ、のの。私なにか悪いことを聞いちゃった？　だとしたら、ごめんなさい。

それとも、私とのことを悦子さんに話したの？　別れたくせに、ののの幼少期について知りたがって、変な子と思われたのかな。考えすぎ？　友だちの子ども時代について聞くのは、べつにおかしなことじゃないよね？

なにが正しいのか、自分が「ふつう」なのかどうか、よくわからない。ちょっとのことで混乱して、どんどん自信がなくなっていってしまう。

お茶会では私、安田くんのことをなにもしゃべらなかった。ののが手紙で心配してくれてたのに。でも、特に秘密にするつもりはないの。しゃべらなかったのは、しゃべることがなにもなかったから。安田くんとは、このごろ全然会ってない。彼、サークルにもほとんど顔を出さなくなっちゃったし。避けられてるのかな。私のほうも、電話もしてないんだけどね。

本当を言うと、せいせいしてる。このまま自然消滅なのかなと思うと、「その程度の仲だったのか」とがっかりもする。でも、別れ話なんて気が重いもの。安田くんと距離を置きたいと思ってたから、言いかたは悪いけど、手を汚さずにすんでホッとしてるのも事実。

ののには正直に言うね。父が連れてきた「将来有望な若者」。磯崎《いそざき》さんていうんだけど、実は私、磯崎さんのことが気になってるの。私より四つ年上。外務省に入って、三年目かな。いまはみっちりと語学研修を受けてるって言ってた。とはいえ、英語はぺらぺらなんだけどね。

なぜなら、磯崎さんのお父さまも外交官で、磯崎さんも高校に入るまで海外で暮らしていたから。イギリスやアメリカやインドや、いろいろ。そしてね、私は磯崎さんと幼なじみなのよ！　これって運命じゃない？　私が幼稚園から小学生にかけての四年間、アメリカで磯崎さんと一緒だったことがあるの。現地の日本人社会なんて小さなものだし、近所のイベントなんかで、ちょくちょく顔を合わせていた。「頼れるお兄さん」って感じで、私は磯崎さんになついてたのよ。

だから、父に招かれて我が家に夕飯を食べにきた磯崎さんを見て、

「新太郎《しんたろう》お兄ちゃん!?」

って、思わず叫んじゃった。

「あれぇ、すぐばれちゃったな」

って、磯崎さんは苦笑した。「俺、そんなに顔変わってない？」

「うんうん。見た瞬間にわかった」

「大人になったつもりだったのに、自信なくすなあ」

磯崎さんは、昔と変わらない優しい表情で言った。「はなちゃんもみどりちゃんも、ちっとも変わってない。かわいいままだね」

楽しい夕食になったわ。母もひさしぶりの再会に喜んで、磯崎さんにお料理をたくさん勧めていた。妹だけは、

「なーにが、『かわいいままだね』よ。調子いい男」

って、しかめっ面をしてたけど。むずかしいお年ごろなの。大学受験に向けて、ぴりぴりしてるのよね。え、まだずいぶん時間あるのに⁉ って、私なんかは驚いちゃう。父の計略にはまったようで腹立たしいんだけど、その日から私、磯崎さんのことをよく考えている。磯崎さんはそろそろ、海外研修期間に入るそうなの。そのあとも外交官として、世界各国に赴任するはず。もし、磯崎さんと結婚したら、私も彼について世界中をまわることができる。

おつきあいもしてないのに、気が早すぎる。だいいち、そんなの他力本願だ。

ののはきっと、そう言うでしょう。

でもね、他力本願にでもならなきゃ、どうしようもないの。だって、私になにができる？ 頭も外見もそこそこ。取り柄なんてひとつもない。そんな私にできることっていったら、どっかの会社に入って、二年ぐらいしたら適当なひとと結婚して、あとは？ 子どもを産んで育てて、夫のために家事をして、それで終わり？ つまらない！ ちっ息してしまいそう！

「適当なひと」というのは、親が探してきた相手かもしれないし（お見合いみたいなものよね）、そうじゃなくても、お互いの家の経済力やらなんやらも含め、まあまあ気が合いそうな相手、って意味。退屈でしょう。でも、冒険する勇気もない。「結婚って生活よ」と、よく母は言う。私もなんとなく、そうかもなと思う。ものすごく貧乏だったり、酒に溺れて妻子を殴りまくったりするひとと、私はこれまで接点がなかったし、そういうひとと結婚してうまくやっていけるとは思えない。ごうまんな言いかたかもしれないけれど。

私は結局、「おじょうさま」なのかもね。おとなしいかどうかはべつとして、安田くんの言うとおり。かといって、進みたい道を自分で切りひらけるだけの能力もない。だったら、磯崎さんと結婚するのも手じゃないかしら。そう思うに至ったというわけなの。磯崎さんと結婚しなくたって、どうせ、いずれは無難なひとと結婚するんだろうから。結果としては同じこと。海外へ行けるという点で、むしろ磯崎さんほど理想的な相手はいない気がする。

磯崎さんだって、父に家へ誘われた時点で、その思惑はわかっていたはずよ。外交官は、外交官の娘と結婚するひとが多いから。「閨閥《けいばつ》」というんですってね。結婚を出世の足がかりにする。そしてもうひとつ、海外での勤務が多い職業だから、やっぱり海外での暮らしに慣れたひとを奥さんにしたがるみたい。日本以外で一度も暮らしたことがなくて、適応力も低いひとだと、外交官の妻ってかなりつらい立場だと思うんだ。

あらま、ついついいっぱい書いちゃった。長々とごめんね。何日もに分けて書いたから、なんだかよくわかんない内容になってるかも。

心乱れています、ということを言いたかったの。ねえ、のの。どう思う？　磯崎さんは忙しいだろうけど、思いきって電話してみようかな。そのまえに、安田くんにきちんと別れを切りだすべき？　安田くんが自然消滅をねらってるんだとしたら、そんなことを切りだすのはブスイかしら。

ほんとにわかんない。正解の選択肢を選んだら、ピンポーンって音がするといいのに。クイズ番組みたいに。

牧田はな

＊＊＊

牧田はな様（昭和63年9月20日消印）

天皇の容態がよくないというニュース。なにかが終わり、変わっていく予感がするけれど、この予感はきっとはずれる。変わりそうで変わらないまま、きっと日常はつづくんだ。

現に、はなの頭は磯崎さんでいっぱい。だれが病気でも、だれが死んでも、はなにはなんの関係もない。そうでしょ？　いいえ、責めてるんじゃないわ。いいことだと言ってるの。私はあなたの、一種のたくましさが好ましい。なにが起こっても、持ちまえの健全さでどんどん前進する。日常を営みつづける。簡単そうでいて、なかなか実行できることじゃない。皮肉ではなく。

安田くんは、放っておけばいいんじゃない。気になるなら、お別れしましょうって手紙を書いたら？

磯崎さんとやらのこと、思わず噴きだしてしまった。だってはなったら、本当に気が早すぎるんですもの。まだ、ご家族もまじえて自宅で夕飯を食べただけなんでしょ? どうか落ち着いて。

電話でもなんでも、したらいい。磯崎さんとデートしたいなら、誘ってみたらいい。だけど私が気になるのは、はなの自己評価がずいぶん低いこと。

あなたは、自分にはなんの能力もないと言う。海外へ行くには、外交官の夫を持つのが一番だと。本当にそうかしら?

私たちはまだ学生で、ちゃんと働いたことも、自分の力で生計を立てたこともないのよ。仕事をしてみたら、案外向いてることが見つかって、海外赴任だってできるかもしれないじゃない。どうして試してもみないで、最初から他力本願に陥《おちい》ってしまうの? はながもし、打算でおつきあいや結婚を決めるのだとしたら、私は反対するわ。それではなが幸せになれるとは思えないから。閨閥? ぞっとする。もし磯崎さんとやらが、出世したくてはなのお父さまの招きに応じたのだとしたら、そんな男はやめておきなさいよ。あなたには、あなたを真実愛しているひとと一緒になってほしい。

忘れないで、はな。私はいつもはなの味方。そしていつも、はなの幸せをだれよりも強く願っている。

もしあなたが、不幸になりそうな道を選ぶなら、私はそんなあなたを許せなくなる。だからどうか、慎重に。自分の幸や不幸、人生について、だれかに委ねたり計算を働かせようとしたりするのはやめて。

自分の心の声にのみ忠実に。そのうえであなたが選んだことなら、私はいつだって応援するわ。ひとを殺したと告白されても、だれかをひどく残酷に傷つけたと打ち明けられても、それがあなたの本当にしたいことだったなら、私は喜んで受け止め、あなたを抱きしめるでしょう。

野々原茜

＊＊＊

野々原茜様（昭和63年9月30日消印）

新聞でもテレビでも、陛下の容態について触れない日はない。全国各地で、イベントやらお祭りやらが中止になりそうなんですってね。父も心なしか、暗い顔をしている。国のために働いてるひとって、そういうものなのかなあ。私にはよくわかんない。単に、むずかしい仕事を抱えてるだけかもしれないけど。

ののお手紙、心強く読みました。ありがとう、ありがとう！　ののが私のこと、変わらずに大切に思ってくれているとわかって、本当にうれしかった。でも、私の恋を止めはしないのね。

ううん、それもあたりまえ。ののと私は友だちなんだもん。私も、ののが恋をしたら全力で応援する！　ののは秘密主義で、そういう話をちっとも聞かせてくれない。ちょっとさびしい。

誤解させたようだから、説明するね。結婚のこと、打算や計算が一ミリもないとは言えないけど、磯崎さんをいいなと思うのは、心の底から湧いてきた気持ちなの。

これまで私、フランチェスカに入るまえのことは、あまりしゃべってこなかった。フランチェスカみたいに、「みんな同じ」がいいとされる学校では、海外生活を自慢してると思われそうでいやだったし、早く日本になじみたかったから。英語の授業でも、わざとちょっと下手めに発音したりして、私にしてはけっこう気をつかってたんだ。

私はイギリスで生まれたらしいけど、それは覚えていない。赤ちゃんのうちに日本に戻って、妹が生まれて、はっきりと記憶があるのは、幼稚園生のころ。父の赴任地であるアメリカのワシントンへ引っ越した。行きの飛行機のなかで、オレンジジュースを飲んだことをよく覚えてるの。コーヒーについているミルクみたいな、でも、あれよりもちょっと大きいプラスチック製のカップに入っていた。フタはシールっていうの？　ほら、はじっこのツメをちょっと折って、そこから開ける仕組みの容器。

気圧のせいで、私は耳が痛くてぐずったんだと思う。母は、フタに指で二カ所、穴を開けてくれた。その穴から、ジュースを飲んだ。甘くておいしかった。

小学二年までアメリカにいて、三年から日本に戻った。いろいろびっくりした。授業中は黙って黒板のほうを見ていなきゃいけないこと。机が整然と並んでること。思ったことや感じたことを、そのまま言っちゃダメだってこと。「英語しゃべって」とクラスの子に言われて、最初はリクエストに応えていたんだけど、そのうち私はあいまいに笑って切り抜けるようになった。そうしたほうがよさそうだと、学習したから。

父は、インドやフィリピンに単身赴任した。母もしょっちゅう、父の住む国へ行き、そのまま二カ月ぐらい帰ってこない。そのあいだ、私と妹の面倒は、母方の祖母が見てくれていたの。厳しいおばあさんで、いたずらをするとしょっちゅうゲンコツよ。でも、祖母が亡くなったときは泣いた。ピアノのおけいこバッグに、見よう見まねでリスのアップリケをつけてくれたり、おかずが焼き魚ばっかりでいやだと言ったら、コロッケを作ってくれたりした。「ぜいたく言って」って、やっぱりゲンコツされたけど。なんだかんだで、私は祖母のことが好きだった。

私が中学に上がるのを機に、父がまたワシントン勤務になったから、家族でアメリカに移った。祖母も死んでしまって、子どもだけが日本に残るわけにもいかなかったし。英語はすぐに思い出せた。むずかしい単語も、ちょっとずつだけど覚えていって、ふだんの生活で苦労することはなかった。

ワシントンには日本人学校がなかったから、現地校に通った。ほかの外交官の子とか商社勤務のサラリーマンとかの子も一緒に。

ワシントンは大きな街だけど、在住の日本人はほとんど顔見知りなの。実質的には狭い村に住んでるようなもので、息が詰まりそうだった。妹は、「英語をもっとしゃべれるようになりたい」って、アメリカでの生活を楽しんでたけど。妹はいつでもどこでも、目的意識がはっきりしてる。当時はまだ小学生だったのに。変な子だよねえ。

　現地の日本人社会は、噂《うわさ》と好奇心でできている。奥さん同士の情報網が張りめぐらされていて、「あそこの子は……」とか「あそこのご主人……」とか、しょっちゅうひそひそ話が交わされる。もちろん、そういうのをきらって、うまく受け流すひともいたけど。大半のひとは、噂されないように気をつかっていたと思う。夫の地位や立場によって、奥さんのあいだで序列ができるのは、たぶん社宅と同じ。

　そんな状況だと、一息つけるのは家のなかだけ。家族と過ごす時間だけ。母はよく、「『男は外へ出ると、七人の敵がいる』と言うけれど、それは女も同じよ」と言ってた。武士みたいよね。「私たちは国のお金、つまり税金でアメリカに来て、パパが国のために一生懸命働いているおかげで、暮らせているの。だから家族で、パパを支えてあげるのは当然でしょ」とも言っていた。国のため、って戦時中みたいでしょ。でも外国で暮らしていると、「日本」について考えるようになる。日本のために父は働いているんだと思うと、なんとなく誇らしかったのも事実。

　私はね、のの。そういう男性と家庭をつくりたい。「そういう」というのは、国家とか社会とか、きちんと考えてるひとって意味よ。そうじゃないと尊敬できないし、妻として支えてあげようという気持ちにもなれないと思うの。安田くんとつきあってみて、なんとなくそう感じた。

私たち家族は、身を寄せあうようにして暮らしていた。なんでも話しあったわ。本音も、だれかの悪口も、家のなかで、家族にしか言えなかったから。外でつらいことがあっても、息が詰まりそうな思いをしても、家に帰ればくつろげた。味方は両親と妹しかいなかったの。

日本にいても外国にいても、息が詰まりそうなんておかしいね。じゃあ私は、どこに行けば自由に呼吸ができるんだろう。

それを探すために、世界中を旅してまわりたいのかもしれない。

とにかく、私にとって家族は、家庭は、シェルターなの。この感じをわかってくれるのは、子どものころに海外で暮らしたひとしかいないんじゃないかな。特に、外交官の子ども。一家で責任を背負って、「国のため」って緊張しながら生活した経験のあるひと。

はー、ずいぶん長く書いちゃった。手が疲れてきたから、ひと休み。紅茶をいれて飲みながら、当時のことをいろいろ思い出してみた。

日本人社会での子ども同士のつきあいも、独特なものがあった気がするなあ。学年や性別に関係なく、仲間意識があったというか。その国においては、私たちは異邦人、少数派。だから現地のひとにナメられないように、意地悪されないように、でも友好的にやっていけるように、日本人の子ども同士で協力したり情報交換したりしてた。

外交官の子どもって、親の転勤についていくことも多いから、アメリカの学校で一緒だった友だちと、数年後に中東の学校で再会する、なんてパターンもよくあるの。日本で暮らしているときも、独自のネットワークがあって、けっこう頻繁に連絡を取りあったり。

私は、あまりそういうことはしなかった。日本で外交官の子が多く通う学校って、都内にいくつかあるんだけど（たいがい、外国語教育に力を入れている学校）、私は横浜の聖フランチェスカに入ったし。なるべく「帰国子女臭」を出さずに、クラスのムードに溶けこみたかったから。アメリカでの友だちのことは、無意識のうちに忘れようとしていたみたい。

でも、家に夕飯を食べにきた磯崎さんの顔を見たとたん……、思い出した。

私たちは同志だった。いまよりももっと子どもで、外国で心細くて、お互いにお互いを頼りにしていたこと。慰めあったり笑いあったりしながら、私たちは一生懸命に毎日を過ごしていた。磯崎さんはいつも優しくて、年下の子どもたちに英語を教えてくれたり、ゲームにつきあってくれたりしたわ。私は磯崎さんを、お兄さんみたいに慕っていた。心から頼りにしていた。

そんな記憶があふれてきて、なんだかたまらなくなったの。

ねえ、のの。磯崎さんとまた会えたのは、運命じゃないかしら？　しかも私の父は（たぶん磯崎さんのお父さまも）、私たちが結婚することを望んでるのよ。障害はなにもない。幼なじみの、優しく信頼してる相手と、私、結婚しようと思ったらすぐできるのよ！　私をいろんな国へ連れていってくれる磯崎さんと！

　ドキドキする。夢がかなうかもしれない。世界中を旅してまわり、いつか息が詰まらない居場所を見つけるの。隣にはもちろん、磯崎さんがいるはずだわ。もしかしたら、私たちの子どもも二人か三人。うふ。

　ののアドバイスどおり、私は私の心の声に従うわ。磯崎さんと、もっと会ってみる！　彼が考えていることを、私のことどう思っているかを、知りたいの。

　私、磯崎さんに恋をしたんだわ。安田くんのときとは比べものにならない、運命の恋に落ちたのよ。

牧田はな

＊＊＊

牧田はな様（昭和63年10月5日消印）

落ち着いてと言っても無駄なようね。

あなたからの長い手紙を読んで、私がまず思ったのは、「大学卒業後の逃げ道として、『結婚』というルートを見つけたってだけじゃないの？」ってこと。

意地が悪いとか、嫉妬してるとか、思わないでね。正直な感想よ。

だいたい、磯崎さんとやらに会ったの、何年ぶり？　そのあいだに彼が、「優しくて頼れるお兄さん」から変貌していないという保証はないじゃない。大人になって、まだ一度しか会ってないんでしょ。彼のひととなりを見きわめるだけの時間はあったの？
上司や親の意向どおりに、のこのこあなたに会いにくる。ずいぶん出世欲にあふれた、打算的な男のようにお見受けするけれど。まわりの思惑に乗せられて、そんな男と親しくなっちゃって大丈夫？
無駄だとわかってるけれど、あえて言うわ。忠告はこれで最後にするから、許してね。はな、どうか落ち着いてちょうだい。最初から目を曇らせていては、相手の真実の姿は見えてこない。

野々原茜

＊＊＊

野々原茜様（昭和63年10月7日消印）
ののの意地悪！
嫉妬じゃないって言うけど、本当に？
ののは、私が運命の相手を見つけたのが悔しいんじゃないの？

牧田はな

＊＊＊

牧田はな様（昭和63年10月12日消印）

運命なんかじゃないでしょう。あなたが磯崎さんとやらと再会したのは、単にあなたの父親が策略をめぐらしただけじゃない。そのこと、あなただってわかってるくせに寝言を言って！

運命ですって？　笑わせないで。

連休のあいだ、臨時で本屋のバイトに入ったり家事をしたりしながら、あなたの指摘について考えていた。

嫉妬？　どうして？　私はもうとっくにあなたと別れているのに。

あなたはもう、「私たち」という言葉の意味を変えてしまった。それは以前、あなたと私を指す言葉だった。でもいま、あなたは「あなたと磯崎さん」という意味で使う。

あなたたちの居場所。あなたたちの子ども。

それでいいんじゃない？　私はあなたに安らげる居場所を提供できなかった。私とあなたでは逆立ちしたって子どもなんてできない。

あなたは私といると苦しいと言った。私もあなたの言いぶんに納得した。だから別れた。

なのになぜ、いまさら私が嫉妬すると思うの。

何度でも言うけれど、私はあなたの幸せを心から願っている。嫉妬ではない。心配しているのよ。

野々原茜

＊＊＊

野々原茜様（昭和63年10月14日消印）

ああ、のの！　ごめんなさい。私ったらひどいこと書いた。どうかしてるのよ、恋をしたもんだから。あなたに磯崎さんを否定されたような気がして、イライラしちゃった。嫉妬だなんて言って、私のほうこそ意地悪で、しかもバカだ。

ほんとにごめんね。

いいアイディアを思いついたの。磯崎さんと一緒に、悦子さんのおうちに遊びにいっちゃだめかな。そしたらののに（悦子さんにも）、磯崎さんがどんなひとか見きわめてもらえるでしょ？

実はね、磯崎さんからうちに電話があって、私たちもう二回デートしたの。二回とも、松本楼でお昼を食べて、日比谷公園を散歩して、帝国ホテルのロビーでお茶して解散っていう、健全なコースだけど。お仕事が忙しいのに、私のために時間を作ってくれて、うれしかった。

磯崎さんと会話するのは、とっても楽しい。外務省の人間関係とか、自分のちょっとした失敗談とか、おもしろおかしく話してくれる。私の話にも興味を持ってくれて、「大学生活はどう？」とか「どんな高校生だった？」とか、すごく聞き上手なの。「ののっていう、大切なお友だちがいるの」って言ったら、「はなちゃんの友だちなら、きっといい子なんだろうね。いつか会ってみたいな」って。

ね、どうかしらのの。磯崎さんと会えば、彼が悪いひとじゃないってこと、わかってもらえると思うの。万が一、悪いひとだと思ったら、教えてよ。

私が妙な男に引っかからないように、私のために、一肌脱いでくれない？　ご都合のよい週末があったら、磯崎さんとも相談したうえで、お邪魔させていただこうかと思うの。

ご検討ください。

牧田はな

＊＊＊

牧田はな様（昭和63年11月7日消印）

あなたってほんとに無邪気なひとね。いえ、無邪気を装っているのかしら。それで結局、自分の意思を押し通してしまうんだから、まったく困ったもんだわ。

電話でも言ったけれど、あなたの提案を読んで、最初は「冗談じゃないわよ」と思った。おばと私で静かに暮らしてる家に、なんで知らない男を招かなきゃいけないの、って。

でも、これもすでに直接お伝えしたことだけど、おばがおもしろがっちゃってね。「あら、はなちゃんが結婚したがってる相手？　どんな男性か見たいから、ぜひ遊びにきてもらいなさいよ」って、すごく乗り気なんだもの。しかたがないわ。私は黙々と家じゅうを掃除して、食材の買い出しやおばの料理の手伝いをして、当日を迎えたというわけ。

おばはふだん、わりと物静かなくせに、たまにはっちゃけるというか、いたずら心を発揮する。子どもみたいなところがあって、手に負えない。そこが魅力でもあるんだけど。

そんなこんなで、日曜日にあなたと磯崎さんが来た。

結論から言うわ。おばは磯崎さんを気に入ったみたい。海外を旅した話を熱心に聞いてもらえて、うれしかったんでしょう。「なかなかいい若者じゃない」なんて、あなたたちが帰ったあとに言っていた。

私はどう思ったかって？　特になにも。まあ、笑ってしまうほど変な顔でもないし、少なくとも悪いひとではなさそうね。

こんな消極的評価では、あなたは納得しないんでしょうけど、数時間話しただけじゃ、なにもわからないわよ。いまのところ、これが精一杯。

ただね、「悪いひとではなさそう」っていうのは、褒め言葉じゃないから。本当の悪人なんて、ごく少数でしょ。たいがいのひとは、「悪いひとではない」のよ。つまり、「退屈」ってこと。

いっそのこと、磯崎さんが極悪人だったらおもしろいのにと思う。そうしたらあなた、退屈知らずの毎日を送れるわよ。それが幸せな毎日かどうかは、ちょっとわからないけれど。

私の磯崎さん評は、「変な顔じゃないし、会話もそつがないし、悪いひとではないんだろうけど、隙がなくて退屈。でも、『もしかしたら極悪人かも』って想像する余地は残されているから、まあ及第点」ってところかしらね。

思うぞんぶん、磯崎さんに恋してみたら？

悪いけど私、当分忙しくて、しばらくは手紙も途絶えがちになりそう。そのあいだ、お元気で。

野々原茜

＊＊＊

野々原茜様（昭和63年12月20日消印）

のの、どうしてる？　あなたったら、忙しいと言ったきり、ちっとも連絡をくれないんだもの。私もなんとなく遠慮してるうちに、もう今年も終わっちゃいそう。会いたいな。

　このごろは新聞やニュースで毎日、陛下の容態が報じられるね。「下血」って言葉、はじめて知った。下血の量を国民みんなが知ってるなんて、天皇陛下は病気になっても大変だ。

「自粛」（この言葉もはじめて知った）だとかで、クリスマスもお正月もなんだか地味な感じになりそうね。静かでいいけど。ののはクリスマス、どんな予定？

私はね、二十四日は家族と過ごして、二十五日に磯崎さんのおうちに遊びにいくんだ。磯崎さんは、世田谷の官舎で一人暮らしてる。でももちろん、嫁入りまえの娘は、男性の部屋へなど行きません（また私、交際しなれていないふりよ……）。

　磯崎さんのご実家は目黒にあるの。おじいさまも外交官だったそうで、外国からのお客さまをお招きするために洋館にしたんですって。「いまや、ただのボロっちい家だよ」と磯崎さんは笑うけど、どんなおうちか楽しみ。

　磯崎さんのご両親に会うの、緊張するなあ。なにを手土産に持っていこうかしら。やっぱりチョコとか焼き菓子とか、そのあたりがいいかな。

あ、べつに、結婚のごあいさつに行くわけじゃないよ。だから、私の両親はお留守番。

母は、「お片付けとか、ちゃんと気を利かせるのよ」って、うるさく言ってくる。「相手のご両親に気に入られないと、いずれはあなたが苦労することになるんだから」って。

そう、今回は結婚のごあいさつではないけど、婚約の話が出てはいるの。磯崎さんは来年度から、語学の実地研修でアメリカに行くみたい。

「ついてきてほしいけど、はなちゃんはまだ大学生だからなあ」

磯崎さんに残念そうに言われて、大学を中退することも考えた。どうせ勉強なんて好きじゃないし。

でも、「落ち着いて」って、ののが忠告してくれたでしょ？　ちゃんと結婚するまで、慎重にならないとね。大学は卒業しようと思い直した。

それで、とりあえず婚約だけして、再来年に私が卒業したら、すぐに式を挙げようか、という計画になっているの。磯崎さんは二年はアメリカにいる予定だから、式のあとに私も渡米するつもり。

だけどね、少し迷ってる。私はまだ……、その、磯崎さんとエッチしてない。チャンスは何回かあったのよ。デートで映画を見て、夕飯を食べて、「帰りたくないな」なんてムードを出してみたり。でも磯崎さんは、絶対に「送るよ」って言う。どうして？　私って魅力ない？　まさか、私のことバージンだと思ってたりして（またか）。初夜にがっかりさせちゃったりして。ああ、どうしよう。

私ったら、進歩ない。安田くんのときと同じようなことで悩んでる。そんな自分がいやになって、さりげなく聞いてみたの。ものすごく遠回しに、どうして手を出してこないのかってことを。

「きみのお父さんの信頼を裏切りたくないし、きみのことは大切にしたいんだよ」

って、磯崎さんは優しく微笑《ほほえ》んだ。

ねえ、のの。本当だと思う？
一、私のこと好みじゃないんだけど、はっきり言えないでいる。
二、ほかにちゃんとした恋人がいて、私とは職場での足場固めのために結婚しようとしている。
三、同性愛者である。
いろんな可能性が頭に浮かんできて、このごろあんまり眠れない。もうすぐ婚約するかもしれないのに、こんなに気持ちがモヤモヤするなんて。

ののの顔を見たい。会っておしゃべりしたい。そうしたら、不安や怖れなんて吹き飛ぶのに。

私はたぶんこのまま、磯崎さんと結婚するんだと思う。なんだかそういう流れになってる。本人同士も、両親をはじめとするお互いの家族も。幸せになれるかどうかは、わからない。わかんなくなってきた。でも、幸せになれるよう、磯崎さんを幸せにしてあげられるよう、がんばってみるつもり。

ののは卒業後、どうするの？　やっぱり院に行くのかな。それとも、私には秘密にしてるだけで、結婚を約束した相手がいるとか。ののみたいに、バリバリ働いて一人で生きていけそうなひとにかぎって、案外結婚が早かったりするのよね。

年内はもう会えそうにないかしら？　だとしたら残念！　どうぞよいお年を。会えそうだったら、連絡もらえるとうれしいわ。その場合は直接、「どうぞよいお年を」と言います。

ののはいつも、私の幸せを願ってると言ってくれる。私も同じよ。ののの幸せをお祈りしている。毎年毎年、のののもとにいい年が訪れるよう、いつまでも祈ってるわ。

牧田はな

追伸。父方の祖父が亡くなったので、お年賀状は失礼します。

＊＊＊

牧田はな様（昭和64年1月4日消印）

新しい年が来たけれど、もうすぐ昭和が終わることを、だれもが知っている。

この手紙を書くまでに、少し時間がかかった。あなたに二度目のお別れを告げるのに、勇気が必要だったから。

はな、私の恐れていた日が来たようね。

あなたが磯崎さんと婚約するのなら、私はもうあなたには会えないわ。最初からわかっていた。私たちの再会は、たぶんあなたの結婚で終わるんだろうなって。

あなたは私のこと、ちっともわかってないのね。私は結婚なんてしない。できるはずないじゃない。

気づかなかった？　私がおばと呼び、あなたが悦子さんと呼んでいる、あのひと。彼女は本当はおばなんかじゃない。私の恋人よ。私たち、つきあっているの。説明するのが面倒くさいから、対外的にはおばということにしているだけ。

同棲してる恋人たちの家に、あなたはそれと知らずにやってくる。まさしく闖入者《ちんにゅうしゃ》だったってこと。

悦子さんはもちろん、あなたと私が以前つきあっていたと知っている。あなたが帰ったあと、悦子さんはいつもちょっと拗《す》ねてしまう。

「はなちゃんて、かわいいね。若くて、肌も髪もぴかぴかで、明るくて」

私は、ソファに座る悦子さんの頭を胸に抱いて、少しかがんで髪の毛に鼻先をうずめる。

「でも、鈍感で無神経でもある」

私がそう言うと、

「またそんなことを」

と、悦子さんはたしなめる。でも、悦子さんの体は笑いに震えている。私も笑う。私たちのあいだにあった気まずさは拭い去られ、闖入者であるあなたの気配もすぐに薄れて、あとはまた恋人同士の時間が室内をゆっくり流れていく。悦子さんの髪は、たしかにあなたに比べたら艶《つや》がないけれど、ジャスミンみたいな香りがするのよ。悦子さんが嫉妬めいたことを言うのは、過去の交際の事実を知っているからというだけではない。私がいまも、あなたを好きなんじゃないかと不安に思っているからなの。私自身も、自分で自分の気持ちがよくわからなかった。「はなちゃんに未練があるんでしょ」と悦子さんに言われれば、そうなのかなという気もした。

婚約するかもしれない、という手紙をもらって、事実、私は衝撃を受けている。あなたとはもう会えない。あなたの幸せを願う気持ちは本当だけれど、幸せになったあなたと会うのはつらい。磯崎さんと、アメリカでもどこでも行くといい。子どももボコボコ生めばいい。

私ほどあなたの幸と不幸を願うものは、ほかにいるまい。

私はあなたを運命の相手と思っていた。魂の片割れ。あなたはだれよりも私を理解してくれるし、だれが私ほどあなたを理解できるというのだろう。たとえずっと会わなくても、距離や時間に関係なく、私たちのあいだには引力が働くはずだと、半ば信仰めいた確信を抱いていた。

そんなわけないのにね。星同士の重力だって、距離がひらけば影響は弱まるのだから。

あなたと私の道は決定的に分かれていく。

(ここでいったん休憩。あなたにならって紅茶を飲んでみよう。心を落ち着かせるため

に）

　大学に入ってすぐ、私は男性とつきあった。ずいぶん年上の、研究室で助手をしているひと。天気がいい日の昼休みには、彼は決まって構内のベンチに座り、本を読みながらパンを食べていた。木漏れ日が彼の頰に複雑な陰影を落とす。物静かそうで、いつも一人でいるのがいいなと思った。はな以上に愛せる女のひとがいるとは思えなかったから、だったらまあ、男性とちゃんとつきあってみようと思った。あなたを忘れたかったし、このまま恋もせず一人で生きて死ぬのはバカらしい気もしたし。

　私から声をかけて、少しずつ会話が増えて、つきあいはそれなりにうまくいった。彼の下宿でセックスもした。壁の薄さを気にして、くすくす笑いあいながら。穏やかで楽しい時間を過ごせたし、彼もそう感じてくれていたと思う。いまでも、大学で顔を合わせればおしゃべりをする。はじめからずっと、友だち以外のなにものでもなかったみたいに。

　友だち。なんて便利な言葉。この世に存在するどんな感情よりも深い思いをこめることもできれば、なんの思い入れもない知り合いを遠回しに表現することもできる。

　私は友だちのふりをするのがとても得意なの。

　彼となんとなく別れてしまった理由は、自分でもわからない。ただ、しっくりこなかった。セックスはできるけれど、私は性的な意味では男性をあまり求めていない――もしくはあまり信頼していない――のかもしれない。心底からくつろぐことも、理解しあいたいと願うこともないのかもしれない。つまり、男性を好きじゃないのかしらね。友人として、知人としてなら、なにも違和感（というか引っかかり）はないのだけれど。彼とつきあっているとき、私の心は不思議と冷静だった。我ながら、恋愛をしているとは思えないぐらいに。はなのときとは、まるでちがった。

　同時に、燃え立つような喜びも感じていた。彼とセックスし、情熱的に振る舞いながら、私は心で叫んでいた。ほら、やっぱり！　私が愛し、欲望を感じ、真に求めているのは、やっぱりはなだけ！　そう確認できたようで、うれしかったの。彼に対して失礼だし、ひどい話よね。でも、本当だからしょうがない。私がそうであるように、はなもきっと、ほかのひとと恋をしてセックスしても、私を忘れずにいてくれるにちがいない。そんな確信が冷えた体の芯を貫き、恍惚《こうこつ》とした。

　二連星の片一方はとっくの昔に消滅したのに、ありもしない重力に縛られつづけ、真っ暗な空間で飽かず同じ軌道をまわるバカな星。私はそういう代物だ。

　男性とは、もうつきあおうとは思わない。相手になにも期待していないのに、つきあうなんて変でしょう。

　おばとは、いいえ、彼女とつきあってることをはなも知ったのだから、「おば」などと誤魔化す必要はないわね。悦子さんとは、いまバイトしている本屋で出会った。私は常連客、悦子さんは社長の知り合いで、お互いしょっちゅう店に入りびたっていたから、顔見知りになり、親しく話すようになるまで時間はかからなかった。探りあう会話。視線が生みだすかすかな圧力。恋がはじまる。

悦子さんは、「私はとうに、男とはつきあわないと決めてる」と言った。詳しくはあまり聞かせてくれないけれど、同性の恋人に裏切られたことも何度もあったみたい。

「女同士で恋愛したりセックスしたりするのは、それほどめずらしくない。茜が想像するよりずっと、女に恋したことのある女はいると思う。でも、うまくいっているつもりでいても、結局は相手が男の恋人を作ったり結婚したりってパターンも多いから。もともと人妻だったりね」

「よくわかんないな」

と私は言った。悦子さんに対しては、つい子どもっぽい物言いをしてしまう。日だまりで丸くなった猫が、飼い主に撫《な》でられて喉《のど》をゴロゴロ鳴らすみたいに、安心しきって甘えてしまう。

「なにがわからない？」

悦子さんは、創作スパゲティを器用にフォークに巻きつけながら言った。茹《ゆ》でたスパゲティを、バターで炒《いた》めた野菜や豚肉とさっと絡めて、ナンプラーで味つけしたもの。考案者の悦子さんは、「エスパ（エスニックスパゲティの略）」と命名して、自慢げによく作ってくれるのだけれど、ナポリタンでもなく焼きそばでもない、不思議な食べ物。

「心が通じあったと思っても、『好きな男のひとができたの』って言われることがあるっていうのは、私にもわかる」

「少ない経験上？」

「茶化さないで」

「ごめんね、妬《や》いたの」

と、悦子さんはいたずらっぽく笑い、エスパをもぐもぐ食べた。リスみたいにほっぺたが膨らむほど一気に食べ物を口に入れても、悦子さんはどことなく上品だ。

「でもさ」

私は気を取り直して話をつづける。「それがどうして、悦子さんが男とつきあわないこととつながるの？　私は、『はなとつきあえないなら、男のひとと寝てみよう』なんて思って、試してみちゃったけど」

そんな思いつきが原因で、結局は与田とのことがばれて、はなにもふられちゃったわけだけど。大学でつきあったひととも、なんかうまくいかなかったしね。たしかに、恋愛に関して経験不足であることは否めない。

「茜はまだ若いもの」

悦子さんはなにもかもお見通しな顔で、しかたないわねと言いたそうに笑った。

「いまは悦子さんのことを好きだし、もう男のひとと試すのはやめようと思ってる」

急いで弁解したら、

「わかってる」

と、食卓越しに私の手に軽く触れてくれた。「私が『男性とつきあわない』と決めたのはね、裏切りに裏切りで返すような真似は、したくないと思ったから。恋愛対象が男と女の両方にまたがってると、けっこう疲れるのよ」

「どういうこと？」

「私も、恋人も、お互いに男にも女にも嫉妬しなきゃいけなくなるでしょ。これまでつきあってきた女のひとに、『好きな男ができた』って何回も言われて、一種の悟りが拓《ひら》けたのかしらねえ。だから私自身は、相手に同じ思いをさせないようにしよう、恋愛は女とだけしようって決めたの」

悦子さんのこういう気高さ潔癖さが、私は好きだ。同じように相手を傷つけてやろうとは、決して考えない。優しくてうつくしいひと。

重なっていた悦子さんの手を、私は手のひらを上向きにしてそっと握った。

「『好きな男ができた』って言って女のもとから去っていく男の話は、あまり聞かないね」

「それはたぶん」

と、悦子さんは言った。「男のひとにとっては、恋人の肉体や性別ってけっこう重要だからだと思う。自分が『男』でいるためにね。でも女は、相手の肉体や性別よりも、性格やムードに惚《ほ》れるものだから。好ましいなと思ったら、男か女かなんて些《さ》細《さい》なことになってしまうんでしょう。きっかけさえあれば」

そういうものかもしれない、と思った。

ずいぶん長くなってしまった。大きめの封筒があるか、悦子さんの引き出しを見てみなきゃ。切手は持ってるの。あなた用に使おうと思って、草花の絵柄のものを買ってあったのよ。全部使うわ。あなたと手紙のやりとりをすることは、これで最後になるだろうから。

はなとの恋が永遠ではなかったように、悦子さんとの暮らしがいつまでつづくかはわからない。いまはただ、この穏やかさが救いだ。激しく燃えあがるだけでなく、義務のように冷静に観察するだけでもなく、つつましやかに距離を取って気づかいあう、ぬるいお湯のような恋もあるのだと悦子さんは教えてくれた。

何十年かあと、悦子さんが死ぬときは看取《みと》ってあげたいなんて思うほど、心地いい温度に私は首まで浸《つ》かっている。でも、たぶんそこまで長くは、悦子さんと私は一緒にいないでしょうね。そんな気がする。

あらゆる熱は、いつかは冷める。

かつてはなを失ったときから、私のなかの熱源は稼働をやめ、そのあとはずっと余熱でなんとか保《も》たせているようなものなのかもしれない。

高校のとき、あなたからまとめて突き返された手紙。そして私の手もとにある、あなたが書いてくれたすべての手紙。あなたと私の歴史が詰まった手紙の束（いえ、山ぐらいの量がある）を、別便で送ります。あなたのほうで処分してください。

　これでもう、私たちのあいだにあったことは全部消えるから、あなたは安心して結婚するといい。

　ひとつだけ。はなは、いま私が使っている部屋に、人形がないと言ったでしょう。ほら、あなたが以前にくれたお土産。南の島の、ヤシの殻でできた妙な人形。私は、「どこへやっちゃったかしら」なんて答えたと思う。

　あれは嘘《うそ》。人形はいまも、この手紙を書いている机に飾っています。クローバーの指輪も星の砂も、引き出しに大事にしまってある。はなが悦子さんの家に遊びにくるときは、わざわざ人形を隠していたの。傷つくのがこわかったから。きっとあなたは私を選ばないだろうと予感していたから。なのに私ばかりが、こんなにもあなたに思いを残しているなんて、知られたくなかった。

　最後の最後で人形のことを書いたのは、未練がましく哀れっぽさまんまんで愛を乞うているからではありません。私があなたを大切に思っていること、あなたの行く末にいつもいつまでも限りない祝福が待ち受けていますようにと心から願っていることを、信じてほしいと思ったから。

「私ほどあなたの幸と不幸を願うものはいるまい」と書いた。でも、それも嘘だ。こうして書くうちに、嘘だと気づいた。

　はな、どうか幸せにね。

あなたをなによりもだれよりも大切に思い、あなたの幸せを祈るものがいること。それだけは変わりません。永遠に。

野々原茜

＊＊＊

野々原茜様

ねえ、のの。本当は悦子さんの家にいるんでしょう？　あなたを呼ぶ私の声、聞こえていたんでしょう？　どうして答えてくれないの。

ののからの手紙を読んで、すぐに悦子さんの家へ行った。でも、悦子さんは私をなかに通してくれないし、「茜はいまいない。正月も顔を出さなかったものだから、両親から呼びだしがかかったの」って笑うばかり。うそつき！　意地悪！　悦子さんと一緒になって、居留守を使ってるのはわかってるんだから。

でも、「そうですか」って引き下がった。そこで私が怒ったりごねたりしたら、「あら、私に嫉妬してるのね」なんて悦子さんに思われる。そんなのいや。私にだってプライドというものはあるのよ。

その足でののの家へ行った。のののお母さんは、ピンポンを鳴らしまくった私に驚いていた。

「茜はいません」

と、お母さんは困ったように言った。「あの子はいま、下宿してるのよ。こっちにはずっと帰ってきていなくて」

ほらやっぱり！　腹が立ってたまらなくて、なんてごあいさつしてののの家から立ち去ったのか、よく覚えてない。でも、駅まで歩くうちに少し冷静になった。

下宿じゃなく同棲だってこと、ののはもちろん、ご両親に言ってないわけよね？　あなたはいったい、どこへ向かっているの。ご両親とも私とも距離を置いて、このさきずっと、親しいひとは悦子さんだけっていう一生を送るつもり？　サンルームのあるあの家で、二人きりで生きていくの？　あなたは蘭の鉢植えじゃないのよ。そんなことしてたら、コケが生えてくるんだから！

どうして私を切り捨てるの。

結婚するのが、そんなにダメ？　だって私、そうでもしなきゃ生きていけない。ののや妹とちがって、私にはなんの取り柄もないんだよ。勉強もできないし、顔だってふつうかふつうより下ぐらいだし、会社に入って働きつづけるだけの自信も根性もないし、親だっていつまでも生きてはいないし。ちゃんとした職業についてるひとと結婚して、しかもそのひとは私の夢をかなえて世界中に連れていってくれるかもしれなくて、そういう相手を逃して私にいったいなにが残るの。あなたと二人きりで生きていくなんて、それこそできない！　ののはきっと、あなたにおんぶに抱っこの私をいつかきらいになるもん。結婚できるわけでもない、愛だけが結びつけてる仲で、私はあなたにきらわれて捨てられて、自分だけでは食べていくこともできなくて、そんなの未来は真っ暗じゃない！

　私は現実的な選択をしただけ。いいなと思える相手と、結婚するチャンスを逃さないようにしたいと考えただけ。なのにあなたは悲劇のヒロインぶって、私から離れていく。私の幸せを願うと言いながら、私を切り捨て、置き去りにし、友だちでも恋人でもない他人になって、自分だけせいせいしようとしてる。

ひどい。ののは勝手だよ。私のことなんて、ちっとも全然理解してない。私はどうなるの？　私がどれだけ勇気を振り絞って、あなたに年賀状を出したり連絡を取りつづけたりしていたかわかってる？　恥を知らず、過去なんてすぐに忘れちゃうバカみたいな顔をして、あなたとつながりあおうとしたのは……。

たぶん私にとって、あなたがとっても大切なひとだからだ。

　手紙とはべつに、ののからの荷物も届いた。ほんと、手紙の「山」だね。私たち、よくこんなに書いたね。ヒマなのかな。昔のぶんから順に、一通一通読み返した。見慣れたののの筆跡。私の字は子どもっぽい。これだけ言葉をやりとりしたのに、私たちはとうとうわかりあえず、これからもわかりあうチャンスがないまま、離れていくしかないのかと思うと、涙があふれた。

　どうして言葉なんてあるんだろう。友情とか恋愛とか、男とか女とか、言葉はなにかを区別し、分断するためにあるとしか思えない。言葉がなければ、私たちはただ一緒にいられたのかもしれないのに。この苦しい気持ちも、うまく言葉にならなくてモヤモヤする思いもなくなって、日なたで二人して昼寝できたかもしれないのに。丸めた体を猫みたいにくっつけあって、ぬくぬくと幸せに。

あなたに会えないまま家に帰って、たくさんの手紙を読み返しながら泣いて、その合間に悦子さんの家におかしいぐらい何度も電話して、でもあなたには取り次いでもらえなくて、悦子さんなんて死んじゃえばいい。シワだらけのおばさんをいますぐ看取って、そして私に会いにきてよ、のの！

私こそ死んじゃいそうだ。息ができなくて。私のすべてを一番知っているあなたを失って、私が一番愛したひとを失って、これからどうすればいいの。困ったとき、苦しいとき、だれに相談すればいいの。

「だって結婚するんでしょ」って、ののは言うんだろうね。だんなに相談すればいいじゃない、って。あなたは気高いしケッペキだ。あなたの恋人の悦子さんと同じぐらい。お似合いよ。

でも、私はちがう。私だったら、相手が結婚したぐらいで距離を置いたりしない。本当に大切な相手なら。私はののが悦子さんとつきあってると知っても、「それがどうしたの」って思ってるもん。それがどうしたの。たとえ恋人がいたって、ののは私を一番に思ってくれる。悦子さんと私がガケにぶらさがっていたら、ののはまっすぐに私に駆けよって引っぱりあげてくれる。そう信じるのが、本当の意味で「信じる」ってことじゃないの？　あんなおばさん、ガケの下に落ちちゃうといい！

私、すごくいやなこと言ってるね。自分でもわかってる。混乱して、シリメツレツで、みにくい。私は心がみにくい。ののに近づいて、なんとか昔みたいに仲良くなりたいなと思って（友だちとしてなのか、恋人としてなのか、自分でももうよくわかんないけど）、でも結婚もしようとしてる。ののがあきれて、二度と会いたくないって言うのも当然だ。

だけど、これはののには出さないと決めている手紙だから、好きなように書ける。混乱したまま、思いをなんでも書ける。

ニュースも新聞も、天皇陛下が亡くなったと報じている。「ほうぎょ」って言うんだってね、はじめて知った。次は「平成」か。なんだか気の抜けた響き。

昭和は終わってしまった。だけど私にとっては、あなたに会えないことのほうがさびしくてつらい。なにかが終わったと感じている。自分のなかの、とても大きなものが。

ののが私の幸せを願ってくれるなら、私は幸せになりましょう。この、なにかが終わった感覚、さびしさとむなしさが、いつか薄れていく日が来るのか、まだわからないけれど。

私たち、また会えるといいね。二年後や三年後じゃなく、もっと未来に。そのころには、友情とも恋愛とも関係なく、猫的おだやかさでしゃべったりすることができるかしら？

植物だったらよかったのに。言葉も欲望も愛も混乱もなく、風に揺られてたまにめしべ同士が触れあう。そんな生き物だったらよかったのにね。

外は不思議に静か。

のの、お人形を大切に持っていてくれて、ありがとう。私もクローバーの指輪、きれいなガラスのジュエリーボックスにしまってあります。ふたを開けなくても、いつでも見ることができるの。

たまに磨いているから、いまも銀色に輝いています。

牧田はな

昭和64年1月7日

# 三章

差出人：Nonohara Akane〈akanohara1967@×××.××××.ne.jp〉
件名：おひさしぶりです
日時：2010年3月3日22:45:38 JST
宛先：hana-hinamatsuri@○○○○.○○.zd

磯崎《いそざき》はな様
おひさしぶりです。野々原茜《ののはらあかね》です。

お元気ですか？

最後に会ってから、もう二十年ぐらい経《た》つなんて信じられないですね。

先日、村《むら》ちゃん（結婚して、すでに「村ちゃん」ではないのだけれど）に新宿の紀伊國屋書店でばったり会いました。実に高校を卒業して以来です。

でも、声をかけられて振り返った瞬間、「ああ、村ちゃんだ」とわかりました。変わらないねえ、と言いあう四十を過ぎた女二人。まわりから見たら「おばちゃん同士の再会」以外のなにものでもないでしょうけれど、当人たちは一気に時間が巻き戻ったような気がして、女子高生みたいにはしゃいだ声を上げてしまった。

村ちゃんはあいかわらず明るくて元気そうでした。通路の端でちょっと立ち話をして、お互いの連絡先を交換した。スマホを華麗に使いこなす村ちゃん。旧式のケータイをほとんど通話にしか使っていない私。私は手帳に村ちゃんの連絡先を書き記しました。

その夜、私のパソコンのメールアドレスに、村ちゃんから早速メールが届いていました。高校生の息子さんと娘さんがいるんですってね。めまい。

メールには、「新年の同窓会、来ればよかったのに！」とも書かれていました。「はなが来たんだよ！　知ってると思うけど、ちょうどご主人と帰国してる時期だったらしくて。あの子もちっとも変わってないね～。『ののとは会ってる？』と聞いたら、『うん』って笑ってた。ののは、個人的にはなに会えば満足なんでしょうけど、私たちだってあんたに会いたいんだからね！　次の同窓会にはちゃんと来るように。はなとちがって、外国に住んでるわけじゃないんだから」。

私は、「次の同窓会には、行けるようだったら行く」と曖昧な約束をし、努めてさりげない文面で、「アドレスを管理していたパソコンが二週間まえに壊れ、はなのアドレスもわからなくなって、ちょうど困っていたところだ」という旨を記しました。村ちゃんはもちろん素直に信じて、すぐにはなのメールアドレスを教えてくれた。あなたがあのあと、磯崎さんと本当に結婚したのだということも、そのときに知りました。

「郵便事情が悪いらしくて、メール以外は私も教えてもらわなかったけど。アフリカの……、なんて国だっけ？　とにかく、大使夫人だなんてすごいよね！　ご主人だって、まだ若いでしょうに」

はな、あなたは夢をかなえたのね。世界中を旅したいという夢。アフリカに住んでいると知って、なんだかうれしかったです。

こうして、はなのメールアドレスを入手したのだけれど、それからもしばらく、メールするかどうか迷っていました。

でも、ふとカレンダーを見て、今日ははなの誕生日だと気づいた。それで思いきって、メールしてみることにしました。時差のせいで、そちらは三月三日ではなかったらごめんなさい。アフリカのどの国にいるのかわからないけれど、日本との時差はマイナス七時間ぐらいかなと思って。

お誕生日おめでとう！　幸多い一年になりますよう、お祈りしています。

野々原茜

＊＊＊

差出人：Isozaki Hana
件名：Re: おひさしぶりです

日時：2010年3月5日 17:34:22 JST
宛先：Nonohara Akane

野々原茜様

きゃー、のの!!!

と、思わず叫んでしまったわ。

本当におひさしぶりです。メールをどうもありがとう！　自分が四十二歳になっただなんて、信じられない。ののは今年の秋で四十三か……。いくら長生きするとしても、九十歳の自分はなかなか想像しにくい。順当に考えて、四十代は人生の折り返し地点を過ぎたあたり、という感じよね。ふだんは、「こんなに大人げない大人になるなんて、子どものころは予想もしていなかった」と思うことが多いのに、気がついたらやっぱり明確に年を取っている（「順当に考えて」なんて、若いころの私だったら使わなかった言いまわし！）。

でも、ののからのメールが届いてるのを発見して、パソコンのまえで子どもみたいにきゃーきゃー言っちゃった。驚いた夫が、「巨大ゴキブリでも出たのか」って様子を見にきたぐらい。

文章なら、あのころのノリに戻ってもいいから気が楽。実際にいまの私を見たら、「おばさんになったなあ」って、ののはがっかりするかもしれないけど。メールではなんの心配もなく、十代のころに戻れる。ののと一緒に過ごした季節に。

あ、夫の職業柄、私が送受信するメールも、常にだれかに傍受される可能性があるわ。そこは心配。お互いくれぐれも、下品なことは書かないようにしましょうね！　うふふ。まあ、半分冗談ですが、半分は本当。

いま私は、アフリカ中西部のゾンダ共和国に住んでいます。夫が去年から大使としてこの地に赴任することになり、私も同行しました。一月の同窓会に出席したときは、ちょうどメディカルチェックを受けがてら、日本に帰国していたの。ゾンダの暮らしが性に合うのか、私の体調は絶好調。これまでどの国に行っても、「いやだな」と思ったことないんだけどね。案外、心身ともに頑丈なのです。夫のほうがおなかこわしがち。

今日は朝七時に起きて、簡単な朝ご飯を食べて（前回の帰国時に日本から持ってきたお味《み》噌《そ》やお醤油《しょうゆ》が、まだまだたくさんある！　と思うと幸せ）、夫を送りだした。私は公邸内のプライベートエリアを、メイドのスリさんと一緒にお掃除。

スリさんはたぶん、私と同年代の女性。ゾンダは十年ぐらいまえまで内戦がつづいていた国で、スリさんのだんなさまと息子さんは、そのせいで亡くなった。スリさんは一人になってしまったのだけど、とても強くて明るくて聡明なひと。日本の商社マンの家でメイドとして雇われたのをきっかけに、日本語と英語をちょっと話せるようになったらしい。ゾンダの公用語は一応ポルトガル語で、スリさんはぺらぺら（それぞれの部族の言葉だけしか話せないひとも、特にお年寄りには多い）。私としてはスリさんに住み込みでメイドをしてもらえて、とても助かっている。市場へ一緒に買い物に行って、スリさんに価格交渉してもらうのよ。私は英語とスペイン語はなんとかしゃべれるけれど、ポルトガル語は勉強中。部族の言葉となるとお手あげだから、スリさんの存在は心強いかぎり。

そうだ、市場へ行かなくちゃ！　明後日は公邸でパーティーがあるの。食材とお花を買っておかないと。いいものがあるといいんだけど。

いま、こちらは朝の十時です。とてもいいお天気。

磯崎はな

＊＊＊

差出人：Nonohara Akane
件名：もっと聞かせて
日時：2010年3月5日 23:58:14 JST
宛先：Isozaki Hana

磯崎はな様

メールをありがとう。

返信をもらえるかどうかどきどきしていたから、とてもうれしかった。忙しく、でも楽しく過ごしているようで、なによりです。

早速、ゾンダについてネットで調べてみました。日本ではあまり情報がなくて残念ですが、過酷な歴史がある国だということ、経済成長中であること、豊かな自然がたくさん残っていることがわかりました。

はな、お暇なときがあったら（ないとは思うけれど）、もっと話を聞かせて。ゾンダでの暮らし。これまでどんな国に行ったのか。結婚してからのはなのことを。

私もまたメールします。くれぐれも体に気をつけて、お元気でお過ごしください。

野々原茜

＊＊＊

差出人：Isozaki Hana
件名：ののったら
日時：2010年3月15日 04:12:56 JST
宛先：Nonohara Akane

なんだか他人行儀ねえ。

まあいいわ。私はもう、心は女子高生に戻ってるんですもの。堅っ苦しいことは抜きにするって勝手に決めた。ののリクエストにお応えし、メールでゾンダを案内してさしあげましょう！

こちらは三月十四日の夜です。メールを送るのは、だいたい土日になると思う。といってもパーティーがあると、週末もつぶれてしまう。今日はひさしぶりにゆっくりできた日曜日でした。

スリさんは朝から教会へ行った。コックさんとして雇っているタイ人夫妻（トンさんとメイさん）は、私が日本から持ってきた和食の本を熟読中。写真がいっぱいだから、見てるだけでも調理や盛りつけのイメージがつかめるんですって。最初は私が出汁《だし》の取りかたを教えてあげたぐらいだったのに、どんどん腕を上げている。公邸でお客さまに振る舞う料理は、やっぱり和食が喜ばれるの。食材が日本とはちがうから、ままならないことも多いけど、熱心なコックさんが見つかって本当によかったわ。

あと、私が公邸でよくお世話になるのは、運転手のジョアンさん（ゾンダ人）。お調子者だけど、二十代後半の気のいい青年よ。今日は外出の予定がなかったから、ジョアンさんはお休み。自宅で家族と過ごしているでしょう。

ののが調べたとおり、ゾンダは内戦が終わって急速に経済が成長している。石油やダイヤモンドが出るから、海外の企業もたくさん入ってきているの。でも、私が住む首都ダッタですら、幹線道路以外は未舗装。身近なひと同士が殺しあったつらい記憶も、まだ生々しく残っているようで、なかには犯罪に手を染めてしまうひともいる。貧富の差も広がってきているみたいだし。強盗がけっこういるそうで、昼間でも町なかをうかうか歩けない感じよ。

だから買い物のときも、ジョアンさんの運転で、必ず車に乗っていく。ジョアンさんは銃を携帯している（この国では違法ではない。ジョアンさんの射撃の腕前は未知数）。埃《ほこり》っぽい道を、ジョアンさんの荒っぽいドライビングテクニックで疾走する。のろのろ走ってると銃を持った強盗に車を停《と》められて、お金ばかりか命までも奪われてしまうかもしれないから。日本では考えられない治安の悪さよね。

でも、大半のゾンダ人は、もちろん温厚でまっとうなひとたちよ。温厚が行き過ぎて、のんびりしてると言ってもいいぐらい。暑い国だから（ダッタのある沿岸部は、わりと過ごしやすい気候だけど、それでも日本に比べれば、一年中「灼熱《しゃくねつ》の夏！」って感じ）、あくせく働くと体に悪いんでしょうね。木陰やおうちのなかでのんびり休憩を取りながら過ごさないと、熱中症になっちゃう。

最近では、内戦で使われた地雷の除去も少しずつ進んで、農業も軌道に乗りはじめているの。おイモや小麦を作ったり、内陸部の高地ではコーヒーを栽培したり、沿岸部では製塩も盛ん。とても豊かでうつくしい土地だから、このまま戦争さえ起こらなければ、きっと多くのひとが幸せに生活できるようになるはず。

こんなふうに書くと、なんだかんだ言っても牧歌的な国で、使用人に囲まれ、優雅に暮らしているように思われてしまうかもね。たしかに、公邸のなかは安全。スリさんをはじめ、ゾンダのひとたちともいまのところうまくいっている。だけどやっぱり、どこの国のどんなひとにも、嫉妬や怒りや退屈や恐怖はある。あたりまえのこと。世界中を旅しても、旅をする私が人間であるかぎり、楽園を見つけることはできないでしょう。……なんだか私ばっかりしゃべってるみたい。ねえ、ののの話も聞かせて。お仕事はなにをしてるの？　だれかと一緒に暮らしてるのかしら？

窓辺に立つと、ヤシの木の葉っぱをびっしり縁取るように、星が瞬いているのが見える。ゾンダでは、満天の星をほぼ毎晩のように見ることができるのよ。北半球とは見える星がちがうから、夫はゾンダに来てしばらくは、「なんだか違和感があるなあ」と言っていた。どの季節にどんな星が見えるかなんて、私は日本にいたときから詳しくなかったから、ただ「すごい！　きれい！」としか思わない。

それに、ゾンダには日本のような四季はないの。雨季と乾季があるぐらい。雨季が終わると、いっせいに草がのびて、小さな花がたくさん咲く。そんな鮮やかさも一瞬で、すぐに茶色っぽく乾いた大地になってしまうんだけど。ダッタは海に面していて、潮風の影響もあるからか、ほかの国の大使館や公邸へ行っても、庭木はヤシの木以外はあまり見かけない。だいいち、庭木なんてものがあるのが贅沢《ぜいたく》なのよね。

夜空を見上げても、ののと同じ星を目にすることはできないけれど、それでも飽きずに星を見ています。

ののの幸せと健康をお祈りしながら。

磯崎はな

＊＊＊

差出人：Nonohara Akane
件名：おはよう
日時：2010年3月17日 06:35:46 JST
宛先：Isozaki Hana

磯崎はな様

おはようございます。

と言っても、そちらは朝じゃないわね。

ゾンダでの暮らし、なかなか大変そうですね。優雅だなんて思わない。強盗に遭わないように、くれぐれも気をつけて。

でも、楽しそう。はなはどんな国へ行っても、わりとたくましく適応できるんだね。

私は日本からほとんど出たことがないから、感嘆しきりです。あなたならば、だれからも愛されるだろうと納得もした。

はなに比べれば、私にはさして語るべきことはないです。仕事は、自由業と言えば聞こえがいいかもしれないけれど、その日暮らしとも言える。

同居人は、為五《ためご》郎《ろう》です。出会ったころはやんちゃばかりしていた彼も、三年一緒に暮らすうち、少し落ち着きを身につけてきた。朝、出かけていく彼を見送って、私は自宅で仕事をして、夕方に帰ってくる彼を迎え入れる。私も外出仕事をする日もあって、そういうときは私が帰ってくるまで、為五郎は家の近所で時間をつぶしているみたい。彼、何度言っても鍵を持ち歩かないのよね……。

それでは、また。ゾンダ暮らし、続報待つ。

野々原茜

＊＊＊

差出人：Isozaki Hana
件名：ゾンダ生活　その2
日時：2010年3月20日 14:03:12 JST
宛先：Nonohara Akane

野々原茜様

ちょっと、為五郎さんってだれ！

ふうむ、情報を小出しにして、私の興味をかきたてようって作戦ね。ののの作戦にまんまとはまって、ここ数日、なにをするにも上の空だったわ。早くメールを書きたくって。

だけどゾンダでは、ネットの接続状況も不安定な日があるのよ。重いサイトはなかなか開けないし、昨日は突然停電になった。晩ご飯の最中に。リビングの飾り棚のうえに、いつも懐中電灯を準備してあるんだけど、手探りで取りにいってテーブルのほうをパッと照らしたら、夫がフォークで刺した肉を鼻の下に押し当てた瞬間を目撃してしまった。

「平常心を保とうと努めたんだが、口の位置がよくわからなかった」

ですって。暗闇のなかで食事を続行しなくてもいいじゃないねえ。おなか弱いくせに、食い意地張ってるんだから。

今日は土曜日。早朝からそっと起きだして、これを書いています。数日のあいだ、なにを書こうか考えていたの。ネットも好調のようだし、ゾンダ生活について思う存分書くわよー。

でもそのまえに、

一、為五郎さんについて。

二、のののお仕事について。

以上二点を、次のメールではもっと詳しく教えて。約束よ。

まえに、市場にお花を買いにいくって書いたでしょ？　海外に赴任しているあいだは、いろいろ社交が大変。夫にくっついて、各国の大使館が開くパーティーに行ったり、もちろんゾンダの日本大使館でもパーティーを開くので、そのときはお客さまをおもてなししたり。大使夫人や外交官夫人とおしゃべりして仲良くするのは、外交官の夫を持った女性の仕事とも言えるわね。もちろん、ただしゃべればいいわけじゃない。そこには情報収集の意味合いもある。こちらの重大な情報を漏らしてはいけないし。

もっとも私は、日本の外交上の重大な情報なんて知らされてないから、気が楽だけどね。漏らすものがない。夫は課された守秘義務に忠実なのか、仕事の話はほとんどしないの。パーティーでお会いする相手がどういう立場のひとなのか、なにを好みどんな性格なのかは、私が困らないようにもちろん教えてくれるけど。

さて、在ゾンダ日本大使館や、大使公邸（私が住んでる家）でパーティーが開かれるときは、私もお花を買ってきて飾ったり、トンさん夫妻と相談して、お出しする料理のメニューを決めたりします。パーティーの参加者は、さきほども書いたように各国の大使館のひと、ゾンダの政財界のひと、警察や軍の関係者、日本からゾンダに来ている商社マンやＯＤＡや自衛隊のひとなど、いろいろです。

経済成長中のゾンダでは、あちこちで道路や浄水場を作っている。農村部では井戸も掘っている。それで、インフラ整備を手伝うために、ＯＤＡのひとや自衛隊が滞在しているのよ。日本とはまったく環境がちがうなかで、みなさんとても熱心に働いています。商社マンは、インフラ建設の資材ももちろんだけど、石油やコーヒーに関係するお仕事のひとが多いかな。

　共通するのは、バイタリティがあって、でもゾンダののんびり時間感覚にも対応できる、いい意味でおおざっぱなひとたちってこと。海外で暮らしてみると、日本は細かすぎるのかもしれないなと感じます。なんに対しても、もっと「まあいいや」と、いいかげんでいいのかもね。日本の感覚に慣れていると、なにごともスムーズに進まなくてイライラさせられることも多いけれど、おおざっぱでいいかげんって、ひとに対して寛容だということでもあるなと思う。

　でもね、市場にお花を買いにいっても、ほとんどしおれているのよ！　これは困る。冷蔵設備があまりないからしかたないんだけど。「……ゴミかな？」と思うような、しおれた花の山のなかから、なんとか元気そうなのを選んで買う。元気な花だけじゃ数がたりないから、しかたなくしおれた花も買う。

　ところがゾンダ人は、しおれてるからって値引きしない。同じ種類の花なら、元気でもしおれてても同じ額なの。内戦まえは、ずっと社会主義体制だったからかしら。商売っ気がないというか、ものを効率よく売ろうという意欲があんまりない。のんびり、いいかげん。

　とはいえ、ふっかけてくるから、まずはジョアンさんの出番。ものすごい勢いで市場のお花屋さんにまくしたてる。部族の言葉だからよくわからないけど、たぶん、「しおれてんじゃん、安くしろよ。このひと、日本からわざわざ来てるんだぜ。いや、どこって、どっか東のほうの国だよ。車とか作ってる国。あちこちの村の井戸を日本人が掘ってくれてんだ。な？　ちょっとおまけしてくれたっていいだろ。『ゾンダ人、がめつい。しおれた花、むっちゃ高く売りつけられた』って言われたら、恥だよ恥」なんてことを言ってるんだと思う。

花屋のおばちゃんも負けてはいない。「そんなこと言ったって、うちには八人も子どもがいるんだよ。亭主はプラプラプラプラして、ちっとも働きゃしないし。今日だって花の仕入れ日だってのに、あのひとどっか行っちまって、この箱、私が全部運んだんだよ！　十一箱も！　ああ腰が痛い。おまけなんかしちまったら、一家全員おまんまの食いあげだよっ」なんて言い返す（たぶん）。激しくやりとりする二人をボーッと眺めながら、私の脳天はお日さまに照らされてじりじり焦げていく。スカーフをかぶっていても、とてもさえぎれるものじゃない日射しなの。そりゃあ、花もしおれるわよね。

結局最後は、私の隣に立っていたスリさんがすっとまえに出て、穏便に話をまとめてくれる。以下、やっぱり部族の言葉で交わされたスリさんと花屋のおばちゃんの会話を、私が推測したもの。

「おばさんの言いぶんもわかるわ。でも、考えてもみて。今日は特に暑い。このままではひとつも売れないうちに、すべての花がしおれるのは目に見えている。そうしたらあなたの収入はゼロよ。子どもたちもおなかをすかせてしまうでしょう。だから、こうしない？　花一輪ずつに値段をつけるのではなく、五十本で、そうねえ……、この値段ではどう？　五十本の内訳は、元気な花としおれた花で七対三」

「それじゃあ私は商売あがったりだ。その値段なら、五対五じゃないと納得いかないね」

「六対四、ただし花の選別はこっちがする。しおれている花を『元気だ』と言い張られては困るから」

「困るのはこっちだよ、そんなに値切られてさ」

「だったら、いいわ。花は買わない。心のなかで『ある』と思えば、からの花瓶に花が活けてあるように見えてくるもの。あなたはいたずらに商品をしおれさせていくといい」

「ああもう、わかった、わかったよ！　六対四。花はあんたたちが選べばいい」

おばちゃんとの戦いに勝利したスリさんは、「さあどうぞ、奥さま」と、誇らしげに私に場所を譲る。そこでようやく私の出番。「ありがとう」なんておしとやかに言って、おばちゃんのまえにしゃがみこみ、必死になって花の選別をはじめる。

　でもね、「いいな」と思う花をなかなか選べないのよ。おばちゃんがすごい目つきで私の手もとを監視していて、ちょっとしおれた花を「しおれてる」ほうに選《よ》りわけると、「あああっ、その花はまだまだ元気だよ！」とか文句をつけるんだもの。「しおれてる」ほうに、ものすごくしおれてる花（ほとんど生ゴミみたいにでろーんとしている）をこっそりねじこもうとするし。

そのつどジョアンさんとスリさんが、「おばちゃん、ずうずうしいな、おい！」「いくらなんでも、その花はひどすぎるでしょう」と割って入って、選別を手伝ってくれる。二人がてきぱきと花を選別するのを見て、おばちゃんは水たまりに落っことしたパンが泥水を吸っていく様子を目撃したみたいに、「おおう」って悲しそうな顔をする。

　なんだか気が咎《とが》めるのよね。それで私は、ちょっとしおれてる花も「元気な花」のほうに選りわけてしまう。スリさんは、「奥さまは優しすぎますよ」と言うんだけど、そうじゃないの。気が小さいだけ。なるべく喧嘩《けんか》したくないなと思ってしまう。それに、「なんだかんだ言って、私はゾンダのひとたちよりずっとお金を持ってるんだもの。花ぐらい言い値で買ってあげてもかまわない」という、変な優越意識があるのかも。花は公費、つまり日本のひとたちが働いて納めた税金で買うんだから、ちゃんと価格交渉しなきゃダメなんだけど。花屋のおばちゃんだって、商売人として交渉に納得したんだから、こちらがそれ以上譲歩するのは「ほどこし」みたいで、かえって失礼よね。わかってるんだけど、「子どもが八人」（推測）とか言われると、どうも気圧《けお》されてしまう。

　大使館や大使公邸でパーティーが開かれるたび、こうして買ってきたお花を飾ります。「はな、花なんて活けられるの？」と、ののは言いたいでしょうね。ふふふ、活けるんですよ、わたくしが。大きな花瓶に活けるのも慣れて、いまではわりと手早く美しく、それなりにできます。華道もたしなんでおりましたのよ。茶道や華道は日本食と並んで、海外でけっこう好評なの。

ののもご存じのとおり、私は花とかお茶とか全然興味がなかった。足がしびれるし。でも、外交官の妻のあいだで、「勉強会」っていうのがあってね。おもてなしの作法の一環として、茶道、華道、料理、語学などの講師の先生を呼んで、いろいろ教えてもらうの。日本にいるときも、アメリカでも、日本の外交官の妻たちは勉強会を開いていた。この会がまた、ちょっとくせものなのよ。機会があったら、いずれ話すわ。

とにかく、官僚の妻のなかでも、外交官の妻って特殊な立ち位置だと思う。夫の海外赴任についていって、各国の外交官夫妻と交流しなきゃいけないんだもの。「仕事をする夫を家で支える」だけでは済まないの。私自身は公務員じゃないのに、「半ば公の存在」というか。外国のひとに対して、失礼な応対があってはいけないし、日本の外交官およびその妻に対しても、いろいろ気配りしないといけないし。けっこう疲れる。私は日本国内にいるときより、海外にいるときのほうが好き。特にゾンダのような小国だと、日本から派遣されている外務省職員の数も少ないし、アットホームな雰囲気だから、のびのびできて楽しい。

ぎゃー、こんな長いメール書いたの、はじめて。それじゃあ、またね。今度はののの話を聞かせて。きっとよ。

磯崎はな

＊＊＊

差出人：Nonohara Akane
件名：仕事について
日時：2010年3月26日 23:56:01 JST
宛先：Isozaki Hana

磯崎はな様

メールありがとう。返信遅くなってごめんなさい。

市場での攻防、楽しく拝読しました。頼もしい相棒が二人もいるのね。ゾンダの人々の愉快な感じ、とても伝わってきたわ。

それにしても、はなの（勝手な）翻訳能力、たいしたものねえ。かれらが本当に、日本語に翻訳すると「おい、おばちゃん！」「商売あがったりだよっ」なんて口調で価格交渉していたのかあやしいところだけれど、「ありそう」と笑ってしまった。語学の勉強会は、はなに関しては必要ないんじゃない？　ゾンダの部族の言葉も、テレパシーなみに理解しているように思えた。

勉強会ってどういうものなのか、気になります。外交官の奥さまたちが集《つど》うんでしょう？　なんだか大変そうね。私は『白い巨塔』を連想した。はな、『白い巨塔』のドラマを見たことある？　田宮二郎《たみやじろう》版は、私はあまり覚えていないの。いま調べたら、一九七八年の放映だった。両親は夢中になって見ていたような覚えがあるけれど、私は寝ちゃってたのかも。小学生のころ、私、ものすごく早寝早起きだったのよ。いまとなっては信じられないことですが。

『白い巨塔』は二〇〇三年にもドラマ化された。私はこっちのバージョンではまって（財前五郎《ざいぜんごろう》は唐沢寿明《からさわとしあき》が演じた）、仕事で帰宅が遅くなるときは録画してまで見た。はなはそのころ、日本にいなかったかもしれないね。大学病院内での権力闘争を描いた作品なんだけれど、医学部の教授夫人会というのがあるの。奥さんたちだけが集まって、表面上は優雅にお茶を飲んだりおしゃべりしたりする会。でも、席順は医学部内での夫の地位に準じて決められているし、夫の出世のために、夫の上司の奥さんに気に入られるよう努めなきゃならないしで、なかなか隠微な世界で大変そうなのよ。役者さんたちの熱演もあって、見てるぶんには「うわあ、いやだな」とミーハーに楽しんだけれど、現実であれをやれと言われたら、うまく立ちまわれそうもないわ。

もし、外交官夫人の「勉強会」が、『白い巨塔』的な女の集いなのだとしたら、心からご同情申しあげます。

あなたも私も、女子校出身。女の集団には慣れているだろうと思われがちかもしれないわね。私の場合、女子校に通っていたと知った仕事相手から、「女の園かあ。女子校には、なんだか『陰湿でこわい世界』って印象があるんですよ。大変だったんじゃありませんか」と言われることがある。でも、その印象ってちょっと実情とちがう気がするのよね。

　もちろん、人間関係はいろいろ大変だった気もするけれど、それって女子校だろうと男子校だろうと共学校だろうと、もっと言えば学校以外でも、同じことでしょう。女ばっかりだと、男性の視線をあまり気にしなくていいから、学校内ではみんなかえってあけっぴろげで風通しがいいし（ガサツになる、という傾向は否めないですが）、「男性の活躍に期待（もしくは依存）する」という発想がそもそもないから、力仕事だって文化祭などの運営だって、女たちだけで協力してなんでもやるのが当然だし。「陰湿でこわい世界」だった覚えは、特にないのよね。

　ドラマ『白い巨塔』で描かれたような教授夫人会が、いや〜な感じなのは、そこに男性社会の地位や立場が、そのまま持ちこまれているからだという気がするの。夫の出世は私の出世。夫の地位はすなわち私の地位、といったような。また、夫を含めた周囲のひとも、同じ論法で「内助の功」を暗黙裡《あんもくり》に期待し要求する感じ。それは実は、女子校的な単性の世界とはまったくちがうものだと思える。

　つまり、「陰湿でこわい」のは権力構造。臆面《おくめん》もなく権力をふるい、権力構造に平然と組みこまれていく人々（男女問わず）のほうではないかしら？

　まあ所詮は、権力構造とはあんまり縁のない、フリーランスで働いている女のたわごとですが。

はなは私の話を聞きたいと言ってくれる。お言葉に甘えて、近況を記しますね。私はいま、ライターをやっています。インタビューや取材をして、雑誌などの記事を書く仕事。美容ライターじゃないわよ。あれはかなり専門知識が要求される。膨大な数の化粧品や美容法を、自分でも試さなければならないし。美容全般が好きでなければ、到底できない仕事だわ。

残念ながら、私は「美」への探求心がそこまでないのです。もちろん、仕事を選《え》り好《ごの》みしてはいられないから、美容や芸能情報以外なら、依頼があればわりとなんでも引き受けています。話題のスポットやスウィーツについて記事にまとめたり、新刊を出した作家にインタビューしたり、週刊誌の対談を構成したり（会社のＰＲを兼ねての、社長とタレントさんの対談とか、よく載ってるでしょ？　ああいう記事です）。

まあ、総じて地道で地味な仕事と言えるでしょう。いろいろなひとに会えるので、その点は刺激的で楽しいです。なかには気むずかしいひともいて、インタビューしてもあまりしゃべってくれず苦労するときもあるけれど。上っ面なことばかり調子よくしゃべられるよりも、まだいいかなとも思う。

メールの返信が遅くなったのは、取材のために出張していたからなの。三連休を利用して、東北の太平洋沿岸にある小さな漁村を、いくつかまわっていました。一人に会うと、またべつのひとを紹介してもらえるから、結局は連休中だけでは取材が終わらず、予定より三日も延長して、昨日東京に帰ったところ。実り多い旅だったけれど、さすがに疲れて、今日は昼過ぎまで寝てしまった。

漁村をまわっているのは、雑誌用の記事のためではないのです。単なる個人的な興味というか、趣味。いつか一冊にまとめられればいいなと思って、少しずつ取材をつづけています。休暇の旅行に、せっかくだから取材もくっつけた、という感じね。書かなければいけない原稿は事前に仕上げておいたので、旅程を延長できました。必要に応じて、身軽かつ気軽に予定を変更できるのが、フリーのいいところね。締め切りのある原稿を複数抱えているときは、もちろん身軽でも気軽でもなく、悲鳴を上げながら自宅でパソコンに向かいつづけるしかないんだけど。そういうときは、「私の仕事のどこが『フリー』なのよ」って、為五郎に愚痴を言います。為五郎は、私の愚痴なんてあまり聞いてない。「うんうん、大変だね」って感じで、自分だけご飯を食べてる。

漁村をまわるようになったのは、雑誌の特集記事で、過疎の村を取材する仕事を引き受けたのがきっかけです。そのときは山奥の村が中心だったんだけど、高齢化がものすごい勢いで進んでいて、村には本当にお年寄りしか住んでいないの。畑仕事をするのも病院に通うのも大変だし、山は手入れができないから荒れていく一方だし。私は都市部にしか住んだことがないから、過疎の実態を目の当たりにして衝撃を受けました。

でも、さまざまな村の取材をしていると、楽しいこともたくさんあるの。風景がとてもきれいだったり、豪快なおじいさんおばあさんがいたり、とても熱心に過疎対策を練る役所のひとがいたり。解決がむずかしい問題はたくさんあるけれど、村をめぐっているうちに、「多様性」ということを思うようになった。街に住んでいるだけでは決して知ることのなかった、土地それぞれに合った暮らしかたと文化と風習。高齢化によって、それをこのまま絶やしてしまうのは、記録もせずに消滅するに任せてしまうのは、もったいないんじゃないかと思うようになった。

　それで、いろんな村に行って、なるべくお年寄りたちと仲良くなって、昔の話や、いま考えたり感じたりしていることやらを教えてもらっています。写真を撮ることもあるのよ。村の景色、話をしてくれたひと、おうちのなか、昔使っていた道具など。あくまで記録用なので、腕前もなにもあったもんじゃないけど。

　高校時代、はなは写真部だったね。あなたがカメラをかまえていた姿を思い出します。あなたが撮った写真に満ちていた、穏やかで清浄な光を。

　山村をまわるうちに、「交通」についても気になってきました。

　いまはバスも鉄道も飛行機もふつうにあって、車社会になってもいるから、ある場所の便利さや不便さの判断って、乗り物を使って行きやすいか否かに力点が置かれがちでしょう。でも、どんな山奥の村に行っても、かつて、よその場所との交流が盛んに行われていた形跡がある。乗り物がいまほど普及する以前は、徒歩で尾根を越えて、舟で海を渡って、人々は道なき道（それが当時の「道」だったわけだけど）を使って果敢に移動し、よその村のひとと商売をしたり、姻戚《いんせき》関係を結んだりしていたのよね。

たとえば紀伊半島と房総半島は、距離的には離れているけれど、昔から交流があったみたい。共通する地名も多くあるの。海流に乗って、人々は舟で行き来していたらしいわ。紀伊半島で取材していたとき、村のおじいさんから、「いまでも千葉県に親戚が多くいる」と聞いて、海の道にも興味を持つようになった。それが三年ぐらいまえのこと。以来、山村だけではなく漁村も取材しています。東北の太平洋沿岸、三陸地方はリアス式海岸だから、海岸線がとても複雑で、小さな入江が無数と言っていいほどある。いまは車で行き来できるけれど、道路ができるまえは、入江の漁村同士は舟を使って交流していた。それが一番速くて楽な交通手段だったから。当時を知るひとの話を、聞かせてもらいに行っています。

いかがかしら？　私の仕事は、ひとに会って、話を聞いて、それを文章にまとめること。はなのように国家とか外交とかにかかわる仕事ではないけれど、少し似ている部分もあるわよね。ひとに会う。話を聞く。そうしなければ、なにもはじまらないあたりが。

　あら、為五郎がすさまじく不機嫌だわ。取材旅行のあいだ、ずっとほっぽらかしていたから。為五郎は料理もできない男なので、私が長く家を空けるときには、近所のおばあさんに食事の世話をお願いしているの。為五郎もおばあさんと仲良しで、私が出かけるときは特に不満もない様子のくせに、旅から帰った私を見ると、必ずぶすくれた顔をするのよね。「俺を放って、どこをほっつき歩いてたんだ」って。口に出してはなにも言わないけれど、表情が雄弁に物語っている。相手をしてやらないと、すぐ拗《す》ねるの。私の愚痴は聞き流すくせにね。

というわけで、こちらは深夜だけれど、これから為五郎とちょっと遊びます。この私が男の機嫌を取る日が来ようとは、想像もしていなかったわ。

野々原茜

＊＊＊

差出人：Isozaki Hana
件名：為五郎さんって
日時：2010年3月27日 12:42:36 JST
宛先：Nonohara Akane

いったいどんなひとなの、為五郎さんって！

名前も含め、やけに旧弊《きゅうへい》に思えるんですけど（パソコンは勝手に変換してくれるから、私も難しい漢字を使えるようになった）。ののらしくもない。料理ぐらい作れるように、為五郎さんを教育したら？

まあ、うちの夫も家事全般できませんから、ひとのことは言えませんが。

とにかく、ののが男のひとに尽くしてるなんて、イヤー!!! イメージ壊れる！

あなたにはいつも、毅然《きぜん》としていてほしいの。仕事で一週間ぐらい家を空けただけで不機嫌になるなんて、為五郎さん大人げないよ。いや、悪口を言うつもりはないんだけど。

ああ、もう出発しなきゃ。今日はジョアンさんの運転で、夫と一緒にゾンダの農村部へ視察に行くの。そのまま村で一泊させてもらうんだけど、トイレあるかなあ。ないかも。期待しないでおこう。

私は草むらのなかでも用を足せる派なんですが、ゾンダでは道からちょっとはずれると地雷が埋まってることがあるから、迂闊《うかつ》なところでもよおすわけにもいかないのよね。トイレには悩まされます。

じゃ、いってきまーす。

為五郎さんについて教えて！　じゃないと絶交だからね！

はな

＊＊＊

差出人：Nonohara Akane
件名：為五郎の正体
日時：2010年3月28日22:15:21 JST

宛先：Isozaki Hana

磯崎はな様

もう首都ダッタの公邸に戻られたかしら？　そちらの農村の話を聞かせてもらえるとうれしいわ。

為五郎は猫よ。これまでのメールで、あなた本当に気がつかなかったの？　あいかわらず、うっかりしてるのね。ヒントをいろいろちりばめたのに。

為五郎は推定三歳。白と黒のブチ猫です。ちょっと太り気味。「ダイエットしたほうがいいわよ」って、軽めにキャットフードを盛りつけてあげてるのに、為五郎はご不満の様子。どこでなにを食べてるんだか、順調に豊満な体型になっていってる。たぶん、愛人が何人もいるんだわ。ほうぼうでご飯をもらってるにちがいない。私は本妻のつもりだけど、もしかしたら愛人の一人だったりして。

本当は、家のなかでだけ飼うほうがいいのかもしれない。でも、それもなんだかかわいそうな気がして。迷ったすえ、不妊手術だけはした。そのほうが、外でほかの猫と喧嘩する割合が減るそうだから。子猫をぞろぞろ引き連れてこられても、私はこれ以上飼えないし。だけど、こんなふうに考えて猫に手術を受けさせるのも、人間の勝手かもしれないわね。

為五郎専用の猫ドアを、自宅の玄関ドアを改造して取りつけてもらった。私の取材旅行中、為五郎に餌をやってくれる近所のおばあさんは、実はマンションの大家さんでもあるの。猫好きなので、猫ドアの設置もあっさり許してくれた。

おかげで為五郎は、猫ドアから毎朝悠々と出かけていくことができます。どこで見ているのか、私が外出先から帰ると、為五郎も帰ってくる。私が家で仕事をしているときは、日中も頻繁に様子を見に帰ってきたり、逆に、たまに外泊したりします。猫って気まぐれだというけれど、これほどとは思わなかった。

とはいえ、私たちは仲良くやっています。為五郎は太り気味のくせに狩りが上手なようで、蝉《せみ》やスズメを捕ってくることがある。なぜか私のまえまで、くわえて運んでくるのが困ります。夜はだいたい、私の顔の横で丸まって眠っている。寝ぼけるのか、夜中に私のおなかのうえで足踏みをしはじめたりもする。猫の足踏みは、母猫のおっぱいを探していたころの名残《なごり》なんですってね。気まぐれで、でも素直に愛情を求める。なんてかわいい生き物なんだろうと思う。人間も、無理して「大人」の振る舞いをしようと努めているだけで、本来は猫とおんなじなのかもしれないわね。気まぐれで、愛情がなによりの大好物。

為五郎と出会ったのは、五月のよく晴れた日のことでした。

私は当時、ライターの仕事もなんとか軌道に乗ってきたところだった。徹夜でテープ起こしをして、朝の六時になったのを機に、マンションの部屋を出た。気分転換も兼ね、コンビニにパンでも買いにいこうと思って。

徹夜明けって、妙にハイになるものでしょう。そのときも眠気は全然なくて、頭のなかは高速で動いてる（空回ってる？）状態だった。テープ起こしを終えたばかりのインタビューを、どう原稿にまとめればいいか。考えながら歩いていたから、周囲の風景は目に映っているだけで、ちゃんと見えてはいなかったの。でも、とても静かだなと感じたのは覚えている。いつもだったら、けっこう早朝から人通りがある道なのよ。通勤通学するひとや、ジョギングや犬の散歩をするひとやらで。ところがその日にかぎっては、歩道を行くのは私だけ。車もほとんど通らなかった。いま思えば、なんだか不思議な雰囲気だった。

　団地の敷地を斜めに横切ると、ちょうどコンビニの向かいに出るの。近道だから、よっぽどの真夜中じゃないかぎり、私はそのルートを使う。春は敷地内の桜並木がとてもきれいなのよ。五月下旬ともなれば、さすがに葉は青々として、地面に影を落としていた。団地のなかも、やっぱり静か。そこでようやく、戒厳令でも出たのかしらと、あたりを見まわした。白っぽい朝の光と、薄水色の晴れわたった空。同じ規格で並ぶ団地の窓。穏やかだけれど、なぜかひとの気配はない。

　そのときよ。東のほうから、為五郎が現れたのは。

たぶん生後三ヵ月ぐらい。乳離れしたばかりの子猫だった。でも、彼は堂々と並木道の真ん中を歩き、私のほうへまっすぐ近づいてきた。だれもいない道を。朝日をしょって。

威厳に満ちた王さまに出くわしたみたいに、私は体を脇へよけた。為五郎は堂々たる足取りのまま私の横を通り過ぎ、その際に、ちらと私へ視線を寄越した。「苦しゅうない」とでも言うかのように。

　私たちは二秒ぐらい見つめあっていたと思う。そのまま私は並木道を進み、団地の敷地を抜けて、コンビニのある通りへ出た。振り返っても、彼の姿はもうどこにもなかった。ずいぶんぶさいくで、だけど子猫のくせに風格があったなと思った。通りを渡り、コンビニに入ると、店内にはヒットチャートに載っているような曲が流れ、店員さんはお弁当を棚に並べたり、缶コーヒーやらスポーツ新聞やらを買う客のためにレジを打ったりと、忙しそうに立ち働いていた。

　戒厳令は出ていなかったらしい。そう思いながら、私はパンを手に取り、それから操られるように缶詰タイプのキャットフードもレジへ持っていった。

　コンビニから出たら、いつもの朝と変わらない、ひとと車の流れがあった。さっきの静けさはなんだったんだろう。あの子猫と私しか、地球上に存在しないかのような静けさは。だいいち、私はなぜキャットフードなんて買ったの？　動物のエサを買うのははじめてだった。これまで一度も、ペットを飼ったことはなかったから。

　また団地の敷地を抜け、帰路についた。子猫の姿を目で探すことはしなかった。私は早足でマンションを目指した。なにかの予感に駆られていたの。
はたして、子猫はいた。私の住むマンションの、エントランスの植え込みのまえに座っていた。子猫は私を見て、「遅かったな」というように小さく一声だけ鳴いた。私はおそるおそる子猫を抱きあげ、一階の自分の部屋へ連れていった。

　これが、為五郎と私の出会い。運命的でしょう。為五郎の名はもちろん、「アッと驚く為五郎」からつけたのよ。どうして為五郎が、先回りして私のマンションで待っていたのか、未《いま》だにわからない。ただの偶然かしら。それとも、彼は以前から私を知っていたのかしら。知っていて、私を飼い主に選んでくれたのなら、うれしい。

　朝日とともに東からやってきた為五郎は、私に幸せを運んでくれた。やる気が出ないときも、為五郎のことを思うと、「働かなきゃ、為五郎も私もおまんまの食いあげだ」とパソコンに向かうことができる。おかげさまで仕事もますます軌道に乗り、インタビュー取材のときなどにライターとして私を指名してくれる編集者が何人か現れた。コンスタントに仕事が入るようになって、いまのところなんとか食べていけています。

　マンションの大家さんが猫好きのおばあさんだったのも、防犯上どうかなと思いつつも狭いけれど庭があることに惹《ひ》かれて一階の部屋を選んだのも、あとで考えればすべて、為五郎を迎えるために、何者かが仕組んだことのように感じられてくる。

　子猫の為五郎は、庭でちょうちょを追っかけて遊んだ。私が仕事の息抜きに作った小さな花壇を、めちゃくちゃに踏み荒らした。草取りをする私のかたわらで、細長い雑草を食べて毛玉を吐いた。私は『猫の飼い方』の本を読んで、猫について学んではいたけれど、食中毒でも起こしたのかと動転し、為五郎を抱いて半泣きで大家さんの住む部屋に駆けこんだものです。

いまでは、為五郎が好むキャットフードの銘柄が、どの店で安売りされているかもちゃんと把握している。為五郎は成長し、庭だけでなく近所じゅうを我が物顔でのし歩いている。

そういうわけで、私たちはなかなかうまく暮らしています。自分が子どもを生むことはないだろうとわかっていたし、猫を子どもに見立てて猫っ可愛がりするつもりはないけれど、「そろそろ私も、生殖する限界が近づいてきたな」というタイミングで為五郎と出会えたこと、よかったと思います。

一人でも食べて寝て生活はできるけれど、本当の意味で生きるのはむずかしい。自分以外のだれかのために生きてこそ、私たちは「生きた」という実感を得られるのかもしれない。だれかというのは、ひとに限らず、動物でも植物でもいい。物質でもいいかもしれない。それを通して、社会とつながっている、社会のなかにたしかに自分の居場所がある、と感じられるものであれば。

ひとが営む社会のなかでしか、自分自身を、自分が存在する意味を、見いだせない。人間って面倒な生き物ですね。

猫はちがう。社会なんて存在しないみたいに、呑気《のんき》かつ自由奔放に一匹で生きている。いえ、もしかしたら猫には猫のつきあいや、生きがいや、苦悩があるのかもしれないけれど、私が見るかぎりでは、為五郎は好きなときに食べて寝て、好きなときに散歩し、悩みや孤独をそれと認識することもなく、飄然《ひょうぜん》と生きているようです。

　そんな為五郎に、私はひたすらかしずき、つくすのみ。為五郎が誇らしげに蝉をくわえてくれば、「まあ、さすがでございます」という勢いで褒めたたえ（為五郎の意識がそれた隙に、哀れな蝉は庭に埋葬する）、「このカリカリ、もう飽きたんだけど」という素振りがあれば、「気が利かず申し訳ありません」と、為五郎のお口に合うキャットフード探索に勤《いそ》しみ、トイレの砂の交換は、私が家にいるときはなるべく素早く、を心がけている。為五郎がいきみだすと、砂袋に手をかけて私がにじり寄るので、いつもちょっといやがられます。諸事万端に至るまで、王さまの御意にかなうようにするのは、わたくしごときの想像力と実行力ではなかなか困難です。

　なにしろ為五郎陛下は気まぐれで、行動やお好みにあんまり規則性がないのです。

　それでは、また。

野々原茜

＊　＊　＊

差出人：Isozaki Hana
件名：ビバ！　為五郎！
日時：2010年4月3日 17:12:08 JST

宛先：Nonohara Akane

のの

為五郎さんの正体が判明し、なぜかホッとしている私がいるわ。ののが男のひとと暮らすなんて！　って、冷静ではいられなかった。そんなの変よね。あなたと私が一緒にいたのは、もうずいぶん昔のことで、いまの私はあなたになにか言える立場にないのに。だいたい私だって、夫と結婚して長いくせにね。

私たち夫婦のあいだに、子どもはできなかった。とてもつらかった気もするけど、覚えてない。忘れちゃった。夫のお母さんは、遠回しに嫌味を言ってきたな。外交官の家系で、自分の息子は立派に外交官になったのに、子どもが生まれないなんて！　お家の断絶！　って感じだった。気持ちはわからなくもないけれど、こればかりはしょうがないじゃない。側室を娶《めと》るわけにもいかないんだし（お姑さんは、息子に愛人を勧めかねない勢いだったけどね）。

夫への愛がたりないんじゃないか、とも言われた。愛だけで子どもがポコポコできれば楽よね。でも私、そう言われたときに反論できなかった。私のなかに、愛の定義というか基準になる気持ち、経験はあって、それに比べるとたしかに夫への思いは愛というにはたりない気がしなくもなかったから。

誤解しないで。いまは私にもわかっている。激しさはないけれど、夫への気持ちはたしかに愛だと。夫はいつも私をかばってくれた。母親に向かって、「バカなこと言うな」って怒鳴ったことすらあった。温厚で、家でも外交をしてるみたいに冷静で紳士的な夫が。このひとと結婚してよかったなと思うことができた。

ののの言うこと、わかる気がする。夫と一緒にいろんな国で暮らして、いろんなひとと交流する。私にもやること、やれることがあるから、なんだかんだで忙しくしながらも、楽しく生きていけているんだわ。

先週、農村部へ視察に行くと書いたでしょう。ゾンダの北東にある村をいくつか見てまわったのよ。首都ダッタからは、約五百キロの距離。かなりの悪路を四輪駆動車で行くの。ジョアンさんのハンドルさばきによって、なんとか事故もなく行って帰ってこられました。ものすごくバウンドするもんだから、車内ではしゃべることもできず、夫も私も必死に手すり（？）にしがみついていた。車の窓あたりについてる手すりって、おじさんがつかんでるイメージない？　おじさんは自動車のなかで座ってても、電車の吊《つり》革《かわ》みたいに、なにかにつかまってないと落ち着かないのかな、と思ってた。ゾンダに来るまでは。

あの手すり、絶対に必要よ！

土埃をもうもうと上げて、車はサバンナを行く。残念ながら、象やシマウマやキリンは見られません。そういう大物が住んでる地帯は国立公園になっていて、保護されているから。外貨を獲得するために、ゾンダ政府はサファリツアーにも力を入れていこうとしてるようだけど、宿泊施設の整備などは、まだまだ。でも、あと十年もしないうちにきっと、世界中のひとがゾンダの素晴らしい自然と景観と動物たちの存在に気づくはずよ。

　国立公園以外の、道路（といっても未舗装）沿いの風景だって、充分にすごいけどね。見渡すかぎり地平線で、遠い空の低い位置に白い雲がぽかりぽかりと浮かんでいて、針金みたいな木や緑の草がところどころにある。飛んでる鳥も、ハトやスズメじゃないのよ。ハゲタカみたいなシルエットの大きな鳥だったり、鶴かと思ったらフラミンゴの群れだったり、そんなのが飛んでるんだから！

　ののが日本の村々をめぐっていると知って、こちらの様子もお伝えしたくなった。遠く離れた国でも、共通点があるかもしれないね。と言いつつ、添付したのは鹿がぶらさがってる写真です。コルペッタという小型の野生鹿。ファイルの容量を軽くするため、かなり圧縮（？）しちゃったので、もしかしたらよく見えないかな？

　ゾンダ北東部の村は、半農半猟の暮らしのようです。夕飯に、コルペッタの肉を炙《あぶ》ったものと、キャッサバを茹《ゆ》でたお料理をいただきました。肉はちょっと筋っぽいけど、懸念したほどくさみはなかった。キャッサバはサトイモみたいで、独特のかすかな泥っぽさがあるけれど、私は好物。ただ、なにを食べても薄味なのよね。いろんな調味料を利かせた料理って、それだけで贅沢品なんだなとゾンダにいるとつくづく思う。塩分控えめで、体にはいいです。

ゾンダではお年寄りも子どもも大切にされる。お年寄りは倒木を利用して、お椀《わん》などをとても器用に作るのよ。薬草の知識も豊富だし、おまじないや言い伝えもすごくよく知っているから、村ではおしゃべりするお年寄りのまわりに子どもが集まって遊んでた。適度に面倒を見てもらえて、適度にお話も聞かせてもらえて、楽しいみたい。

内戦中、最初は男だけが戦っていたそうです。どうも各部族に共通する掟《おきて》で、「非戦闘員（女や子どもやお年寄り）を巻きこむのは、卑怯者のすること」というのがあるようなの。でも、さまざまな国が介入してきたり、食糧生産が滞ったりで、内戦は泥沼化していった。最後は非戦闘員にも相当な死者が出たようよ。

なんとか部族間で和平協定を結んで、新しい政府もできて、ゾンダはようやく復興への道を歩みはじめたところ。村をまわって感じたのは、人々の表情が明るいということ。日本人が井戸を掘った村もあったけど（それで夕飯にコルペッタとキャッサバをご馳走《ちそう》してくれた）、「日本？　なんじゃそりゃ」という村ももちろんあって、最初は警戒しながら私たちのほうをうかがっていた。

　村長や政府の役人や開発支援をしている民間団体のひとたちの取りなしがあって、どこそこの村で井戸を掘ったのと同じ国から来たひとだよってことが説明される（いろんなお膳立てのもと、視察は行われるのです）。村人たちは、「ほうほう、そうなのか」って感じにうなずく。たいていは好奇心旺盛な子どもたちが、笑いかけてきたり、私たちのまわりを走りまわってちょっかいを出してきたりして、場が打ち解ける。

村の女性たちが色とりどりの布を巻いて、踊りを見せてくれたのも素敵な思い出になりました。ふだんはTシャツにハーフパンツの女性も多いんだけど、伝統的な衣裳を着たのは、お客さまへのサービスでしょうね。裸足《はだし》で地面を踏み締めながら、焚《た》き火《び》のまわりをまわるの。手足で拍子を取って、複雑な手ぶりがついている。日本の盆踊りがもっとリズミカルになった感じ、と言えばいいかな。

そういうわけで、悪路には悩まされたけど、楽しく、わりとスムーズに今回の視察は終わった。夫はそれ以来、またまたおなかを壊して、うなりながら出勤していました。やっと今日あたり、全快したみたい。「コルペッタを消化しきれなかった」とのこと。胃弱なんじゃないかしら。そう言ったら、「きみのほうが外交官に向いてるかもな」って苦笑いしてた。そうかも。私はなにを食べたらおなかを壊すのかなあ。ま、当然ながら、おなかが丈夫なだけでは、外交官は務まらないんだけどね。残念！

あら、スリさんが呼んでる。スリさんは視察に同行できなかったので、村で撮った写真を見せると約束しているの。旅行のあとでバタバタしていて、今日までなかなか時間が取れなかったから。コルペッタの写真やら、子どもたちが遊んでる様子やら、見せてくるわね。

為五郎さんの写真や、日本の村の写真も送っていただければ、私だけじゃなくゾンダのひとたちも喜ぶと思うんだけど（スリさんもジョアンさんも、日本にすごく興味を持ってくれている）、とにかくネット環境がよくなくて、重いメールを受信するのに何時間もかかっちゃうときがあるの。ごめんね。

かわりに、全力で想像するわ。堂々とした為五郎さん。為五郎さんにつくすのの。二人の（一人と一匹の？）楽しい生活を。うふふ、想像するたび笑ってしまう。つくすのの！　だけど、相手が為五郎さんなら、そうなるのもしかたないよね。二人の（一人と一匹の？）出会いを読んで、すごく神秘的な猫だということがわかった。為五郎さんは、ののにとっての福猫だと思うな。

私も子どものころから猫を飼いたかったけど、結局はたせなかった。転勤が多いからしょうがない。あなたが動物に夢中になるなんて、時間はひとを変えるんだねえ。でも、いい変化ですね。ののがさびしいときは、私もきっとさびしい。ののが満たされているときは、私もそう。そんな気がする。

ねえ、のの。もっともっとあなたの話を聞かせて。すごく距離がある私たちだから、せめて離れていた時間を埋めたいの。

はな

＊＊＊

差出人：Nonohara Akane

件名：語るほどのものでも……

日時：2010年4月5日 23:56:13 JST
宛先：Isozaki Hana

ああ、はな！　どうか心をかき乱すようなことを言わないで！　あなたと私の人生は、とうの昔にべつべつのものになっているのだから。

私はともに生を歩むパートナーをついに得られなかったし、これからもたぶん一人のままでしょう。あなたが感じたつらい思い、伴侶とのあいだの機微を、十全には想像できず分け持てない私の経験不足と無味乾燥ぶりを、歯がゆく、なんとなく悔しく恥ずかしいようにも思います。

でも、たぶん私は使い果たしてしまったんだ。恋愛という意味での情熱を。だれかを求め、だれにも渡したくないと歯ぎしりし、だれよりも愛《いと》おしいと感受する精神を。あまりにも早く運命の相手と出会ってしまったから、運命が放つ圧倒的な力に対抗する術《すべ》も、運命を御するだけの経験値もないまま、ただあなたが私から離れていくのを見ているしかなかった。

運命の相手なんているはずない、と嗤《わら》うひともいるかもしれないわね。あるいは、運命の相手なんて何人もいるんだから、べつのひととといくらでも恋をすればいいだろう、と。十代の恋などすべて思いこみ、錯覚にすぎない、という意見もあることでしょう。

でも、私はそれらすべてに、「ちがう」と答えよう。そういうふうに言うひとは、きっと運命の相手に出会った経験がないのです。魂が惹き寄せられ、結ばれる、あのうつくしく麗しい瞬間を体感したことがないのです。かわいそうなことに。

年齢も、性別も、時と場所も選ばず、運命は唐突にひとを訪《おとな》う。こちらの準備ができているかどうかも、まったく考慮には入れてくれない。だから運命とは残酷なものなのです。

運命の相手と出会うことを「死」にたとえれば、その唐突さと残酷さ、若い時期に遭遇してもなんら不思議はないことを、わからんちんたちにも少しはイメージしてもらえるだろうか。

あなたは私にとっての「死」だった。あなたとの出会いは無上の喜びと愛を私にもたらしたけれど、あなたが過ぎ去ったあとの私は、情熱も恋情も失せたぬけがらと化したのです。

それでも生命活動をつづけることはできる。あなたを失ってわかったのは、恋愛方面における情熱や活力がなくても、実生活にはなにも支障はないという事実です。ひとは恋のみにて生くるにあらず。ふふ、むしろ煩わしさが減って、仕事や自分の生活に思うぞんぶん時間と神経を傾注できると言えるような気さえします。

それに、恋の記憶は残った。あの高揚と歓喜を一度も味わわずに生を終えるひともいるのだと思えば（運命の相手なんているはずないと嗤うひとは、真実の恋をまだ一度も味わっていないことを自白しているも同然です）、やはり私は幸運だったと言えるでしょう。たとえひとときでも愛し愛され、燦然《さんぜん》と輝く思い出を永遠に手に入れることができたのだから。

　そういうわけで、パートナーが欲しいと切実に願うこともなく、いまに至ります。

　安心して。「私の心を殺したのはあなただ」と責めているのではないの。

「まあ一人で生きていけばいいか」と納得してるだけ。何人かとおつきあいしたけれど、女はむずかしいのよね。「やっぱり結婚して子どもも欲しいから」って、最終的にはどうしても男のほうに行っちゃう子もいたし。あら、困ったな。なにを書いても、はなに対してチクチク嫌味を言ってるみたいに受け取られそう。そうじゃないのよ、本当に。

悦子《えつこ》さんは、女しか愛せないし、愛さないと決めていた。自分の恋人に、女だけでなく男にまで嫉妬させるようなことはしたくないから、と。私も同じ。いいえ、正確に言うと私の場合、嫉妬したくもされたくもないから、いまのところはだれともつきあわなくていいと思っている。

　だれかと交際するか否かではなく、だれかを真に愛しているかどうかが大事なんじゃないの？　と、はなは言うかもしれない。

　愛なら、すでに知った。十二分に愛したし、愛されたと思っている。

　私の勘違いではないはずよね？

野々原茜

追伸。コルペッタ、かわいいわね。しかも、おいしそう。食べてみたいわ！

＊＊＊

差出人：Nonohara Akane
件名：語るほどのものでも……。その2
日時：2010年4月7日 00:34:09 JST
宛先：Isozaki Hana

磯崎はな様

はなは週末ぐらいしか、パソコンのまえにいる時間をまとまって取れない。これまでのメールの送信日時からしても、そうだろうなとわかってはいるのですが、矢継ぎ早にメールしてしまいます。あなたの言葉に甘え、自分のことについて書こうと思っただけなので、返事は特に求めていません。

前回のメールでも少し触れたけれど、悦子さんを覚えているでしょう？（返事は求めていないと言ったそばから、疑問形にしてしまった）彼女と私がどうなったか、お伝えしておこうと思います。

悦子さんは私よりもずっと年上で、魅力的なひとだった。彼女のまえでは、私なりにいつも背のびをしていた気がする。「若くてなにも知らないのね」と思われたくなかったから（現に、そのとおりではあったのだけれど）。大人でいたかった。彼女に見合うように。

そんな私の思いを知っていたのか、悦子さんはとても甘え上手でかわいらしいひとだった。うんと年の離れた姉か、しっかり者の先生みたいに、さまざまなことを私に教えてくれた。だけど同時に、私の鎖骨に唇を押し当てて眠る悦子さんはとても安らいで、小さな娘のように感じられるときもあったの。

「えっちゃん、おねむ。よしよし」と、からかって肩を軽く叩いてあげると、悦子さんは笑って「よしてよ」と言った。でも、私にぴったりと身を寄せて離れない。愛おしかった。年上の、とても賢くて凛《りん》としたこのひとを安心させられる力が自分にはあるのだと思えて、誇らしかった。

私たちはとてもうまくいっていました。サンルームのある、あの家で。縁側を広げて突貫工事で作ったというサンルームは、いつも緑であふれていた。悦子さんは花の苗やら観葉植物やらを買ってきては、飽きもせず鉢を増やしていった。こまごまと土いじりするのが好きだったみたいね。株分けしたり、葉っぱに霧吹きで水をかけたり、しぼんだ花を摘み取ったり、いつも楽しそうに植物の世話をしていた。

私は専《もっぱ》ら、サンルームで読書する係。たまに水やりを命じられるのだけど、やりすぎたり、少なすぎたり、やるのを忘れる鉢があったりで、悦子さんに怒られた。

「茜は、虫は虫でも本の虫ね。たまには虫らしく、もうちょっと花に目を向けたらどうなの」

「『はな』には懲《こ》り懲《ご》りなの」

と、わざと含みを持たせた答えかたをしたら、悦子さんは拗ねて嫉妬してむくれたわ。そういうところも、かわいいひとだった。

悦子さんの家に転がりこんでから、私は両親とはほとんど会っていなかった。

両親は、まだ私に期待していたのでしょう。いずれは大企業に勤めて、あるいは国家公務員になって、堅実に働き、仕送りもし、稼ぎのいい男と結婚するはずだ、と。そのためにも勉強の邪魔をしてはいけないと思ったのか、あまりうるさくは言ってこなかった。そりゃあ、両親も油断するわよね。私たちが学生のころは景気もよくて、いい就職先が有り余るぐらいあちこちにあったのだから。

両親にはなにも言わず、奨学金を使って大学院へ進んだ。比較文学を学ぶために。お金もうけにはちっともつながらないことを学ぶために。

悦子さんの家に住まわせてもらっていたから、できたのよ。家賃も、最低限の食費も、悦子さんは受け取ろうとしなかった。おかげで私は、院での研究にだけ専念していればよかった。両親は、私の専門が比較文学だとようやく気づいて、「そんなもの、社会に出ても役に立たない」と怒ったけれど。正月もお盆も、私は両親の住む家へは帰らなかった。

いまも両親とは疎遠です。ときどき電話で話をするのだけれど、年を取ったとはいえ、まだまだ元気そう。大企業に入ったり公務員になったりしてほしいという娘への期待は、さすがに跡形もなく消え失せたらしく、以前よりはお互い冷静に会話ができます。ただ、近いうちに両親の介護がのしかかってくる可能性があるわけで……、いまから気が重い。そういう意味では、両親は未だに私に期待を抱いているとも言える。娘は親の面倒を見るものだ、という期待と希望。親のみならず社会や世間といったものからも加えられる、無言の、しかしたしかな圧力。

私が必死に働き、稼いだお金は、私に依存する気満々の両親の介護に消える運命かと思うと、たまに叫びたくなる。ここでも運命。前回のメールで語った甘美な運命との、なんというちがい。

以前、はなが手紙に書いてくれた、「息が詰まらない居場所」という言葉を思い出します。私たちはいったい、いつになれば、どこへ行けば、自由に呼吸ができるのだろう。一瞬、自由と喜びを感じたとしても、それは幻のようにすぐに霧散してしまう。

本当に自由になったら、案外さびしくて不安で、息ができないものなのかもしれないけれど。塵《ちり》ひとつない清浄な空気が実験室にしか存在せず、そこで生活しつづけられるひとはいないのと同じく。

悦子さんは、「たまには親にも連絡したら」とは決して言わなかった。家族とのあいだに、ときにやりきれない事情や感情が生じるものだと、よく知っていたからだと思います。彼女はただ黙って、院生になった私を物心両面で支え、恋人としてそばにいてくれました。それこそあたたかな家族のように。

　はなは不思議に思っているでしょう。悦子さんは、何者だったのか。仕事をしているふうでもなく、どうやって生計を立てていたのか。

　おかしなことに、私は当時、それをまったく疑問に感じていなかった。悦子さんがあまりにも飄然としていたから、彼女の主食は霞《かすみ》なのだと言われても、彼女がポケットを叩けばお金が無尽蔵に出てくるのだと説明されても、「なるほど」とうっかり納得してしまったと思う。それぐらい、私はすべてに気がまわっていなかったし、若かったのです。社会に出るということも、自分で稼いで食べていくということも、まだなにもわかっていなかった。

　悦子さんの父親が、服飾関係の会社を一代で大きくしたひとだと知ったのは、悦子さんが亡くなったあとのことでした。

　父親は悦子さんが三十になるまえに亡くなり、悦子さんは遺産として、まとまったお金と株とサンルームのあるあの家をもらいうけていたのです（遺産相続したときには、まだサンルームではなく単なる縁側だったようですが）。悦子さんは、若いころはヒッピー同然に世界中を放浪し、父親の遺産が入ってからは、ますます働く必要もなくなったので、早すぎる隠居生活をずっとあの家で送っていたのでした。縁側をサンルームに改築し、緑だけを友にして。

　そう聞くと、気楽なご身分だ、と思うひともいるかもしれません。たしかにそのとおりです。会社はすでに、悦子さんの兄と母親が継いで切り盛りしていましたし、悦子さんにはすることがなにもありませんでした。贅沢をしなければ一生暮らせるだけの金銭と、座っていても寝ていても入ってくる株の配当があるのみです。あの家の地価も、相当のものでした。あのころはまだ、バブルがはじけていなかったから。

だけど、悦子さんは孤独だったと思う。お金もなく孤独であるよりは、もちろんましなんだろうけれど。

悦子さんが手にした父親の遺産は、実質的には家族からの手切れ金でした。父親が築きあげた資産の莫大《ばくだい》さを思えば、悦子さんが受け取ったお金や、古くて小さな家など、なにほどのものでもなかったのです（私みたいな庶民からすれば、それでもうらやましいぐらいの財産でしたが）。

あの家は、悦子さんのお父さんが生まれた家なのだそうです。家族や親族のなかで、悦子さんをかわいがったのは、とうの昔に亡くなった父方の祖母だけだったらしい。おばあさんが住んでいた家を譲り受け、あちこちを修繕して大切にしていた悦子さんを思うと、いまも切ないような気持ちになります。

悦子さんは十代のころに、ほぼ勘当されていたようです。両親にも、お兄さんにも、「顔を見せるな」と言われていた。会話の端々から、家族とうまくいっていないんだろうということはうかがわれたけれど、詳しい事情は聞かなかった。これは私の推測だけれど、悦子さんが女性を愛するひとだったことが、一因なのではないかと思う。

「親の都合で結婚しろと言われても、それは私には無理だったしね」
と、悦子さんが言ったことがあったから。

そのとき悦子さんが浮かべていた笑みは、苛立《いらだ》ちと諦めがないまぜになったものに見えました。一人で生きていけるだけの聡明さと強さのある、何不自由ない境遇のわりには世知にも長《た》けた悦子さんであっても、家族との軋轢《あつれき》、軋轢さえもすでに消えた長きにわたる無視と不干渉は、少々こたえるもののようでした。身近なひとたちからの無関心、家族に受け入れられないつらさは、セクシャルマイノリティではなくとも生じうることだし、想像できることでしょう。当時、悦子さんは五十代だったと思いますが、少女のころに家族によって刻まれた傷は、時にまだうずくことがあるらしいのでした。

悦子さんに思いを馳《は》せることは、私にとって、「愛」と「教育」について考えることを意味します。愛も教育も、たやすく暴力に変じうる危険性を秘めている。

私は幼いころからずっと、自分の親とどうもしっくりいかないと感じてきました。けれど、両親が私を愛していないとは思わない。私の求める愛と、親から私に注がれた愛とが、少しずれていただけで。

子どものころの私が、大きな植木鉢に植わったひょろひょろした苗木だとしたら、両親は鉢の端っこ、しかも片側の隅だけに、豊富に水を注いだようなものです。「ああ、まだそこまでは根がのびてないのに」、「少し根がのびたけど、そこだけにそんなに水をもらっても根腐れしてしまうのに」という感じ。

でもそういうことって、どの親子でも、どんな人間関係においても、往々《おうおう》にしてあるでしょう。望んだ場所にピンポイントで、望んだぶんだけの水を（しかも必要に応じた栄養素入りで）与えられるなんてこと、まずありえない。不足や過剰を知り、「そうじゃないのに！」と歯がゆかった経験があるからこそ、私たちは自分が愛を注ぐ立場になったときに、なるべく相手のことを思いやろうと努めるのだと思います。しかし残念ながら、往々にして、やっぱり的外れな場所に水を注いでしまうわけですが。

　私の両親はまた、できるかぎりの教育を私に受けさせようとした。その動機にはいささか不純物が混じっていた気がしますが（「教育があれば経済力を得られ、自分たちも恩恵にあずかれるはず」という皮算用）、知識を得られる機会をくれたことに、私が感謝しているのはたしかです。

　だれかと自分を比べるのは無益だし、ときに傲慢な行いでもあるでしょう。でも、あえて言えば、悦子さんは私よりもずっと恵まれた環境にあった。お金がふんだんにあるおうちで育ち、両親も兄弟もいて（それどころかお手伝いさんまでいたそうです）、教育だってきちんと受けたひとです。しかし彼女は、愛だけはあまり与えられなかった。両親からの教育に関して言えば、躾《しつけ》の名を借りた暴力と強制であったと、悦子さんは認識しているようでした。

　それでも悦子さんは、他者への愛情にあふれ、まっとうな考えを持った大人になりました。そうなるまでの道のりは苦難に満ち、地図も羅針盤もなく歩む旅のようなものだったのではないかと推測します。

悦子さんは、最期まで愛を実践しようとしつづけました。「自分は家族から愛を与えてもらえなかった」と認識するがゆえに、他者には愛を与えようとした。

でも、愛を知らぬまま、歩く気力もなくして倒れ伏すひとも多くいます。だれがかれらを責められるでしょうか。劣悪な環境にどこまで耐えられるかは、もちろん個体差があるでしょうけれど、耐えられなかったからといって責められる謂《いわ》れはない。責められるべきは、そのひとに適切な愛を与えなかった周囲の怠慢です。水やりをしなかったり、過剰に水をやったりして、植物が枯れてしまったとき、植物を責めるひとはいないはずです。

悦子さんの努力と、信念と理想に向かって歩みつづける強い精神。私は年齢を重ねるにつれ、そのことに改めて驚嘆し、尊敬と愛を深めています。そして、私もそうありたいと願うのです。

得られなかったものをいつまでも欲しがるのではなく、新しくだれかに与える人間でありたい。悦子さんがそうだったように。

なかなかうまく書けません。悦子さんとのことを、こうしてだれかに伝えるのははじめてだから。

はな、長くなってごめんなさい。あなたがこのメールを読んでくれると思うと、勇気が出るわ。
　つづきます。

野々原茜

＊＊＊

差出人：Nonohara Akane
件名：語るほどのものでも……。その3
日時：2010年4月13日 22:15:12 JST
宛先：Isozaki Hana

磯崎はな様
　この週末、あなたからのメールがなかったので、少しそわそわしました。返事は求めない、と自分で書いておいて、おかしなものね。
　悦子さんのことを書いたので、あなたが気分を害したのではないかしら、と思ったのも、そわそわした理由のひとつです。こんなふうに無用な気をまわすこと自体が、またおかしなことよね。「べつに、だれのことでも、どうぞご自由に書いてよ」と、たぶんあなたは言うでしょう。

　そこでお言葉に甘え（私が勝手に想像した「あなたのお言葉」なのですけれど）、ここ数日、メールのつづきを書き溜めていました。もちろん、仕事もちゃんとしているし、為五郎のお相手も務めさせていただいているので、安心してください。

　異様に長くなったので、添付ファイルにしますね。書く仕事をしているくせに、そのうえメールまで長いなんて、どれだけ文章を書くのが好きなんだろう！　自分でもあきれる。実は、そんなに好きじゃないのよ。気づいていなかったけれど、だれかに――はなに――よっぽど聞いてほしかったんだと思う。ふだんはパソコンに向かっても、ボーッとしてばかりいるのです。

＊

当時、私は修士論文に取り組んでいました。教授の承認を得て、すでに題目は大学へ届けでていたから、あとは提出期限までに書くだけです。でも、それが難しい。思ったとおりに論が展開しなかったり、充分に集めておいたはずの資料に不足があったり。ついつい現実逃避して、全然関係ない本を読んでしまうこともあった。

　とにかく必死でした。ずっとつづけていた本屋でのアルバイトも減らし、図書館に籠もって資料を漁《あさ》るか、自室の机に向かってペンを握っているかの日々です。あのころはまだ、論文を手書きしていました。いまとなっては信じられないことですが。

　思えば、「修論にかかりきりの自分」を、必死に演じていたのかもしれません。本当は、研究者になれるほどのセンスも実力も意欲も自分にはないと、心のどこかで薄々わかっていたのに。

　私の邪魔をしないよう、悦子さんは抜き足差し足で廊下を歩いたし、それまで分担していた家事も大幅に受け持ってくれました。悦子さんが作る食事はあいかわらず、自己流エスニック風のおかしな創作料理ばかりでしたが。私はろくにお礼も言わず、それを食べるのが常でした。そして深夜、ようやく机から離れる覚悟がつき、自室の布団にもぐってはじめてハッとするのです。私が昼間、大学の図書館へ行っているあいだに、悦子さんは布団まで干してくれたんだ、と。

　悦子さんのさりげない支えと励ましに、どれほど感謝したことでしょう。でも、気づかってくれることがなぜだかかんに障って、つい素っ気なく振る舞ってしまう日もあった。そんなときも悦子さんは、「しょうがないわねえ」とでも言いたそうに微笑《ほほえ》んでいました。

　気持ちの余裕をなくした私は、悦子さんの体調の異変に気づかなかったのです。

　悦子さんは秋ごろから、少し貧血気味みたいだと言っていました。たしかに、「ちょっとやせたな」と感じたし、実際に「大丈夫なの？」と尋ねてみたこともあった。悦子さんはそのたびに、「平気平気」と言いました。

「きっと夏バテが尾を引いてるのねえ。それにこの年になると、そう食べられないし太れなくなってくるもんなのよ。茜とちがってさ」

「はいはい、お察しのとおり、私は夏バテ知らずで太りましたよ。大食らいで悪かったわね」

ふだんどおりの、そんな軽いやりとりに終始してしまったことを、いまも思い出すたび後悔しています。私は怠慢だった。大切なひとに対して、肝心なときに無関心だった。

言い訳じみていますが、悦子さんはなんだかんだで元気そうにしていたし、私は十二月の修論提出へ向けて、前述したとおりの生活に突入していたので、「まあ大丈夫なんだろう」と勝手に納得していました。

でも、十一月に入ったころだったか、夕方のサンルームで悦子さんがうずくまっていたのです。コーヒーでもいれようかと自室から出た私は、びっくりして駆け寄りました。

「どうしたの！」と肩を抱きかかえるようにしても、悦子さんは返事もできず、脂汗《あぶらあせ》を流して歯を食いしばるばかりです。

私は頭が混乱し、何分か経ってようやく、救急車を呼ぶべきかと思い当たりました。いえ、実際には何十秒だったかもしれない。そのころには、悦子さんもしゃべれる状態に戻っていて、

「ごめん、急におなか痛くなって。最近便秘気味なのよ」

と言いました。

「病院で診てもらって。明日にでも絶対に。行かなきゃ、口きかないから」

あとになって思えば、それまでも痛みがあったのに、悦子さんは隠していたにちがいありません。私が心配したり不安になったりしないように。

悦子さんは、いつも思いやり深いひとでした。夜遅くまで自室で修論を書く私のもとへ、梨などを持ってきてくれることがありました。そういうとき悦子さんは、私の手もとをそっと覗《のぞ》きこみ、原稿用紙や古びた厚い本を興味深そうに眺めるのです。

「茜は大学の先生になるの？」

「うーん、どうかな。無理なような気がする。本気で研究者になるなら、もっと勉強しないといけないもの」

「すればいいじゃない」

悦子さんは、研究者になるだけの才が私にあると本気で信じているらしく、当然のことのように勧めてきました。「茜がしたいだけ、いくらでも。ほら私、お金ならあるしさ」

「目前に迫った老後のために、ちゃんと蓄えておきなさい」

「ひとがたまに善意を発揮してみせたってのに、いやな子」

わざとらしく拗ねる悦子さんがかわいくて、思わず笑ってしまったものです。

私が強く言ったからか、悦子さんは翌日、素直に病院へ行きました。そうじゃないと、私に引きずっていかれると思ったのでしょう。悦子さんは、「保護者」つきで病院なんてまっぴらごめんな、基本的に独立独歩のひとなのです。

私は図書館へ行く気にもなれず、悦子さんの家で帰りを待っていました。ふだんに輪をかけて集中力が持続せず、原稿用紙のマス目はいっこうに埋まりませんでした。

午前中に病院へ向かった悦子さんが帰宅したのは、夕方近くになってからでした。心配が苛立ちに、苛立ちが「やっぱり私もついていけばよかった」という自分への憤りに変じかけたころ、ようやく玄関のドアが開く音がしたのです。私はすっ飛んでいって、

「どうだった！」

と聞きました。三和土《たたき》に立つ悦子さんは、疲れた様子でしたがいつもの笑顔で、

「胃潰瘍《いかいよう》だったー」

と答えました。「たぶんレントゲンとか大腸カメラとかされるんだろうなと思って、昨夜からなにも食べないでおいて正解だった。『それなら、まずはバリウム飲んで』って、すぐ検査してもらえた。そしたら、胃でビンゴ」

「それで？」

「だから、胃潰瘍だったのよ。あーあ、ただでさえ便秘なのに、バリウムのせいでますますお通じ悪くなっちゃう」

私は靴を脱ぐ悦子さんを揺さぶらんばかりになって、

「そうじゃなくって、胃潰瘍はどんな具合なの。手術するの」

「しない、しない。もらった薬飲んで、胃に優しいものを食べてれば大丈夫」

はな、信じがたいでしょうけれど、私は悦子さんの言ったことを信じたのです。ああよかったと思い、「そっか。じゃあ安静にしないと」と呑気に言いさえしたのです。

この世に類を見ないまぬけぶりだ。

それから二週間ほど、悦子さんは買い物にいったり家事をしたりサンルームで読書しつつ植物を眺めたり、いつもどおりの毎日を送っているようでした。私もあいかわらず自室に籠もりがちで、悦子さんとちゃんと顔を合わせるのは夕飯のときぐらいだった。悦子さんはまだ食欲がないらしく、食前と食後には病院でもらった薬を飲んでいました。

「どう？」

と私は尋ねました。悦子さんが作ってくれた料理を食べながら。さすがに香辛料は抑え気味でしたが、胃に優しいかどうかははなはだ疑問な、例の創作料理です。

「うん、よくなってきた」

と悦子さんは答えました。

そして、十一月半ばのある日。悦子さんは言ったのです。

「ちょっと旅をしてくる」

もちろん私は驚き、止めました。突然だったし、悦子さんが完全に復調しているとも思えなかったからです。むしろ、また少しやせたような気さえしていました。

「だって、病院は？」

「一昨日も行ったわよ。もうけっこうよくなってるって。薬なんて、持っていきさえすれば地球のどこでだって飲めるんだから、問題ない」

「それにしたって、旅行なんて……。いつから？」

「明日」

またも驚きました。悦子さんはヒッピー気質がなかなか抜けず、自由なひとではありましたが、いくらなんでも急すぎる。

「いったいなにしに、どこへ行くの」

「ブラブラしてたところに仲良くなった、シンガポールの友だちから、ひさしぶりに電話があってね」

と言いながら、悦子さんは居間のソファから自分の寝室へと移動しました。あとをついていくと、またまた驚いたことに、大きな銀色のスーツケースが部屋の真ん中にでんと置かれていました。悦子さんは、荷造りもほとんど終えていたのです。

「マレー鉄道で旅行するっていうのよ。じゃ、クアラルンプールまで一緒に行こうかってことになりました。こっちはこれからどんどん寒くなるし、東南アジアをのんびりまわるのもいいかなと思ってさ」

「のんびりって、どれぐらい」

「一カ月ぐらいかしら。年内には帰るつもり」

悦子さんは引き出しから、パスポートやらピルケースやらを取りだしています。「ごめんね、茜。論文を書かなきゃいけないときに、私ばっかり遊びにいっちゃって」

「それはかまわないけど……」

居候《いそうろう》させてもらっているのは私だし、修論に本格的に取りかかってから、さらに悦子さんの世話になりっぱなしだった自覚はあるので、強くは反対しかねました。「シンガポールのひとって、女？　男？」

悦子さんは振り向き近づいてくると、私の頬を軽くつねって、「ばかねえ」と笑いました。

「女よ。でも友だち」

本当かしら、と私は思った。どこまでも呑気でまぬけです。疑うべきことは、もっとほかにあったのに。

その晩、私が自室の電気を消すのを見計らっていたみたいに、悦子さんが布団にもぐりこんできました。私たちはふだん、悦子さんの寝室の大きなベッドで眠っていたのですが、修論に取りかかって以降、私は自室で押入から引っ張りだした布団を使っていました。

「狭いじゃない。えっちゃんの部屋へ行こうか？」

「ううん。あったかいし、もう眠いから」

悦子さんが身を寄せてきて、冷たい爪先がパジャマ越しに私の脛《すね》あたりに触れました。私たちは一組の布団のなかで、ぎゅうぎゅうになって横たわっていました。悦子さんの腰に軽く腕をまわし、細くなったなあと思ったのを覚えています。

「悦子さん。念のため、もっと大きな病院で診てもらったほうがいいんじゃない。先生はなんて？」

「あら、ちがうちがう」

眠いと言っていたわりに、悦子さんの声ははっきりしたものでした。「坂のところの前田《まえだ》医院じゃなく、新宿のT医大まで行ったのよ。採血やらなんやらしてもらったけど、一昨日も先生、その結果についてはなにも言ってなかった。胃壁の荒れが完全に治るまで、お酒は控えなさい、ってことぐらいで」

「そう。それならいいけれど」

私は掌《てのひら》を移動させ、悦子さんの薄い背中を軽く叩いてあげた。「旅先だからって、はっちゃけちゃだめだよ。ビール飲んだり、油っこいものや辛いものを食べたりしないこと。あ、腹巻き持った？　あちらの気候がよくわからないけど、冷房が効いてておなかが冷えるかもしれない」

「母親みたいねえ」

「えっちゃんが心配させるんでしょ。このあいだうんうんうなってたくせに、いきなり旅行だなんて」

「そうじゃなく」

薄い暗がりのなかで、悦子さんが目を細めたのがわかりました。『はっちゃける』っていう言葉づかいのこと。いまの若いひとはしないんじゃない？」

「もう！」

と私は言って、寝返りを打って悦子さんに背中を向けた。狭いから大変だったけれど。

「おやすみ。明日、空港まで一人で行ける？」

「うん。『ガラガラ』だから引いていけるし、タクシーで行っちゃおうかと思ってる」

そうだ、書いていて思い出した。悦子さんはキャスターつきのスーツケースを、「ガラガラ」と言うひとでした。おばあさんが押して歩いている、乳母車みたいな買い物バッグがあるでしょ？　あれも「ガラガラ」。

もうずいぶんまえのことなのに、書くうちに悦子さんの声が耳によみがえってくる。文章って、変なものですね。過去やあの世とつながる呪文みたい。

「着いたら連絡ちょうだい」

暗い部屋で悦子さんの体温を感じながら、私は囁《ささや》きかけました。

「はいはい」

「旅行のあいだも、ちゃんと手紙書くか電話して」

「心配性ねえ、茜は」

悦子さんは、私の背中に額を押しつけてきました。私たちは文字みたいに、ひなたぼっこをするオットセイみたいに、ぴったり並んで夜を越えた。

翌日、ガラガラを引いて大通りのほうへ歩いていく悦子さんを、玄関先で見送りました。悦子さんは角のところで立ち止まり、こちらへ向かってちょっと手を振りました。私も振り返した。それが、悦子さんを見た最後です。笑顔でした。

電話は何度かありました。「シンガポールに着いた」とか、「友だちと無事に再会できて、ホテルのプールで泳いだ」とか、「明日からマレー鉄道に乗るから、しばらく連絡できないと思う」とか。私はそのたびに、体調はどうなのか聞いたのですが、悦子さんは「平気平気」と言うばかりでした。

いまにして思えば、それらの電話には「におい」というものがなかった。海外にいるはずなのに、街のざわめきも空気の揺らぎも伝わってこない。受話器の向こうにいる悦子さんの背後は、いつも静かなのです。「奮発して、ちょっといいホテルに泊まってるから」と悦子さんは言いました。

あのころはまだ、ちっとも携帯サイズじゃない携帯電話を、ごく一部のひとが持っているだけだったし、メールなんてありません。外国を鉄道で移動する悦子さんに、こちらからは連絡の取りようもなく、私は論文を書き進めながらも気を揉《も》みました。図書館や大学へ行っても、そのあいだに悦子さんから電話があったらと思うと、早々に帰宅してしまう。そういえば留守番電話も、電話機に小さなカセットテープが入っている仕様でしたね。ここ二十年ほどの技術の進歩には、驚かされることばかりです。ふだんは「こういうものかな」と当然のように受け止め、やり過ごしてしまっていますが、郵便で手紙を送っていたのがファックスになり、いまやメールだなんて。江戸時代にどれほど長生きしたところで、早馬で送っていた手紙がメールへと変化するさまなど目撃できなかった。二十年のあいだに、技術だけは三百年ぐらい進化した感じですね。

……なんの話だったかしら。嘘《うそ》です、覚えています。ただ、書くのがつらくて、べつの話題で誤魔化しただけ。

マレー鉄道に乗ると言ったきり連絡が途絶え、じりじりして暮らすこと二週間。ようやく、悦子さんから電話がありました。透きとおるように晴れた冬の朝のことでした。

「どこにいるの？」

と、私はせきこんで尋ねました。

「天国」

悦子さんの声は遠くかぼそく、でも笑いを含んでいたような気がします。「天国のようなところ。青い青い南の海にいるの。魚がたくさん泳いでる」

心配しないで、と悦子さんは言いました。すぐに帰るから、と。

私は待っていました。きっと、海の写真やら貝殻やら、この家の壁や棚に飾ってあるのと同じような品をお土産《みやげ》に、悦子さんは日に焼けて帰ってくるんだろうと。けれど、一週間経っても悦子さんは現れない。

不安になって、ほうぼうに尋ねました。とはいえ、悦子さんと私の共通の知人なんて、アルバイト先の本屋さんぐらいです。悦子さんの友人でもある本屋の社長は、ずいぶん心配してくれました。彼は悦子さんから、旅行することすら聞いていなかったのです。私が相談すると、

「最近、顔を見ないなと思っていたんだけど、いったいどういうことだろう」

と言って、つてをたどっていろいろ調べてくれました。でも、足どりはまったくつかめなかった。

悦子さんはどこにいるんだろう。どこから電話してきていたんだろう。そしてなぜ、帰ってこないのか。

私は心配と不安で押しつぶされそうで、論文なんてどうでもよくなりました。玄関のドアに、「すぐに戻るので、中で待っていてください」と悦子さんへの伝言を記したメモを貼りつけ、毎日、あてもなく街を歩きました。悦子さんを探して、新宿や渋谷の雑踏を。行き交うひとの顔を見ても見ても、悦子さんはどこにもいなかった。

悦子さんが「旅行」へ出てから一ヵ月以上が過ぎ、年の瀬も押し迫ったころ、悦子さんの兄が家へやってきました。

そしてはじめて、私は知ったのです。悦子さんが都内の病院に入院していたこと。胃がんで、開腹はしてみたけれどすでに手の施しようがなく、一週間まえに亡くなっていたことを。

信じられない、と思いました。私は悦子さんのお兄さんにそれまで会ったことがなく、悦子さんが家族とうまくいっていないことを知っていましたから、居間のソファに座る五十代後半の男性が本当に悦子さんの兄なのか、彼が言っていることが本当なのか、疑いました。本物のお兄さんだとしても、悦子さんと私を別れさせようと嘘を言っているのではないか。

なにをどう考えればいいのかわからず、黙りこくっている私を見て、お兄さんは言いました。

「いくら欲しいですか」

あまりのことに、なおも言葉を失っている私をよそに、お兄さんは勝手に話をつづけます。「悦子は遺言状を弁護士に預けていました。株式や現金は母とわたしで分ければいいが、この家はあなたに譲る、という内容です。いまは葬式を終えたところでバタバタしていますが、いずれは相続の手続きをしなければならない」

そう言われたって、混乱が深まるばかりです。悦子さんが死んだことさえ実感がないのに。

黙ったままの私を見て、お兄さんはさぞ、頭の弱い女だと思ったことでしょう。女性としか恋をしない悦子さんを苦々しく思っていたようですから、妹はこんな女と「同居」していたのかと、なおさら苛立ち、軽蔑し、忌々《いまいま》しく感じたらしき節があります。お兄さんは私が出したお茶には手をつけず、ソファから立ちあがりました。

「また連絡します。家族のものはみな、この家は壊して、土地を売却したほうがいいという意見です。あなたが遺言どおりこの家を要求するなら、こちらも裁判で争うつもりですので、よく考えておいてください」

私は呆然《ぼうぜん》とソファに座っていました。あたりが暗くなってようやく、明かりもつけずに自分の部屋へ移動し、布団にくるまりました。

悦子さんと最後に眠った布団に包まれ、お兄さんに言われたとおり、考えました。

悦子さんが死んだというのは、本当だろうか。悦子さんはなぜ、私になにも言ってくれなかったのか。遺産など欲しくない。「いくら欲しい」なんて、言われたくない。

ぐるぐるぐるぐる、いろんな思いがめぐって、私は二日間を布団のなかで過ごしました。眠ることも食べることもできず、たまに起きだしてトイレへ行ったり水を飲んだりするぐらいでした。もちろん、泣くことも笑うこともしなかった。無表情な石像みたいになって、ただただ布団に横たわっていました。

三日目に私は部屋から出て、風呂で体を清めました。それから、本屋さんの社長のところに行って、事情を話しました。当然のことながら、社長も驚いた様子でしばらく黙っていました。長年の友人が死んだと急に聞かされて、驚かないひとはいないでしょう。

私のもたらした情報が、社長のなかでどう分析されたのかはわかりません。けれど社長は最終的に、こう言いました。

「それで、野々原さんはどうするつもりなの」

悦子さんの死が、私のなかではじめて形を持って迫ってきた瞬間でした。

「わかりません。私はなにも欲しくないし、出ていくしかないと思います。でもそうしたら、悦子さんが大切にしていた植物ごと、あの家が壊されてしまう。それはいやなんです」

社長はすぐに、悦子さんとかかわりのあったひとたちに声をかけてくれました。私も、悦子さんの残したメモや手紙をあたり、友人とおぼしきひとたちに連絡をしました。家のなかを捜索する過程でわかったのですが、悦子さんの自室はきれいに片付いていました。たぶん、「旅行」に出るまえに身辺整理をしたのでしょう。メモや手紙の類は、机のうえにきちんと束ねて置いてありました。私が悦子さんの死をだれかに伝えたいと思ったときに、困らないように。

悦子さんの友人知人が、続々と訪れてきてくれました。海外からも、たくさん連絡がありました。老若男女、さまざまなひとたちです。

一番若かったのは、駅前の魚屋さんのお嬢さん。五歳です。悦子さんは買い物のたびに、その子と仲良くおしゃべりしていたのだとか。ご両親と一緒に来てくれて、悦子さんが大切にしていた謎の木像（アフリカの民芸品？）と蘭《らん》の鉢を持って帰りました。最高齢は、フィリピンのおばあさん。「八十歳にもなって、このような悲しい報《しら》せに接するとは」としたためられた英語の手紙が届きました。お孫さんが代筆したとのことです。お二人には、悦子さんのジュエリーケースのなかから、ビーズのネックレスとカメオのブローチを選び、小包にしてお送りしました。

こうして一ヵ月ほどは、訪問者との応接と形見分けに費やしました。サンルームの植物も、悦子さんが集めていた世界中の妙な置物も、大事にしてくれるひとの手に渡り、少しずつ減っていきました。

がらんとした家のなかで、私はひたすら考えていました。これからどうすればいいのかを。

悦子さんが私のためを思って、なにも言わずに姿を消したのだということは、理性ではわかりました。でも、彼女の死にあいかわらず実感を持てなかった。ひょっこり帰ってくるのではないかと、私の意識はいつも玄関のほうに向けられているのです。

二月になり、お兄さんから電話がありました。

「なにもいりません」

と、私は開口一番、言いました。「ただ、お墓の場所を教えてください。お参りしたいので」

後日、素っ気ないハガキが届きました。そこには、霊園の名前と、三月末までには家から出ていってほしい旨が記されていました。

悦子さんが埋葬されたのは、東京郊外の大きな霊園でした。家族のお墓ではありません。悦子さんは一人で、真新しい墓石の下に入ることになったのです。お参りに行った私は、コートのポケットに手をつっこみ、マフラーに顎をうずめて、お墓のまえにしばらく立っていました。

墓石は地面に埋めこまれていました。ほら、外国映画でよく出てくるでしょう。故人の愛した詩などが刻んである、プレート状のものです。悦子さんの名前と、生年月日と没年月日が刻まれていました。

私は黒いその石板を見下ろし、

「本当にそこにいるの？」

と囁きかけました。返事はもちろんありません。お花を供えたけれど、お線香はあげなかった。悦子さんは無宗教でしたから。丘の霊園には、冷たい風が吹き抜けていた。木々は葉を落とし、なんだかさびしい風景でした。

家のお墓に入れてもらえず、こんなふうに一人で眠ることになるのなら、私が看病したかった。悦子さんを看取《みと》って、お墓の手配もしてあげたかった。いずれ私も一緒に入れるようなお墓を。

けれど同時に、これでよかったのかもしれない、とも思ったのです。悦子さんは、死後の世界など信じていませんでした。お墓なんて、あってもなくてもどうでもいいと思っていたことでしょう。でも、そりの合わない家族と、石の下の狭い空間にひしめくのは、気詰まりなものです。こうやって一人でのびのびできるお墓のほうが、悦子さんにとってよかったかもしれない。そう思えば、慰められる気がしました。猫か象のように、死期を悟って姿を消すのもまた、気高い悦子さんらしいとも感じました。

はな。私はいまに至るまで、悦子さんが死んだことを、完全には信じきれずにいます。いつかまた、どこかの街角でばったり出くわすのではないかと、心の片隅で思っています。いえ、それを願っているのかもしれない。

きっと悦子さんと私は、「ひさしぶり、元気だった?」と挨拶するでしょう。もしかしたら、お茶ぐらいは一緒に飲んで、離れていた時間にお互いなにをしていたか語りあうかもしれない。そして、笑顔で別れるのです。「じゃあまた、元気でね」と、いつかの再会を約して。

死とはそういうものではないかと考えるようになりました。いまのところ、最後に見た悦子さんは笑顔です。角で立ち止まり、私のほうを振り返ったときの顔。これでお別れとは思えない表情だったから、きっと再会があるはずだと楽しみにしています。来世という意味でも、悦子さんがどこかで生きているという意味でもありません。うまく言えないけれど、「まだ会っていないだけ」。生まれてくるまえ、私たちがまだだれとも会っていなかったように、死んだひととも、まだ会っていないだけのような気がするのです。

霊園から帰った私は、悦子さんのものはなにも持たずに家を出ました。いつか会える気がするから、形見は必要ないと思いました。悦子さんが私にくれた一番大切なものは、記憶です。それはいつも私のなかにあって、好きなときに取りだし、眺めたり耳を傾けたりすることができる。物はなにも必要ではないのです。

ただ、正確に言うと、お兄さんからお金をもらいました。部下のひとが持ってきて、無理矢理置いていったのです。三百万円。手切れ金のつもりかと腹が立ち、突っ返そうとしたのですが、本屋さんの社長になだめられて思いとどまりました。

「野々原さん、お金はあったほうがいいよ。えっちゃんは、あんたにあの家をもらってほしがったんだろ？　なのにあんたは身を引いた。土地代のほんの一部だと思って、もらっときゃいい。あの家族に全部渡すことはないんだ」

それもそうです。私はそのお金を元手に、大学の友だちと小さな編集プロダクションをはじめました。記事を書いたり、取材したりして、雑誌や書籍を作る会社です。修士論文？　一応書きあげ、提出しました。悦子さんの行方がわからず、心配していた時期に。そのせいではなく、ひたすら私の実力不足で、論文はさんざんな出来でした。なんとか合格点はもらえましたが、博士課程まで進もうとは思えなかった。私は研究には不向きだと、遅まきながら身に染みてわかったのです。

　編プロはわりとうまく行き、忙しいけれど稼げるようになりました。あのころは、まだかろうじて景気がよかったから、就職ならいつでもできると考え、フリーランスになるひとが多かったのです。いろいろなことに勢いがあった。私はいまのマンションで暮らすようになり、寝る間もなく働きました。

　そして五年ほどまえ、ずっと一緒にやってきた友だちに編集プロダクションの全権を譲り、ライターとして独立しました。このまま働きづめじゃ死んじゃうな、と思ったからなんだけど、独立したらしたで、依頼を受けないことには生活が立ちゆかないので、やっぱり忙しさは変わりません。ありがたいことだとも言えますが。もう若くはないし、ぼちぼちやっていきたいと思っているのだけれど、「ぼちぼち」がなかなか難しい。

　いまがあるのは、悦子さんのおかげです。悦子さんと、悦子さんが遺《のこ》してくれた三百万円のおかげ。

　悦子さんのお墓には、年に一度、命日の近辺にお参りします。悦子さんの友人知人もお参りするのでしょう。毎年、お花であふれています。

私は結局、泣いていません。

悦子さんは、心配しないでと言いました。すぐに帰るから、と。シンガポールに行ってマレー鉄道に乗ると言ったのは嘘だったけれど、すぐに帰るという言葉に嘘はなかったのだと思っています。悦子さんは帰るつもりだった。そのために入院したのです。

悦子さんは、私を裏切ったり嘆かせたりするようなことは決してしなかった。だから私は泣かずにいられたのでしょう。

あの家が壊されるところは、見ませんでした。見たくなかった。いまどうなっているのかも知りません。だから私の心のなかでは、あの家はいまもあの場所に、あのころのまま建っています。

＊

添付ファイルのせいで、このメールが届かなかったらどうしよう。でも、それはそれでいいような気もします。こんなふうに、悦子さんとのことをきちんと形にしたのははじめてです。なんだかすっきりしました。あなたにとってはまったく関係のないことなのに、メールなど送ってしまって迷惑だったらごめんなさい。

野々原茜

＊＊＊

差出人：Isozaki Hana
件名：Re: 語るほどのものでも……。その3
日時：2010年4月26日 12:22:36 JST
宛先：Nonohara Akane

ああ、のの！
あなたの言葉は、声は、遠くゾンダの地にいる私のもとに、ちゃんと届きました。いただいたメール、何度も何度も読み返した。

　こちらはいま、四月二十五日、日曜日の深夜です。ずっとメールできずにいて、ごめんなさい。ゾンダ国内がちょっとざわついていて、大使館も少し忙しかったのです。そちらでは報道されていないほど、小さな出来事ではあったのですが。それについては、あとで書きます。

　ののメールを読んで、いろんな感情が渦巻きました。悲しみであったり、うれしさであったり、いろいろです。一番感じたのは、嫉妬かな。悦子さんがどれだけののに影響を与え、どんなにののを大切に思っていたか。そして、ののもまた、悦子さんを深く愛していたこと。すごく伝わってきて嫉妬しました。

私は悦子さんにかなわない。私ももっとののを愛したかったよ！　大切にできたらよかった、悦子さんみたいに。私たちがもう少し大人になるまで一緒にいられたら、どんな関係だったかしらと、いまさらどうしようもないことを考えずにはいられませんでした。

　でもね、誇らしさも感じた。やっぱりののは、愛を知るひとだったんだと。私が愛したひとは、愛するに足るひとだったんだと。悦子さんの行いが、それを改めて私に知らしめてくれました。私は誇らしいです。ののが。悦子さんが。それと、ののを愛した自分が（ちゃっかりしてるでしょう。恥ずかしいから、ここは小声で言っています）。

反省もしたな。私ったら、なんだかぼんやり日々を過ごすばかりで、まわりのひとのことや、愛について、ちょっと不感症になってたんじゃないかしらって。

　のの、話してくれてありがとう。なぜか私はいま、満たされた気持ちでいます。機会があったら、悦子さんにも伝えてください。私は考えるきっかけをもらいました。愛の物語は、まわりにも伝播《でんぱ》していきます。なにかを清めていきます。それがなければ、私たちは生きられない。希望を抱けない。

　ののからのメールを読んで、私は曇り濁った目を洗い、希望を胸に新たな気持ちで周囲を見たいと思いました。

あ、「曇り濁った目を洗う」って、ゾンダのことわざです。発音がむずかしくて、私にはうまく再現できないんだけど、スリさんが意味を教えてくれた。それを踏まえて解説しますと、「虚心坦懐《きょしんたんかい》に」という感じかしら。「あらゆる悩みから解き放たれて」というニュアンスもあるみたい。

　ゾンダは舗装されていない道が多いから、とても埃っぽいの。ちょっと風が吹くと、首都のダッタでも盛大に砂埃が舞って、薄茶色の霞がかかったような状態になる。湿度は日本より低くて、その点は助かるんだけどね。細かい砂が目にも鼻にも口にも入って、私は市場から帰ると、うがい手洗いのほかに目も洗います。だから、

「そのことわざ、よくわかる」

　とスリさんに言ったら、

「そういう意味じゃありませんよ、奥さま」

　と笑われてしまった。それで正しい意味を教えてもらったというわけ。

『アメイジング・グレイス』だったと思うけれど、「かつては盲《めし》いていたが、いまは見える」という歌詞があるでしょう。もちろん、神の恵みによって。ゾンダ国民は九割近くがキリスト教徒なので、「曇り濁った目を洗う」には、その影響も少しあるのかな、なんて思った。

　スリさんが言うには、「ゾンダでは目のうつくしいひとが男女を問わず美形であり、善人とされるからじゃないですか」とのことだけど。

「目がうつくしいって、どんな感じを指すの？　白目に血管が浮いていないとか、黒目が真っ黒だとか、そういうこと？」

「それもそうですが、なにより大事なのはカーブです」

「目の形ってこと？」

「いいえ。眼球のカーブ……、張りだし具合というんでしょうか。横から見たときに、眼球がうつくしい弧を描いているひとは、『三日月のようだ』と称賛されます」

　スリさんは道ゆくひとを例に、「なかなかいるもんじゃありませんが、強いて言えばあのひと」とか、「いま通りすぎた男性も」とか、市場でレクチャーしてくれたんだけど、私にはいまだに、ゾンダのひとたちが言う「三日月のような目」の定義がよくわからない。眼球のカーブが美の基準のひとつになるなんて、なんだか細かいっていうかフェチっぽいよね。でもまあ、「脚がきれい」とか「鼻筋が通った」とかいうのも、考えてみれば似たようなものか。

　なんだか話がそれちゃった。私が話したかったのはね……。話したかったのは、なんだろう。うまく言えないんだけど、いま私たちが再会したとして、あのころのような情熱、信頼、愛を、もう一度実践することってできると思う？

　ううん、きっと砂に埋もれた遺跡のようなもの。いくら砂を掘り起こし払いのけても、遺跡は遺跡のままで、栄華を誇った当時の姿を取り戻しはしないでしょう。映像だったら、CG技術で遺跡が一瞬のうちに当時の姿でよみがえる、なんてことも表現できるだろうけど。

あなたと築いた神殿、砂に埋もれたあの遺跡のことを、いつもいつも思い出します。できるならあそこへ帰りたいと思う。爪がはがれてもいいから、固く降り積もった砂を掘って遺跡を白日のもとにさらし、冷たい石の床に身を横たえたい。あなたが私にどんなふうに触れたか、なんとささやいたか思い返しながら、記憶を抱えて眠りたい。

私は

＊＊＊

差出人：Nonohara Akane
件名：Re: Re: 語るほどのものでも……。その3
日時：2010年4月26日 17:11:23 JST
宛先：Isozaki Hana

はな、なにかあった？　あなたからのメール、途中で切れているみたい。

私もたまに、心のなかの遺跡へ行きます。あなたと同じように、冷たい石の床に一人で横たわるために。目を閉じて、あなたと過ごした時間を思い出していると、だんだん床石もぬくもってくるの。私の神殿は、砂を払うと未だ色褪《いろあ》せぬうつくしい壁画が現れるのよ。

野々原茜

＊＊＊

差出人：Isozaki Hana
件名：ごめん！
日時：2010年5月2日 19:24:48 JST
宛先：Nonohara Akane

野々原茜様

いやあん、ののの、ごめん！

前回、まちがって送信ボタンを押しちゃってたみたい。下書き保存にしたつもりだったのに、メールって便利だけど不便だ。

我ながら、なにを言いたいのか不明なメールだった。恥ずかしい。なのに気づかってくれて、本当にありがとう！……私、ちょっと二重人格っぽい？ ポエムみたいなメールを送ったかと思ったら、次の週にはもうハイテンション。

そちらはゴールデンウィークだよね。ののは連休も関係なく、おうちでお仕事かな。

それとも、東北の漁村へ取材しに行って、おじいちゃんおばあちゃんたちと会ってるころかな。

　こちらはもちろん、ゴールデンウィークなんてなく、いつもどおりの毎日です。いまは日曜日。ひさしぶりに自分の時間が取れそうなので、ゆっくりパソコンに向きあっています。

　誤送信したメールはね、書いてるうちにゾンダ時間で日付を超えて、月曜日になってしまったの。早く寝なくちゃってあせるやら、でも書きたいことがあるのにって歯がゆいやらで、結局「深夜のラブレター」的にわけがわからない内容になっちゃった。なのに、ちょっとボタンに触れただけで、あっさり送信されてしまってるんだもの。ほんとにメールって困る。これが手紙だったら、郵便ポストのそばに陣取って回収車を待ってでも、投函《とうかん》したものを取り返すことができたのにね。

　こう書いていてふと思い出し、あなたとやりとりした手紙の束（正確には、段ボール箱にぎっしり詰まった「山」だけど）を引っ張りだしてみた。最初のお別れのとき、私からあなたに返したもの。二度目のお別れのとき、あなたから私に返されたもの。いままでの私たちのやりとりすべてが、現在は私の手もとにあります。

　夫の転勤にくっついて、私もあちこちを転々としてきたけれど、この箱だけはいつも大切に引っ越し先へ運んだんだよ。そういうわけで、手紙の山は海を越えて、いまはゾンダにあるのです。ひさしぶりに箱を開けて、中身にざっと目を通しました。高校生、大学生のころの私たちの筆跡。よくこんなに手紙を書けたよねえ。なつかしい。

そうしたら、「手紙を書くのがまどろっこしい」っていう一文にぶつかった。私が書いた手紙なんだけど、「書いたことを一瞬でやりとりできるような、もっと速い通信手段があればいいのに」って言ってるの。「エスパーにでもならなきゃ無理か」ですって。笑っちゃった。二十年ぐらいまえは超能力者にしかできなかったことを、いまの私たちはふつうにやっている。そして、文句を言っている。「メールって不便だ。まちがって送信ボタンを押したら、もうどうしようもないなんて」って。贅沢な不満だよね。技術がいくら進歩しても、人間の能力が追いついてない。ミスばかりしてしまう。

前回のメールがポエム調だったのは、どう書いたらののに伝わるのか、自分のなかでもはっきりしなかったからです。

すごく動揺したんだと思う。ののからのメールを読んで、ののと悦子さんの間柄に嫉妬した。私はあなたとの愛を永遠のように錯覚していたのかもしれない。あなたに裏切られた気がしたの。

でも、私たちのあいだにあったことは、すでに記憶になって、遺跡として心の奥で砂に埋まってることも、ちゃんとわかっている。宝物みたいに、もうだれにも掘り返せないところで、それは眠りについている。

私ね、ののの。夫とずいぶん寝ていない。そういう夫婦は、たぶんざらにいるんだろう。急いでつけ加えると、不仲というわけではないです。夫が浮気してるとか、そんなこともないはず。浮気しようにも、夫は激務だし、世界中あちこちを移動しなきゃならないし（しかもすべての赴任地に私も同行しています）、異性とどうこうなる暇も気力も体力もないでしょう。あ、同性とどうこうっていうのも、ないと思う。私は経験則として、恋愛の対象は異性のみに絞れるものではないと知っているから、ある意味では面倒くさい。パートナーの浮気を想定したときには、異性と同性、両方に対して警戒してしまう。

夫と私は戦友のようなもの。その日にあったことを夕飯の席で仲良く語らい、どちらかが危機に陥《おちい》ったら（おなかを壊した、とか）全力で守る。異国の地で、頼れるのはお互いだけ。大使館の職員も、お手伝いさんも、現地でできたお友だちもいるけど、心から信じ、打ち解け、生活をともにすることができるのはお互いだけ。

そんな状況、日本で暮らしていたらなかなかないでしょ？　夫と喧嘩したら、友だちと会って愚痴を聞いてもらう。仕事でうまくいかないことがあったら、夫にちょっと弱音を吐く。「あっちがダメならこっち」と、いろいろ逃げ場があるもんね。

でも、夫と私はちがう。夫は仕事柄、めったなひとに悩みや弱音は打ち明けられない。弱さを見せられるひとがいないというのは、友だちがいないということよ。そこを補うのが、私。私も、ゾンダで暮らして、日本語の通じる友だちなんて一人もいない。なにもかもを、夫と相談し、喜びと苦しみをわけあいながら、夫婦で解決していくしかない。

私たちは戦友であり同志なの。

夫は忙しいし、仕事に集中していて、セックスまで気がまわらないんだと思う。じゃあ、私は？　どうして私は、いまの状態をよしとしているんだろう。

なかなか子どもができなくて、夫のお母さんとうまくいかなくなったあたりから、夫と寝たいとそんなに思わなくなってしまった。夫は夫で、私に気をつかってくれたみたい。そうこうするうち、私たちは戦友としての関係を築きあげたから、「まあ、ないならないでいいや」というところに落ち着いた。特に話しあいもなかったんだけど、きっと夫も同じ思いでいるんだろうと推測されます。

でもね、のの。私の本心を言えば、激しさというものがないの。激しさはすべて、あなたとの恋で使いきってしまった。だから、夫とセックスがなくても、「まあいいか」ですませられる。

私も子どもじゃないので、燃えるような激しい感情だけが愛ではないと、ちゃんと知っています。夫と私のあいだには、いまも穏やかで静かな愛がたしかにある。それこそを愛というのかもしれないとも思う。だけど、私の心の奥底には砂に埋もれた遺跡があって、いつも冷たく激しく私を見ている。

おまえはいま、小さく粗末な家で、暖炉の火に当たっている。そのあたたかさ、制御された炎を愛だと思いこもうとしている。だが、本当か？　おまえは本当は、わかっているはずだ。おまえが心の奥底に沈めた私、いまや遺跡となった愛の記憶だけが、おまえの生において真実の、ただひとつのものだったのだと。おまえはいま、必死で暖炉に薪《まき》をくべ、なんとか炎を絶やさぬよう努めているが、本当に持続させるべきだったものは、遺跡にしてはならなかったものは、おまえのなかで眠りについた、いまや砂まみれの愛。つまり私なのだと、おまえは本当はわかっている。

　そんな声が聞こえてくるのよ。ののの声？　それとも私の声？　かつての私たちの声？　わからない。わからないけど、とっくの昔に終わってしまったんだってことだけはわかる。

　助けて。苦しい。もう二度と取り戻せないものがあると思い知らされて、苦しくてたまらない。

　だけどどうしようもない。遺跡から立ちのぼる冷気に震えながら、冷気を振り払うように、必死で薪をくべつづけるしかない。穏やかで優しさに満ちた、夫との愛を持続させるために。

　バカみたい！「夫婦ってそういうものでしょ」「それを幸せって言うんじゃない」なんて言うひとは、味わったことがないんだ。あの激しさを、あの狂おしさを、すべてをなげうってでもだれかを欲しいと願って願って死にそうになる気持ちを。あの瞬間に比べれば、平穏や信頼やあたたかな愛なんてクソみたいなものよ。

　そう思うのも、私が欲求不満だから？　夫に求められていない気がして、不安だから？　いいえ！　夫との関係は、いまの状態で満足している。私はセックスがしたいんじゃない。万が一にも、ののを期待させては悪いのではっきり言うけれど、あなたともう一度恋をしてつきあいたいとも思っていない。あんな苦しい思いをまたするなんて、冗談じゃない。

ああ、ごめんなさい。私は混乱している。あなたを傷つけたいとは思っていないし、夫をおとしめるつもりもない。なのにこんなことを書いて、どうかしてる。

私はね、のの。あなたを愛したようには、ほかのだれのことも愛せないみたい。いまのあなたのことも、たぶん以前ほどには愛せないでしょう。心のなかでなにかがどんどん摩耗していって、こんなふうになっちゃった。

井戸って、いつも使っていないと水が涸《か》れてしまうんでしょう？　私の愛も同じ。砂にまみれて冷えていく遺跡が、私の心のなかの愛を吸いこんでいった。残ったのは「無」だけ。

だから、のののメールを見て、嫉妬もしたけれど安心もした。あなたの愛の井戸は、涸れなかったのね。私以外のだれかを愛したのね。それがあなたの支えと希望になって、あなたを生かしている。私もそうありたい。そうありたかった。だけど、きっと無理ね。

私が愛するかわりになにをしてきたか、知ったらののは驚くかもしれない。いつか書きます。神父さまに告解するように、いずれはあなたに、私の来し方を打ち明けようと思います。

赦《ゆる》しを求めてではなく、自分自身を知るために。

このメールを、もしも夫が読んだらと思い、少し迷いました。でも、送信します。今度はまちがいではなく、私の意志によって。

磯崎はな

追伸。ゾンダの現状を書く時間がなくなってしまいました。ゾンダではいま、小競り合いが起こりそうな、少々不穏な気配が漂っています。内戦が人々の心に刻んだ疑念と不信は、ちょっとのことで大きくふくれあがって牙をむく。なにごともなく収まるよう、願うばかりです。

＊＊＊

差出人：Isozaki Hana
件名：一方的に
日時：2010年5月8日 07:08:35 JST
宛先：Nonohara Akane

のの
ようやく週末。自分の時間を落ち着いて持てる週末！　パソコンを立ちあげてメールチェックしたのだけど、あなたからのお返事は届いていないみたい。受信ボタンを何度も押して確認しちゃった。こういうとき、自分の器の小ささがいやになる。

ゾンダでは、日本ほど郵便制度が行き渡っていないの。でも、首都だけはなんとか、国際郵便が届く（ちょくちょく手紙が行方不明になるし、無事だったとしても、届くのがものすごく遅いのが常ですが）。あとはフェデックスね。あれはすごいわ。世界中、ほとんどどんなところでも荷物や書類を届けてくれる。

で、手紙や小包が公邸にも来るんですが、私は直接受け取れない。爆発物とかが仕掛けられていたら大変でしょ？　だからまず、守衛さんが受け取って、不審なところがないかチェックしてくれる。空港にある手荷物検査の機械の、もうちょっと簡易版って感じ。先日、守衛室を覗いたら、守衛さんたちが自分の手を機械に突っ込んで、「おお、骨が映った」と遊んでるのを目撃した。

彼らは私が見てるのに気づいて、照れくさそうに手を引っこめた。でも、私もうずうずしちゃってね。「私にもやらせて」って手を突っ込んでみたら、骨と結婚指輪が映ったわ。「ほうほう」と守衛さんたちと笑いあった。

それはともかく、「今日はなにか届いてるかな」って、私ったら一日に何度も守衛室に行っちゃうのよ。チェックが終わったら、守衛さんたちはすぐに手紙や荷物を持ってきてくれるんだから、もっとドーンとかまえて待ってればいいのに。変なところでせっかちというか、気になっちゃうの。郵便受けなんて、あふれかえるまで放っておく、というぐらいの、器の大きい人間になりたいものだわ。

さて、ののからのメールがなかったので、一方的に話しますね（メールって手紙に比べて、さしたる労力なく書けるのがいいところだけど、ついつい長くなっちゃうのが難点！）。たぶんゴールデンウィークを利用して、どこか旅行でもしてるんだろうなと推測しています。

前回のメールだと、夫がなんだか不甲斐ないように見えたかもしれない。でもね、そんなことはないのです。外交官という職業には、公私にわたるパートナーがいたほうがいい（最近は女性の外交官も増えているから、「パートナー＝妻」というわけではないです。同性のパートナーとパーティーに出席する外交官には、私はまだ会ったことないけど、そういう外交官もいるという話は当然聞くわ）。私が夫を（たぶん、夫も私を）「いい相棒」だと思っているんだってこと、うまく説明するには、外交官の妻がどういう存在なのかをお伝えするのが手っ取り早いでしょう。

ゾンダで私がどんな暮らしをしているかは、以前に書いたよね。夫の海外赴任に同行してるときのほうが、楽しいってことも。

では、夫が日本にいるとき、あるいは、外交官が大勢いるようなアメリカなどに赴任しているとき、はたして妻たちはなにをしてるのか。これがなかなか大変なのです。

夫が日本にいるあいだは、私も日本でのんびり「主婦生活」をします。たまに、外交官夫人ばかりが自主的に集まって、お茶やらお花やらの勉強会をすることもあるけどね。出席したくなければ、適当な理由をつけて断ることもできる。だけど、私は主婦生活が退屈でならない性質《たち》なのよ。学生時代は、「ばりばり働くなんて無理」と思ってたし、自分が会社などの組織で有用な人材であるとは、いまも思えないんですが（ほら、器が小さいから）。

それにしたって、家事をして夫の帰りを待つのみという生活は、性格上、耐えがたい。もっといろんなひとと話したいなあと思っちゃう。子どもがいれば、手もかかるし、またちがったんでしょうけどね。

じゃあ、大所帯の大使館があるような国へ、夫が海外赴任したときはどうか。同行する妻も、いろいろやることがあります。

ののが以前、『白い巨塔』みたいなもの？」と書いていたと思うけど、ドラマも原作も私はちゃんと知らないので、比較はできません。でも、きっと似てる部分があると思う。

夫がワシントンの日本大使館で働いていたときのことを例に、説明しますね。三十代前半のことでした。

まず、月に一度、大使公邸の地下の一室で、「夫人会」が開かれる。ワシントンの大使館は、館員の妻だけでも八十人ほどはいるの。外務省以外の省庁から出向しているひともいて、そのほとんどが家族同伴で渡米してるしね。それで、大使館職員の妻が大勢いるわけなんだけど、月に一度は一堂に会する。

なにをするかというと、情報交換です。外国で暮らすと、やはり不便なことや困ったことは起こる。どこの店でどんな食材を売ってるか、というような情報も、会ではさかんにやりとりされました。

だけどもっと重要なのは、各国の外交官の奥さんから得た情報を共有することです。女同士のネットワークで、けっこう大事な情報が早く入ってくることってあるのよ。A国の公使の娘さんが結婚したらしいとか、B国の大使のお母さんが亡くなったらしいとか、私生活に関する情報もね。それを受けて、即座にお花を贈ったりお悔やみの電報を打ったりしなきゃならない。

そんなことが重要なの？ と思うでしょうけれど、外交ってやっぱり人間同士のつきあいだもの。私生活の変化にもさりげなくアンテナを張り巡らして、タイミングを逃さず心のこもった対応をすると、外交交渉もうまくいくってことが起こり得るのよね。以前のメールでののは批判的だったけど、俗に言う「内助の功」って、実際はバカにしたもんじゃないのよ。

男性はどちらかというと、気が利かないものでしょ？（控えめに表現してあげました） 政治や経済をがんがん語る裏で、相手が家庭において、または個人として、どんな悩みや喜びを抱いているかということには、なかなか気づかない。そこを私たちがフォローすることで、交渉も円滑に進むときがあるってわけ。

夫人会には、妻同士の交流を深めるという狙いもあります。大使夫人と会えるのなんて、夫人会ぐらいだったから。奥さん同士も仲がいいほうが、夫も気持ちよく働けるというものでしょう。大所帯とはいえ、所詮は狭いコミュニティなのですから。

だけど奥さん連中のなかには、「夫の地位は自分の地位」と思ってるひともいる。その点は、ののがお察しのとおり。夫人会での座席って、大使夫人が一番上座、次に公使夫人、その次に参事官夫人……、と夫の地位順に決まってるから、勘違いしちゃうひとがいるのもわかるんだけど。もちろん大半のひとは、「こういうときは、お花を贈ったほうがいい」とか、いろいろと親切に教えてくれるし、和を尊ぶ常識的なひとなんだけどね。一部、おかしなひともいるのよ。

夫の出世に有効だろうと考えて、上席のご夫人がたにやたら取り入ろうとしたり、自分の夫より地位が下の夫を持つ女性を、やたら見下して家来のように顎で使おうとしたり。

私？　私は、「あのひとたち、どういう神経なんだろうなあ」と思いながら、にやにや眺めてました。夫は取り入ろうとされるような地位じゃなかったし、私はだれかに取り入ろうとも思ってなかったし。夫の出世なんて、どうでもいいもん。お給料が税金から支払われてるってことを忘れずに、国民のためになるような仕事をする。それが公務員ってものだし、それさえちゃんとしてくれていたら、出世しようがしまいが私はどっちでもいいわ。私が出世するわけじゃないんだし。

外務省といえば、外交機密費を私的に流用した外交官がいるとかで、けっこう叩かれたでしょう。でも、あんなのは当然ながら、ごく一部のひと。みんながみんな私利私欲ばかり考えていたら、国なんてとっくに滅びてる。大多数のひとはまっとうに働いて、諸外国と仲良くやっていこうと努めている。むしろ、「また叩かれるんじゃないか」とトラウマになってるみたいで、締め付けも規律も厳しすぎるぐらい。だいたい、公務員になろうなんて、根がマジメなひとたちなのよねえ。チャラチャラしてると言われがちな外交官ですら、私から見れば、「うわ、マジメだ」とびっくりすることが多いもん。

たとえば私の夫はお茶漬けを食べるとき、まずは絶対に茶碗《ちゃわん》にご飯をよそって、ほぐした鮭やらゴマやらをきれいに載せて、そのあとにうやうやしくお茶をかけるの。私は順番なんてどうでもよくて、お茶を注いだ茶碗にご飯を入れることもあるんだけど、夫からすると信じられない行いみたい。マジメで勉強できたひとって、総じて頭が固いっていうか、たいくつ……。いえいえ、なんでもない。

話がそれたわ。そういうわけで、まっとうじゃない外交官や外交官夫人はごく少数なんだけど、たしかに存在するのも事実。そして、にやにやと観察するには格好のひとたちなのよ。

ご夫人がたの序列は、夫の地位に準じるって言ったでしょ？　つまり、自分より年下の女性が、夫人会で上座に座って権勢を振るうってこともある。どこの国でのことだったかは伏せるけど、五十代後半の大使が、三十にもなっていない後妻さんをもらったことがあってね。この女性がまた、とんでもないタマだった。銀座でホステスやってるときに大使に気に入られて、結婚したらしいんだけど、とにかくいばりちらして、ずっと年上の奥さんたちにあれこれ見当はずれな命令をする。銀座でもナンバーワンだったんですか？　とは、こわくてだれも聞けなかったけど。もしかしたら、銀座でナンバーワンを獲れなかった怨念を、夫人会で晴らしてたのかも。ナンバーワンを張るような女性って、同性に対してもっと余裕を持って接するというか、気働きがあるんじゃないかって気がするもん。店内でうまく立ちまわれて、同性の支持や協力があってこそのナンバーワンでしょ？　いや、よくわかんない。想像で言ってますが。

「ま、いいとこナンバーツーだったんじゃない」ということで、仮にそのひとの名前をツー子といたします（私も意地が悪いよねえ、ふふ）。ツー子は外国語をなにもしゃべれないので、ふだんの買い物はすべてお手伝いさん任せ。ブランド物のバッグなどを買いたいときは、館員の奥さん仲間を誘います。通訳兼荷物持ちに使うために。私は適当に言い訳して誘いを断っていたけど（だってバッグよ？　興味ない）、渋々ながらつきあってあげてるひともいたみたい。大使夫人に気に入られたからって、それが人事に反映するはずもないのにね。

　ツー子のように、外交官（しかもできれば出世するような）と結婚したいと狙いを定め、積極的にアプローチする女性はたまにいるみたいです。出会いを求めて外務省でアルバイトしたり、銀座とかで接客したのをきっかけに近づいたり。たくましい……。

　外交官って激務だし、公務員だからお給料の天井は決まってるし、妻もいろいろ協力を求められるしで、あまり条件のいい結婚相手ではないと思うんだけど。高給取りと結婚して楽な暮らしをしたいなら、儲《もう》かってる開業医とかと結婚したほうがいいんじゃないかな。もちろん、「なにがなんでも外交官と結婚したい！」とがぶり寄ったひとであっても、夫の職務を熱心に支え、自分にできることを積極的に見いだしていく、まっとうな女性が多いです。ツー子みたいなのは例外。

親が外交官や商社マンで、自身も海外暮らしが長かった、という奥さんも多いです。そのほうが外交官の妻として適応しやすいかもね。一部にとんちんかんな選民意識を抱いたひとがいて、要注意だけど。

奥さん自身も外交官なみに政治や外交の知識があったり、社交力があったりするひともいます。女子アナとかプロスポーツの選手など、華やかな経歴のひともいれば、ごくふつうの家庭で育って、つきあって結婚した相手がたまたま外交官になった、という地味で堅実なタイプのひともいる。

夫人会って、女子校みたいだなと感じることがあります。私立の学校って、似たような環境や暮らしぶりの家の子が集まっていて、でももちろん、そのなかにもゆるやかなグラデーションがあって。生徒それぞれの性格や容姿や考えかたや感じかたは、当然ながらいろいろで。そういう女の子がいっぱい集まって、わちゃわちゃやっている。

夫人会も同じ。グラデーションはあれど、お互いの家の暮らしぶりはある程度推測がつく（なんといっても、夫はみんな同じ職業。給料体系を全員が把握してるもん）。そのなかで、いろんな特技や特性を持った女同士が協力しあい、夫たちの外交活動を支援する。飛び抜けないこと、なるべく仲良くすること、ときに真情や意見や愚痴を吐露して共感を高めあうこと。これらが重視される。「女社会」って感じでしょ。ツー子みたいなひとが夫人会で陰口を叩かれ、半笑いで観察されちゃうのは、彼女が異端だから。ののが言うように、「和をもって貴しとなす」女社会に、男社会のヒエラルキーをそのまま導入しようとするからでしょうね。たとえヒエラルキーを導入したとしても（「上座に大使夫人が座る」に代表されるヒエラルキー）、そこには節度がなくてはならない、と女たちは考える。だからたいていの大使夫人は、上座に座っても、だれよりも周囲に気を配るし、すべてのご夫人がたに平等に接しようとする。

そう、「平等」というのが、女社会におけるキーワードなのよ。大使夫人だからといって横柄に振る舞ったり、えこひいきしたりすると、「あのひとって、ちょっと……」と女社会ではきらわれる。そこに気づかず、男の論理を持ちこんで恥じるところがないから、ツー子は敬遠されるんでしょうね。「夫の地位は、あんたの手柄でもなんでもないでしょ」と。女はマジメだし潔癖なの。公務員に向いてるのは、もしかしたら男より女かも。

　私はほら、女子校で鍛えられてますから、女社会を生き抜くのはお茶の子さいさい（「お茶の子さいさい」って、いまの子は言わないんですってね。ショック）。月に一度の夫人会だけでなく、週に一度は集まってニュースレター（夫人会で配る情報紙）を作ったり、大使公邸にゲストがあるときは当番制でお花を活けにいったり、アメリカ人に日本文化を伝えるためのバザーを行ったりと、ご夫人たちとうまく活動していた。

ちょっと年上のご夫人から、

「あら磯崎さん、最近なんだか色っぽくなったんじゃない？」

なんて冗談まじりに指摘されたときだって、

「三キロほど太ってしまって。豊満さに磨きがかかったでしょうか」

って、嫌味にならないように自分を落としてお答えしたわ。ののもご存じのとおり、私はもとから豊満とは程遠いペチャパイ体型で（いまの子は、「ペチャパイ」って言葉もあまり使わないんですって。「貧乳」って言うんですって。「貧しい」って、余計なお世話よ！）、高校生のころから体重変わってないんだけどね。そんなことはおくびにも出さず、笑いに変える根性。これが女性同士のつきあいでは大切です。

そのご夫人がおっしゃるように、私がほんとに色っぽくなったんだとしたら、それはたぶん欲求不満だったからよ。子どもを授からないまま夫も忙しくなり、私たち夫婦はなんとなく、「まあ、セックスしなくてもいいか」となってる時期だったの。お互いへの遠慮が生じて、どう接すればいいのか、ぎこちなくなっちゃったんだと思う。いまはぎこちなさも常態化して、ほどよい距離感、ゆるやかだけど強い思いやりと慈しみの念を相手に抱いているんだけどね。

私と夫は何年ものあいだ、「子どもを作る」ってことを念頭に置いてセックスしてきたの。そのせいで、「どうやら子どもはできそうにない」ってわかってきたとき、「それでもセックスする意味とは？」となっちゃった気がする。三十過ぎると性欲も衰えてくるし、二人の関係も「家族」として安定していたしね。いまさら快楽をむさぼるという感じでもないし、心の平安を得る手段はセックス以外にもいくらでもある。会話をしたり、手をつないで眠ったりしたほうが、ずっと安らげるでしょう。

子どもが欲しいとひりつくように思っていたときは、ちょっとおかしくなってた。毎朝体温を計って、柔軟体操をして、妊娠しやすくなると聞いてカボチャやらピーナッツやらを食べて。

セックスが終わったら、なるべくじっと横たわったままでいるようにした。そのほうが、体内に入った精子が卵子に到達しやすくなるんですって。ほんとかしら。じっとしてるのは当然、私だけでいいはずなのに、夫までもが隣で微動だにせず仰向けに横たわってた。もし、神さまが天上からその様子を見ていたとしたら、「よっぽど余韻を嚙《か》みしめたいのかのう」って思ったかも。実際は全然そうじゃない。二人とも、「今度はどうかなあ」と考えてただけ。

味気ないよね。でも、真剣だった。それがなくなったら、どうやって夫婦共通の目標や話題を見つければいいのか、しばらくわからなくなってしまったぐらいに。

私はね、のの。外交官と結婚してよかったと思っている。夫の仕事を手伝えるから。夫婦で海外を飛びまわって、仕事も私生活も共有できるから。家事をするだけだったり、夫とべつの仕事を持っていたりしたら、私たち夫婦はもっと早くだめになっていたと思う。

ほら、お肉屋さんとか本屋さんとか、夫婦でやっている小さなお店ってあるでしょ。朝から晩まで一緒に働いて、家に帰っても同じ相手とご飯を食べたり眠ったりする。飽きないのか、息苦しくないのか、いつも不思議だった。現に、買い物に行ったら店主夫妻がケンカしてた、ってこともけっこうあるし。

だけど私、同じような立場になって、よくわかった。「公私にわたるパートナー」になることは、とても大切だし重要なのよ。「二人きりの関係」を持続するためには。仕事面だけでも、家庭内だけでも、だめ。両方について、お互いがよく知ってるし理解しあってると、子どもがいなくてもうまくいく。同じ方向を見て、同じ速度で歩くこと。

そう考えると、夫婦間における子どもの存在って、逃げ場なのかもしれないわね。だれか一人だけを見て、そのひとの求めるものがなんなのかを察しつづけ、そのひとから与えられたいものがなんなのかを熟考しつづけるのは、とても濃密で疲れることだもの。子どもという第三者がいてくれれば、力は適度に分散され、感情も煮詰まりすぎない。

逆に言うと、母親が（あるいは父親が）子どもに対して、パートナーと二人きりだったときのような感情を全力で注ぎこんじゃうと、子どもとしては息苦しくてつらいでしょうね。だって子どもは、その感情に応えられない。

子どもはパートナーじゃないんだもの。同じ方向を見て、同じ速度で歩く相手ではない。いつか、べつの方向へと歩み去っていく。それが子どもなんだし、親は本来、それを見守り、見送ってあげる存在なんだもの。

子どもがいないくせに、こんなこと考えるなんておかしい？　結局、子どもを授からなかったからこそ、私は子どもについて、親子について、夫婦について、考えるきっかけを得られたのだと思っています。

さっき、夫が部屋を覗きにきました。

「まだ寝ないの？　明日はどうしようか」

って。この週末はめずらしくパーティーの予定も入ってなくて、ゆっくりできそうなのです。

「庭の手入れをしない？　芝も刈らなきゃいけないし、お花も植えたいし、プールの掃除をして水を溜めておいたほうがいいと思うし」

「重労働だな。明日は手伝いのひとも休みなのに」

「できることは私たちでやっておかないと。なんでも頼りきりじゃ悪いでしょ」

「せっかくお手伝いさんがいても、どうも『あれやってくれ、これやってくれ』と言いにくいんだよなあ」

「しょうがない。私たち日本の中産階級出身だもん」

「〇〇国の××さんなんて（ごめんね、もし情報漏れるとまずいから伏せる）、王侯貴族みたいにかしずかれてるらしいよ」

「だってあのひとはほんとに貴族なんでしょ」

そこで私たちはちょっと意地悪く笑いあう。××さんのゾンダでの評判はあまりよくないの。ゾンダのひととそれほど交流しようとしないし、私たちみたいなアジア人ともね。本人なりにがんばってはいるみたいなんだけど、言動の端々に、なんというか……。ああいうひと、いまどきめずらしい。どうして駐ゾンダ大使に任命されたのかしら。たぶん「お友だち人事」だったんだろうけど。

夫と私は、「あのひとどう思う?」というような、人間に対する見かたや考えかたがわりと似ている。パーティーとかで、「このひと、ちょっといやだな」と思って夫のほうをそっと見ると、夫もそれに気づいて、軽くうなずいてくれることがある。そういうとき、「よかった、私の思いこみってわけでもないんだ」と安心する。

なんか女子校みたいよね。ほのかな好き嫌いでひとを判断しようとするなんて。夫は心がちょっと乙女なのよ。人間関係に対する、そういう繊細さ(いい意味でも悪い意味でも)がないと、外交官って向いてない気がする。もちろん好き嫌いを超えて(心を隠して、とも言える)、タフに交渉できるだけの精神力と自制心も必要だけど。

乙女な部分があるから、私はこのひととやっていけるのかもなあと思う。

でもね、そうはいってもやっぱり、男のひとってどうかしてる。たとえば日本にいたとき、夫の大学時代の恩師が亡くなったのよ。お葬式から帰ってきた夫は、「いい葬式、というのも変だけど、いい会だったよ。先生も大往生だったたし、ひさしぶりに友だちにも会えたし」

と言った。

だから私、先生はご病気だったのか、家族構成はどんな感じなのか、お友だちの近況はとか、いろいろ聞いたの。でも、夫ったら「さあ」ばっかりで、なにひとつまともに答えられないのよ！　ひさしぶりに会った友だちと、なに話したのよ！　先生のご事情も全然知らないままで葬式に参列って、ただボーッと手を合わせてきただけってわけ？　ばかなの？

夫は、「べつにそんなことどうでもいいと思って」と言うんだけど、どうでもよくないよね？　これが男女のちがいってものなのかも、と愕然としたわ。女だったら、ひとつのお葬式に参列しただけで、八百ぐらいの情報を集めてくるわよ。先生のお孫さんの人数から、友だちのだれが不倫してるかまで、観察と会話からぬかりなく把握してくるわよ。

はー、使いものにならない。だから私が夫人会やらパーティーやらに出席して、夫のフォローをしてあげているのです。もうちょっと感謝してほしいものだわ。芝なんて俺が全部刈りまくるよって、率先して庭仕事をやってくれていいと思う。

とにかく週末は庭を片づける、と話がまとまった私たち。夫はパソコンを覗きこんで、

「なんかずいぶん書いてるね。だれ？」

と聞いてきた。私は画面を両手で隠し、

「秘密の相手」

と言う。「うそうそ。ののだよ。ほら、野々原茜さん。会ったことあるでしょ？」

「……ああ、たしかおばさんと一緒に住んでた、きれいなひと」

悦子さんのことを思うと、いろんな思いで胸が痛くなるけど、夫があなたを「きれい」と言うのは、なんだか誇らしい。いや、嫉妬しなきゃいけないところかな？　でも、どっちに？　ふふ。

「ネットができてよかった」

「連絡先がわかったから、最近よくメールしてるの」

「本当に」

インターネットがなかったころ、もしゾンダに来ていたら、どんな気持ちがしただろう。たぶん、世界に一人ぼっちで生きてる感じだったでしょうね。……いえ、ちょっとちがう。こんなふうに言ったんじゃあ、ゾンダが地の果てみたい。決してそうではない。ゾンダにいると、よくわかる。ゾンダから見れば、日本やアメリカこそが地の果てなのよ（日本のことなんて、ゾンダのひとは国名すらもよく知らない。日本人がゾンダという名も、どこにあるかもよく知らないのと同じく）。地の果てだけが経済的に潤っていて、政治的にも軍事的にもゾンダに影響を与える。風のように、波のように、遠くから押し寄せて、ときとして暴力的になぎ倒していく。

「理不尽」ということを感じずにはいられない。経済的に貧しく、力を持たないというのは、理不尽なことだ。ゾンダに責任があるわけでも、ゾンダが好き好んで貧しく非力であろうとしているわけでもないのに、地の果てから押し寄せる風や波をただじっと堪え忍ぶしかないなんて。理不尽でしょう？

でも、きっと大丈夫。ゾンダのひとたちは誇りをもって、少しずつまえに進んでいる。自分たちの文化を大切にしながら、平和な暮らしに向けて毎日を生きている。もし、私にできることがあるなら、なんでもしたい。せっかくこの国に来たんだもの。スリさんやジョアンさんはじめ、ゾンダのひとたちのこと、とても好きになってしまったんだもの。

ええと、なんだっけ？　そうだ、インターネットの有無が問題じゃないのよ。手紙しか通信手段がないとしても、べつにかまわない。大切なのは、ののとこうして語りあえるってこと。

長い時間、あなたと連絡を取らなかった。そのあいだ私は死んでいたようなもの。メールで思いを伝えられるようになって、つくづく思った。私は世界に一人ぼっちの存在ではない。あなたとつながっている。また喧嘩をしたとしても、意見がぶつかったとしても、そのこと自体を喜びたい。

文字を通して、あなたと話すことができる。あなたの考えに、声に、心に、私はいつも耳を澄まし、何度も何度もメールを読み返し、あなたを感じ取ろうとしています。そうしていると、私は一人じゃないって思えてくるの。

それにしたって、長く書きすぎだけどね。自分がこわい！

磯崎はな

＊＊＊

差出人：Isozaki Hana
件名：一方的に　その2
日時：2010年5月9日 08:11:33 JST
宛先：Nonohara Akane

のの
やっぱりお出かけちゅうみたいね。今日も返信はなかった。私ばっかり長々と独り言を言ってるみたいで恥ずかしいけど、書くね。

本日は夫と庭の手入れをしました。もちろん、うちで働いているスリさんやジョアンさんも、暇を見て庭掃除とかしてくれてる。でもなんというか……、おおざっぱなのよ。ゾンダのひとたちは総じておおらかだから。

「奥さま、芝を刈っておきましたよ」

と自慢げに報告してくるんだけど、見事に不揃いなの！　芝刈り機を使ったのに、なんで？　あれは一種の才能だと思うな。「ありがとう、助かる！」って、笑顔で言うけどれ。そんなことでカリカリしていては、ゾンダでは生活できないのです。

そういうわけで、一日じゅう夫と庭で働いた。今日はちょっと曇ってたから助かったけど、それでも日に焼けちゃった。筋肉痛はまだ来ていない。こわいわ、加齢が。

芝生といっても、広間から見える範囲に生えてるだけなの。日本のように、蛇口をひねればいくらでも水が出てくるというわけでもないので、維持が大変だから。でも、公邸でパーティーが開かれることもあるから、最低限は整えておかないとね。

夫が芝刈り機で庭を往復してるあいだに、私はヤシの木の根もとにお花を植えた。まあ、暑さと乾燥ですぐ弱ってしまうんですが、やっぱり庭に花があったほうがいいじゃない？　それから二人で、プールの水を芝生に撒いた。プールっていっても、ちょっと大きめの円形ジャグジーみたいなもの。ずっと掃除をさぼっていたので、水はよどんでしまっていた。

残った水を抜いて、デッキブラシでプールの内部をごしごしこする。このプールは泳ぐためにあるんじゃないの。私たちは貯水池がわりに使ってる。シャワーが出なくなることがけっこうあって、そういうときのために。だからなるべく、プールの水をきれいに保っておかなきゃならない。

それにね、まえにも書いたけど、ゾンダの政情がちょっと不安定なんだ。首都ダッタはまだ平穏ですが、東のほうでは小競り合いが起きてるみたい。内戦の記憶が生々しいから。

ゾンダのことわざでは、「憎しみは土に染みこみ、風で運ばれる」と言うそうです。それぐらいぬぐいにくいものだし、伝播しやすいものだということでしょう。

いま、ゾンダではまた、憎しみの風が吹き荒れそうな雲行きです。政府は必死になって冷静になるよう国民に呼びかけているけど、軍隊の装備も人手もたりないし、経済が上向いて人々の不満が解消されないかぎり、根本的な解決は難しいと思う。貧しいひとたちが職を求めてダッタなどの都市部へ流入し、でもそこにも当然仕事はあまりなくて、治安はだんだん悪化しています。農村部では他国から国境を越えて過激派組織が入りこみ、武器を密輸しているという噂《うわさ》もあります。

スリさんやジョアンさんは、大多数のゾンダ国民は平穏な暮らしを望んでいると言います。たぶんそのとおりだろうと私も思う。でも一部のひとは、不満や不安や憤りを、暴力以外のどういう手段で訴えたらいいのかわからずにいる。ゾンダが暫定的な平和を手にしたのはここ十年ほどのことで、国民のほとんどは内戦のなかで生まれ、生きてきたのだから。そして戦いが終わっても、生活はなかなかよくならないのだから。

庭のプールを見るたびに、私はここでなにができるんだろうと考えます。ゾンダの多くのひとは、こんな暮らしを知らない。刈りそろえられた芝生の庭も、澄んだ水をたたえたプールも、見たこともないでしょう。

私は甘いことを言ってる？　貧しいひとたちを哀れんでいる？　決してそんなつもりはないのだけれど。日本ではなかなか見たことのない貧富の差を目の当たりにするたび、ナイーブになるというか、考えてしまうの。

理不尽について。理不尽が生みだし、風が運ぶ暴力について。とどめることはできないのかしら。ただボーッとしているしかないの？　横暴な神さまが頭上を通りすぎるのを、体を丸めて待つ子鹿みたいに？　いいえ、それは変だし、ちがうんじゃないかと思うんだ。だって、私たちに襲いかかろうとしている理不尽や暴力は、運命とか神さまではなく、私たちのなかから生まれてきたものなんだもん。だったら、怯《おび》えてやり過ごすのではなく、鎮めるためになにか行動を起こしたっていいでしょう？

私ったら、中学生みたいだね。所詮は守られ、恵まれた立場にいる人間のたわごとかも。ゾンダが本当に危険な状況になったら、大使館にいる日本人も、ゾンダで働く日本人も、きっと日本政府が借りあげた旅客機かなにかで国外退避するんだから。でも、ゾンダに残るスリさんやジョアンさんや守衛さんたち、そしてかれらの家族や友だちはどうなるの？　一緒に逃げることはできない。そう考えると苦しくてたまらない。そんなことになりませんようにと、祈るしかない。

でも、だれに？　祈りを捧げるべき神さまなんて、私の心のなかのどこを探したって存在しないのに。

最近、フランチェスカで過ごした時間をよく思い出します。あんなに宗教の授業があって、主《しゅ》の教えについて説かれたのに、どうしてののも私も信仰心が芽生えなかったのかしらって。祈らなきゃいけないほど、切羽詰まっていなかったから？　命が危険にさらされることも、飢えに苦しむこともなく、ぬくぬくと暮らしていられたから？
たぶん、そうじゃない。私たちは思考を停止させたくなかったんだわ。祈れば気がすむなら楽だ。すべては神の御心だと思えれば。だけど本当は、この世界で起こっているほとんどすべてのことが、神の意志なんかとはまったく関係ないのよ。全部全部、人間が引き起こしたこと。争いも理不尽も憎しみも、およそ醜いものはすべて。だったら神になど委ねず、私たちは考え、動かなければ。

そのために私は神を選ばなかったんじゃないかと、いまになって思えてならないの。

こんなことを書いて、ののをいたずらに心配させてしまうかもね。大丈夫、いまのところ、なにごともありません。首都をわたる風は多少のきな臭さをはらみつつ、だけど穏やかにヤシの葉を揺らしています。プールの水面には氷のかけらみたいな光が躍って、まぶしくきれい。庭仕事を終えた夫と私は、プールサイドに腰かけ、ズボンの裾をまくって足だけを水にひたしながら、アイスティーを飲みました（キューブアイスはミネラルウォーター製）。

ののはどんなゴールデンウィークを過ごしましたか？　お時間があるときに、メールいただければうれしいです。

じゃあ、またね。おやすみなさい。

はな

＊＊＊

差出人：Nonohara Akane
件名：遅くなってごめんなさい
日時：2010年5月13日23:49:51 JST
宛先：Isozaki Hana

わー、はなったら、文章を書くことで食べていけるわ！

ずっとメールできず、返信が遅くなってごめんなさい。あなたからのメール、時間をかけて何度も読み返しました。

ゾンダの情勢、心配です（はなは心配無用と言うけれど）。遠く離れていて、私にはできることがほとんどないのが歯がゆいです。でも、私はあなたの考えと思いと行いを信じます。神ではなく、あなたを。ただ、くれぐれも身の安全を第一にしてください。それを自分本位だと言うひとはいないでしょう。

夫人会について、にやにやしてしまった。でもちょっと楽しそう！　はなが磯崎さんと仲良くやっていることも、とてもよくわかりました。そして少し嫉妬した。あなたとちがって、私の嫉妬の対象は明確よ。わかるでしょ？　ふふ。私たち、いけないことをしてるみたいじゃない？　もし磯崎さんが、私たちのメールを盗み読みしていたらどうする？

　それにしても、きれいですか私。磯崎さんには、時間という名の補正がかかった記憶を、そのまま大事に保存してもらいたいわ。私ねえ、はな。体型を（貧乳のまま）維持してるあなたには言いにくいのですけれど、学生時代より太ったのよ！　なんとか五キロ以内の増幅に留《とど》めていますが、まさに「増幅」って感じ。車幅感覚が狂っちゃって、テーブルの角をまわるときなどに、よく太腿《ふともも》を打ちつける。為五郎のことを、「食べすぎ」なんて叱れないわ。いえ、食べる量は、学生時代に比べて三分の一ぐらいになったと思う。それなのに……、本当に加齢っていやね。

　さて。お察しのとおり、ゴールデンウィークのあいだ、私は東北へ旅していました。泊まったのが古い温泉宿だったので、メール受信ができなかったというわけです。

　宿は、芭蕉《ばしょう》の句で有名な松島のすぐ近くにあるのよ。温泉のついた、小さな民宿と言ったほうがいいかも。宿の名は、ずばり「まつしま」。同じ名前の宿が、あの湾だけでも三十軒はありそうな気がする。老夫婦が営んでいて、夕飯に新鮮な魚介類をたくさん出してくれるから、常連さんが多い。といっても、宿泊者の大半は、観光客よりも近郊から来る釣り客なので、「知るひとぞ知る」って感じ。ゴールデンウィークまえに、なんとか仕事の目処《めど》をつけて宿へ電話したら、案の定すんなりと予約が取れた。

「まつしま」を拠点に、レンタカーで沿岸部をまわりました。これまでにお邪魔したことのある小さな漁村が、宮城県にいくつか点在していて、そこのおじいさんおばあさんにご挨拶。たまに顔を出さないと、「どこから来たの。なにしに来たの」と忘れられちゃって、一から説明しなければならないから。

　というのは嘘。ただ単に、私がかれらに会いたいだけ。会ってなにをするってわけでもないの。おしゃべりして、網をつくろったり干物を作ったりするのを手伝って、あとはお昼をご馳走になったり、縁側でお茶を飲んだり。おばあさんと一緒に防波堤に座って、日がな海を眺めていることもある。

　そういう合間に、老人たちがぽつりぽつりと、「昔はこうだった」と話してくれるときがあって、その言葉を私は手帳に書きつける。東北取材のときにはいつも使っている、深い青色をした表紙の、小ぶりの手帳に。

　実際は、あまり「取材」とは思っていないんだけどね。「まつしま」で朝ご飯（これがまたおいしい。日替わりでいろんな干物が出る）を食べたら、レンタカーでさあ出発。ほうぼうの小さな入江を訪ね、海沿いの道を北上していく。ハンドルを操り、鼻歌なんて歌いながらね。取材にしては楽しすぎる旅でしょ？

　松島の遊覧観光船にも乗ってみた。いままで何度も「まつしま」に泊まってきたのに、松島観光はしたことがなかったので。「まつしま」の部屋の窓からは、残念ながら海は見えない。「まつしま」は海のすぐ近くの、小高い山の中腹にあって、木が邪魔になってしまうの。ちょっと枝を払えばいいのにと思うけれど、宿のご主人は、

「俺たちには見慣れた景色だからなあ」

と言う。「見たきゃあ、散歩がてら浜まで行けばすぐ見られるんだし」芭蕉も感嘆した、さしもの景勝地もかたなしなのでした。でも、ご主人も奥さんも、松島をとても愛してもいるのよ。毎日、港に魚を仕入れにいって、料理の腕をふるってくれる。港への行き帰りに、軽トラックを運転しながら海を眺めるんですって。

はなは松島に行ったことある？

深く湾曲した入江に、松の植わった緑の小島がぽこぽことたくさん浮かんでいる。近くの山に展望台がいくつかあるんだけど、そこから湾を見下ろすと、うつくしい箱庭のよう。カキの養殖棚があったり、小船が行き交っていたり、見ていて飽きるということがない。そして、島々のあいだを穏やかにうねる、群青や金色に輝く海面！

遊覧船に乗れば、そのうつくしい箱庭のなかへ入れるってわけです。ゴールデンウィークとあって、船は観光客でおおにぎわいだった。家族づれやら、老人の団体やら。みんな楽しそうに、デッキで写真を撮ったり海を覗きこんだりしていました。

私が気になったのは、船内で売ってるカモメのエサ。子どもが買っていたので、横目で観察したところ、ビニール袋にかっぱえびせんそっくりの物体が入っている。それを指でつまんで、デッキから空中に掲げると、カモメ（ウミネコかも。見分けがつかない）の群れが飛んできて、船と並走する形ではばたきながら、くちばしで受け取る。もちろん、野生の群れなんでしょうけれど、船の形状をちゃんと覚えているようで、遊覧船が来るのを待ちかまえているのよ。

　カモメのアクロバティックな動きに、乗客から歓声が上がる。私もどうしても試してみたくなって、ちょっと恥ずかしかったけれど、エサを買っちゃった。子どもたちのあいだに入らせてもらって、デッキの手すりに沿って立つ。エサを持った手をおそるおそる挙げたら……、カモメがすぐに気づいて、すべるように上空から降りてきた。近くで見ると、カモメってけっこう大きくて、目つきも鋭い。こわいぐらいよ。

　何羽ものカモメが、私の手を目がけて突進してきて、器用にかっぱえびせんをくわえていく。なかには、うまく照準を合わせられなくて、空振りしてむなしく上空へ帰っていくものもいる。カモメにも個性があるんだなあって、つくづく思った。体が大きくて積極性があって運動能力も高い個体と、おどおど飛んでいて充分に船まで近づくことができない鈍《どん》くさい個体と。

　考えるまでもなく、私は後者だ。私の運動神経の悪さは、はなもご存じでしょ？　磯崎さんは私を「きれい」と言ってくれたそうですが、記憶を補正する能力に長けているとしか思えない。どうがんばったところで、「地味で冴えない」としか表現できない、というのが正解。そんな私なので、ついつい鈍くさいカモメに感情移入してしまった。でもね、よたよたと飛んでるカモメに、なんとかエサを食べさせてあげたいんだけど、ダメなのよ。威勢のいいやつに追いやられて、船に近づくことすら一苦労なありさま。それを見ていたら、カモメも人間も、生きるって等しく大変なことだと思えてならなかった。おじさんくさいな、私。おばさんじゃなく、おじさんにメンタリティーが近いって、どうなのかしら。このまま年取ったら、おじいさんになっちゃいそう。
エサを取ろうと果敢に船に近づいていって、ぶつかって羽をいためたカモメだっているかもしれない。取ろうと試みるものの、勇気と能力がたりなくて、空腹を余計につのらせるだけのものもいる。ただ群れにくっついて飛ぶのみで、なにも感じず考えず、ボーッとしてるカモメだっているでしょう。

　私はね、ただ闇雲に大勢が行くほうへついていって、思考も感情も放棄するぐらいなら（放棄したことにすら気づけないほど、ボーッとしてるぐらいなら）、痛い目に遭っても、成果を上げられずむなしいばかりでも、自分の意志で、あるいは風に乗って、羽のおもむくままに飛んでいたい。見聞きしたこと、感じたことを、自分の頭で味わい咀嚼したい。

　かっぱえびせん奪取に失敗したカモメも、きっと後悔はしていないはず。空振りしたくちばしに、潮風の甘さを感じたはず。それでいいんじゃないかと思った。なにも感じず、ただ漠然と仲間にくっついて飛んでいたカモメよりは。

　遊覧船は、湾の出入り口付近まで進む。湾のなかは波が静かなんだけれど、外洋と接するあたりは逆巻いている。船が転覆するんじゃないかと、私は青ざめて手すりにしがみついていた。遊覧船って、幅のわりに高さがあるじゃない？　安定が悪く思えて、気が気じゃなかった。ほかの乗客はほとんどが笑顔のままだったし、船員さんも「なにも異状なし」って風情だったから、私が勝手に気を揉み、こわがってただけみたい。

彼方《かなた》から押し寄せる波の力を体感したのち、船はなにごともなく方向転換し、港へ戻った。私はいつもそう。悪いことが起きるかもって、あれこれ過剰に心配してしまう。

漁村の老人たちにも会えたし、松島観光もできたし、有意義な休暇でした。

ゴールデンウィーク中の（正確には、ゴールデンウィークが終わった直後の週末でしたが）、もうひとつ有意義な行いは、聖フランチェスカの同窓会に行ったことです。

いままで、同窓会って一度も行ったことがなかった。私の連絡先をだれも知らないから、お誘いが来なかったということもあるけれど、会いたいと思うひとも特に思い浮かばなかったから。私、薄情だよね。村ちゃんやしのぶとは、在学中にはけっこう仲良くしていたのに。

……本当のことを言えば、会いたいと心底願うひとはいた。でも、同じぐらい会いたくなかった。憎しみか愛情かわからないけれど、会ったらきっと思いがあふれてしまうから。もしかすると、「なつかしい」と感じるのがこわかったのかもしれない。なにもかも過去になったのだと思い知らされるのが。

だれのことだかわかるでしょう？

今回は、あなたはゾンダにいて、絶対に欠席すると知っているから安心です。それで、村ちゃんからメールでお知らせをもらって、同窓会に出てみることにしたのです。

どんなふうだったか、聞きたい？

野々原茜

＊＊＊

差出人：Isozaki Hana
件名：Re: 遅くなってごめんなさい
日時：2010年5月16日 08:41:02 JST
宛先：Nonohara Akane

ののったら、意地悪！ そんなところでメールを終えるなんて。聞きたいに決まってるでしょー！

はな

＊＊＊

差出人：Nonohara Akane
件名：同窓会
日時：2010年5月19日 21:35:27 JST

宛先：Isozaki Hana

磯崎はな様

ふふふ、じらしてしまったようね。

はなからの返信をもらうよりまえに、すぐつづきを書こうと思っていたのですが、仕事でちょっとバタバタしていました。ゴールデンウィークに休みすぎたわ。原稿を書く勘が戻らないし、休み明けでゲラ（文章を確認するための、校正刷り）が押し寄せるし、メールやら電話やらもひっきりなしだし、ここ数日、さすがに目がまわりそうでした。

為五郎は為五郎で、忙しいときにかぎってスズメを獲ってくる！　誇らしそうに見せるので、「あわわ」と思いながらも褒めてやって、猫用クッキーで気を引いている隙にスズメを救出しました。幸いにも気を失っていただけみたいで、窓を開けたとたん、手から飛び立っていった。どうか無事で……。

食べもしないのに狩りをする癖、なんとかしてほしい。それが為五郎の習性というか趣味だから、しかたないのかな。

はいはい、わかってます。早く同窓会の報告をしろって言うんでしょ？

同窓会は、五月九日（日曜日）の昼から、桜木町にあるホテルの宴会場で行われました。同窓会といっても、私たちの学年のみが集まるもので、幹事がだれだったのかは知らない。村ちゃんも、もしかしたら幹事の一人だったのかも。

宴会場は立食形式になっていて、五十人ぐらいはいたかしらね。学年の三分の一弱は出席したことになる。みんな暇人だわ。

いけない、いけない、つい毒舌になってしまう。私だって出席してるんだから、暇人の仲間だというのに。

同窓会って退屈なものなのねえ。そう感じるのは、私が友だち少ないから？　たいして親しくもなかった相手と、にこにこしながら料理を食べて、おしゃべりに相槌《あいづち》を打って。みんな、ちゃんとお化粧して、髪も爪も手入れが行き届いていて、仕立てのよさそうなスーツとか、おしゃれなワンピースとか着てさ。すっかり「マダム」って感じでした。ほとんど全員が、高校時代よりもやせてきれいになっていたのも驚きだった。私なんて五キロも太ったのに！　まあ同窓会に行くぐらいだから、生活に余裕があって、自分磨きにも余念がなくて、「そんな私を見て」ってひとばかりなんだろうけれど。あら、いけない、また毒舌。

結婚して子どももいるひとが大半のようでした。C組の沢田《さわだ》さんを覚えてる？　村ちゃんと同じく、高校生の息子がいるんだって！　私だけ時間が止まっている……。いつになったら大人になれるんだろうと、気が遠くなる思いがしたわ。

村ちゃんは会場のあちこちを移動して、話題を振ったり料理を取ってあげたり、活躍していた。しのぶも来てた。中学生と小学生の娘さんがいるとは思えないほど、あいかわらず物静かで少女めいた感じがする。でも、痛々しいほどやせていた。どこか体でも悪いのかと思ったけれど、ばくばく食べていたし、指の付け根に傷があったから、過食気味なのかもね。たぶんあれは、食後に指をつっこんで吐くときにできた傷だと思う。心配は心配だけれど、私がしのぶにしてあげられることなんてなにもないから、素知らぬふりをした。

冷たい？　それには少し理由があって、

「はなとはどうなの？　アフリカにいるんじゃ、連絡取りあうのも大変でしょ」

と言われたから。

「うん、たまにメールはしてる」

と私は答えた。内心では、勝手にいらだっていた。あなたとのあいだに踏みこまれたような気がした。あなたとの関係、過去にあったことについて、探りを入れられているんじゃないかって勘ぐった。私は在学中から、しのぶの傍観者めいたところ、本心をうかがわせず黙って周囲を見ている眼差しが、苦手だったのかもしれない。それで、素っ気なく表面的な会話に終始してしまったの。

だれにも触れてほしくなかった。あなたとの記憶は私にとって、凍った花のようにうつくしく繊細なもの。無遠慮な手に触れられたら、たちまちのうちに細かく砕け散ってしまうから。

重いね、私。高校時代をともに過ごしたひとたちとひさしぶりに会って、心まであのころに戻っちゃったのかしら。いえ、それよりもまえ、はなとメールのやりとりをするうちに、どんどん若返っていったんだわ。太った姿を見られたくないと思いつつ、同窓会へ行ったのも、高校時代の残り香を求めてのことだったのかも。そんなものは、とうに失われてしまっているのにね。またもおじさんくさい感慨でした。

　ちょっとおもしろかったのは、お集まりのみなさんのセレブ話を聞くこと。聖フランチェスカって、やっぱりお嬢さま学校だったんだなと思い知らされた。昔もいまも貧乏なのって、私ぐらいなんじゃない？　休暇ごとに家族でドバイやらモナコやらに行くとか、代官山の家賃二百万のマンションに住んでるとか（年額じゃないわよ、月よ、月！）、夫の事業が忙しくて、いつもほったらかしにされて暇だから美容関連の店をはじめてみたら、これが当たって夫婦あわせて年収三億だとか、そんな話ばっかりなの。あまりにも世界がちがいすぎて、笑いをこらえるのが大変だった。

　それがみんな、全然嫌味でも自慢でもなさそうに、さらりと言うのよ。実際のところ自慢なんだろうし、どう気をつかっても嫌味になってるんだけれど。

「すごいねえ。ご夫婦で実業家だなんて。会社の規模もかなり大きくなったんじゃない？」

「んー、そうでもないよ。年収だって、二人でさん……（↑おしとやかにぼやかす）ぐらいだもの。忙しいだけで、ちっとも余裕ないの。専業主婦に戻りたいよ」

　って感じ。三千万じゃないわよ（それだって十二分にすごいけれど）、億よ、億！

　隣にいた村ちゃんに、「いまの、単位はなんだった？」って思わずこそっと尋ねて、「おく」と返ってきたときには、ひっくりかえりそうだった。

薄々そうだろうなとは思っていたけれど、お金はあるところにはある。人間は平等ではない、という厳然たる事実を、あの学校は教えてくれたわ。彼女たちは、生家からして裕福なのよ。家にお金があるってことは、事業をはじめるときの資金にもなるし、両親や祖父母の代からの人脈もあるってこと。なにをするにも有利だし、大人になってお金をかければ、どんなブスだってそれなりにはなるし、ガツガツした部分がないからひとに信頼されやすく好かれやすい。しかも、素直で人当たりもいいから、親の言うとおりに早くに結婚して、子どもも作って、「完璧な人生」を歩む。もちろん、結婚相手もいい家のぼんぼんで、お金があって顔だって笑っちゃうほどひどくはない。最強じゃない？

でも、すべてを得られる完璧な人生が、すなわち幸せだということにはならない。私は（たぶんあなたも）それを知っている。どれだけ物質的に、あるいは世間的に、恵まれていたとしても、私たちは幸せにはなれない。自分を真に理解し、愛してくれるひと、そして、このひとを理解し愛したいと思える存在がいなければ。

大金を得るよりも、ずっとずっとむずかしいこと。だから私たちは、いいえ、私たちだけではなく、すべてを手に入れたように見えるあのひとたちもたぶん、埋められない空虚を抱えつづけて生きるのかもしれないね。

もうひとつ、どういう表情をすればいいのか困惑する話を聞いたわ。これをお伝えすることで、あなたが不快な気持ちにならないといいのだけれど……。それとも、はなはもう知っていた？

与田《よだ》は五年まえに死んだそうです。

「だれ、それ？」とか言わないでね。私の汚点です。あの男と寝たこと、いまでも悔いているし、バカなことをした当時の自分を叩きのめしてやりたい。実際に、バカな行動に対する大きな報いを受けたとも思っています（「だから許して」と言いたいんじゃないわ。許さないで、はな。「あー、いまになってみたら、どうでもいいことだったね」と言われるのが、私にとってはなによりもつらいから）。

同じクラスだった子たちが話していたのを、小耳に挟んだんだけどね。いえ、実際はゾウぐらいに大耳を広げて、会場内での会話をキャッチしたんですが。

与田は、フランチェスカを追われたあとに勤めた男子校も辞め、予備校で講師をしていたそうよ。奥さんとは別れて、予備校の教え子と再婚したんだとか。学校を辞めた理由も、なぜ奥さんと別れたのかも、会話のなかでは特に触れられていなかったから、よくわからない。ただ、あいつがひとにものを教える職業に就いたのは、セックスする相手を探すためだったんだなってことだけは、すごくよくわかった。なんてくだらない人生！　噴きだしそうになって、あわててその場を離れ、会場の隅へ退避した。

病気で死んだようだけど、なんの病気だったのかは、立ち聞きしそびれました。だから私、同窓会から帰宅して以降、ずっと想像している。与田は苦しみぬいて死んだのかしら？　それとも、自分の悪しき行いを後悔し、すべてを神に懺悔して、生まれ変わったように聖人めいた風情で、案外安らかに死んだのかしら？

「噴きだしそう」と書きましたが、実際の私は壁を背にして突っ立ったまま、同窓会会場を無表情に眺めていた。グラスや料理の皿を手に、楽しそうに笑いあう女ばかりの群れを。

おひらきの時間になったので、「じゃあまた」と笑顔で挨拶し、帰宅しました。心ここにあらずな態度に思えるかもしれないけれど、与田の死に衝撃を受けたわけでも、与田を悼《いた》んだわけでもありません。

ただ、考えずにはいられないの。与田の喜び、悲しみは、どんなところにあったんだろう。私にはむなしく薄っぺらに感じられる彼の人生は、与田になんらかの満足をもたらしたんだろうか。教師と生徒という立場を使って、自分よりずいぶん年下の女を相手にすることが、楽しさや幸せに結びつくものとは思えない。

与田のなかにあっただろう一種の「ゆがみ」を撃とうとしたら、その弾丸は私を含めた多くのひとをも過《あやま》たず撃ち抜くでしょう。

だれかを愛して、愛したふりをして、でも真実の愛を得られずに命が尽きるひとなんて大勢いる。私だってそうだ。どれだけ恵まれた暮らしをしているか、さりげなく披露する同窓会の女たちもそう。

仕事や、稼ぎや、恋愛や、結婚や、子どもが、いったいなんだっていうの？　すべてはむなしい。全部全部、喜び以上の悩みや苦しみを生みだす源にすぎないじゃない。充足しているふりをして、あの会場に集まった何人が真実、満たされているかしら？「満たされている」と心から信じて疑っていないとしたら、よっぽどおめでたい。最も肝心なもの、本当に望んでいるもの——大切に思うひとからの愛や理解——を得られるひとなんて、ほとんどいないのに。

得られないまま、いずれだれもが死ぬ。だったらどうして生きる意味があるの？　なんて青くさいことは言いませんし、思いません（思春期はとうの昔に過ぎたので）。だけどいっそのこと、出家でもしたい気分だわ。仏道に励んで、「すべては無」だと本格的に悟りたい。そうすれば、「第二の思春期」みたいなこのもやもやも、少しは晴れるかもしれないもの（もしかして私、「第二の思春期」ではなく更年期？　やだやだ）。

そんなことを考えてしまうぐらい、なんだかむなしかった。同窓会も、そこで知った与田の死も。

生命を充実させるものって、なんなのかしらね。いえ、わかってる。愛と理解だ。それがなくては、どれだけお金があっても、まわりからちやほやされたとしても、むなしいだけ。

たいがいのひとは、仕事にやりがいを見いだしたり、家族や恋人とのあいだに愛情や信頼があると感じたりして、「自分の存在は無意味ではない」と信じるのでしょうね。実のところ、どんな仕事にだって代わりの人間はいくらでもいるし、愛情や信頼なんてほとんどが幻想なのにもかかわらず。

　私には無理だ。自分に価値や意味があるとのんきに思うことはできない。仕事は楽しいし真剣に取り組んでいるつもりだけど、心の支えにはならない。いつやめたっていいと思っているし、そもそも依頼が来なくなったら終わりだもの。愛情や信頼を（たとえ幻想だとしても）抱けた気持ちになる相手もいない。特定のパートナーをつくる気も、ましてや家族ができる見込みもないんだもの。

　結局私は、化石燃料で暴走する列車みたいなものかもね。失われた愛の記憶だけを動力にひた走る。かつてはダイヤモンドのように輝いていた、でもいまは真っ黒な消し炭と化した塊が私の燃料。ダイヤモンドだったと思っているのは私だけで、実際は石ころかもしれないのに、もはや確認する方法もない。

　正体不明の黒い塊を身の内に抱いて、死ぬまでをただ生きる。

　ねえ、いま唐突に思いついたわ。夏にゾンダへ遊びにいくのはどうだろう、って。

　どうしていままで、その発想がなかったのか不思議。いい大人なんだし、働いているし、行きたい場所へ自由に行ける身なのよ私！　ぼんやりと日々を過ごして、あとになって「あのとき、ああしておけばよかった」と悔いたくない。

　あなたに会いに、ゾンダへ行く。こんなすばらしいことってない。はながメールで教えてくれた、しおれた花を売ってる市場を覗いて、ゾンダ料理（お芋と鹿みたいな動物の肉だったっけ?）を食べて。きっと楽しいでしょうね。はなのお時間があるときに、私たちはヤシの木陰で語りあうの。思い出や、離れていたあいだの出来事について。

　そうすれば、化石燃料も磨かれて輝きを取り戻すような気がします。ほら、やっぱりダイヤモンドだった。私は心のなかの光にうっとりと見入ることでしょう。

　やっぱり重いわよね、私。書いていていやになってきた。「遠路はるばる、ようこそ」なんて磯崎さんに歓迎されるのも、磯崎さんと仲良くしているあなたを見るのも御免だから、夢想するだけにとどめておこう。

　化石は化石のまま、生き生きときらめいていた時代の記憶だけをよりどころに、胸にしまっておくのが一番なのです。

　同窓会へ行くことは、たぶんもう二度とありません。

野々原茜

＊＊＊

差出人：Isozaki Hana
件名：会いたい！　だけど……
日時：2010年5月23日 09:13:06 JST

宛先：Nonohara Akane

のの

なにから書けばいいのかな。

前回の帰国中に、ちょうどタイミングが合ったので、私も同窓会に出席しました。だから、ののが報告してくれた会場の雰囲気、とてもよくわかります。聖フランチェスカの同窓会って、いつもそんな感じ。「そんな」というのは、そうねえ……、無意識の自慢と比べっこと見栄の張りあい、ってこと。

私はそういうの、きらいじゃないです。外交官夫人会も、似たようなものだから。たぶん男のひとたちのあいだでも、同じようなことが繰り広げられているんだと思う。大多数のひとは、自慢と比べっこと見栄の張りあいから逃れられない。社会で生きるって、そういうことなのかもしれないね。ばかばかしいけど、「やってるやってる」って観察するのは好き。わりとしょっちゅう、自分もつまらない見栄を張ってることに気づいてぞっとするけど。

与田先生が亡くなっていたって、知らなかった。べつになんの感慨も湧きません。ののもわかっているでしょう？　もうとっくに過去なんだもん。ののと私のあいだにあったことが、ではなく、与田先生の存在自体が。どんな顔だったかも、どういう授業だったかも、私の頭のなかのどこにも残っていない。ただ、あわれだなと感じます。むなしくてあわれな生き物だなと。

二十年以上まえのことを思い返すと、たしかにダイヤモンドみたいに輝いている。あなたと笑いあい、苦しみや怒りを共有した日々が。だけど当時、私たちは日常をダイヤモンドだとは感じてなかったでしょ？　むしろ真っ黒な石炭、退屈な暗黒時代だと思ってた気がするな。時間が記憶の研磨剤だってことかしら。磨くに足る記憶が私たちにあること、磨いたらキラキラしはじめたこと、お互いに感謝しましょう。

かといって、高校生に戻りたいかっていうと、ちっとも。ののもたぶんそうだと思うんだけど、過去をなつかしんで生きるのは、私はいやだな。高校のころと同じぐらい、そのあとも、いいこともいやなこともあった。でも、いつかみんな過去になる。それだけのこと。

だから私にとって、与田先生はもうどうでもいいの。彼が現実に死を迎えるまえから、私のなかで彼は死人も同然だったんだもの。


ののがゾンダに来る！

想像しただけでうきうきしちゃった。でも、やっぱりやめておいたほうがいい。

誤解しないで。ののに会いたくないわけじゃないの。ゾンダにお招きするのをためらう理由は、いくつかあります。

ひとつは、情勢が不安定だってこと。ゾンダ国内の緊張感は日に日に増しています。

首都ダッタの治安もますます悪くなってる。大使館の近くにインターナショナルスクールがあるのですが、最近では生徒が減っています。商社マンのなかで、妻子を日本へ帰すひとたちも出てきているからです。

市場への買い物も、最近はあんまり行けなくなりました。誘拐でもされたら大変だから、大使館員の家族はなるべく家のなかにいるようにと言われているのです。籠の鳥みたいで、つまんない。でもたしかに、私には武術の心得もないし、銃なんて撃ったこともないしね。

かわりにスリさんが市場へ行ってくれます。運転手のジョアンさんも銃を携帯して同行するけど、ほかにもう一人、守衛さんもついていって、買い物をするスリさんを守ります。もちろん、一般のゾンダ人はおつきのひとなんていないから、守衛さんがつきしたがっているだけで、「外国人の家か、どこかの大使館のお手伝いさんだな」と、スリさんの素性をアピールしてまわってるようなものです。それはそれで危険だと思うんだけど、銃を持った屈強な男がいたほうが、周囲へのプレッシャーになるだろうって。

スリさんによると、市場へ買い物に来る女のひとがとても減ったんですって。特に、一人で出歩く女性はいないそうよ。だれもが手早く品物を見つくろって、なにかに怯えるように硬い表情のまま、ろくに言葉も交わさず立ち去るらしい。反政府組織の人間をあぶりだすために、現政権が密告を半ば奨励しているから、みんな警戒して無口になっているの。

そのせいで疑心暗鬼はいよいよ高まり、内戦の記憶がますますえぐりだされる。市場で気軽に挨拶もできないんじゃ、お互いへの理解も信頼も生まれっこない。悪循環よね。でも、どうやってこの状況を打ち破ればいいかも、だれもわからずにいる。ののが言うように、愛と理解がなによりも大切。それはそのとおり。でも、平和があってこそ言えることだとも思う。ゾンダでは、愛も理解も、それらが生まれる機会すらも、損なわれつつあります。暴力によって。正確に言えば、暴力の予感によって。大使館の守衛さんたちも、ライフルを構えて門前に立つようになった。以前は、ライフルを持ってはいても杖がわりにしてだらだらしたり、おしゃべりしながらタバコを吸っていたりしたのだけど。

ふたつめの理由は、大使館内の事情です。ぴりぴりしていて、個人的なお客さまをお迎えできるような雰囲気ではないの。

実はね、夫が公務にあたる部屋の花瓶から、盗聴器が見つかったのよ。これは暗号がかかっていない、ふつうのメールだから、詳しいことは書けないのですが。だれが仕掛けたのか、だいたいの推測はついています（盗聴器が見つかった直後、出勤しなくなった掃除係のおばさんがいる。ゾンダ人で、子どもも孫もたくさんいると言っていたから、お金に困ってのことでしょう）。

こういうことって、けっこうある。わざと見つかりやすいところに盗聴器を仕掛けて、「おまえたちの動向は、いつでもこちらに筒抜けだぞ」と示してみせたりね。あっちでもこっちでも威圧合戦で、いやになっちゃう。

今回のことも、どこの国が仕掛けたのか、夫たちは察しをつけているみたい。私は教えてもらえないですが。知りたくもないわ。ゾンダに再び内戦のきざしがあるから、どうせ大国のどこかが、敵対国、あるいは同盟国がどういう態度を取るのか、探りを入れてきてるってことでしょう。

そういうわけで、ののに来ていただいても、ろくにゾンダ国内の案内もできないし、公邸に滞在してもらったところで、ぴりぴりムードで楽しめないと思うの。

今年の夏、定期の健康診断で帰国するかどうか、微妙なところです。出国しているあいだに、ゾンダでなにかあったら大変だから。ゾンダに戻れないというのは、立場的にまずいので、夫は帰国しない方向で調整しているようです。私を心配して、「きみは帰ったほうがいいかもしれない」と言うのですが、わかってないわよねえ。

どこへ帰れっていうの？　私は外交官である夫と結婚した。夫のいるところ、夫の赴任地が、私の帰る場所です。義務感や夫への愛情から言っているのではありません。私には私の役目がある。いくら愛ゆえの言葉だからといって、私の役目を奪う権利は夫にはないわ。

そう申しましたところ、「はな、ありがとう」って、夫は私を抱きしめた。それから二人して、「悲劇のヒロインとヒーローみたいだ」って笑っちゃった。ついつい自分に酔ってしまったのが、照れくさかった。

酔ってる場合ではないのです。悲劇が起こらないように、夫は仕事に打ちこむでしょう。交渉、交流、調整、調停。武力以外のありとあらゆる手段を使って、人々が、国同士が、話しあい理解しあえる場を生みだそうと努めると思う。

私は夫のそばで、私にできることをします。スリさんやジョアンさん。トンさんとメイさん。日本からゾンダへ来て働いているひとたち。この国で出会ったひとのことが好きだから。かれらのそばで、かれらにとっての最善がなんなのかを考えます。

ねえ、のの。私たちは会わずにいるべきなのかもしれないね。これぐらいの距離があって、メールのやりとりをしていたほうが安心かもしれない。

ダイヤモンドのような記憶を抱えて生きられるひとは、たぶん少ない。私たちは幸運と互いの努力によって、それを手にすることができました。

ひびを入れたくも曇らせたくもないから、臆病だと言われても、大切にしまっておくのが正解ではないかと思うのです。

磯崎はな

＊＊＊

差出人：Nonohara Akane

件名：反省

日時：2010年5月27日 23:37:04 JST
宛先：Isozaki Hana

はな

あなたのメールを読んで、甘っちょろいことを言った自分を反省したわ。

愛と理解。言ったり書いたりするのはたやすい。でも、それを行えない状況にあるひと、望まずしてそういう状況に陥ってしまっているひとが存在すること、私はどこまで想像できているでしょう。平和ボケってこういうことなのかもね。

なんだかどんどん、はなに取り残されている気がして、恥ずかしいです。私はいつまでも子どものまま。変化を恐れ、後生大事に過去を抱いて足踏みしているみたい。それに比べ（あら、いけない。「比べっこ」しちゃった）、あなたは変化しつづけるひとなんだと、改めて感じています。環境や状況や周囲の人間関係を、いつも冷静に把握し、的確に心を添わせてみせる。しなやかで強い芯があるからなのでしょうね。

　学校に通っているころは、そこだけが世界のすべてだった。でも、大人になると、その時代の友人とはあまり会わなくなる。忙しいということもあるけれど、話が合わなくなるから。環境や状況や周囲の人間関係によって、ひとそれぞれ、どんどん変化していくから。噛みあっていたはずのパズルのピースが、湿気や乾燥で次第に変形し、うまくはまらなくなるようなものかもしれない。

変化しあったせいで噛みあわなくなるなら、まだましだ。あなたのメールを読んで、つくづくそう思った。今後ますます変化が進行して、いつかお互いに、またうまくはまる形になるかもしれないもの。思いもよらなかったうつくしい絵柄が、浮かびあがるかもしれない。それって、すごくわくわくすることよね。

けれど私は、高校時代のまま、硬直したピースになってしまっているんじゃないか。まわりのひとがどんどん変化していっているのに、私だけ頑固に昔の形のまま。それが原因で、だれともうまくはまれずにいるんじゃないかしら。そう気づいて、こわくなった。自分は変化できないまま、まわりの変化を「変節」だとバカにして孤立するなんて、滑稽以外のなにものでもないわよ。

ああ、恥ずかしい。そんなことを考えて、寝床でのたうちまわっていたら、為五郎を下敷きにしてしまいました。あやうく圧死させるところだったわ。「ふぎゃっ」と叫んだ彼に思いきり腿を引っかかれ、慌てて体を起こしたからことなきを得ましたが。

みみず腫れがまだ引かない。だいたい、ベッドと食卓に上がっちゃだめって言ってるのに、いつのまにか堂々と同衾《どうきん》している為五郎が悪い。

猫も大人になると、ネズミのおもちゃであまり遊んでくれなくなります。変化し成長するのは、人間だけではないんだなあと痛感させられる。私は為五郎にすら取り残されているのかも。でも同時に、懲《こ》りもせずベッドにもぐりこむ為五郎を見ると、安心する。なかなか大人になりきれない部分があるのも、人間と同じ。少なくとも、私と同じ。生き物はいくつになっても、ぬくもりと安らぎを求めずにはいられないようです。

猫のような平和が、ゾンダに訪れますように。

いまはインターネットがあるので、ゾンダの情報を収集しようと思えばいくらでもできるのでしょうけれど、私は悲しいかな、「英語ならなんとか解読できる」程度の語学力しかない身。システムがいくら発達したところで、それを使う人間がこのざまではねえ……。

ゾンダで争いの火種がどんどん大きくなりつつあるようなのに、日本ではほとんど報道されていないの。その事実に直面し、歯がゆく、おそろしくなります。知りたいのに、情報が手に入らない。「遠い国のこと」と、だれも注意を払っていないように見える。すべてが他人事《ひとごと》。どんなに悲しく残酷な出来事が起こったとしても、それが直接自分の身に降りかからなかったら、おおかたのひとはすぐに忘れてしまう。なんとなくのムードで、「かわいそう」と悲しんだふり、「ひどい」と残酷さに憤ったふりをするだけで。もちろん私自身も含めて、とにかく「ふり」ばかり。

そういう「ふり」の集積で、日常は成立し、つづいていっているんじゃないかと思うことがある。だとしたら日常って、究極の無神経と不感症とでできあがっているということね。

ふとした拍子に、自分のなかの欺瞞《ぎまん》に気づかされます。虫酸《むしず》が走る。だけど私は今日も、「それでいいのか」という内心の声に耳をふさいで、ご飯を食べ、心地のいいベッドで眠るのです。残酷な波はここまでは届かないのだからと言い訳し、暴力や理不尽などこの世のどこにもないかのような「ふり」をして。安穏とした日常を送るのです。

野々原茜

＊＊＊

差出人：Isozaki Hana
件名：潔癖さについて
日時：2010年6月5日 07:19:01 JST
宛先：Nonohara Akane

のの

一週間以上、メールができませんでした。心配させてしまっていたらごめんね。私は元気です。私だけではなく、大使館で働くみんなも。じゃあどうしてメールしなかったかというと、盗聴器の件が尾を引いていたからです。ほかにも仕掛けられていないか、職員総出で調べたり、ハッキングされていないかパソコンを調べたり、なんだか落ち着かない感じだったの。私が使っている個人用のノートパソコンも、念のため見てもらうことになって、技官のひとに提出していました。

ののとのメールのやりとりを読まれたらどうしようと思ったんだけど、いちいち細かい文面になんて目を通さないだろうし、「見られたとして、なんだっていうの」って、もう開き直っちゃった。べつに、こそこそする必要はないもん、って。

それでようやく昨日、ノートパソコンが戻ってきました。ハッキングの形跡なしとのことで（そりゃそうだ。私のパソコンを覗き見ても、得になるような情報はなにもないですから）、またメールできるわ。検査の済んだパソコンは、夫が持って帰ってきてくれたんだけど、ついつい表情をうかがってしまった。ふだんと変わりない様子だったので、技官のひとはメールを読まなかったんだな、と思った。もしかしたら、読んだうえで夫には黙っていてくれただけかもしれないですが。「おや？　大使の奥さん、女性のご友人ととても親密なようですよ」なんて、たとえ察したとしても口にはしないわよね、良識があれば。ふふ。

盗聴器を仕掛けたのは、大使館の掃除をしてくれていたゾンダ人の中年女性で、ほぼまちがいないみたい。某国の駐ゾンダ大使館員が、彼女に接触を図っていたと、複数の目撃証言を得たもようです（ニュース原稿ふうに書いてみた）。ちなみに、盗聴器を仕掛けるよう、彼女をそそのかした某国大使館員は、若手でかっこいいと評判の男らしい。掃除係のおばちゃん、お金に困っての犯行かと思っていたけど、実は色仕掛けにはまったのかも。

そのあたりの真相は不明なのよ。おばちゃんは故郷の村に帰ったのか、行方がつかめません。あ、口封じに殺されてるってことはないはずなので、安心して。出入りの業者が、いつのまにか他国の大使館関係者に買収されていて、気づいたら盗聴器を仕掛けられてたなんて、けっこう日常茶飯事なのです。相手国も、いちいち口封じなどしてられないでしょう。

「ほとぼりが冷めたら、またダッタへ出稼ぎに来るんじゃないか」と夫は言っていた。花屋のおばちゃんを例に挙げるまでもなく、ゾンダの女性はたくましいから。掃除係のおばちゃんとは、そのうちばったり市場で会って、気まずそうな笑顔を向けられそうだなと思っています。

　そうなるといいな。早くゾンダの治安が元通りになって、まえみたいに市場が女性たちでにぎわいますように。

　ののは潔癖なところがあるから、なあなあな決着の仕方だと思うかな？　盗聴器を仕掛けたらしき容疑者を、罰しようとしないどころか、追跡すらしないなんて、って。でも、外交においては、これぐらい玉虫色の決着のほうがいいのです。現地で採用したスタッフを厳しく罰しすぎたり、疑惑を追及しすぎたりすると、どうしても反感を招いてしまって、通常の業務がうまくいかなくなることがあるから。それに、盗聴器を仕掛けたひとを捕まえて、背後で糸を引く某国を完全に特定したとする。それで、そのあとは？　抗議する？　いいえ。そんなことしたら、国と国とのあいだの大問題になってしまう。

たいがいの場合、知らん顔をしておくのよ。お互いにね。こっちは当然、交渉を有利に進める必要があるときに、「盗聴器を仕掛けたのはわかってたけど、黙っててやってるんだぞ」とほのめかして、某国に貸しを作ろうとする。某国側は、「さあ、なんのことやら、わかりませんなあ」と、のらりくらりする。キツネとタヌキの化かしあいって、こういうことを言うのかもね。

以前、ゾンダではない国に赴任していたとき、似たような問題が起きたことがあった。どうも挙動不審な大使館職員（日本人男性）に、「最近どうしたんだ、なにかあったのか」と周囲が問いただしたら、なんとそのひと、『うちのスパイになれ』と某国に言われている」と泣きだしちゃったんですって。現地で知りあった女性とつきあっていたらしいんだけど、その女性には某国の息がかかっていて（つまり、某国の女スパイってわけ）、「そんな女とつきあっているとばらされたくなかったら、日本側の情報をこっちに寄越せ」と、男性は某国に脅されていたのよ。

その男性はすぐに異動ってことになって、日本へ帰国した。あやしい女性とつきあってたこと、それをネタに脅されたことを、苦悩のすえにありのまま告白したから、彼は某国の手から逃れられたと言える。だって、秘密の効力を失わせるたったひとつの方法は、すべてを正直に、白日のもとにさらすことなんだもの。

秘密を抱えたまま一人で悩みつづけ、しかも某国の脅しに屈して、こちらの情報を流してしまっていたら、彼はもうあともどりできなかったでしょうね。外交官として終わりだし、なによりも、スパイとして生きるなんてつらすぎる。秘密をすべて吐露したから、あやういところで、彼は越えてはならない一線を越えずにすんだ。

なにか悩んでいる様子のひとはいないか、おどおどしてるひとはいないか、スタッフの言動や表情に常に気を配るのも、私の役目のひとつかもね。かれらが迷いの淵《ふち》にはまらないように。脅されて、誤った選択をしてしまわないように。苦しい道を行かなくてすむよう、見張るのではなく見守るのが私の役目。そういう意味では、今回の掃除係のおばちゃんの件は、私の責任も大きい。ちっとも気づけずにいたんだもん。私はどこを見ていたのかしら、ちゃんと目玉がついてるのかしらって、自分がいやになる。

ゾンダに限らず、いまアフリカ大陸には、欧米や中国の企業が押し寄せています。日本は出遅れているぐらい。かれらの目当てはレアメタルや農産物で、企業のうしろには、それぞれの国の政府がついている。開発がまだ進んでいないアフリカは、潜在的な生産力が豊富な、宝の埋まった大地なんですって。

そのせいか、アフリカで商売をしたい大国同士が、お互いの出かたをうかがっている。ゾンダは再び政情不安に陥りそうな雲行きだから、なおさら情報戦が盛んになってるんでしょうね。我らが大使館に盗聴器が仕掛けられたのも、そのあたりが理由だったようです。

私は、アフリカが活気づくのはいいことだと思っています。そこで生みだされた富が、きちんとアフリカの人々のもとへ還元し、分配されるのなら。でも残念ながら、よそからアフリカ大陸へやってきた人々ばかりが豊かになり、地元にはさしたる恩恵もない、という話も耳にする。

この偉大な土地に、本当の朝が来るのはいつのことなのかしら。よそものである私たちが、この素晴らしい大陸を欲望と血でまみれさせるのは、決して許されることではないと思ってます。きれいごとかしら？

ゾンダでも、養豚をはじめたり、海水を真水に変えて、沿岸部で大規模プランテーションを展開したり、さまざまな試みが行われてきました。これらの事業には、日本のＮＰＯもいくつも参加・協力しています。外国人の金儲けのためではなく、ゾンダの人々のための畜産であり農作物です。内戦で敵味方にわかれたひとたちも、ともに働き、お互いへの理解を深め、過去の殺戮《さつりく》を赦しあおうと努力してきました。育てたブタや農作物を売って、少しずつでも暮らしを豊かにし、子どもたちを学校に通わせたい。そう願うゾンダの人々と一緒に取り組んできた、大切な事業なの。

でも、いまやそれも危機に瀕《ひん》している。憎しみが再び力を取り戻し、恐れと疑心暗鬼がゾンダを覆いつくそうとしています。

ののの、私はこわい。理性では押しとどめようもない大波が、ゾンダの日常に迫ってきている気がする。ののが言うとおり、都合の悪いことはすべて見ないふりをして、偽りの平穏にひたっていては、理不尽と暴力に一瞬で飲みこまれてしまいそう。

ゾンダの状況を、野蛮だと思う？　懲りもせず隣人同士で殺しあおうとしてるなんて、ゾンダ人は臆病で疑り深くて暴力しか知らない「未開の」ひとたちなんだなって思う？でも、もちろんそうじゃないのよ。まえにも書いたと思うけど、ゾンダの人々の大半はのんびりしていて、優しく思いやりがある。当然ながら、知性と教養にあふれたひとだって大勢いる。ゾンダ以外の国のひとと、ちがうところなんてなにもない。

だけど、かつてゾンダじゅうに連鎖反応を起こした憎しみは、いつまでもくすぶって、なかなか完全に消えないの。些細《ささい》な恐怖、ちょっとしたデマや疑いがきっかけになって、憎悪がいまにも爆発しそう。もしかしたら人間って、どこの国でも、どんな立場であっても、理性や知性や教養をどれだけ持っていても、ふとした拍子にこういう精神状態に陥ってしまうものなのかもしれない。恐れと怒りと憎しみと疑い。それらが体内でふくれあがってしまうものなのかも。

ムードに合わせようとする生き物だから。周囲と同じ振る舞いをしようとするうちに、「ふり」が自分の本心からの行いみたいに思えてきてしまう。憎む理由もないのに、本当に相手を憎んでいる気になって、ちょっとしたきっかけで殺戮がはじまる。

日常が「ふり」でできているという、ののの考え、発言を、潔癖すぎると感じるひともいるかもね。「生活するとは、そういうことだ。少しも演技していないひとなんかいない」って、あなたの潔癖さを鼻で嗤うひともいる気がする。

だけど、私はあなたの考えに賛成よ。日常は無神経で不感症なもの。なんとなくのムードで流れは決まり、私たちは流れに乗って、「ふり」をする。気づかないふり。気づいたとしても、「まだ大丈夫。平和な日常がつづくはず」と信じるふり。そうやって私たちは生活し、毎日をやり過ごす。そのさきにあるのは、突然吹き荒れる暴力の嵐……。かつてゾンダで起こったことは、近い将来、また起きる可能性がある。ゾンダでも、ゾンダ以外のどこででも。

踏みとどまるには、どうしたらいいんだろう。気づいたら破滅が訪れていた、なんて残酷な事態を、どう回避すればいい？

答えはひとつしかないと思うの。

ののみたいな潔癖さをもって、「ふり」をするのを拒絶し、真実を冷静に見すえて、常に考えること。考えつづけること。それが大事なんじゃないかしら。

私は考えるのが苦手。でも、がんばってみるわ。

磯崎はな

＊＊＊

差出人：Nonohara Akane
件名：不安
日時：2010年6月7日 20:32:17 JST
宛先：Isozaki Hana

はな、メールをありがとう。

返信を待つあいだ、外務省のホームページを毎日眺めていました。

あなたには釈迦に説法でしょうけれど、ゾンダの地図をクリックすると、黄色で塗られた「渡航の是非検討」という地域がどんどん減り、「渡航延期勧告」というオレンジ色で塗られた地域が増えていっています。

この一週間で、オレンジが私の不安の色になりました。スーパーへ行っても、柑橘類を見たくない気持ちよ（とんだとばっちりで、柑橘類には申し訳ないのですが）。

もしかして、どこの国にも、ある程度の「危険地域」があるのかなと思って、ヨーロッパやらアメリカ大陸やらアジアやら、いろんな国をクリックしてみた。たとえばイタリアの地図にはなんの色も塗られていなくて、真っ白でした。こうしてみると、地球のどのあたりが紛争を多く抱えている場所なのか、よくわかるわね。争いと経済状況とは、かなり密接に関係しているのだろうということも。

「大富豪」というトランプゲームを連想しました。一度、大富豪になってしまえば、なかなか負けない仕組みのゲームです。富める国がより富んでいき、そうでない国は内部で争い血を流すしかない。そんな世界は、どこかおかしいとしか言いようがありません。

考えつづけること。

たしかに、はなの言うとおりです。直接的な暴力のまえで、思考はまったく無力かもしれません（強盗に殺されそうな瞬間に、「このひとはなぜ強盗になったのか」と考えても、自分の命を守ることはできない）。けれど、理不尽に対抗しうる手段は、思考以外にないでしょう。

あなたの、そしてあなたと親しいひとたちの、安全を祈るしかない自分が歯がゆいです。せめて心と思いはいつもはなと一緒にいたいから、私も考えつづけます。

野々原茜

＊＊＊

差出人：Isozaki Hana
件名：停電ばっかり
日時：2010年6月21日 04:35:44 JST
宛先：Nonohara Akane

のの

またもや間が空いてしまったー。

このごろダッタでも、以前に輪をかけて停電がひっきりなしに起こるの。インターネットも為五郎さんなみに気まぐれで（ごめんね、為五郎さん）、つながりにくいったらない！

外務省の「渡航延期勧告」は、わりとすぐに出るものです。いえ、甘く見て、「じゃあ渡航しちゃおう」なんてダメよ。みなさん、ちゃんと渡航を延期してください。でもアフリカでは、真っ赤に塗られている（「退避勧告」）国や地域も多いのが事実。ゾンダに来てからは、「また『渡航延期勧告』が出ちゃった……」ぐらいの感覚になってしまった。悪い「慣れ」だね、これ。

大使館員には帰国命令は出ていないし、商社のひとも、ＯＤＡやＮＰＯなどでゾンダで活動しているひとたちも、ふだんどおりに働いています。だけど私は、大切なものをいつでも持ち出せるよう、準備しておこうと思う。

なんだかわかる？　ののとやりとりした、たくさんの手紙よ。あなたからもらったもの、あなたへ送ったもの、いまはすべて私の手もとにあります。夫がどこへ海外赴任したときも、いつも私と一緒に旅をした、大事な大事な手紙です。私の情熱であり、記憶そのものでもある。

安心して。ののに送るつもりはありません。届いた手紙を読み返して、ののが赤面のあまり倒れちゃったら困るもん（呪いの手紙みたいになってるね……。しかも山ほどの量がある）。妹のみどりのところへ、いざとなったら一時避難させようかなと思ってます。

妹は勝手に手紙を読んだりしないので大丈夫。手紙は袋に入れて箱に詰め、一番うえに、「中身は見ないでね」って書いたメモでも入れておけば、言いつけどおりにする子だから。

　信じられないでしょう？　オルフェウスの神話や『鶴の恩返し』からもわかるように、「してはいけない」と言われたことをしてしまうのが、人類共通の性《さが》というもの。なのにみどりったら、素直というか好奇心が欠如しているというか、「これをしたら大変なことになるよ」って言えば、「そっか。うん、わかった」って、いつまでもぼんやりしてられるのよ。あの子、もしかして人類じゃないのかな。

　自分に夢中で、ほかのひとのことには、あまり興味ないのかも。ほら、妹は向上心があるというか、野心に富んでいたでしょ？　びっくりするほど勉強して、東大にも入ったわけ。「お姉ちゃんじゃダメだろうから、私が外交官になって、パパの志を継ぐ」なんて言ってた。父も、「世襲制ではないんだし、おまえは女の子なんだから、そんなにがんばらなくていいんだぞ」と言いつつ、たぶん妹に期待していたと思う。

　ところが、あの子ったら卒業してすぐに結婚したのよ！　法学部（で合ってる？　東大のこと全然知らないから）だった学生と！　お相手は卒業後二年ぐらいで司法試験に合格して、弁護士をしています。妹はそれを機に勤めていた商社を辞めて、三人の子どもがいる主婦です。長男は、今年高校に入学した。次男は中二。一番下は女の子で、ぐっと年が離れて、まだ五歳なんだよー。なかなか子育てが終わらなくて大変みたいだけど、楽しそうにやってます。

おもしろいのは、みどり自身はあれほどガリ勉だったくせに、子どもたちには「勉強しろ」って言わないこと。そのせいか、甥《おい》っ子、姪《めい》っ子はいい意味で自由奔放で、ほがらかです。

妹が早くに結婚して、お勤めも辞めたときには腹も立った。彼女は、夫が司法試験に合格したら仕事を辞めるつもりで、寿退社が歓迎されやすい商社を選んだみたいだけどね。その根性もどうなのと思ったし、なんのためにあんなに勉強して東大行ったのよと疑問だった。教育の機会を得られたものは、それを社会に還元するのが筋じゃないの？って。

あのときは私も若かったんだね。自分は就職もせずさっさと結婚したくせに、おかしな義憤にかられてたみたい。いまは、納得してる。みどりは子どもたち相手に奮闘しながら、幸せそうに暮らしています。それだって立派に、「社会で生きる」ってことでしょう。ううん、子どもの有無が問題ではないの。だれだって、自分に合った、自分にとって幸せな、生きかたや暮らしかたを求め、実践していい、ってことなんだよね。

女のひとってむずかしいなと、つくづく思う。働いても働かなくても、家庭を人生の中心にしてもしなくても、いろいろ注文をつけられるんだもの。実際になにも言われなかったとしても、どう思われてるのかなって、なんとなくびくびくしてしまう。その結果、細かい立場のちがいによって、女同士であってもなかなか通じあえなくなる。ばかみたいに細かいことで、どんどん分断されていく。このむずかしさ、生きにくさは、もちろん男性が感じるむずかしさ、生きにくさと、表裏一体になっているものなんだと思う。

どうしたら私たちは、細かい差違にとらわれず、手を取りあうことができるんだろうね。

……なんの話だったっけ。そうそう、とにかくみどりは、勉強以外についてはぼんやりした子なので、ご安心を。手紙の山が届いても、なかをあらためもせず、子どもたちの目に触れない押入の奥にでも隠しておいてくれるでしょう。

あ、いままた一瞬、停電があった。ノートパソコンでよかった。書きかけのメールが消えると、ショックがはなはだしいもんね。ののは書くのがお仕事だから、バックアップをちゃんと取っていると思いますが、私はそういうの、なにもしてないの。機械に弱くて。

ほかにも書きたいことがあるのだけど、今夜はこのへんでさようなら。

磯崎はな

＊　＊　＊

差出人：Isozaki Hana

件名：つづけざまにごめんなさい

日時：2010年6月27日 12:32:18 JST
宛先：Nonohara Akane

のの
お仕事が忙しいんでしょうね。いいことだわ。

あなたからのお返事を待たず、つづけざまにメールしてごめんなさい。夜は特に停電が多くて、蠟燭《ろうそく》の灯《あか》りのもと、毎晩夫と黒ミサ状態でご飯を食べてます。慣れるとけっこう楽しい。なんてことないおかずでも、貴族の食卓っぽい雰囲気が出るわ。

そういうわけで、昼のあいだに隙を見てノートパソコンを充電しておき、寝るまえにちょっとずつメールを書き溜めることにしました。パソコンの画面が、電灯がわりにもなるから。このメールも細切れに書いています。

ずっと気になっていたことがあります。

ののは私を買いかぶっている。私が誠実で、年齢と経験を重ねるごとにいい変化をしてきたように思ってくれている。でも、それは真実とはちがうの。いままで何度も書こうとして、ぼやかしてきちゃった。今度こそ勇気を出して書くね。

私は、外交官夫人会の女王だった。

いや、ＳＭの女王様じゃないからね。でも、しもべの望むように気まぐれかつ高慢に振る舞い、その実、しもべから捧げられる愛と欲望に忠実に仕えるって意味では、共通するところがあったかも。

女だけの社交場で、なぜか私は人気があった。いまはゾンダに来ているから、日本も含め、各国の外交官やその関係者の数も少なくて、「そういうこと」にはなっていないけど。大きな大使館があるような国に赴任していたときや、日本にいたときは、「おやおや?」ということがけっこうありました。

外交官の妻は、自主的な勉強会でお茶やお花のお稽古をするって、以前に書いたっけ? そうやって顔を合わせるうちに、気が合って親しくなるひとは必ず出てくるものでしょ。若いころは、四十代とか五十代のご夫人に、「磯崎さん、うちに遊びにいらっしゃらない? お茶室があるから、もっとお稽古されたかったら、ぜひ」なんて、よく誘われた。

そのなかに、仮にA子さんとしましょうか、感じのいいひとがいたの。A子さんの夫は、外務省内でもわりと高い地位にあって、断るのも角が立つし、A子さんも上品で穏やかなひとだったし、まあいいかと思って、ご自宅に何度かうかがった。山王の瀟洒《しょうしゃ》なマンションで、リビングの一角をわざわざ改装してお茶室にしてあった。

最初は、ふつうにお茶の稽古をしてた。A子さんの夫は当然、外務省で勤務中だし、息子が二人いるそうだけど、大学生だったかな。「遊びまわってて、夕飯もほとんど家で食べないのよ」ってA子さんは言っていた。

何回ぐらい通ったころだったかしら。お茶菓子をいただいたとき、A子さんがすっと指さきで、私の口もとを拭ったの。「お粉がついてる」って。ああ、そういうこと、とわかった。私は微笑んで、ちょっと顔を傾けてA子さんの指に軽く唇をつけた。

あとはもう、言わなくてもわかるでしょ？ そのあとすぐ、私の夫がアメリカへ赴任することになったんだけど、それまでA子さんと私はお茶室で稽古以外のことをむしろ熱心にしていた。夫の栄転に影響があったとは思わないわ。そんなことはありえない。

A子さんも私も、たぶん退屈してたのね。A子さんは、あせってもいたんだと思う。子育ても一段落して、夫は激務であんまり家に帰ってこなくて、でも日本にいるあいだは、外交官の妻は比較的ひま。A子さんはマンションのなかで一人、年だけを取っていく。その事実に耐えられなかったんじゃないかな。

私は……、なにかをたしかめたかったのかもしれない。夫とセックスはしていた。だけど、子どもはできない。燃えるようななにかも感じない。もしかして向いてないのかも、と疑問が芽生えていたの。男女のセックスに。いま考えればバカみたいだよね。燃えるようななにかを感じたら子どもができるなんて、そんなはずはまったくないのに。

とにかく、女性とするのも全然抵抗はなかった。ののと恋愛をしていたときのような高揚はなかったけど。ああ、私は男とも女ともセックスするんだなと、それだけは確認できて、納得したというか。

世の中には、異性愛者なのか同性愛者なのかはっきりしろ、と怒るひともいるみたいね。どちらの性ともセックスできるなんて、とんでもない、って。私にはその言いぶん、ちっともピンとこない。セックスの相手を異性か同性かどちらかに固定しろ、と強いるひとは、実は自分のなかに根を下ろした「あるべきセックス」を、他人にも強制してるだけなんじゃないかしら。私は、男とも女ともセックスする。それをおかしいことだとは思わないし、A子さんと会ってるときは、夫のことなんて考えもしなかった。

A子さんに恋してたからじゃないわ。夫をきらいになったわけでもない。ばれなければ、ほかのひととセックスしたことなんて、なかったのと同じ。どうでもいいと思った。A子さんはそのとき私を必要としていたし、私もいやじゃなかったから、寝た。それだけのこと。

おまえの夫が浮気したら、怒るだろ。自分がされていやなことをするな。そう言うひともいるでしょうけど、私はいままで夫の浮気に気づいたことがないの。だから、たとえ浮気していたとしても、私にとって、それはなかったのと同じ。もし浮気が発覚したら、そのときはじめて、怒るなり嫉妬するなり離婚するなり好きにすればいいのよ、お互いに。私はその程度の貞操観念（古いかな、この言葉）の持ち主です。

A子さんはお別れのときに、真珠のネックレスをくれました。「パーティーやお葬式のときにつけてね。私が若いころにしていたものなの」って。ゾンダにも持ってきて、クローゼットにしまっています。いまもときどきつける。夫はなにも気づいていません。女二人が仲良くしていても、肉体関係があるのではと本気で疑うひとは少ないわよね。ふふ。

某国の大使館関係者の女性とつきあったときは、「なるほど、情熱的だわ」って感心した。仮にB子……というのも変ね、外国人なのに。バルバラとしましょうか。バルバラは、私をアナと呼んだ。「H」の発音がうまくできないみたいでね。「ああ、アナ。あなたったらなんて素晴らしいの。私の人生において、あなたのようにかわいくて愛おしいひとと出会えるなんて、想像もしませんでした」という調子なの。おかしくって、ついつい笑うと、

「まあ、アナは照れ屋なのか意地悪なのかわからないわ」

と拗ねてみせる。私は脳内の「甘い言葉リスト」を必死に検索して、

「ごめんなさい、バルバラ。いままでそんなふうに言ってくれるひと、いなかったんですもの。しかも、うつくしいサファイアみたいな目で。照れてしまうのもあたりまえだって、わかってくれる？」

なんて言う。

バルバラと別れるときは、ちょっとすったもんだあった。でも、スキャンダルになったら困るのはお互いさまだから。それにバルバラも私の夫も、世界中を飛びまわるのが仕事なんですもの。別れたくなくても、別れざるを得ないのよね。すっぱり切れて、時間の経過によって「いい思い出」になってから、バルバラとは再会しました。いまは彼女、どの国にいるんだっけな。地球規模で距離を置き、またどこかで出会える確率が高いのが、外交関係者との「おつきあい」の利点です。あ、誤解なきよう言っておくけど、

別れたくなかったのはバルバラであって、私ではないからね。

そろそろ、ののもあきれ、不快になっているころだと思うけど、年下の若い奥さんとも親密な時期がありました。C子さんとしましょう。彼女はそれまで女性とつきあったことがないらしく、私に好意を抱いてくれていたのに、最後の一歩が踏みだせないと言ってた。だから、こっそり手をつないだり、キスしたり、髪を撫《な》でたり、それぐらいで終わった。私はもっとしてもよかったんだけど。C子さんは子犬みたいに私を慕っていて、いまも私が日本へ帰ると、どこから聞きつけるのか、「ランチでもご一緒しません?」と連絡が来る。会って、にこにこ会話して、それだけだけどね。

そういう「お友だち」がちらほらいて、でも夫人会のなかで悪評が立つこともなく、私は思うぞんぶん力を振るったのでした。夫の地位が自分の地位、という夫人会を覆う秩序とはまったくべつの、なにか得体の知れない力を。

あれはなんだったんだろう、とゾンダに来てから特に考えます。高校生のころに華やかで目立っていた子が、大人になると驚くほど輝きを失っていることって、わりとあるよね。学校内で放っていた不思議な光、抗《あらが》いがたい引力が、学校という磁場から外の世界へ出ると、なぜか急激に衰えてしまう。

その逆の事態が起きたのかも、と思うんです。

私は学校に通っていたころ、特に目立つ生徒ではなかった。大半の子と、そつなく仲良くやっていた気がするけど、だからといって下級生からバレンタインにチョコもらったり、「お姉さまと呼んでいいですか」と言われたりなんてこと、一度もなかった（そんなのは漫画のなかだけのことだろう、と思われがちだけど、女子校では実際、たまに目撃したわよね）。大勢のなかから私を見つけ、恋に落ちてくれたのは、ののだけ。なのに、外交官夫人会という、ある意味では学校に似た閉鎖空間において、私は突如輝きと引力を帯びたようなのよ。一部の女性は、私に対して明確に（あるいはこっそり）視線を送り、少しでも私に近づこうと、私の気を惹こうと、試みていた。自意識過剰と思われるかもしれないけど、ほんとなの。

いろいろ考えて、仮説を立ててみた。

夫人会は、男性の「組織の論理」がそのまま適用される世界です。夫がえらいと、その妻もえらい。上位にいる奥さまには、あからさまにおべっかを言うひともいる。なんとか取り入ろうと、ついでに夫も取り立ててもらおうと、必死な感じのひとも、一部ではあるけれど確実に存在する。

でもね、息が詰まるんだと思う。だって女のひとは基本的に、ピラミッド型の序列に慣れてないんだもの。飛び抜けることなく、横並びでいるのが、女だけの世界を安定させる秘訣《ひけつ》だから。なのに、夫人会には男性の「組織の論理」も混入してくるから、ひずみが生じるんじゃないかしら。

そこで求められるのが、わたくしという女王なのです。たぶん。なんで私なのかっていうと、女のひとの気持ちにわりと通じているから。女だけの世界で、どういう言動を取れば、相手の女のひとがいい気持ちになるか、感覚としてなんとなくわかっているから。女子校育ちのおかげかな。私以外にも、女子校出身の奥さまがたはいるんだけどね。もうひとつ、これが大きいと思うのですが、私は女のひとの話をよく聞いてあげられるの。女は自分がしゃべりたいことばっかりしゃべって、相手の話をあんまり聞かないって言うでしょ？　百パーセント同意はできないですが、まあ、まるではずれてもいないとは思う。でも私は、話を聞く能力はけっこうあるみたい。そこが、一部の奥さまに人気な理由じゃないかしら。女のひとはたいてい、「自分の話をあんまり聞いてもらえてない」って、夫や子どもに対して不満を抱いてるものでしょ。女に輪をかけてひとの話を聞かないのが、殿方というものですから。

　そのうえ私は、女性とのスキンシップにも、もっと親密なおつきあいにも、まったく抵抗がない。求められれば、お応えします（よっぽどいやじゃなければ）。彼女たちは安らいで、満足して、また羽ばたいていくの。

　疲れている彼女たちにとって、私はオアシスか波止場みたいなもの。それでいいんじゃない、と思ってた。私はもう一生ぶんの愛を知ったから、あとはおすそわけするの。真実の愛は、わけてもわけても減らないのよ。

　いまはゾンダにいて、求めてくるひともいないので、愛の分配活動はお休みしています。

　どう？　幻滅した？　ののは知りたくなかったかもしれないね。でも、これが私。

うつくしいのは思い出だけ、記憶だけではないかと、このごろ思います。ひとが手にすることのできる最もうつくしいものは、宝石でもお花でもなく、記憶なのです。

さびしいね。

私は、してきたことを後悔はしません。これからもしないと思う。だけど、考えつづけることはします。自分がしてきたすべてのことに対して、いつか自分の行いで返す日が来る予感がします。私を生かし、私を私たらしめてきたうつくしい記憶に、行動で報いなければならない日が来る、と。

なにを言ってるかわからないでしょうね。

あなたとのあいだにあったこと、つまり、私のなかにあるうつくしい記憶を、私は信じます。それはいつまでも、私が世界を見る際の指針となり、私が採るべき道を示してくれる。私がそう思っていることを、どうかいつまでも忘れないでね。

記憶はまだ輝きを帯びている。私はその光が差す方向へ進むつもりです。

後悔していないくせに許しを乞うのはおかしな話だけど、聞かずにはいられないわ。のの。私が女王様だったと知っても軽蔑せず、許してくれる？

停電で真っ暗な夜が明けて、鳥が騒ぎはじめました。もうすぐ完全な朝が訪れるでしょう。

磯崎はな

＊＊＊

差出人：Nonohara Akane
件名：どう考えればいいのか……
日時：2010年7月7日 23:16:39 JST
宛先：Isozaki Hana

磯崎はな様

急いでさきに言っておきます。私はあなたを許すわ！

なにを許せばいいのか、許されなきゃならないようななにかをあなたがしたのか、メールを何度読んでも、そこさえ自分のなかで定かではないのですが、それでも私はあなたを許します。あなたのすべてを。

妻を女に寝取られたと訴えでた男を、私はこれまで寡聞《かぶん》にして知りません。女のあいだで通いあう愛も、行いも、なかったことにされがちなんでしょうね。夫婦間においてのみならず、世の中においても。それを逆手に取っておやんなさい、としか言いようがないわ。あなたたち夫婦のことは、夫婦で調整してもらうしかないもの。

実はね、あなたからのメールを読んで、笑っちゃったの。はならしいなあ、って。あなたったらほんとに自由なひと！　愛の分配って、言い得て妙ですね。赤ずきんちゃんみたいな籐《とう》のバスケットを腕に提げて、白雪姫の継母みたいに赤いリンゴを配り歩くあなたの姿が思い浮かんだ。配っても配ってもなくならないリンゴに、少々辟易《へきえき》している表情も。

返信が遅くなったのは、あなたからのメールを読んで衝撃を受けたためです。いいえ、誤解しないで。あなたが女王様だったことではなく、自分が衝撃を受けなかったことに対して、衝撃を受けたの。嫉妬も怒りも、ほぼなにも感じなかった。あなたと私のあいだを隔てる、時間と距離の大きさを思いました。

もし、いま私があなたとつきあっていたら、きっとなじったでしょう。裏切るなんてひどい、と責めたでしょう。嫉妬は、独占欲や所有欲から生まれる。それで行くと、あなたはとっくの昔から、すでに私のものではなかった。いいえ、私のものだったことなんて、いまも昔も、一度もなかった。その事実に、改めて気づかされた思いです。

あなたはあなた。私は私。さびしいね。

けれど、あなたが私にとって完璧な「他人」になってしまったかというと、そうでもないの。私のなかに、あなたはたしかに存在してもいる。きらめくなにかとして、あなたは相変わらず私のなかで明滅している。あなたの言葉で言えば、「うつくしい記憶」となって。それでよかったのだとも思うのです。

だってそのおかげで、私はあなたのすべてを許すことができるのだから。善悪を超えて、あなたの存在そのものを私は許し、抱きしめます。恋人のままだったら、そんなことはきっとできなかった。

別れるのも、悪いことばかりじゃないわね。私はあなたを受け入れます。あなたがどんな姿をしていようとも。

はながなにかを決意しているらしいことはわかりました。具体的に、なにを決意しているのかは読み取れず、歯がゆいかぎりですが。

あなたの言うとおり、記憶が私たちを生かす糧《かて》です。過去を振り返るといった、後ろ向きな意味では決してなく。これまで感じた愛、与え、与えられた愛の記憶のみが、ひとを支え、まえへ進ませる力となるのだと、いまになってつくづく思います。あなたの一部が私のなかに、私の一部があなたのなかに、うつくしい結晶となって宿っているのを感じます。それが放つ光に導かれて、あなたが進む道を決めるだろうことを信じています。私もまた、光に恥じぬ行いをせねばなりません。

日本では、今日は七夕です。だいたいの年がそうであるように、今年の七夕も曇りがちで、星は見えません。ゾンダはどうかしら？

はな、あなたに会いたいな。会ったら私たち、どうなるのかしらと想像します。たぶん、どうにもならないでしょうけれど。しばらく黙って見つめあってから、照れ笑いをする。

そして二人で、会えなかったあいだの出来事を語りあうのです。何時間も、飽きることなく。

その日が来るのを楽しみにしています。

どうか体に気をつけて。危なくなったら、すぐに逃げてね。「そんなことはできない」と、あなたは怒るかもしれないけれど。心配しています。

野々原茜

＊　＊　＊

差出人：Nonohara Akane
件名：連絡して！
日時：2010年7月10日 09:46:24 JST
宛先：Isozaki Hana

はな

今朝のニュースで、首都ダッタに反政府軍が侵攻したと言っていました。外務省はゾンダ全土を渡航禁止区域に指定したとか。

連絡をください。

野々原茜

＊＊＊

差出人：Nonohara Akane
件名：心配しています
日時：2010年7月18日 00:32:11 JST
宛先：Isozaki Hana

はな
こちらでは本当に情報が少なくて、やきもきしています。昨日、ラジオでゾンダの現状について特集していました。ＮＰＯのひとが現地から電話出演して、武装勢力がダッタから撤退したと聞き、一安心しました。大変なときだと思いますが、できれば連絡ちょうだいな。
くれぐれも安全を第一にしてください。

野々原茜

＊＊＊

差出人：Isozaki Hana
件名：大丈夫！
日時：2010年7月25日 06:11:21 JST
宛先：Nonohara Akane

のの
心配をかけてごめんなさい。大丈夫よ！

二週間ほどまえ、反政府軍がダッタまで押し寄せたの。というか、なにが政府でなにが反政府なのか、もうよくわからない状況。

それまで、ダッタの治安は維持されていたんだけど、北東部から民兵が首都へ突入してきて、一時的にパニックになりました。反政府軍といっても、寄せ集めの、武器を持った民間人なのよ（民間人であっても、前回の内戦を経験したひとが多く、武器の扱いに長けているのがまた、対応を困難にしている理由のひとつ）。かれらの言いぶんは、「経済的繁栄がダッタのみに集中している、その不公平を正す」ということのようだけど、よくわからない。対話する間もなく、政府軍が蹴散らしてしまったから。

戦車砲の音が夜のダッタに響きわたり、私は生まれてはじめて、「あ、これは死ぬかもな」って思った。おなかにズンと来る音なの。暑いのに窓を閉めて息をひそめていたんだけど（もちろん停電してるから、エアコンなんて使えない）、それでも火薬のにおいが風に乗って届く。どこかのビルが焼けたらしく、薄茶色の煙がもくもく上がり、東の空が赤く色づいていました。太陽が東へ沈んだみたいに。夜の夕焼け。

いまは、民兵たちはダッタから退却し、三十キロほど離れた地点で陣営を築いているそうです。夫は、ゾンダ政府の対応に批判的。いきなり機関銃やら戦車砲やらを持ちだしたのでは、事態を硬直化させるばかりだと言っています。まずは向こうの言いぶんを聞き、解散総選挙を行うなどして、民主的な手続きで問題を解決すべきだ、と。その方向でゾンダ政府が動くよう、各国と協力して、いろいろ働きかけてもいるようです。

ただ、民兵たちの武器も相当のものなのよね。どこかの国（あるいは組織）が、かれらに武器を横流ししているのはまちがいないでしょう。血を流しあうようにけしかける勢力がある。おそろしいことです。

農村では、内戦に巻きこまれた非戦闘員が、大勢怪我をしたり亡くなったりしているという情報もあります。国連や赤十字、ＮＰＯが支援に向かってるけど、手が足りないみたい。ゾンダの日本大使館でも、医薬品などを本国から大量に取り寄せ、各地方へ順次発送しています。私も救援物資の仕分けを連日手伝ってるけど、必要とするひとのもとへ、無事に届くのかどうか……。ただでさえ道路事情がよくないうえに、山賊的な武装勢力があちこちに出没しているそうなの。

運転手のジョアンさんは先日、赤十字の車に同乗して、故郷の村へ医薬品を届けてきました。ジョアンさんの村は、幸い平穏な様子だったとのことですが、途中の村のなかには、ひとけがないところもあったとか。武装勢力の襲撃に怯えて、一時的に村を捨て、近くの山中にひそんでいるようなのです。

どうすればいいのかわかりません。絶望がいよいよゾンダを覆いつくそうとしています。対話の扉を開く手段すら見つからぬままに。

ジョアンさんはダッタへ戻ってくるとき、民兵の死体をいくつも見たと言います。市内では、いつもどおりの暮らしが再開されました。放置された死体のかたわらで。でも、出歩いているのは男のひとだけとのことです。女性や子どもは不安を抱えながら、屋内でじっとしています。

いつになったら状況が打開されるのか……。一番よくないのは、理由も明確でないのに、人々が分断されていることです。経済事情や、住んでいる場所や、もしかしたら部族のちがいによって。

ダッタ市民はこわがっています。ダッタに住む外国人や政府高官は、いざとなったら国外へ逃げだせるでしょう。でも、残された市民はどうなるのか。ダッタ以外の地域が、すべて敵のように思えて、ひどいことをされるのではと疑心暗鬼になっているんです。ダッタの人々は、私から見れば、特に恵まれた暮らしをしてるわけではありません。だけど、ダッタ以外に住むひとたちにとっては、かれらは都市生活を享受する特権階級のように映る。この断絶を、どうしたらいいのでしょう。さらに、ダッタ内部にも細かい経済格差はもちろんあるし、さまざまな部族のひとが同じ町に暮らしています。

火種が多すぎて、自然発火してもおかしくないぐらい、危機的な状況です。それでも日常がつづくのが妙なところで、「大丈夫！」と言ったのは決して嘘ではないの。張りつめた細い糸みたいに緊迫した事態なのに、私の（そしてダッタの人々の）暮らしは、表面上は穏やかさを保っています。

戦争って、こういうものなのかもしれないね。だからだんだん麻痺していって、気づいたときにはもう後戻りできないほど、残酷で悲惨なことになってしまっているのかも。

夫は、私に荷造りをしておくようにと言いました。最低限、必要なものだけを、小さな鞄《かばん》に詰めておいたほうがいい、と。言われたとおり、片手で楽に持てる鞄に、貴重品やら下着やら薬やらを入れ、枕元に置いています。夫のぶんと、私のぶん。急いで救援機に乗りこまなければならなくなったら、それぞれ鞄を持って空港へ向かう。パスポートは、いつもポケットのついた腹巻きに入れて、身につけています。

でもね……、ちょっと考えてることがあるの。

スリさんは、こんな状況下でも里帰りせず、いつも私のそばにいてくれます。

「故郷に戻ったところで、私を待つひとはだれもいませんよ、奥さま」

とスリさんは言う。「両親も夫も息子も、みんな死んでしまったんですから。いまの私の家族は、奥さまです」

ああ、なんて心強いんだろう！　私には想像もつかないほどの悲しみを味わってきたスリさんが、それでも優しく、強く、明るく、だれかを支えようと努める姿を見るたび、私はやはり人間は信じるに値する生き物だと思えてならないし、争いの愚かさについて考えずにはいられません。

スリさんと私は、生まれた国も生きてきた環境もちがうけれど、姉妹のように寄り添って日々を送っています。差違を乗り越え、認めあい、仲良くすることは、個人と個人のあいだでは比較的容易なのに、集団になるとなぜ、暴力という表現になってしまうことが多いんだろう。私にわかるのは、私はだれも殺したくないし、殺されたくもないということだけです。たぶん多くのひとが抱いているだろう、この単純な願いが、ときに夢物語のように聞こえてしまうのは、本当につらいことです。

ダッタが一時の平穏を取り戻しているあいだに（もちろん、平穏がずっとつづくことを願ってるけど）、各国大使館は専用機をチャーターし、自国民をゾンダから退避させようと試みている。まえにも言ったとおり、商社マンの家族はほとんど日本に帰ったのですが、今度はいよいよ本人たちも帰国するみたい。こんな状況では、落ち着いて経済活動なんてできないもんね。ODAやNPOも含め、日本から来たおおかたのひとは、ゾンダを去ることになりました。

飛行機の手配や各国との調整もあって、夫は忙しいようです。インフラの整備を手伝うために来ていた自衛隊も、出国のタイミングを見きわめるのがむずかしいみたいだけど（戦闘に巻きこまれたら大事《おおごと》になってしまうので）、数名が大使館の職員とともに残ってくれるそうです。隊員の大半は、日本の民間人と同時期に帰国する。ダッタ以外の地域は大混乱で、ほぼ無政府状態。井戸を掘ったり道を作ったりしている場合ではなくなっちゃったから。せっかく地元のひととも打ち解けて、平和で安定したゾンダを築くために協力してきたのに、こういうことになってしまって……。国外退避に向けて、大使館に打ち合わせにきた隊長さんは、とても残念そうでした。

これから一週間ほどで、各国の飛行機がやってきて、さまざまな国の民間人を乗せてゾンダから飛び立つでしょう。うちでコックさんとして働いてくれていたタイ人夫婦のトンさんとメイさんも、お国へ帰ることになりました。

ゾンダには、タイのひとはあまり滞在していないから、トンさんとメイさんはドバイまで日本の飛行機に相乗りです。そこからタイへは、独自に航空券を買ってもらわないといけないので、米ドルで旅費を支給します。ふだんのお給料も、かれらのタイの口座に振り込んでいるのだけど、こういうときは両替に強い現金を持っておくに越したことはないから。

トンさんとメイさんは律儀で真面目なので、自分たちだけさきに出国することに難色を示した。

「私たちがいなくなったら、みなさんのお食事はどうします」

って。だから私、笑って言ったの。

「あら、トンさんに出汁の取りかたを伝授したのは私よ。大丈夫大丈夫！」

それでも二人が心配そうな表情をしてるので、強く説得しなければならなかった。

「トンさんとメイさんのお料理は、いろんな国のひとに大好評だった。またパーティーをする日が来たら、すぐに声をかけるから、お願いね」

やっとのことで納得してもらって、いま二人は荷造りをはじめています。熱心で誠実なコックさん夫婦にめぐりあえて、本当によかった。ゾンダで暮らしたおかげで、大事なひとたちに出会えました。ののが以前言ってくれたとおり、私は高校生のころに思い描いていた夢をかなえられたのかもしれないね。海外を旅してまわり、たくさんの国のひとと会って仲良くなる。そういう夢を。

慌ただしく緊張感のある日々ですが、とりあえず元気でやってますので、安心してね。

また連絡します。

磯崎はな

＊　＊　＊

差出人：Nonohara Akane
件名：大丈夫！　じゃないわよ
日時：2010年7月26日 23:58:09 JST
宛先：Isozaki Hana

はな

もう、全然大丈夫じゃないわよ！　その飛行機に乗って、あなたもすぐに帰ってきて！

そう言いたいけれど、言っても無駄なんでしょうね……。はなは頑固なところがあるから。ううん、頑固とはちがうか。自分が「こう」と決めたら貫く、信念のひとだから。ボーッとした、綿あめみたいな子に見えるのにね。

あら、ごめんなさい。あくまでも高校生のころの印象です。いまはキリッとした大人の女性になっているかもしれませんね。想像できないけれど、ふふふ。

ほわほわして、甘くておいしい、夢のお菓子。私はあなたのことを、いつまでもそういうふうに思っているみたい。そしてそれは、百パーセントまちがいだとも思えないの。はなは優しくてやわらかい。一本芯が通ってもいる（綿あめでいうところの、割り箸ね）。でも、だからこそ心配なのです。綿あめは気がついたら風にちぎれてどこかへ消えてしまうお菓子だから。

「考えてることがある」って、いったいなんなの？　どうか無理や無茶はしないで。はなの幸せと安全をいつもいつも祈っています。

大変なときでしょう。返信はいりません。ただ、無事でいてください。

野々原茜

＊＊＊

差出人：Isozaki Hana
件名：お別れパーティー
日時：2010年8月10日 06:06:04 JST
宛先：Nonohara Akane

のの
綿あめかー。もう何年食べてないだろう。何十年かも。私はリンゴ飴《あめ》派だった。ひさしぶりに食べたい。
そちらはそろそろお盆休みですね。ののはまた東北へ取材に行く？　縁日をやってたりするのかな。いつか一緒に行って、屋台で買い食いしたいです。金魚の入った袋やヨーヨーをぶらさげて、宵闇をののと歩くの。
いくつかの国で、いくつかのお祭りを見たけど、日本の縁日と似た感じのものはなかった。薄暗い神社の境内に、屋台の白熱灯がぽつぽつと灯《とも》り、参道はひとでいっぱいなのにどこか静か。大きな木の梢《こずえ》が少し涼しくなった風に揺れ、黒い葉影から小さな銀の星が見え隠れする。キャラクター物のお面、毒々しい色のかき氷、ソースの香りとベビーカステラの香りが混じった空気。櫓《やぐら》からお囃子《はやし》の音《ね》が降ってきて、盆踊りがはじまる。

不思議だね。長く故郷を離れていればいるほど、こういう記憶はすごく鮮明によみがえる。

先週、トンさんとメイさんの送別会を公邸でしました。大使館の職員のひとたちも集まって、ささやかな宴です。といっても、お料理を作ってくれたのは、送られるがわであるトンさんとメイさんなのですが。私ももちろん手伝ったよ。食材はトンさんと、運転手のジョアンさんが市場で買ってきました。最近では特に野菜が品薄で、ダッタのひとたちも困っています。

日本大使館と公邸で働くゾンダ人も、タイ人のトンさんとメイさんも、すっかり和食好きになったの。最初は味噌や醤油のにおいを、「なんだかくさくないですか、奥さま」とか言ってたのにね。送別会でも、トンさんが慣れた手つきで作ったみそ汁が出ました。具は、モロ（ゾンダの野菜。チンゲンサイと白菜の中間みたいな感じの菜っ葉）です。パーティーっぽくないメニューだけど、トンさんはどうしても最後にみそ汁を作りたいと言った。「奥さまが教えてくれた料理ですから」って。うれしい。

みんなそろって、ぬるいビールで乾杯です。コルペッタ（小型の鹿）の干し肉や、豆をゾンダ風に煮たものなども、テーブルに並べられました。

迫るお別れに、どうしてもしんみりしちゃうムードを吹き飛ばすように、全員で笑ってしゃべって食べて飲んだ。職員のひとたちは、いままでのお礼を伝えるため、トンさんとメイさんに寄せ書きを贈りました。英語と日本語とタイ語とイラストを混ぜて、気持ちをつづった色紙。二人はとても喜んでくれていた。夫も挨拶に立って、

「今後、妻の料理がつづくんだと思うと、絶望的な気分です。またトンさんとメイさんの料理を食べられる日を楽しみにしています」

と述べました。もう！　まあいっか。みんな笑ってくれたから。

ちょうどいい機会だと思って、私はゾンダに持ってきていた宝石類をトンさんとメイさん、スリさんとジョアンさんに分けることにしました。私のところにある宝石なんて、たいしたものではないけど、感謝の気持ちをどうにかして表したかったの。これからどうなるかわからないから、貴金属を持ってたほうが、いざというときお金よりも役に立つんじゃないかって気もしたし。かれらの、いままでの尽力と真面目な仕事ぶりを思ったら、「給料を払ってるんだから、それでいいだろ」で済ませたくなかった。

例の外交官夫人からもらった真珠のネックレスは、ばらして数粒ずつ分けました。あとは、小ぶりのブローチ、小さな石のついたネックレスやイヤリング、18金のブレスレットなど。ダイヤのついた婚約指輪があればよかったんだけど（私が持ってるなかでは、わりと大きいダイヤがついてる。夫よ、ありがとう）、する機会もないから日本に置いてきちゃったのよね。

四人は、「このうえ宝石までもらえません」と言ったけど、「取っておいて」って強引

に押しつけた。「もし使わなかったら、また会ったときに返してくれてもいいから。でも、必要だと感じたときには、遠慮なくお金やら食料やらと換えて。安物で（例外的に、外交官夫人の真珠は、けっこういいものっぽい。ああ、のの！　ひとたらしの才能があるらしい自分がこわいわ！）、たいした額にはならないと思うけど」って。

そういうわけで、手もとに残った貴金属は、プラチナのシンプルな結婚指輪。そして、遠い昔にあなたと買ったクローバーの指輪です。シルバーだけど、こまめに磨いてるので、年月のわりにはきれいです。

このふたつ以外に、私に必要なものはなにもないの。結婚指輪はこれまでどおり左手の薬指につけ、クローバーの指輪は紐を通して首からさげています。だから夫は、なにも気づいていません。小さな輪が胸もとの肌に触れる。

トンさんとメイさんは、日本の商社のひとたちと一緒に、飛行機でゾンダから出国していきました。その朝、玄関で見送ったんだけど、お互いに涙、涙で、黙って抱きしめあうほか、できることはなかった。

外国人が多く住む大使館と公邸のあたりは、日々閑散としていきます。ダッタ郊外に撤退した反政府軍も、しばらくなりをひそめているので、銃撃戦の音も聞こえず、近ごろは夜なんかこわいぐらいに静か。

そういう晩は、お茶を飲みながらスリさんとおしゃべりするの。蠟燭を灯して、テーブルで揺れるお互いの影を眺めて。暗闇だと、どうしてか小声になっちゃうのがおかしいね。スリさんの目は黒曜石みたいに夜のなかできらめきます。ゾンダの美の基準らしい「眼球のカーブ」については、いまもよくわかんないままだけど、スリさんの目は静かで澄んだ湖のよう。私にはとてもうつくしく思えます。

スリさんの故郷は、ゾンダ東部の村です。反政府軍が一時期占拠したという情報もあったけど、いまどうなってるのか、詳しいことはわからない。

「残念なことですが、内戦のせいで争いに慣れたひとばかりですから、すぐに山に逃げて、みんな無事でしょう」

とスリさんは言う。そう願うわ、心から。

ヤギを育て、お芋を栽培する、のどかな村だったそうで、スリさんは幼なじみの男性と十六歳で結婚した。とても優しいひとで、男の子も生まれて、幸せだったとスリさんは穏やかに語った。でも、村はさきの内戦に巻きこまれ、だんなさまは戦闘で亡くなった。幼い息子さんのことは、スリさんはあまり口にしないけれど、たぶん満足な食料もなく、病気にかかって死んでしまったんだと思う。先進国だったら、すぐに治せたような病気でしょうけど……。

「日本はどんな国ですか？　奥さまはどういう少女でした？」

って、スリさんは微笑んで聞いてきた。そうねえ、と私は考えてみた。いまのところは、平和な国。もちろん問題はたくさんあるけど、ゾンダみたいに戦いが頻発したり、そのせいで餓《う》えや病気に苦しむひとがいたり、ということはない国。でも、物質的に満たされていれば幸せかというと、それだけではダメなのが、人間の不可思議なところね。ゾンダのひとにそんなこと言ったら、贅沢病だと笑われてしまうでしょうけど。

「日本では、みんな学校に通うことになってるの」

と私は言った。「十五歳までは、必ず。そのあとも、高校や大学に行って勉強をつづけるひとも大勢いる。まあ、勉強だけじゃなく、遊んだり恋をしたりもするんだけど。むしろそっちのほうに熱心かも」

　スリさんは笑った。

「私も学校に通ったら、きっとそうなったと思います。奥さまも恋をしましたか？」

「した。とてもとても大切なひとがいたの。私はそのひとから、たくさんのことを教えてもらった。いろんな感情、考え、私の振る舞いやちょっとした口調まで、すべてそのひとに与えられたものなんじゃないかと、いまでもふと思うぐらい。私たちは影響と刺激を受けあって、当時は魂の形がそっくり重なっていた気がする。もう長いこと会ってないけど、いまもそのひとの体温をすぐそばに感じたり、声が聞こえたりすることがあるのよ」

　言ったことあったかしら、のの。いまでも私、あなたの夢をよく見る。夢のなかのあなたと私は、一緒に旅をしていたり、高校生のころに戻って笑いころげたりしている。その夢はとても鮮明なの。ふだんは忘れてるのに、あなたの指の形や髪の毛の質感がありありと見える。そうだ、ののはこういうふうだったと、夢を見ながら私は頭のどこかでなつかしく思い出している。

「幼い恋だと笑うひともいるかもしれないけど、私にはすべてだった。一生に一度しか味わえない、もしかしたら味わわずに終わるひともいるのかもしれないと思えるほど、とても密度の高い経験だったの」

「ああ、わかります」

とスリさんは言う。「奥さまは、心からひとを愛したことがあるひとだと、私は感じていました。でも、だんなさまのことも愛してらっしゃるでしょ？」

「もちろん。と言い切るには、いるのがあたりまえの存在になっちゃって、もう愛なのかどうかよくわからないけど。それぐらい長い時間を一緒に過ごしたひとだもの。でも、私の若いころの恋の話は、彼には秘密にしておいてね。嫉妬するといけないから」

「ふふ、それもわかってます。恋の話は、女同士の秘密です」

のの。実は私ね、夫と別れようと思っています。いえ、仲がうまくいっていないとか、夫をきらいになったとか、そういうことではありません。

　むしろ逆で、彼に迷惑をかけたくないから、離婚を考えているんです。

　いままでもずっと、夫の海外赴任についていくときは、白紙の離婚届をひそかに鞄の底にしのばせていた。ゾンダにも持ってきてる。夫はなにも知りません。台所の柱に貼りつける、「家内安全」とか「火伏せ」とかのお札《ふだ》みたいなもの。

　どうしてそんなものが必要なのかというと……。うーん、どうしてかなあ。私の心のなかにはいつも、暴れまわるなにかがあるの。自由を求めて羽ばたく翼、と言えばかっこいいけど、そんないいものじゃない。地震を起こすっていう、地底で身をくねらせる大ナマズ。雷みたいに気まぐれな、とどめようもない速度と響きを持った閃光《せんこう》。そういう迷惑ななにかが、いつかどこかへ私を駆り立てるような予感がしていた。

ずっとずっと、物心ついたころからよ。ののと一緒にいたときも、それは私のなかにたしかにあって、ただ息をひそめてただけだった気がする。あまりに楽しくて、幸せで、甘い苦しみに夢中になっていたから。だけどそのあと、平穏な「生活」がはじまって、なにかはいよいよ蠢《うごめ》きだした。年を取ったこととも関係あるのかもしれない。堪《こら》え性《しょう》がなくなったというか。もう人生の折り返し地点を過ぎたんだし、私を縛るようなものはなにもないし（たとえば子どもとか）、この衝動のまま、心の赴くままに生きてもいいんじゃないかって、わがままで自暴自棄な思いが増してきたというか。

離婚届の自分の欄には、すでに記入を済ませ、判も押しました。昨夜、夫にさりげなく話を持ちかけもした。離婚したいんだけど、って。夫はポカンとして、「もう寝たら」と言った。私がなにを言ったか、意味がよくわからなかったんだと思う。当然だよね。急すぎるもの。

おとなしくベッドに入りました。時間があまりない。こうしているあいだにも、いよいよ私たち大使館関係者も帰国することになるかもしれない。そのまえになるべく、打てる手を打っておかなくちゃ。

私はゾンダが好きになりました。この国で出会ったひとたちのことが。かれらの存在をなかったことにして、私だけ日本でぼんやり暮らすなんてできない。

地球のあちこちをまわりたいと夢想してきたのは、優雅で楽な旅をしたかったからではありません。だれかと、真実の意味で生きたかったからです。心が求めるもの以外、不要なすべてをなげうって、身軽になりたかったから。優雅さや楽ちんな生活を求める以上に、ある意味では自分本位な動機ですね。

時間は限られている。もう私の心は決まったから、残された時間を使って夫に説明し、納得してもらうつもりです。彼が混乱したり悲しんだり、なんらかの罪悪感を抱いたりせずにすむように。

私は私の道を行きたいの。

あなたはリンゴ飴に似てるわ、のの。

固くてかじりにくいところが。きれいで透きとおった皮膜の内側に、太陽みたいに燃える赤い球体があるところが。それはあなたの魂。自分の頭で考え、ひとを心から愛しながら、一人で生きてきたあなたの魂そのものだと思う。皮膜を突き破って歯を立てると、甘さが口のなかに広がる。それはあなたの優しさ。いままであなたが経験したすべての思考と感情が濾過《ろか》されて、魂の内部で蜜に変化したんでしょう。

ねえ、のの。知ってた？　私、あなたのようになりたい。ずっとずっと、なりたいと願ってきた。なのに、頭が悪いからとか、やっぱり男のひとと恋愛して結婚するのが「ふつう」かなとか、だったら海外で仕事をするひとと結婚できれば、自分の夢もかなって一石二鳥だとか、いろいろ考えて遠回りをしてきた気がする（そのときは言い訳とは思ってなかったし、いまもそうは思いたくないけど）。

ううん、遠回りなんて言ったら、そのあいだに出会った、夫をはじめとするすべてのひとに失礼だよね。たぶん、私は恵まれてる。いろんな国で暮らせたし、大勢のひとと出会えたし、楽しいこともいやなこともたくさん経験できた。遠回りなんかじゃなかった。夫に激烈な恋はしなかったけど、愛っていろんな形や色をしてるものなんだなと身をもって知ることができた。夫を大切に思ってる。さよならするのはさびしい。後悔するときが来るんじゃないかという気もしてる。

でも、これでよかったのよ。私はもう一度、自分の心の声に真に耳を傾けて生きることにします。抗いようもなくあなたに惹かれ、恋し、なにを失ってもいいと思って愛したときと同じように。

あのときは、失うものなんてほんとはなにもなかったんだけどね。たくさんあるような気がしていたけど、高校生だったんだもん。

いまは、心の声に耳を傾けちゃあまずいことがいっぱいある。私が勝手な行動を取るせいで、夫の体面に傷がついたらどうしようとか、年老いた両親や妹一家が非難されないかしらとか、心配と不安は尽きない。でも、どうでもいいやとも思う。あのころと同じように、失うものがたくさんありそうに見えて、実はなにもないんじゃないかという気もするから。

もともと、私たちはなにも持っていないのよ。この体と、心以外は。だったら、それが発する声に従って生きるほかないじゃない？　簡単で、単純なこと。

もう、ふわふわした綿あめでいるのはやめにする。私もリンゴ飴を目指すのです。

はな

夫との話しあいがうまく進むように祈ってください。私も、のの（と為五郎さん）の幸せと健康を祈っています。

いつもいつも、いつまでも。

＊＊＊

差出人：Nonohara Akane
件名：ああ！
日時：2010年8月13日 22:56:08 JST
宛先：Isozaki Hana

あなたからのメールを読んで、ここ数日、仕事が手につきません。返事を書いては消し、また書いて、とにかく混乱し、あせりで手が震えます。「なんでののがあせるの?」って、はなはのんきに聞くんでしょう。あなたの真意を知りたいからよ!

離婚したいなら、すればいいと思う。磯崎さんのことは、私はどうでもいいもの。だけどあなた、離婚してなにをするつもり? まさか、ゾンダに残ろうだなんて考えてるんじゃないでしょうね?

お願い、はな。とにかく日本に帰ってきて。そのあとのことは、帰ってきてから落ち着いて考えればいいじゃない。離婚するなら、いくらでも力になるわ。離婚問題が専門の弁護士に以前取材したことがあるから、そのひとに相談することだってできる。バカなこと考えてるんだとしたら、お願いだから思いとどまって。

……ごめんなさい、落ち着かなければいけないのは私のほうだ。ここまで書いて、よくわかった。はなは、なにか(結婚生活とか、私が知らないなんらかの問題とか)から逃避するために、離婚すると言ってるのではない。なにかやりたいこと、やらなければならないと感じていることがあるのね? いまこそ決断しなければ後悔すると感じているなにかが。

でも、あえて言います。もし、大使館のひとたちも帰国しなければならない事態になってしまったら、あなたもその飛行機に乗ってください。お願いです。

はな、苦しんでほしくないの。万が一にも危ない目に遭ってほしくない。私にとって、あなたは大切で特別なひとだから。どれだけ長く、遠く離れていても。

のの

＊＊＊

差出人：Nonohara Akane
件名：どうしてますか？
日時：2010年8月16日 23:13:49 JST
宛先：Isozaki Hana

はな

どうしてますか？

そう簡単にネットがつながる状況ではないのでしょうね。前回送ったメールも、このメールも、あなたは読めていないかもしれない。でも、また送ってしまいます。なにかせずにはいられないから。

こちらでも、ゾンダの情勢が報じられています。反政府組織が再び攻勢に転じ、首都ダッタへ向けて侵攻しているとか。何万人ものひとが、わずかな家財道具だけを背負ったり荷車に積んだりして、難民として国境から隣国へと脱出しているとか。地方の村では散発的な戦闘が起きて、食糧事情も悪化し、詳しい状況と被害の実相はまるで把握できていないとか。ロケット弾がダッタの薄茶色のビルに撃ちこまれる映像も見ました。気持ちが沈むようなニュースばかりです。

　どうにかしてゾンダへ行けないかしらと思い、いろいろ調べてみました。でも、ゾンダ行きの民間航空機は就航を取りやめているそうで、一便も飛んでいませんでした。周辺国に入国し、車で国境を越える手もあるとネットに書いてありましたが、私みたいな素人では、どうすればいいのやら、お手上げです。

　どうして私、戦場カメラマンとか紛争地に慣れた特派員とかじゃないんだろう。歯がゆくてたまらない。あなたに会いにいきたいのに、ノウハウもスキルもまるで持ちあわせていない。

　お盆のあいだ（今年は土日がお盆にあたってしまって、休みが短いとみんなぼやいていました）、パソコンに向かいつづけてはいたけれど、ここだけの話、仕事以外のこともしていた。

　なんと私、聖フランチェスカの同窓会メーリングリストに登録しました。卒業年度別に、有志がメーリングリストを作っているんだね。興味がなかったので、全然知りませんでした。村ちゃんとメールで連絡を取りあって、リストに加盟（？）した。はなやゾンダの情報を、だれか知らないかしらと期待して。

同級生だったひとたちも、ゾンダのニュースは見ているようで、はなのことを心配していました。あなた、人望あるわね。これが私だったら、「だれだっけ？」で終わるところだと思います。

でも、あなたの現況を知っているひとはいないみたいだった。ゾンダでの暮らしや、あなたの思いを、はなは私に一番伝えてきてくれてるんだなとわかって、うれしかったです。うれしがっている場合ではないのですが、優越感を覚えてしまったのは事実。

またメールしますね。なぜ、あなたの電話番号を聞いておかなかったんだろう。それとも、電話もうまく通じない状況かしら？

私も祈っています。あなたの無事を。

野々原茜

＊＊＊

差出人：Nonohara Akane
件名：言い忘れたわ
日時：2010年8月17日 03:01:26 JST
宛先：Isozaki Hana

はな

本日の仕事を終え、寝室へ行ったら為五郎が床で吐いていた。暑さに参ってしまった様子。

どうして、冷房を効かせた仕事部屋のほうへ来なかったんだろう。出入りは自由なのに、猫も遠慮をするのかしら。為五郎、餌は大量に食べるくせに。

急いで保冷剤（惣菜《そうざい》を買ったらついてきたもの）をあててやり、ポカリスエットに少し塩を混ぜて飲ませると、けろっと元気になったので一安心。寝室の冷房をかけておけばよかったのに、ごめんねと謝った。為五郎はいつもの調子を取り戻し、ふてぶてしい表情と態度でヴーヴーと喉《のど》を鳴らした。「俺が満足するまで撫でてくれ」っていう合図です。

そういうわけでいま、寝室が冷えるのを待ちつつ、冷気が残っている仕事部屋で、為五郎を膝に載せてご奉仕しながら、再びパソコンに向かっています。

こんなとき、猫が――ううん、為五郎がいてくれてよかったとつくづく思う。夜の長さと重さに押しつぶされそうなときは。

為五郎の体温、やわらかい毛並み、かすかに伝わってくる鼓動、心の赴くままに生きてる感じ、でもちょっとのことでへたって、フーフー言っちゃうところ。すべてが愛おしい生き物が、そばにいてくれる心強さ。

はな、さっきのメールで言い忘れたわ。

私もよ。私も、あなたになりたかった。ずっと。猫みたいなあなたの愛らしさ、自由さ、優しさと奔放なほどの強さに、私はずっとずっと憧《あこが》れてきました。あなたのようにいいおうちに生まれて、家族からも友だちからも大切にされて、あなたもまた、まわりのひとを大切にして。いつでも明るく、楽しんで生きていければどんなにいいだろうと……。

私こそが、あなたになりたいと強く願ってきたの。あなたを愛して、一体になってしまいたかった。境目がわからないぐらい、身体だけでなく心も溶けあってしまいたかった。

私は、あなたを愛することで自分を愛することを知った。同時に、あなたと私のあいだにはどうしようもないちがいがあることも知った。かつてはその事実に絶望し、腹を立てもしたけれど、いまになってわかる。

私はあなたに憧れ、あなたを愛し、溶けあいたかった。でも、溶けあえず一体にはなれなかったからこそ、なおいっそう、あなたを愛したの。あなたを大切だと心の底から思うようになった。あなたと私のちがいこそが、貴く、愛を生みだす根源なのだと気づいたのです。

私とは異なるひとだからこそ、あなたは私に愛を教えてくれることができたのよ。

いまは、はなになりたいとは思っていません。でも、気持ちが遠のいたとは思わないでください。私は私のままで、心はいつもあなたのそばにあります。あなたの幸せを渾《こん》身《しん》で祈っています。あなたが私のために祈ってくれるのと同じように、いつもいつも、いつまでも。

はな、私の大切なひと。

こんなことは想像もしたくないけれど、もし、武装した反政府組織のメンバーがダッタの日本大使館に押し寄せて、あなたのパソコンに届いたメールを見たら、どう思うのかしら。あなたへの気持ちがつづられた私のメールを見たら。

日本語が読めるひとは、まずいないでしょうから、意味不明の文字の羅列としか映らないでしょうね。どうでもいい物品として、画面に銃弾を撃ちこまれたり、火炎放射器で焼き払われたりしてしまうのかしら。それとも、大使館の公的なパソコンと勘違いされて、日本政府の方針を解析するために、押収されバラバラに分解されてしまうのかしら。

いずれにせよ、言葉は言葉として受け取られることなく、暴力的に虚空へ消し去られてしまうかもしれない。

でも、私は想像するのです。青白く浮かびあがった画面に表示され、ほのかな熱と光を放つ、あなたと私がやりとりした文字の群れを。内容は読めなくとも、その熱と光から、書かれていることの意味を感受する反政府組織の人々を。機関銃を構えた彼らは、片手をのばし、あなたのノートパソコンを閉じる。大切なひとに触れるときのように、そっと。

そして私たちが交わした記録と記憶は、徐々に電源が失われていき、砲弾が飛び交う街で静かな眠りにつくのです。だれに邪魔されることも、盗み読みされることもなく。

甘い夢想かしら？　甘いわね。けれど、そういうことがあったらいいなと、漠然と思う。もちろん、あなたがすでにゾンダを出国していることが前提よ。

為五郎がおおあくびをした。顎がはずれないのが不思議。おやすみなさい。

野々原茜

＊　＊　＊

差出人：Nonohara Akane
件名：なつやすみ
日時：2010年9月5日 02:08:01 JST
宛先：Isozaki Hana

はな

八月の末から今日まで、夏休みを取って東北へ行っていました。ゾンダ情勢が、はなが、どうなるかわからないのに、夏休みなんてのんきな話だと思いますが、家で一日じゅう悶々《もんもん》としていると、どうにかなりそうだったから。

夜に帰宅したら、為五郎がご機嫌斜めだった。大家のおばあさんに世話を頼んでおいたのだけれど、なにかが為五郎のお気に召さなかったらしい。大家さんのせいではなく、たぶん買い置きしてあったキャットフードのせいだ。留守にするから奮発して、マグロの粉が入っているという高いものの封を切ったのに。皿のまわりにカリカリがちらばっていて、為五郎はふて寝していた。こうしてパソコンに向かっているいまも、為五郎は私に寄りつきもせず、リビングで無防備におなかを出して眠っています。妻の不在に拗ねるおじさんみたいで、いやになってしまう。

東北では、いつもの宿に泊まりました。松島なのに、海が見えない民宿「まつしま」。あちらは残暑というより、早くも秋の気配が深まっている感があり、朝晩はカーディガンを羽織らないと寒いぐらいです。例のごとく、「まつしま」を拠点にレンタカーで漁村をまわったのですが、顔なじみのおばあさんたちから、「元気がない」という旨の指摘を受けました。

「どうしたの、なんかあった？」

「男にふられたか？」

なんて、冗談まじりに、でも優しく聞かれて、鉄壁のごとき私の心も少し溶けたみたい。

「友だちがゾンダにいて、なかなか連絡を取れない状態にあるんです」

と打ち明けた。

おばあさんたちは、

「ゾンダって、ニュースで最近よく聞く国でしょう」

「そりゃ心配だねえ」

と、親身な様子で口々に言いあった。

「だけどまあ、深刻になりすぎないほうがいいよ。本当に危険になったら、きっと国が飛行機でもなんでも飛ばして、迎えにいくはずだもの」

私は泣きそうだった。おばあさんたちに真情のこもった言葉をもらって、心が少し落ち着きました。そして、つくづく思ったの。私には友だちがいないんだなあと。

もちろん、仕事で親しくつきあっているひとは何人かいる。でも、人生（というとおおげさですが）のなかで生じる悩みや喜びについて、胸襟《きょうきん》を開いて語りあえるというほどではない。もともと、あまりひとと打ち解けない性格なのがいけないのだけれど。

多くを語りあえて、時間の経過をともにできたと実感している相手は、あなたと悦子さんしかいません。二人とも、かけがえのない友だちであり、恋人であり、家族だった。友だちであると同時に恋人、というのがよくないのかしら。恋の終わりとともに、友情も終わってしまうことになるもんね。

いや、ちがうか。友情だって終焉《しゅうえん》を迎えることはあるし、家族と疎遠なひともいくらだっている（現に私は、両親とほとんど没交渉だ）。つまり人間関係というもの自体が、とても移ろいやすくはかない性質を備えているのでしょう。心は変わる。環境も、考えかたや感じかたも。さしたる理由もなく、なんとなく連絡を取らなくなってそれっきり、というケースだってごまんとあるはずだ。

友人知人が大勢いるひとというのは、不変の関係などないと知っていて、保険をかけているのかもしれないですね。Aさんと疎遠になっても、まだBさんCさんがいるから、さびしくない。私は、そんなつきあいを「広く浅く」だとバカにしていたきらいがありますが、この年になってみると、なるほど一理あるなと思わされます。

私にはだれもいないのよ。いまの不安、あせり、苦しみを打ち明けられる相手が。なぜもうちょっと社交的になっておかなかったのかしら？　「広く浅く」でいいじゃない。はなの情報、ゾンダの情報が必要なのに、孤島にぽつんと座ってるだけみたいで、自分がこのうえないまぬけに思えてきます。

ああ、だれかに胸のうちをすべてぶちまけたい。「はなと私は単なる『友だち』なんかじゃなかった。もっともっと大切なひとだった。だから、はながいまどうしているのか知ってるなら教えて」。そう言える相手がいたら、どんなに気持ちが軽くなっただろう。「そうだったの。一人で悩んでるのは苦しかったでしょう。わかった、私もはなと連絡を取ってみるから」。そう言ってくれるひとが、もしいたら……！

でも、いまさらよね。これこそ自業自得というもの。私は心を開ける相手を積極的に求めてこなかったし、数少ない心を開ける相手はすでに失ってしまっている。

いま、ちょっと為五郎を撫でてきました。睡眠を妨げられた為五郎は、私に猫パンチを食らわせた。私のこと、なんだと思っているんだろう。飼い主と思っていないことは確実です。下僕？

民宿「まつしま」でも、夜は持参したノートパソコンを開いた。あなたからのメールが届いている気がして、メールの受信ボタンを何度も押した。ネットにつながらない宿だから、押したって無意味なんだけれどね。朝晩、テレビのニュースを見て、数分だけ報じられるゾンダの情報をチェックもした。

子どものころ、夏休みってずいぶん長く感じられなかった？ 夏休みだけじゃなく、時間が経つのがすごく遅かった。持てあますほどに。けれどいまでは、数日の夏休みなんて一瞬です。漁村での聞き取り調査にもあまり身が入らず、宿に戻ってもネットにつなげずじりじりするばかりで、予定を一日繰りあげて東京へ帰ろうかしらとさえ思っていたのに、気づいたら数日はあっというまに経っていた。あなたへメールを送るのも、ずいぶんひさしぶりというていたらく。

自分ではぼんやりしていたつもりはないのに。毎分毎秒、あなたを案じていた気がするのに。

そう言いつつ、メールを送らなかった約三週間（そのあいだの数日の夏休みも含め）、私はものを食べ、何本かの原稿を出版社へ送り、排泄《はいせつ》も睡眠も万全だったのよ。少なくとも表向きは、平然と暮らしていた。

はな、怖いです。このままあなたがどんどん遠くなる気がして。物理的な距離だけではなく、私の心のなかからも、あなたが消え去ってしまうのではないかと怖くてならないのです。高校生のころ、あなたが学校を休んで連絡が取れなかったとき、私は半狂乱で手紙を送りまくり、家へ電話をかけまくったでしょ？　あのときは夢のなかでもあなたの姿を探して涙を流していた。

けれど、いまとなってはもう、風のように吹く時の速さに押し流されるまま、淡々と日常を営み、ある種の諦観とともに、あなたからの連絡をひたすら待っているだけ。私の精神は鈍磨したのだ。中途半端に。

なるようにしかならないと思いながらも、完全に思い切ることはできず、ふとした拍子にあなたを思って嵐のように気を揉んでいるのです。つらいのは、こうした状況がいつまでつづくのか、まるでわからないことです。

いつか帰ってきてくれるのか、もう永遠に会えないのか、それさえも定かでない相手を待ちつづける苦痛に比べれば、地球に隕石《いんせき》でも激突して一瞬ですべて燃え尽きてしまうほうがよっぽど楽ではないかしら。

野々原茜

＊
＊
＊

差出人：Nonohara Akane
件名：ニュースを見ました
日時：2010年9月10日 09:46:28 JST
宛先：Isozaki Hana

はな
ああ、なんてこと！

ニュースを見ました。最後まで残っていた日本人が、いよいよゾンダから出国するとのこと。民間人と自衛官、大使をはじめとする日本大使館職員、あわせて三十名ほどだとか。ゾンダへ向けて日本を出発する、チャーター便の映像がテレビに映しだされていました。

はな、お願いだから連絡をちょうだい……！　むずかしいことはわかっています。でも、あなたがいまどうしているのか、心配で心配でたまらない。磯崎さんとはどうなった？　あの飛行機に乗って、あなたも日本へ帰ってくるのよね？　そうだと言って！

ゾンダは完全に内戦に突入し、首都のダッタでは昨日だけで三百人が砲撃やら爆弾やらで亡くなったらしいと報じられていました。数字を言われてもピンとこないけれど、うちの近所の中学校は少子化の影響か、生徒数は三百人ぐらいだと、以前に大家さんから聞いたことがある。中学校がひとつ壊滅するぐらいの死者数。

国連がなにやら言っているけれど、殺しあいの最中に耳を傾けるひとがいるでしょうか。大国は表立って動く気配なし。

はな、早く帰ってきて。私を安心させて。会いたい。

野々原茜

＊＊＊

差出人：Nonohara Akane
件名：ああ……
日時：2010年9月13日 23:58:37 JST
宛先：Isozaki Hana

はな、どこにいるの？

チャーター便が日本へ帰ってきました。ダッタの空港が封鎖されるぎりぎりのタイミングで、離陸できたとのこと。

目を皿のようにして（ええ、文字通り）、帰国して空港に着いた人々をニュースで眺めました。長旅だったうえに精神的疲労もあったのでしょう、記者の問いかけに答えるひともなく、みんな静かに歩いていました。ゾンダで知りあった、現地の人々に思いを馳せていたのかもしれません。

あなたの姿は見つけられなかった。

磯崎さんらしきひとはいました。ややくたびれたスーツを着て、顔色は悪かったけれど、毅然とした態度でした。彼に会ったのはずいぶんまえのことだから、見まちがいかもしれないけれど。磯崎さんは、外務省に寄ったあと、首相官邸へゾンダの現状について報告に行く、というようなことをニュースで言っていた。帰国したばかりなのに、休むまもないのね。大使とは大変な仕事だと改めて思うと同時に、彼をずっと支えてきたはながいまどうしているのか、やはり考えずにはいられませんでした。

もし、日本に帰ってきているなら、あなたはきっとすぐにメールをくれるはず。なぜ、なんの連絡もないのか考えると、胸が張り裂けそう。

この表現は陳腐ではなかったのだと、今夜はじめて実感しています。

野々原茜

# 四章

野《の》々原茜《のはらあかね》様

この手紙をののが読んでいるなら、妹が無事にあなたの住所を突きとめたってことですね。私ったら、どれだけマヌケなんだろう。あなたがいまどこに住んでいるのか、聞きもしなかったなんて。

なんとなく知っているような気になっていたの。ののにもらったたくさんのメールを読んで、何度も何度も想像していたから。ののが為五郎《ためごろう》さんと出会った、朝日が差す団地内の道路。お庭に面したマンションの一階の部屋。為五郎さん専用の小さな出入り口がついたドア。日当たりのいい整頓されたリビング。ののと為五郎さんが身を寄せあって眠るベッド。資料がたくさん積んである仕事部屋。

私は空想のなかであなたの家の近所を散歩し、マンションの一室での、ののと為五郎さんの生活を覗《のぞ》き見ていた。ううん、ののと為五郎さんと一緒に暮らしてるような気持ちでいたの。穏やかで、ちょっとさびしくて、でも幸福な日々を、私はあなたたちとともに味わった。

けれど空想の世界から戻らねばならないときが来ました。もうずっとネットがうまくつながらないので、ののからのメールを読めません。きっと心配して、連絡をくれていると思うのだけど。

これまでメールを書くのにあてていた時間を使い、手紙を書くことにしました。そこに至ってようやく、ののの住所を知らないことに気づいたわけです。でも、いつか届くと信じて書くね。ひさしぶりなので、すでに手がつりそうです。メールってやっぱり便利だよねえ。高校生のころは、あんなにたくさん手紙書いてたのに。若くて体力があったから、手がつらなかったのかな。

ゾンダから離れることが決まりました。いまは飛行機を待っているところ。これで、日本人はゾンダからいなくなるでしょう。大使館のみんなも身のまわりの品を大慌てでまとめています。そうは言っても、一人が運べる荷物の重量と容積は割り当てが限られているので、大半のものを置いていくしかありません。私が送るのは、みどり宛に段ボールが一箱だけです。ほかはなにもいらないし、残す必要もないから。

あなたとやりとりした手紙の詰まった、大切な箱。そのなかに、最後になるだろうこの手紙も入れておきますね。もっと早く発送することもできたのだけど、ぎりぎりになるまで手放したくなかったの。ののとの記憶が詰まった箱だから。よかったわ、手紙の山をなんとか灰にせずにすみそうで。

夫は大使館に連日詰め、本国と電話でやりとりをつづけています。大使館では日本人だけではなく、現地で採用したゾンダ人の職員も働いている。ゾンダに残るしかないかれらの安全をいかに確保するかも、頭の痛い問題です。大半はダッタに家があるひとたちなのですが、首都もすでに戦地と言っていい状況なので。戦闘地域ではない地方に地縁のあるひとたちは、一刻も早くダッタを脱出したほうがいいだろうということになったようです。そのための資金(旅費)を、大使館の予算から捻出したいと、夫は奮闘しています。日本は現地のひとたちを使い捨てにした、などという評判が立ってはいけないから。なによりも、ずっと一緒に働いてきた仲間です。「情勢が悪化したので、さようなら」と簡単に見捨てることなどできません。

そんなこんなで夫は忙しく、いま公邸にいるのは、私とスリさんとジョアンさんだけです。日本の大使館が閉まったあとは、スリさんとジョアンさん一家はそれぞれ、ダッタ近郊に住む友人や親戚のもとに身を寄せると言っています。故郷がどうなっているのか、もうわからないから。私たちはお互いの幸運を祈るだけではなく、再会を約束しています。

私はここ数日、砲弾や銃撃戦の音を聞きながら、箱から昔の手紙を引っ張りだして読んでいました。階段の下にある、暗くて狭い食料庫のなかで。

ジョアンさんによると、ダッタのあちこちの建物で砲撃による被害が出ているそうです。不発弾がビルの外壁に刺さっていたり、砲弾が突き抜けたのか、鉄筋コンクリート製の集合住宅の、三階の一室だけぽっかりと穴があいていたりといったこともあるとか。

その部屋に住んでいたひとたちがどうなったのか、想像するまでもなくわかります。

ダッタの中心地には、それなりに高さのある建物も並んでいて、いい「的」になっているようです。恐ろしいことに。でも、ダッタの住民の多くは、どこかへ避難するでもなく、案外ふつうに暮らしているのです。そりゃそうよね。住んでいた土地が戦場になってしまっただけで、ほかに行くところなんてどこにもないのだもの。それでも日常はつづく。人々は命の危険にさらされながら寝起きし、買い物に出たり（ろくに商品なんかないですが）、働いたりしています。子どもたちは砲撃がやんだ隙に表で遊ぶ。

どうかしています。こんな世界は。だけど、戦いはまったくの異次元から出現したわけじゃない。昨日までの平和だった町から、穏やかに暮らしていたはずの人々の心のなかから、いつのまにかそれは生まれ、繁殖し、気づいたらはびこっていたのです。駆除の方法もわからないままに。同じことが、ゾンダ以外の場所で起こらないと、どうして言えるかしら。

公邸はビルの建ち並ぶ区画からは少し離れていますが、ジョアンさんの提案によって、私たちは砲撃がはじまったら食料庫に身を隠すことにしました。公邸はしっかりした建物とはいえ、ペンタゴンじゃあるまいし、砲弾が直撃したらひとたまりもないでしょうけど。それに食料庫も、べつに防空壕仕様ってわけじゃないの。階段の下の、ただの物置です。三人がひしめきあって座るのが精一杯。

水やら保存食やらに囲まれて、私は懐中電灯で手紙を照らして読みます。電池とトイレットペーパーだけはたくさん備蓄があるのよ。心配性の夫のおかげで。どうせなら食べられるものをもっと買い置きしておくべきだったと思うけどね。

　ジョアンさんが横から手紙を覗きこんで、「ラブレターですか」って聞いてきた。

「そうよ、よくわかったわね」

「日本語がまるで読めなくても、わかりますよ。文字から伝わってきます」

　そうかもしれない。薄暗がりで、私は微笑《ほほえ》んだ。ののの、だれにも言わずにいた私たちの恋は、遠いゾンダの地で、ジョアンさんの心にキャッチしてもらえたみたいよ。

　ひゅるるると花火が打ちあがるような音がして、ちょっと遅れて砲弾がどこかに着弾する。そのたびに空気が震え、公邸も、食料庫の壁と天井も震える。スリさんはさすがに表情を強張《こわば》らせて、膝を抱えている。

「奥さまは怖くないんですか」

「もちろん怖い」

　でも、あなたとやりとりした手紙を読んでいると、心が落ち着く。高校生のころの、大学生のころの、若くて喜びも怒りもいまより何倍も感じていたころの私たちが、残された手紙のなかに息づいている。

　この大切な宝物を、あなたの手もとに戻します。折々に読み返しても、すべて燃やしてしまっても、どちらでもかまわない。どっちにしろ、ののが生きるうえでの力になることを願います。私にとって、あなたとやりとりしたすべての言葉が、そうであったように。

また夜が来ました。

さきほど、ひさしぶりに帰宅した夫と話しあいをした。夫は頑として離婚届への記入を拒みました。愛なのかしら、それとも保護欲？

私がゾンダのために行動しようとしていることを、夫は察しています。それがいかに愚かなことか、こんこんと諭してきました。「きみが心配なんだ」と言ったけど、まるで子ども扱いね。私の覚悟と決意は変わりません。私なんかのちっぽけな想像や予想を超える事態が生じるかもしれないってこと、ちゃんとわかってる。そのうえで、決めたのです。

自分の欄だけ記載した離婚届と、ずっとはめていた結婚指輪を夫に渡しました。夫は怒っていたし、嘆き悲しんでいたし、疲れていたと思う。

これで私が身につけている装飾品は、胸にさげたクローバーの指輪だけになりました。まずはドバイまで出て、難民キャンプでの仕事に従事できるよう、ルートを探すつもりです。こういうとき、外交官夫人会でつちかった人脈がものをいうの。私のかわいい子猫ちゃん（？）たちが、すでに根まわしをしてくれているはずです。

準備はしているし、後悔はしません。私は私を生かすために、この道を選ぶのです。

今日は午前中、使っていたパソコンを叩き壊して庭に埋めました。ジョアンさんが、ののとの手紙をラブレターだと見破ったでしょう。ということは、もし反政府組織が公邸に踏み入ってきたら、パソコンのメールに残った文章も読み解かれてしまうかも、と思ったの。読み解けないまでも、「これはなにやら私的でわけありの文章のようだ」と感じ取られてしまうかも。

それはまずいので、パソコンを壊すことにしたのです。ののからもらった言葉が収まった機械だと思うと、とても惜しかったんだけど。でも、棒でガンガンと機械を殴るのは、ちょっと楽しかった。

「ものを大切に」と家庭でも学校でも教えられてきたでしょう。だから私、率先してなにかを壊すなんて、あまりしたことがなかった。唯一の例外は、高校のころ、ののからもらった手紙やメモを入れていた花柄の箱を、庭で燃やしたときぐらいかな。いまでも、花の絵が燃えあがって黒く焦げ、やがて灰になっていった光景を覚えています。あのときも、ちょっとスッとしたのでした。

破壊に快感を覚えるというのは、不思議な習性だね。たぶん、多くのひとに備わっている習性だと思うんだけど。だから地球のどこかで、いつも戦争が起こってしまうのかな。

けれど、あの花柄の箱に入っていた手紙やメモは、四半世紀を経てもまだ残っている。そのことを忘れてはならないとも思うの。破壊の衝動はやみがたくあるけど、残したいと願うもの、忘れ去られずに受け渡されていくものも、たしかに存在する。それを希望と呼ばずに、なにを頼りに生きていけるでしょうか。

そういえば、昔の手紙を読み返していて気づいたのですが、私は以前、ののに手紙の束を全部返したときも、「捨てても燃やしてもかまわない」というようなことを書いてるのよ。変わらない自分の精神構造に笑っちゃった。これって甘えかしら。私は、ののが私たちの手紙を捨てたり燃やしたりすることなんて決してないと、勝手に思いこみ、信じてる。すごい自信でしょ？

あなたの愛や誠実にあぐらをかいているとは思わないでね。そういう傲慢さとは無縁の、静かな確信とあなたへの信頼があるの。あなたは、私たちのあいだにあったことすべてを、ないがしろにするひとじゃない。ただ、そう思ってるだけなの。

パソコンを壊す私を見て、スリさんはちょっと心配そうだった。「奥さまったら、恐怖でおかしくなったんじゃないかしら」と言いたそうだった。大丈夫よ、スリさん。私はいたって正気です。ジョアンさんに庭に穴を掘ってもらって、気の毒にも壊されてしまったパソコンを埋葬しました。

その合間にも砲撃がはじまって、庭のヤシの木の葉っぱに火の粉が飛んできた。近くに着弾したみたいで、砂埃《すなぼこり》もすごかったし、なによりも鼓膜がバカになったわ。いまは聴力も快復してきたけど。

ヤシの木はパッと燃えあがった。空気が乾燥しているから、火事になりやすいのよ。庭のプールに水は汲《く》み置いてありますが、ヤシの木のてっぺんまで届くほど、噴出力抜群のホースなんかうちにはない。ジョアンさんもスリさんも私も、火の粉を降り散らすヤシの木をぼんやり見上げているほかなかった。迫力のあるクリスマスツリー（南国風）みたいで、きれいだったわ。幸いなことに延焼はせず、ヤシの木一本全焼ですみました。

さて、そろそろこの手紙も終わりです。封をして、みどり宛の段ボール箱に入れましょう。離婚すること、帰国しないこと。箱には、妹用に説明の手紙もちゃんと同封するので、その点についてはののはなにも心配しないでね。

いままで私が保管していた大量の手紙を、どうか私の、私たちの、思い出としてください。

メールでやりとりしたぶんが欠けているのが残念です。私のパソコンは壊しちゃったから、プリントアウトもできないので。でも、あなたのほうにメールの送受信履歴が残ってるから、まあいいか。これもメールの便利なところですね。

あのね、ののの。あなたにずっと渡せなかった手紙が、一通だけあるの。迷ったんだけど、それも今回同封します。当時の私の気持ちを、やっとあなたに届けられる。

かつて交わした手紙類も、メールも、これで全部があなたの手もとにあるんだなと思うと、なんだか心が安らぎます。力が湧いてくるし、満たされた気持ちになる。

考え考え書いていたから、けっこう時間がかかりました。もうすぐ夜明けです。

楽しかったねえ、ののの。私たち、出会えてよかった。これからのあなたの幸せを心から祈ってます。いつもいつも、いつまでも。あなたもどうか、私の新しい出発を祝福してください。

うつくしい朝。食料庫から這《は》いだした私にとっては、まばゆいほどの光があたりに満ちあふれている。

その光を浴びて、生まれ変わったような気がします。のびのびといい気分。私は私の心のままに、この道を行きます。また会う日まで、さようなら。元気でいてください。

ああ、この手紙を書き終わりたくないわ。言葉では思いを伝えきれず、歯がゆいです。あなたに出会ったおかげで、私は人間として生きる喜びと苦しみのすべてを知りました。感謝します。神さまにではなく、あなたに。

牧田《まきた》はな

＊　＊　＊

牧田はな様

メールはもう通じないし、あなたに連絡する手段もないので、これは投函《とうかん》する予定もない、ただの独り言。日記のようなものです。

みどりちゃんが自宅に電話をくれました。朝の八時に。徹夜で仕事をしていたので、幸運にも電話を取ることができた。その時間、私はふだんだったら熟睡しているのです。

私の連絡先は、私の母から聞いたそうです。ご実家にあったフランチェスカの名簿を引っ張りだして調べたんですって。あなたの家、物持ちがいいなと感心しちゃった。私は学生時代の名簿なんて、とうにどこかへやってしまった。

　みどりちゃんは、とても取り乱していました。最後のチャーター便で帰国したひとのなかにあなたがおらず、お母さんとみどりちゃんは心配のあまり、ずっとろくに眠れずにいたそうです。磯崎《いそざき》さんも忙しいようで、短い電話で話すのが精一杯。しかもその内容も要領を得ず、「はなとはドバイまでは一緒でした」と言うばかりだったとか。それじゃあ心配になるのも当然よね。

　みどりちゃんのもとには、はなからの荷物だけが届いた。そこに書かれたはなの指示を読んで、みどりちゃんは私の連絡先を突きとめてくれたのです。

「磯崎はなの妹の、みどりです」

と、みどりちゃんは電話口で言った。かつてのみどりちゃんは、はきはきしていた印象があるのだけれど、電話ではなんだか遠慮がちというか、おそるおそるといった口調でした。

「姉から、野々原さん宛の荷物が届きました。私宛に、『離婚する。当面、日本には帰らない』という手紙も入っていたのですが、なんだかもうわけがわからなくて……。野々原さんは、なにかご存じでしょうか。お時間のよろしいときに、預かっている荷物をお渡ししがてら、お会いして少しお話ししたいのですが」

帰らない。半ばは予期していたことですが、それでもやっぱり驚き、呆然《ぼうぜん》としつつ、なにも知らない、と私は言いました。実際、本当なんですもの。最近、メールのやりとりをしていただけで、詳しいことはなにもわからない。みどりちゃんにはそう伝え、荷物を転送してほしいと頼んだ。みどりちゃんはがっかりしていたようだけれど、「なかを見て、姉のことがなにかわかったら連絡をください」と、了承してくれました。

そういうわけで、私たちの宝物は、無事に私の手もとに届いたわ。はなが言ったとおり、中身を見られた形跡はなかった。みどりちゃんて、好奇心が極端に微量なのか、度を越して慎み深いか、どちらなのかしら。私だったら、まずはなかをあらためてから転送するけれど。

正直に言いましょう。私は昔からみどりちゃんがちょっと苦手なのです。だから、なるべく会いたくなかった。今回も、会わずにすむ方法を提示したのです。

なぜかしら。勉強ばかりして、自分の姿を見るようだったからかな。それなのにいま、夫も子どももいて、円満に家庭を運営しているという彼女の境遇に、若干の嫉妬を感じているのかも。

……いえ、そうじゃない。みどりちゃんが、たぶん私たちの関係に気づいていたからよ。はなはそう思わない？　あの子はいつも、私をどこか冷たい目で見ていた。はなとの関係がうまくいかなくなってからは、特に。理解できない、迷惑な、おぞましい生き物を見る目をしていた。

被害妄想かもね。あなたを大切にしきれず、傷つけてしまった、という気持ちが私のなかにあるから、みどりちゃんの目にありもしない冷たさを勝手に見たのかもしれない。とにかく、みどりちゃんが送ってくれた箱をさっそく開け、なかに入っていた紙袋の封を破りました。こぼれだす、なつかしい手紙の数々。若かったころの私たちの筆跡。時間をかけて、何度も読み返す毎日でした。

そのなかに二通、見覚えのない手紙がありました。

一通は、はながゾンダで書いたものです。日本には帰らず、難民キャンプへ行く……！　頭が混乱して、どうとらえればいいのかわかりません。ただ、胸が痛い。あなたの無茶な行動を思うと。メールではずっと「磯崎はな」だったのに、この手紙だけ「牧田はな」と記したあなたの思いを想像すると。

もう一通は、大学生のあなたが書いた手紙でした。あなたのなかに常にあったという「暴れまわるなにか」、嵐のような激しさを、私ははじめて知った気がしました。気づいたら嗚咽《おえつ》していた。うれしいのか悲しいのか、報われたのか悔いているのか、自分でもわからなかった。あんなにぐちゃぐちゃの感情に見舞われたことはありません。強いて言葉にするなら、あれが本当の意味で「いとおしい」という気持ちなのかもしれない。

はな、私も実は、あなたに渡せなかった手紙が一通だけあるんです。高校生のころ、お別れするときに書いたもの。ふふ。私たち、同じようなことをしていたのね。以前、あなたに手紙をまとめて送り返したときも、それだけは手もとに残しておいた。なんとなく気恥ずかしかったし、未練たっぷりだと思われたくないという意地があったから。その手紙を、いつかあなたに読んでもらいたいです。

テレビでは、ダッタの映像はほとんど放送されません。海外の特派員も、続々と戦火を逃れているのでしょう。比較的安全な地方へ、そこから国境を越えて隣国へ、ゾンダの人々が移動しているという情報だけがもたらされています。岩ばかりの土地を、人々が列をなして歩いていく映像も。どこが国境なのかよくわからない、だだっぴろい荒野です。

はなの姿がないか、テレビにかじりつくようにして眺めました。ありったけの家財道具を大八車のようなものに積んで、あるいはほとんど着の身着のままで子どもの手を引いて、黙々と歩くひとの列を。

ああ、祈る神を持てたなら。

神が、民族や人種が、つまりあるのかないのか定かでないものが、争いの種になるという皮肉。その皮肉がゾンダを、世界を覆っているのだとわかっていても、ついそう思ってしまいます。神を信じられたら、いまの私はもっと心穏やかにいられたかもしれないのに、と。

あなたの身の安全を、神を持たぬ私はなにに祈っているのでしょう。でも、「どうか、どうか」と、その言葉だけがむなしく体じゅうに渦巻いています。

二〇一〇年十月二日

野々原茜

＊＊＊

牧田はな様

なんだか気が抜けたように過ごしています。落ち着きません。

あなたはいまごろどうしているかしら。日に何度か、ゾンダの地へ思いを馳《は》せます。本当は一日中、はなのことを考えていたい。でも、それでは日常が成り立たないでしょう？　ご飯を食べたり、為五郎の相手をしたり、トイレに入ったり、仕事をしたり、いろいろとしなければならないことがある。大半の時間、私はあなたを忘れている気もします。けれど、空気が泡となって水面に顔を出すように、ふとした瞬間、あなたを思うのです。

私の想像のなかでは、はなは熱い風に吹かれながら、色とりどりの果物やら魚やらが並んだゾンダの市場に立っています。たぶん、花屋のおばちゃんと値段交渉をしているところでしょう。日差しを避けるために、オレンジ色のスカーフを巻いている。ヤシの木のうえのほうで、葉がわさわさと風に揺れ、さらに上方には青い空がどこまでも広がっています。

実際には見たことのない、ゾンダの平和な情景がありありと脳内に浮かぶ。あなたがメールで、細かく生き生きと教えてくれたから。だけど、スカーフからこぼれるはなの髪の毛が、どんなふうなのかはわからないの。パーマをかけているのかいないのか、染めているのか白髪があるのか。そこをよく見たくて、はなの姿に目をこらす。すると、顔が逆光になっていて、細部がはっきりしないことに気づくのよ。

私はだれに思いを馳せているのかしら。

あなたはまるで幽霊《ゴースト》みたい。二十年以上会ったこともなく、顔ももうはっきりとは思い出せず、どこかの難民キャンプで働いているのか、こっそりゾンダに戻ったのか、すでにこの世にいないのか（そんなふうに考えるなんて、縁起でもないですが）、それすらもわからない。でも、あなたは私のなかに居座りつづけている。私の心をとらえて離さず、ときには目のまえにいるかのように感じられることすらある。不思議ね。

死者と語りあうみたいに、私たちはメールのやりとりをした。

いいえ、それを言うなら、高校時代も同じだった。学校から帰って、自室であなたを思いながら手紙を書くとき、私はしばしば、「はなはいま、同じ世界に本当に存在するんだろうか」と考えていた気がする。本当に明日も学校で会えるだろうか。もしかしたら、あなたは帰宅途中に事故に遭って、もう死んでしまってるんじゃないか。あなたと親しいというのは私の錯覚で、明日になったらその錯覚が打ち破られ、あなたは私を無視するんじゃないか。

そんなふうに不安になりながら、それでもあなたに届くよう願って、無数の言葉を記していた。

生きているか死んでいるか、会えるか会えないか。それはたいした問題ではないのかもしれない。私たちはいつでも、境界を越えられる。時間も距離も飛び越えられる。だから手紙を書くことにしました。当面、届けるあてのない手紙を。きっと、あなたには届くと信じて。

もちろん、手紙を書く一番の理由は、自分自身の内的平穏を保つためです。いま、深夜の二時。この時間は特に、なにかしていないと叫びだしそうになる。眠っている為五郎を驚かせるわけにはいかないので、パソコンに向かってこれを書いています。私にできるのは、だれかに気持ちを伝えたいときに最もしっくりくる方法は、いまも昔も、書くことだけ。

叫びたくて、不安で、いてもたってもいられない夜には、こうしてあなたに語りかけることを自分に許すつもりです。

二〇一〇年十一月三日

野々原茜

＊＊＊

牧田はな様

ゾンダのニュースは、最近ではますます少なくなりました。内戦は膠着《こうちゃく》状態。散発する戦闘から逃れるため、難民として周辺国に脱出したひとは、ついに十万人を超えたそうです。テレビで難民キャンプの様子が少しだけ映しだされたので、咄嗟《とっさ》に録画して隅々まで確認したけれど、世界各国から集まったというボランティアのなかに、あなたの姿は見つけられなかった。

昨日、みどりちゃんに会いました。会いたくはなかったのですが。

数日前、みどりちゃんから電話があったのです。

「野々原さん宛の荷物のなかに、なにか手がかりはなかったかと思いまして」

やはり、どこか遠慮がちな、私に対して警戒しているような口調でした。私はすでに、みどりちゃんには葉書を送ってありました。荷物を転送してくれたお礼と、荷物の中身を見ても、はなが帰国しなかった理由はわからないままだ、ということを書いて。でも、みどりちゃんは納得していなかったのでしょう。はなとやりとりした手紙が入っていただけだと言っても引き下がらず、私たちはとうとう会うことになりました。

ひさしぶりの横浜。日曜日のダイヤモンド地下街はたいそうな人出でした。私は人波に流されるように地下街を歩き、有隣堂で本を眺めて時間をつぶしてから、西口の交番前に立ちました。

声をかけられるまで、それがみどりちゃんだとわからなかった。私の記憶にある彼女よりも、十五キロは太っていたからです。当然よね。私が知っているみどりちゃんは、まだ中学生だった。あれからずいぶん時間が経《た》ち、彼女もお母さんになったのだから。むしろ、同じぶんだけ年を取った私を、よく見分けてくれたものだと思います。代わり映えしないということかしらと、いい年をして自分のためだけに時間を使っている身が少々気恥ずかしかった。

私たちは挨拶を交わすと、あとは無言で少し歩き、目についたスターバックスに入りました。みどりちゃんは、舌を嚙《か》みそうな（そして甘そうな）飲み物を注文した。私はこの店の注文のしかたがいつもよくわからないので、「ブレンドをください。Sサイズで」と無難なものを選んだ。飲み物が出てくるのを待つあいだ、なにげなくレジのほうを眺めていたら、大学生らしき女の子が、「ショートで」と言っていて、「そうか、Sではなくショートと言うべきだったのか」と気づきました。年寄りじみたことを言うには早いとわかっていますが、いろいろなものについていけません。

店内は混雑しており、みどりちゃんと私は窓に面したカウンター席に並んで腰を下ろしました。ここだけの話、私はちょっとホッとしていた。みどりちゃんと正面から顔を合わせて長話する気にはなれなかったからです。

最初は、互いの近況などを当たり障りのない範囲で披露しました。みどりちゃんは、

「子どもたちも手がかからなくなってきましたけど、それでもお弁当を作らなきゃならなくて、平日の朝は戦争です」

と、おおげさにため息をついてみせました。平和だということだ、と私は内心で意地悪く考えながら（そして自分もまた平和に首まで浸《つ》かっていることは棚に上げながら）、意味のない笑い声を返した。

ショートのブレンドを頼んだのは、早く切りあげたかったからです。私がカップの中身をほとんど飲み干しているのを見て、

「姉が送ってきた手紙って、どんな内容なんですか？」

と、みどりちゃんはずばりと尋ねてきました。

「昔、やりとりしていた手紙です。学生時代に」

「じゃあ、今回の手がかりにはならないですね。姉はどうして、そんなものをゾンダにまで持っていってたんだろう……」

「引っ越しのときに、まちがえて運んじゃったんじゃない？」

大切な手紙を「そんなもの」呼ばわりされ、私はちょっとムッとしつつも、さりげなく答えました。「それより、磯崎さんには会いましたか？　日本に帰らないこと、彼はなんておっしゃってるんでしょう」

私が横目でうかがうと、みどりちゃんはカップをカウンターに置き、口もとについた

泡を舐《な》めたところでした。

「一度だけ、母に会いにきたそうです。姉が記入した離婚届を持って」

「まあ、離婚って本当だったの？　たしかにはなが書いたものなのかしら」

驚いたふり。演技力を要求されます。

「まちがいなく姉の筆跡だったと母は言ってました。磯崎さんとは、ドバイの空港で別れてそれきりらしくて」

　みどりちゃんは、小さなスプーンでカップのなかの泡をかきまわしていました。「母はショックを受けて、一気に老けこんだ感じです。突拍子もないところのある姉だと思ってましたけど、まさかここまでだなんて」

　私は黙っていた。突拍子なく見えたとしても、はなはちゃんと感じ、考えたうえで行動するひとよ。そう反論したかったけれど、藪蛇《やぶへび》になりそうだったので。

「野々原さんと姉って、どういう関係なんですか」

　そんな私の思考を読んだのか、みどりちゃんは体ごと向き直り、

「え？　なあに、いまさら」

　と、またも直球を投げてきました。

とぼけるのもなかなか大変です。「高校のとき、おうちにも何度か遊びにいったじゃない」

「いいんです、私なんとなく、そうかなと思ってました」

みどりちゃんは私をにらむように見据えました。ふっくらした頬なので、迫力はなかったけれど。

「姉は野々原さんとつきあってたんですよね」

「やあだ、まさか」

「じゃあどうして、姉は後生大事に手紙なんて持ってたんですか」

この子、本当は荷物の中身を見たんじゃないかしら。私は慎重にみどりちゃんの表情を観察し、結局よくわからなかったから、しらを切り通すことにした。

「ずっとしまったまま、忘れてただけなんじゃないでしょうか。なにしろ私たち、二十年以上も会ってないし。はなは律義なところがあるから、ゾンダで手紙を見つけて、私に返さなきゃと思ったんだと思うけど」

「そうですか……」

と、みどりちゃんは諦めたように言った。ちょっと安心しているようにも見えた。

私がもし、「そうよ、はなとつきあってた」と答えたとして、彼女はどうするつもりだったんだろう。はなの妹に対して厳しいことを言いたくないけれど、変なひとね、みどりちゃんって。ひとの恋愛事情（しかも、とっくの昔に終わりを迎えている）なんて、放っておけばいいのに。

「また新しい情報が入ったら、お互いに報告しあいましょう」と言って、みどりちゃんと私は別れた。そう言いつつ、このまま距離を置くことになるんだろうなと、私だけではなくみどりちゃんも思っている気がした。

　長く電車に揺られて、自分の住む町に戻ったときには、もうへとへとだった。車内ではずっと、どうして私ははなとの関係を隠したんだろうと考えていた。

　正直に言って、余計なごたごたに巻きこまれたくない、という思いもあった。なんでも真実を語ればいいというものではない。つきあっていたと認めて、みどりちゃんにショックを与えたくない。そういう気持ちがあったのも事実です。私たちのことに踏みこんでほしくない、とも思っていた。

　こうして、あなたとの過去を否定するたび、私は殺しているのかもしれない。あなたを、私自身を、私たちが過ごした年月を。

　だとしたら悲しいことです。恥じてはいないのに、言葉を封印しなければならないとは。その反動で、私たちは私たちのあいだでだけ通じる言葉を駆使しつづけてきたのかもしれないですね。ほかのだれにも届かない、はなと私のあいだでのみ往復する言葉を。テニスか卓球のラリーみたいに。

　このごろ、為五郎は眠ってばかり。餌は食べているから、体調が悪いわけではなさそうですが。寒くなってきたせいかな。やわらかくあたたかい為五郎の毛皮を撫《な》でながら、私は暗いリビングでしばらくしゃがみこんでいました。

　　　二〇一〇年十二月六日

野々原茜

＊　＊　＊

牧田はな様

なんとか年内の原稿を書き終え、今日から自主的な冬休みに突入です。クリスマス？なにそれ。もう五日も外に出ていませんし、いまは疲れはてて買い物にいく気にもなれません。買い置きのパスタソースやらインスタントラーメンやらを戸棚から発掘して、なんとかしのぎました。

明日からは、また東北へ行こうと思っています。「まつしま」の予約も取れたし、年末年始をあちらで過ごすつもり。宿のご主人に、海釣りに連れていってもらおうかな。何度か誘われたのですが、釣りよりは老人たちに話を聞いてまわりたいし、船酔いしそうだし、ずっと断ってしまっていた。ご主人は不満そうだったのです。「まつしま」に泊まって、釣りをしないなんて、と。

はなの無事を祈っていますが、祈る以外になにもできず、待つだけの自分に嫌気が差した。あなたが毅然《きぜん》と進む方向を選んだように、私も新しいことにチャレンジし、私の毎日を暮らさなければね。

こう書くだけで、なんだか泣きそうです。己れの無力さに。あなたを案じながらも、食べて寝て生きるしかない図太さに。

電話が鳴るたび、心臓がいやな感じに跳ねます。悪い連絡ではないかと思って。いまのところ、すべて仕事関係の電話ばかりです。それはそれでさびしいですね。つくづく、私は友だちがいないんだなと痛感させられる。

ただ一人（一匹？）の友、為五郎は、私の旅行中、いつものように大家さんが世話をしてくれます。為五郎はそれを敏感に察したのか、今日はご機嫌斜め。しゃがんで着替えやパソコンを鞄《かばん》に詰めていたら、爪先に嚙みつかれました。甘嚙みなんてものじゃない。厚手の毛糸の靴下を履いていたのに、思わず「いたっ」と悲鳴を上げてしまいました。いつもなら、旅行まえは知らん顔してるくせに、本当に気まぐれなんだから。

「なにするの、為五郎！」

と、ひとしきり追いかけっこし、満足した為五郎は、掃き出し窓から散歩にでかけていった。睡眠病は治ったようで、なによりです。寒いなかご苦労なことだと、太い尻尾をふりふり狭い庭を縦断する為五郎を見送りました。戻りはたぶん、正月二日になります。三日が月曜日だから、もしかしたらUターンラッシュに巻きこまれてしまうかも。あちらのお正月を一度は見たいので、しかたありません。

そうだ、今月のはじめに、東北新幹線がついに新青森まで通じたのです。いろいろと反対運動もあったようだし、新幹線が通るのは地元にとっていいことばかりではないでしょう。でも、せっかくだから新青森まで行ってみるのもいいかもしれない、と算段しています。厚手のコートを着ていこう。手袋も忘れずに。

青森へ行ったのは、学生のころが最後です。悦子《えっこ》さんが急に、十和田湖に行ってみたいと言いだして、二人で夜行バスに乗ったのでした。梅雨で、肌寒いというより明確に寒く、観光客はほとんどいなかった。カッパを着て川べりを歩き（すべりやすくて、いつ川に転げ落ちるかとひやひやしました）、やっとたどりついた十和田湖は靄《もや》っていました。お土産《みやげ》屋さんの二階にある食堂で親子丼を食べながら、「どうして夏まで待てなかったのよ」「思いついたときが実行するとき！」なんて、悦子さんと軽く言い争いをしたものです。

先日、悦子さんのお墓参りに行ってきました。今年もたくさんのお花であふれていたわ。

しばらく留守にしますが、向こうでも気が向いたら手紙を書きます。手紙という名の独り言を。日記を書くほどのマメさはないのだけれど、仕事以外の文章をまったく書かずにいると、なんだか息が苦しくなるの。ただ、書く暇があるかわからないので、さきに言っておきますね。

どうぞよいお年を！

そうなるように、心から祈ります。あなたと笑顔で再会できる日が来ることを。

二〇一〇年十二月二十五日

野々原茜

＊　＊　＊

牧田はな様

あけましておめでとう！　と言うには遅くなってしまいましたね。今年一年、はなのうえにたくさんの幸福と幸運が舞い降りますように。

年末年始、私は民宿「まつしま」でのんびりと過ごしました。宿のご主人の船に乗せてもらって、「ナメタ」を釣ったり（カレイの一種だと思う）、宿泊客全員で紅白歌合戦を見ながらどんちゃん騒ぎをしたり。楽しかった。

そのつけがまわってきて、帰京後はさっそくパソコンに向かう日々です。最近では、年が明けて一週間もしないうちに、お正月ムードは一掃されてしまうわよね。私も昨日から、インタビュー取材にも出かけていて、通常モードで働いています。その合間に為五郎の機嫌も取らなきゃいけなくて、なかなか大変です。

留守を預かってくれた大家さんによると、私の旅行中、為五郎は寒さにもめげず、毎日のように狩りに出かけていたとか。一度など、太ったハトをくわえて帰ってきたそうです。ついこのあいだまでグダグダしていたくせに、また野性に目覚めてしまったのかしら。「おまえなんぞいなくても、俺は一人でやっていけるんだぜ」という、私への当てつけ？

正直に言うと、はなの現状を案じること、忘れていた瞬間も多々ありました。こんな類の正直な申告は、べつに必要ない気もしますが。だって、「あなたのこと忘れてたときもあったわ」というのは、実は正直さではなく、自己弁護、自己保身から来る発言ですものね。

忘れて生きる。日常に心身ともに埋もれていく。そのことを思うたび、残酷という言葉が浮かびます。自分も、まさにそのとおりに日常を生きているくせにね。同時に、「会う」ことの大切さ、会えなくとも、想像しつづけることの大切さも思います。

真に想像するには、意志と強さが必要です。私は、都合のいいように物事を解釈する、きわめて意志薄弱な人間なので（というか、大半のひとはそうだと思いますが）、想像の持続には限度があります。だから、会いたい。はなに会いたいです。せめて、無事を知りたい。メールや手紙が無理なのなら、衛星電話でも伝言でもいい。いえ、この際、狼煙《のろし》でもテレパシーでも、夢に現れてくれてもいいわ。

ありとあらゆる方法を試みて、あなたの現状を私に知らせてくれないかしら。こんなに念じているのに、あなたは夢にさえ登場してくれない。私の念がたりないのかな。やっぱり、あなたを忘れほうけて、どんちゃん騒ぎなんかしたせい？

高校生のころの私だったら、あなたのことをつぶさに夢で知ることができた気がする。

中年になって、図太く生活をつづける自分を、あのころの私が憤って見ている気配がします。それでも私は、苦笑いをするだけです。

どこかで自分に愛想を尽かし、諦めて折り合っていかなければ、中年になるまで生きのびることなんてできないわよね。そして私は、そうやって年月を重ねてきた自分のことが、やっぱり根本的には好きなのよ。言い訳かもしれませんが、諦めるとは自他を許すことだと思います。もし、高校時代の私だったら、はなが一人で姿を消してしまったこと、外交官夫人会でしてきたこと、磯崎さんと結婚したこと、それらすべてを、到底受け止められなかったでしょう。

だから、諦めを知って図太くなったいまの自分が、わりと好きなのです。あなたのすべてを知ってなお、受け入れたい。許しあいたい。そう願える自分が。

また都合のいいことを言ってますね、私。いくら「受け入れるわ！」なんて両腕を広げても、あなたはそばにおらず、所詮一人のくせに。と書いていたら、為五郎がくるぶしを噛んできた。痛いってば。はいはい、ごめんね。為五郎がいてくれるから、私は一人じゃないですね。がんばって遊び相手を務めさせていただきます。

これは書くかどうか迷っていたのだけれど、やはり、はなに伝えないのはフェアじゃないと思いました。

年末年始の休暇を終え、帰宅したところ、大家さんから年賀状の束を渡されました。

元日に届いたものを、まとめておいてくれたの。そのなかに、磯崎さんからの年賀状がありました。私の住所は、たぶんみどりちゃんに聞いたのだと思います。

官製の年賀ハガキに、「本年もよろしくお願いいたします」的な、事務的な文章が刷られていましたが、直筆で「一度連絡をいただけませんか」と書いてあった。

それ以来、ずっと迷っています。磯崎さんと接触するべきか否か。年賀状には、磯崎さんの東京の自宅住所と電話番号、個人のメールアドレスも印刷されていました。

ネットや新聞から細切れに伝わってくるところによると、ゾンダの混乱状態はどうやら収束へと向かっているようですが、それに比例してニュースはいよいよ減っています。年が明けてからは、その傾向が特に顕著で、ゾンダの詳しい状況がほとんどわからなくなってしまった。平和になったということなら、なによりだけれど、はなからの連絡は依然としてない。

磯崎さんと連絡を取れば、はなについての情報がなにか得られるかもしれない。でも、磯崎さんもさしたる情報を持っておらず、逆に、私たちのことをいろいろ聞かれる可能性もある。私もさすがに、はなの夫だったひとに対して（離婚届を磯崎さんが役所に提出したかどうかわかりませんが）、「ええ、つきあっていました。その後も、心が通じあっていたと思います」とは言いかねます。私たちが悪をなしたとは微塵《みじん》も思いませんが、いたずらにだれかを動揺させたり傷つけたりする必要性も感じないからです。

どうしたものかしらね。迷います。いずれにせよ、また報告するわ。

二〇一一年一月八日

野々原茜

＊＊＊

牧田はな様

一週間まえ、磯崎さんと会いました。あなたへの報告が遅れたのは、あれこれ考えていたからです。考えてもどうしようもないことを。

年賀状を手にして以来、さんざん迷ったあげく、一月半ばに磯崎さんに電話をしました。留守電になっていたので、「またご連絡します」と吹きこんだ。するとその晩、もう深夜一時を過ぎたころに、私の家の電話が鳴りました。磯崎さんは外務省から帰宅してすぐ、留守電を聞いたとのことでした。

「夜分に失礼します」

と、磯崎さんは言いました。「野々原さんのお仕事柄、遅くまで起きていらっしゃるかもしれないと思い、三回だけコールしてみようと決めて、お電話した次第です」

なるほど、と私は思いました。はなは磯崎さんとのあいだで、私のことを話題に上らせ、私の職業を伝えていたんだな、と。私はみどりちゃんと会ったときには、「自由業で、時間が不規則」という程度に曖昧にしか、自分の仕事について話さなかったからです。

「ええ、起きていましたから、大丈夫です」

と私は答えました。「お年賀状をいただいたのに、こちらこそ失礼してしまってすみません。おひさしぶりです」

「東北沢だったか、野々原さんのおばさまのおうちへ、結婚するまえの妻とお邪魔しましたね。あれはもう、二十年はまえのことになるのかな。おばさまはお元気ですか」

「亡くなりました」

「そうですか……。お悔やみ申しあげます」

磯崎さんの声は、私の記憶にあるよりも落ち着いたものになっている気がした。大人ぶった腹の探りあいが急に面倒になって（磯崎さんには、そんなつもりはなかったのかもしれないけれど）、私は切りだしました。

「それで、私になにかご用がおありですか？」

「深夜の電話で済ませるのもなんなので、一度お目にかかりたいと思っています」

磯崎さんは具体的な用件についてはまるで触れず、私の空いている日をさっさと尋ねてきました。口調は穏やかで紳士的ですが、押しの強さが感じられ、外交官とはこういうものなのかなと半ば感心し、半ば困惑しました。でも、相手は交渉のプロです。下手に抗《あらが》っても無駄でしょうから、流れに身を委ねることにしました。

磯崎さんは忙しいようで、お互いに都合のいい日はなかなかなく、結局、二月はじめ（つまり、いまから一週間まえ）に会うこととなったのです。お役所や会社は総じて、年度末は忙しいものではないかと思います。それでもスケジュールを調整して、年度末が迫った時期に私と会おうというのだから、ずいぶん重要な用件なのだろうなと思いました。

磯崎さんが指定してきたのは、帝国ホテルのラウンジでした。ロビー階ではなく、本館十七階にあるほうのラウンジです。日比谷公園の緑と、葉を落とした一部の木の梢《こずえ》が眼下に見えました。各テーブルのあいだは広く取られていて、ほかのひとの会話の声はほとんど邪魔になりません。

なるほど、と思いました。いろいろな意味でね。磯崎さんに関しては、私は「なるほど」を量産してしまいます。適度なざわめきのあるロビー階ではなく、下界を見下ろせる階。喫茶店ではなく、帝国ホテル。そういえば磯崎さん、あなたとのデートも帝国ホテルだったわよね。ふふ。もちろん、職場から近いし、呼びだすからにはちゃんとした場所のほうがいいだろう、という判断でしょう。嫌味や示威はまるで感じられず、あるのは余裕の気配だけです。「なるほど」と私がにやにやしてしまうのは、つまりは多少のひがみと、意地の悪さゆえといったところだと思います。

でも、誤解しないで。私は磯崎さんをきらいではありません。多くの国家公務員と同様に、優秀で有能なひとにちがいないと思いますし、エリート意識をひけらかすいやなやつとも思わない。官庁の広報誌などの関係で、たまに国家公務員と会うことがありますが、かれらは基本的に真面目な人々です。エリートの自負を強く抱いているひともいるでしょうけれど、現にエリートなのだから当然とも言えるわけで、本当に頭がよく有能な官僚はむしろ、「エリートの自分をいかにエリートに見せないよう装うか」に長《た》けているものです。

磯崎さんもまた、そういうひとだという印象を受けました。嫌味がなく快活で、気さくな感じ。押しの強さを愛敬《あいきょう》でうまく中和し、相手をリラックスさせる才能がある。学生時代に磯崎さんと会ったとき、「隙がなくて退屈」と思った記憶があります。「極悪人だったらおもしろいのに」とも。二十年以上ぶりに再会し、前者の印象が根本から覆されることはなかったけれど、「極悪人かもしれないと想像する余地」は以前よりも奥行きを増していて、なかなか興味深い男性となっていました。

「仕事が男の顔を作る」といった言説に私は噴飯する性質《たち》ですが、世界じゅうでいろいろなひとに出会い、渡りあってきた経験が、磯崎さんに奥行きをもたらしたのはまちがいないと思います。私が（たぶんはなも）生きて働いて生活するうちに、諦めやある種の妥協を身につけてきたのと同じように。

平日の午後四時ということもあり、ラウンジにいるのは数組でした。なにかの打ち合わせ中らしきサラリーマンや、有閑マダム風のグループ。仕立てのいいスーツを着た磯崎さんと、一応スカートを穿《は》いてきましたが明らかに会社員ではない私は、いったいどんな関係に見えるんだろう。ちょっと気後れがしました。でも、それが磯崎さんの戦法かもしれないとも思い、なるべく堂々たる態度を心がけ、

「コーヒーをお願いします」

と店員さんに注文しました（ちなみにラウンジで働いている男性は、みんな執事みたいな恰好《かっこう》をしてました）。

「あ、ぼくも」

と磯崎さんは言い添えた。なんだか軽いというか、若者みたいです。大使といったら、「閣下」と呼ばれるような立場のひとでしょう？　しかも磯崎さんは、最年少で大使に抜擢されたひとだと、私もいろいろ調べてすでに知っています。そのわりにフランクで、人好きのする雰囲気。けれど目は笑っていない。ますます油断ならないと感じました。

コーヒーが運ばれてくると、磯崎さんは一口すすり、すぐにカップを置きました。私は、「さすがにちがう……」と感心しながらコーヒーの味と香りを堪能していたのですが、向かいに座った磯崎さんは、その様子を興味深そうに眺めています。

居心地が悪くなってカップを置き、

「……なにか？」

と尋ねたら、

「いえ、おいしそうに飲むなあと思いまして」

と微笑します。「わたしは実は、カフェインが苦手なんですよ。カップに半分も飲んだら、もうその晩は眠れない」

「気のせいというか、思いこみじゃないですか？　カップ半量のコーヒーで、そこまでの効果があるでしょうか」

「妻にもそう言われました。ちなみに紅茶を飲むと、眠れないのはもちろんのこと、直後から利尿作用がすごくて、ひっきりなしにトイレに立つことになります」

「ジュースかなにかを注文なさればよかったのに」

「それも、妻によく言われました。しかし、男がオレンジジュースをちゅーちゅーやるのは、少々恰好がつかない気がしまして」

こんなこと言いたくないのですが、はな、あなたの夫（元夫？）って、おかしなひとね。私は「ちゅーちゅー」を想像し、思わず笑いました。

すると、その瞬間を見計らっていたように、磯崎さんは言ったのです。

「あなたと妻は、よく似ていますね」

最前まで浮かんでいた微笑は、彼の皮膚からきれいに拭い去られていた。突然の変化にふいをつかれ、私は中途半端な笑い顔のまま動きが止まってしまいました。

「顔立ちではなく、思考や感じかたが」

磯崎さんは探りを入れてきている。それはわかったけれど、なにに対する探りなのかは計りかねます。ここが肝心だ、と自分に言い聞かせながら、私はぎこちなく真顔に戻りました。

「そうでしょうか。多感なころを一緒に過ごしましたから、あるいはそういうこともあるかもしれませんが」

「似ていますよ」

「ずっと会っていないので、自分ではわかりません」

「でも、メールでやりとりはしていた」

「ええ。共通の友人が、メールアドレスを教えてくれたので」

私は動揺をうまく押し隠せていたでしょうか。はなと私のあいだで行き交ったメールを、磯崎さんは盗み読みしていたのだろうか。表情からは、なにもうかがうことができません。

カップに手をのばそうとして、やめました。指さきが震えているのがばれそうな気がしたから。私は膝に手を置き、黙っていました。自分からは決して口を開くまいと肝に銘じて。

磯崎さんは私を注意深く観察しているようでしたが、ややあって、再び微笑を浮かべました。

「ここにいらしたということは、野々原さんは妻が日本に戻っていないのをご存じなんですよね」

「はい。みどりちゃんから連絡があって、聞きました」

素早く、けれど慎重に考えた結果、私ははなを信じることにしました。あなたはきっと、私たちのメールをひとには見せなかったはず。相手が夫であろうとも、パソコンのパスワードを活用するなどの対策を講じていたはずです。

メールの内実は伏せ、私は一番聞きたかったことを尋ねました。

「はなの居場所をご存じですか？　みどりちゃんも知らないと言うし、私、心配で……」

でも磯崎さんは答えず、私たちはお互いに自分の聞きたいことだけ放つマシンと化しました。

「みどりさんは、あなた宛の荷物が妻から送られてきたと言っていました。あなたはそれを、みどりさんから受け取りましたか」

「はい」

「中身は？」

このひとは、なにを警戒しているんだろう。ふと、そう思いました。

「手紙です。学生のころに書いた手紙。まちがってゾンダまで持っていってしまったからと、まとめて返却してくれたんです」

磯崎さんは私の顔を見据えたまま、「なるほど」とつぶやいた。

「妻とは、メールでどんな話を？」

「咄嗟に具体例を思い出せないほど、些《さ》細《さい》な近況報告ですけど」

私はそこでちょっと、攻勢に転じてみることにしました。「ねえ、磯崎さん。どうしてそんなことをお尋ねになるんですか」

「念のためです。野々原さんは、文筆業をなさっているそうですね」

「そんなおおげさなものではありません」

「でも、出版社や新聞社にお知り合いが多いのでは？」

「もしかして、はなが私に、外交上の機密情報を漏らしたのではないか、と思っていらっしゃる？」

その質問に対して、磯崎さんは無言で応えました。私は白々しく、「まあ」と少し体をのけぞらせます。

「それははながかわいそうです。はなは、毎日忙しく過ごす磯崎さんの体調を心配していましたし、『仕事内容についてはなにも教えてもらえないから、相談に乗ることも愚痴を聞いてあげることもできない』と嘆いていましたよ」

もちろん頭の片隅では、「私からメディアに漏れてはまずい『機密情報』とはなんだろう」と考えていた。答えはひとつでしょう。はな、あなたの社交生活です。つまり、日本のみならず各国の外交関係者の女性たちと繰り広げた、ひそやかな恋愛事情です。なーんだ、とがっかりすると同時に、怒りが湧いてきました。目のまえに座る男に対して。ゾンダが内戦状態にあるうえに、妻から離婚届を突きつけられたのに、磯崎さんが案じるのは、醜聞が漏れやしないかということなのです。自分の妻がご夫人がたと「不適切な関係」にあったなどと発覚したら、省内での立場が悪くなる。そういった類の心配をしているように見受けられました。

ちっちゃいな。磯崎さんに気づかれぬよう、私はコーヒーカップの陰で嗤《わら》いました。秘密のランデヴーについて、磯崎さんがはなから打ち明けられたのか、噂《うわさ》として小耳に挟んだだけなのか、私には知る術《すべ》もありません。私たちのメールを彼が読んでいたのかどうかも。でももう、どうでもいいと思いました。

あなたのお相手の女性で、事実を白日のもとにさらそうなどというひとは、私を含めてだれもいないでしょう。関係を恥じているからではなく、言う必要がないからです。大切な記憶について、愛したひとについて、なぜ大勢に向かって発表する必要があるでしょうか。

私は、恋愛対象が女性であることを、しかるべきときにははっきりと表明しています。たとえば、（事例は少ないですけれど）男性から真剣に思いを打ち明けられたときなどに。あるいは、（数は少ないですけれど）親しい友人には。かつて一緒に会社を立ちあげた子には、言ってあります。べつに、それでどうということはありません。「ああ、そうなの」で終わりです。

悦子さんが亡くなったときから、そういう方針で行こうと決めました。けれど、同性を愛するひとすべてがそうするべきだ、とは思いませんし、だれにでも表明しようとも思わない。

磯崎さんのことは放っておこう。私はそう判断しました。はなを愛した女たちの心を、彼は見くびっている。漏れるはずがない秘密なのに、磯崎さんはびくびくしているのです。せいぜい怯《おび》えていればいい。つきあっていられません。

でもそのまえに、ぜひとも磯崎さんに聞いておかなければならないことがあります。

「磯崎さんがなにを案じておられるのか、私にはまったく見当もつきませんが」

私はわざとらしく、「まったく」を強調しました。「思い出すことがあったら、記事にするまえに一応、磯崎さんの言いぶんをうかがいにいきますね」

はなも知ってのとおり、私がふだん書いているのは、「いちごのスウィーツ特集」などのタウン情報やインタビュー記事です。ジャーナリストでも週刊誌の記者でもない。当事者に突撃取材して裏を取るなんて、したことがないし、する予定もないのですけれど。

磯崎さんは、私の揺さぶりに気づいたのでしょう。

「こわいな」

と、冗談めかして答えました。でも、目は笑っていません。私がなにをどこまで知っているのか、慎重に計ろうとしているようでした。私たちは冷めたコーヒーをすすり、互いに腹の底を見せずに微笑みあいました。

「もちろん、そんな記事を書かなくてすむなら、それに越したことはありません」

私はカップをソーサーに戻し、鞄から財布を取りだして、二千円をテーブルに置きました。コーヒー一杯に二千円！　ラウンジって恐ろしいです。

「だから最後に、教えてください。はながいまいる場所を知っていますか？」

「ゾンダの隣国、ヌブワビの難民キャンプで働いている、という情報が寄せられました」

ああ、無事だったんだ！　喜びがこみあげ、私は震えそうになった。

「どこから？」

「現地で活動しているフランスのボランティア団体からですが、確たる証拠はありません。妻がその団体に所属しているわけでも、妻自身から連絡があったわけでもない。あくまでも伝聞という形だったので」

「でも、きっとはなだわ」

高揚する私を、磯崎さんは冷静に観察していたようです。

「そうだとすれば、なぜ妻はなにも連絡してこないのでしょう。わたしだけでなく、あなたにさえも」

冷たいほど穏やかな声でした。私はなにも答えられなかった。直視したくなかった現実を突きつけられた気がしました。

「どうして私に？　メールをやりとりしていただけの、高校時代の友人なのに」

私は席を立ち、鞄を肩に掛けました。「すみません、次がありますので、これで失礼します」

「お代はぼくが払いますよ」

「いいえ。はなの無事をお祈りしています」

脇を通り過ぎようとした私を、

「野々原さん」

と磯崎さんは呼び止めました。「誤解していらっしゃるかもしれませんが、わたしは妻を大切に思っています。離婚はしませんし、彼女の帰りをいつまでも待ちます」

はな、あなたったらモテモテね。宣戦布告されちゃったわよ、私。

「はなから連絡もないのに？」

私はそう言い捨て、ラウンジを出ました。

大人げなかったかしら？　ごめんなさい、つい対抗心が頭をもたげてしまったの。あなたが姿を消してから、私はずっと目をそらしつづけてきたことがある。それを磯崎さんに指摘されて、動揺した。動揺を隠したくて、大人げない態度を取った。

あなたが私に（あるいは磯崎さんに、でもいいわ）、連絡してこない理由。考えたくなかったけれど、もう見ないふりはできない。

一、あなたはすでにこの世のひとではない。

二、連絡を取りたくても取れないような、過酷な状況に置かれている（大怪我や大病をして、どこかで身動き取れずに臥《ふ》せっているとか、だれかに捕らわれて酷《ひど》い扱いを受けているとか）。

三、あなたはだれとも連絡を取るつもりがない。

ねえ、どれなの、はな。もしくは、私が考えつかない、ほかの理由がなにかあるの？

私は、三つのうち、どれも選びたくなかった。だからずっと、目をつぶり耳をふさぎ、極力考えないようにしてきた。でも、もう無理よ。磯崎さんから、はなの現状について（不確かな情報とはいえ）知らされてしまったもの。

あなたが生きて、難民キャンプで元気に働いているなら、これ以上うれしいことはありません。だけど、恐れていた事態がやってきたとも感じている。私はとうとう、突きつけられた現実と向きあわねばならなくなった。

はな、あなたはもう、だれとも連絡を取るつもりがないのでしょう。

あなたは心のままに、自分の道を行くと言った。それは私を、日本であなたを案じる親しい人々を、すべて捨て去るという意味だった。「また会う日まで」と書いてくれたのは嘘《うそ》だった。そういうことなんでしょう?

なぜ。考えても考えても、答えは返らない。あなたと語りあう方法が断たれてしまったから。こうして手紙を書いても、送るあてもなくしまいこむしかないから。あなたに切り捨てられた私は、私のなかにいるあなたへ向けて、一方的にしゃべりつづけるほかない。

このむなしさをどうすればいいの。だれか救って。いいえ、「だれか」ではない。あなたしか救えない。むなしい、むなしい、むなしい。

二〇一一年二月九日

野々原茜

＊＊＊

牧田はな様

前回の手紙を書いてから約一ヵ月のあいだ、私は少し落ち着いて、さまざまなことを思いめぐらしていました。

あなたと連絡が取れなくなって以来、心のなかでしか対話できない状態に、私は徐々に疲弊しつつあったのだと思います。心のなかの対話とはすなわち、むなしい独り言、私にとって都合のいい幻想や幻聴、自己満足に過ぎないのではないか、と感じられたためです。

けれど、二月も終わりに近づいた、とても晴れたある日。為五郎を抱いてマンションの庭に出て、冷たい空気を思いきり吸いこんだ瞬間、ふと自分の考えの狭さ、視野狭窄《しやきようさく》ぶりに気づきました。

私はあせっていたのでしょう。あなたが私を顧《かえり》みることは永遠にないのではないか、という恐れに負けそうになり、自暴自棄になっていたとも言える。

冷たさの底に秘められた春の気配を肺に感じ、目が覚めたような思いがしました。それまでの私は、あなたのことしか考えていなかった。もっと正確に言えば、自分の心のなかにいるあなたに囚《とら》われていた。結局、自分のことしか考えていなかったのです。

　急いで室内に戻り、為五郎を床に下ろして、パソコンに向かいました。ゾンダについて、ゾンダがあるアフリカ中西部について、調べるためです。歴史、文化、風習、人々の暮らし、現状。それらの情報が載っているサイトを片端から検索して読み、書籍を探して購入しました。為五郎はそのあいだ、水を飲んだり昼寝をしたりしていました。

　はなからもらった手紙やメールももう一度、少しずつ、すべて読み返した。若かったころのあなた。長い決裂を経たのちの、大人になったあなた。はなの息づかいが感じられる文字のつらなりを。

　取り寄せた本も含め、仕事の合間に十日ほどかけて、私のなかにたくさんの言葉を取り入れました。もちろん、あなたの言葉をいくら読み返しても、あなたは私とはべつの人間のままです。ゾンダやアフリカについての情報をどれだけ仕入れても、やっぱりそこは知り合いもいない遠い場所のまま。

　だけど、知ろうとせず、想像を試みもしないよりは、ちょっとはましだろうと自分に言い聞かせています。私が勝手に作りだしたはなの幻影のことばかり考えるよりは、ずっと建設的な行いのはずだ、と。

　はなは高校生のころから、優しく強いひとでしたね。古い手紙を読み返し、改めてそれを思い出しました。私はあなたの感じやすい心、けれど常に毅然とした佇《たたず》まいを、とてもまぶしく思い、愛してきました。同時に、同じ部分を、青臭く手に負えないと思っていたのも事実です。妥協というか、なあなあという単語を、もう少し知ってくれてもいいのに、と。だってそれが、生きて生活していくということでしょう。だれかを愛し受け入れるとは、そういうことでしょう。

でも、あなたにそんな要求をするのは、無意味なことですね。はなの核にはいつも、端から見れば過激とも思える優しさと強さが確固として存在し、それがあなたという人間を構成する重要な要素であり、あなたを輝かせる源でもあるのですから。

私も付け焼き刃ながら、ゾンダについて、そこに住む人々について、少しだけ知識を得ました。そして、つくづく思ったのです。戦火に巻きこまれ、故郷を追われ、苦しみ嘆くひとたちがいる。あなたがそういう人々を残して、自分だけ平和で安全な場所へ戻れるはずがないと。

常識的かつ理性的に考えれば、はなの行いはまったく馬鹿げているし、多くのひとが理解できないと言うでしょう。私も、正直言って理解できません。難民を支援する方法やルートは、たくさんあります。日本にいたって、苦しむ人々に思いを寄せ、手助けすることは可能なはずです。特にあなたは、大使夫人という立場にあった。帰国しても、大勢のひとにゾンダの窮状を訴え、なんらかの働きかけをすることはできました。社会的立場を考えれば、離婚しなにもかも捨ててまで隣国の難民キャンプへ行くなどという、「突拍子もない」行動を取るべきでは絶対になかったのです。

はなの潔癖は本当に行き過ぎているわ。もはや残酷とか自分勝手の領域に入っていると思う。

　でも、私もあえて常識を捨てて考えてみます。

　聖フランチェスカで、さまざまな殉教者について教えられましたね。自分の信じるもののために死ぬというのは、私からしてみれば、当時もいまも理解に苦しむ行いです。雌伏《しふく》して劣勢挽回《ばんかい》のチャンスを待ったほうがいいのではないかと思うし、そこまで一途《いちず》になにかを信じるのは危険ではないかとも感じます。「落ち着いて」と言いたいし、中庸の精神ってきわめて大事ですよと言いたくもなる。

　しかし、真に社会を変革し、ひとの心を打ってきたのは、実ははるか昔から、常識はずれな言動だったのではないかとも思う。古い考えかたや規範に縛られていた人々の魂を解放し、「自由」の意味を更新しつづけてきたのは、「突拍子もない」と評されるような行いをするひとだったのではないでしょうか。

　そう考えると、「誇り」という言葉が浮かんできます。ちっぽけな体面や、地位や名誉を守りたいがための自尊心とはまったく無縁な、もっと根源的な「誇り」です。真にひとを突き動かし、ひとの心を打つのは、金品や安寧ではなく、「誇り」に基づく選択や言動なのだと思えてなりません。

　誇りを奪われ、苦しむ人々をまえにし、はなは自身の誇りをかけて動かずにはいられなかった。その際、あなたの潔癖さが、あなたの持つすべてのものを捨てさせたのでしょう。帰れなくてもいい。すべてをなげうって、今後は人々の、そして自身の、魂の誇りのために生きる。今回のあなたの行動は、そういう決意表明なのだと、私は解釈しました。

やはり百パーセントは理解できませんし、同じ局面に置かれたとき、自分がはなと同じ行動を取るとは、いまの段階では到底思えませんが。

私はいま、本当の意味であなたについて知り、想像したいと願っています。あなたのことだけではなく、あなたが見たこと、感じたこと、考えたこと――つまり、ゾンダについて、そこで苦しんでいる人々についても。

遠い場所とは、ゾンダだけではありません。他者の心も、自分自身の内面すらも、等しく遠い。しかし遠いからといって、知る努力を放棄してしまったら、想像の翼はいつまでも羽ばたかず、距離は縮まらぬまま、私たちは永遠に隔てられてしまうでしょう。はな、物理的に遠い場所にいても、あなたは私に教えてくれる。距離を超える術、心に狭く硬い殻をかぶせずに、だれかに寄り添う術。

知り、考え、想像することを。

私はもう、無闇にあせったり、あなたの幻影のみをひたすらに追ったりするのはやめます。あなたの生死を問うことにも、もはや意味がないような気がしています。

私は、いま私がいる場所で、淡々と暮らしをつづけましょう。いままでとちがうのは、心のなかの本当のあなた、つまり他者と、知識と思考と想像力のすべてを駆使して、対話するよう努めるという点です。心の窓を開いて、世界に、他者に、敏感になる。そうしていれば、きっといつか、あなたの声がはっきりと聞こえてくる気がするのです。都合のいい幻聴ではない、他者との真の理解が成立する瞬間が、訪れると思うのです。

これこそが都合のいい、甘えた希望にほかならないかもしれませんね。この瞬間、生命の危険にさらされ震えているひとは、他者とか理解などと言っている場合ではないのですから。

それでも信じなければはじまりません。神をではなく、人間を。他者や異物を排除するのではなく、知と思考と想像をもって、ともに生きようとする力を。

為五郎が餌皿をひっくり返しました。新しいキャットフードがお気に召さないのだろうと、理解に努め、怒らずにぐっと我慢。するつもりでしたけれど、やっぱり「こら！」と言ってしまいました。試練は次々に降りかかります。なかなか悟りはひらけませんね。

二〇一一年三月十日

野々原茜

＊＊＊

牧田はな様

ああ、なにから伝えればいいのか。

東北で大きな地震が起きたこと、津波で大変な被害が出ていること、はなの耳にも届いたでしょうか。

新宿でインタビュー取材が入っていたので、昼ごろに家を出ました。電車に乗って新宿に着き、いい天気だったから三丁目の喫茶店まで通りをぶらぶら歩いた。会議室がある店なので、編集者がそこを押さえてくれたのです。

編集者、カメラマンと軽く打ち合わせするうちに、取材相手が到着しました。英語で書かれた工業用品の取り扱い説明書や、技術書を翻訳しているひとで、とても気さくで話がおもしろかったわ。専門用語を、「日本で言うところの、あれだな」と、これまた専門用語で翻訳しなければならないでしょ？　ふだんから現場のひとたちと接し、日本ではどういう用語が使われているのかリサーチしているんですって。

取材はスムーズに進み、次は写真撮影。窓もない狭い会議室だから、カメラマンは苦心していた。ライトを二本立てて、私もレフを持って光を反射させるお手伝い。編集さんは取材相手に話しかけて、自然な表情を引きだす係です。

撮影が終わり、カメラマンが大きなバッグに機材をしまうのを待つあいだ、くつろいだムードでおしゃべりしました。注文したコーヒーもまだ残っていたしね。

そこへ、激しい揺れが来たのです。喫茶店は古いビルのなかにあったから、崩れるんじゃないかと思った。テーブルに置かれたコップから、水がこぼれたほどでした。半分ぐらいしか入っていなかったのに。私が経験したなかでは、一番大きな揺れだった。

ああいうときって、「わわわ」と思うだけで、動けないものね。編集者と取材相手は咄嗟にテーブルの下にもぐりこんでいたし、カメラマンもライトが倒れないように支えていたから、単に私が鈍《どん》くさいだけかもしれないけれど。座ったまま、なぜだかテーブルの端を必死につかんでいた。

揺れはとても長くつづいたように感じられた。少し収まったので、急いで荷物を持って階段を駆けおりた。店じゅう大騒ぎになっていて、レジにお客さんが殺到して会計をしていた。厨房では棚からいくつもコップが落ちたらしく、店員さんが破片を箒《ほうき》で集めているのが見えた。コックさんが調理の火を止め、心配そうにドア口から外を眺めている。

私たちも会計をすませ、表へ出た。通りには多くのひとが飛びだしてきていて、仕事や買い物どころではない状態だった。そのあいだにも大きな余震が何度もあって、でも空は青く晴れたまま、不思議と街は静か。不安の気配だけが広がり、だれもが身を縮めて、ときおり囁《ささや》きを交わしている。

編集者は、一度会社へ戻ると言う。取材相手も、本でいっぱいの事務所がどうなっているか心配だから、すぐに帰ると言った。私も、あとの予定はなにもないし、為五郎はどうしているだろうと居ても立ってもいられなくて、結局喫茶店のまえで解散することになった。

カメラマンは車で来ていて、近くの駐車場に停《と》めていた。送っていきましょうかと言ってくれたけれど、聞くと方向が微妙にちがったので遠慮しました。

電車はすでに動いていなかったから、街道沿いを歩いて西へ向かった。高速道路の高架が倒れてくるんじゃないかと、上ばかり見てしまった。同じように、会社や出先から自宅を目指すひとが、時間が経つにつれどんどん増え、合流してふくれあがっていきました。私はスニーカーにジーンズだったので歩きやすかったけれど、ヒールを履いた女性は苦労しているようでした。道端の段差に座って、踵《かかと》の靴擦れを見ている若い女の子がいたので、鞄のなかにあった絆創膏《ばんそうこう》をあげました。

そのころには、震源地は宮城県沖であること、東北の太平洋岸を中心にとても強い揺れに襲われたこと、そして、津波が発生していることが、わかってきました。街道沿いに並んだお店やツイッターから情報を得たひとたちが、歩きながら話していたためです。

反射的に、取材でお世話になっている漁村のひとたちの顔が浮かびました。リアス式海岸で、これまでも何回も津波に襲われてきた土地です。津波が起きたときに逃げられるよう、背後の山には石の階段が作られていますし、みなさん避難訓練もしていると言っていた。津波の恐ろしさが語り伝えられてきた村ばかりだから、大丈夫だろうと思おうとしましたが、それでも足が震えてきました。

私は携帯から、民宿「まつしま」に電話してみました。いきなり漁村の知り合いの家に電話して、そのせいで相手が逃げ遅れでもしたら大変です。「まつしま」なら高台にあるので、津波の心配はしなくていい。そう判断したのですが、電話は通じませんでした。

緊急事態で回線が混みあっているせいだろう。でも、もしかしたら、揺れで「まつしま」が倒壊してしまったのかもしれない。ご主人夫妻は、家屋の下で助けを待っているところかもしれない。悪い想像がどんどん浮かんで、叫びそうになりました。落ち着かなければ、と自分に言い聞かせ、今度は自宅マンションの大家さんに電話しました。やはりつながりません。ほら、回線が混んでいるんだ。「まつしま」の夫婦も、漁村のひとたちも、きっと無事だ。

深呼吸し、メールもチェックしましたが、駄目です。受信も送信もできなくなっていました。ツイッターに登録しておくんだったなと思いました。つぶやくことなどなにもないし、つぶやきたい相手もいないので、特に興味も持たず、それまで過ごしていたのですが。

三時間ほど歩いて、やっとマンションが見えてきたときは、心底ホッとしました。そこに至るまでに喉《のど》が渇いたのですが、自動販売機の飲み物はすべて売り切れ。コンビニやスーパーを覗いてみても、水や米をはじめ、ほとんどの棚がからに近くなっていました。不安に駆られた人々が、早くも買い占めに走っていたようです。私は家に買い置きしてある食料を思い浮かべ、まあ一週間ぐらいはなんとかなるだろうと判断し、なにも買わない（買えない）まま家へ帰ったのです。だからマンションが視界に入ったとき、倒壊も炎上もしていないことに加え、やれやれ水が飲める、ということに対する喜びがありました。

「ただいま。為五郎」

と呼びかけながら、靴を脱ぎ室内へ入りました。まずは水道水を飲み（濁っているかもしれないと思い、念のため数秒待ってから、コップを蛇口の下に差しだしました）、ついでに食器棚のチェックをした。割れたり壊れたりしているものは、なにもありませんでした。あとで大家さんから聞いたところによれば、同じマンション内でも、ものが落ちたおうちもあり、揺れの方向と家具の向きが関係していたようです。

水を飲んで人心地ついた私は、テレビをつけ、各部屋を確認してまわりました。パソコンの横に置いた湯呑《ゆの》みから、飲み残しのお茶がやはりこぼれていた。幸い、パソコンにはかかっていませんでした。

すべての部屋を見てまわり、布団をめくったりソファの下を覗いたりしましたが、為五郎はどこにもいません。揺れでパニックになり、猫用ドアから外へ飛びだしていってしまったのかもしれません。肝を冷やすとはこのことで、私は掃きだし窓を開けて庭へ出て、「為五郎、為五郎」と呼びました。

為五郎は現れず、答える鳴き声もしませんでした。かわりに大家さんが庭先にやってきて、お互いの無事を喜びあいました。

「テレビを見た？」

と、大家さんは言いました。大家さんは高齢の一人暮らしで、心細そうでした。私は玄関から大家さんを招き入れ、椅子に腰を落ち着けて、一緒にテレビを見ました。

どのチャンネルも、通常の番組を取りやめ、地震の情報を流していた。そこではじめて、東北を襲った地震の大きさと、津波の状況を知りました。私が体験した揺れなど比較にならないほどの出来事が、現在進行形で起きていたのです。

津波に呑まれていく街を、ヘリから空撮した映像。あれをどう言い表せばいいのか、私にはよくわかりません。迫り来る津波に気づかず歩いているひとや、道路を必死に逃げる車が見えます。たくさんの家々のなかにも、きっとひとがいるでしょう。逃げて、逃げて。ああ、波がすぐそこに。

その瞬間、カメラはパンし、また黒く光りながら内陸へ浸食していく波を追うのです。ひとや車が呑まれるところを、なるべく映さないようにして。

おためごかしだ。私は憤りがこみあげ、それならどうしてヘリなんか飛ばしてるんだ、そのヘリから拡声器でもなんでも使って、「早くこっちへ逃げろ」と誘導すればいいのに、なぜしないんだ、と大家さんに言いました。でも、よく考えてみれば、憤りの裏には混乱と恐怖と無力さへの落胆があり、私は映像に八つ当たりをしているだけなのでした。

大家さんは、「これは録画映像だ」と言いました。津波発生時に生中継されたものを、また流しているだけだと。たしかに、表はもう薄暗くなっていて、私たちのいる部屋は電気をつけています。東北のほうは電気ばかりかガスも水道も止まっているようで、いったいどんな夜が訪れるのか、考えてもなにもできることはなく、私たちは電気をつけ、燃えあがる気仙沼をテレビで見ているのです。

夕飯にインスタントラーメンを一袋ぶん作り、分けあって食べただけでしたが、おなかはまるで減りませんでした。

「落ち着いたら、為五郎はひょっこり帰ってくるわよ」

と大家さんは言ってくれました。なにかあったら声をかけあおうと約束し、余震がつづくなか、大家さんは深夜に自分の部屋へ帰っていきました。

私はベッドに入り、目を閉じました。何度も余震がありましたが、動かず、耳を澄ましていました。為五郎の声は聞こえませんでした。


ここまでを、三月十二日の朝から昼過ぎまでのあいだに書きました。あまり眠れなかったので早起きし、かといって土曜日で、外出仕事の予定は入っていなかったから。もちろん、インタビューのテープ起こしとか、書かなければいけない原稿とか、家ですることはいろいろあるのですが、そんな気分にもなれませんでした。

それで結局、少しでも気持ちを落ち着かせるために、前日あったことを、あなたに報告するつもりで書いたのです。書く以外にできることがないんだなと、つくづく自分という人間がいやになったわ。

合間にときどき、テレビを見ました。当然ながら、どのチャンネルも特番を組んでいたし、CMも自粛ということなのか、ACジャパンのものしか見かけなかった。

十一日のことを書き終えた直後、福島第一原発の一号機が水素爆発を起こしました。原子力だか原子炉だかの専門家が、テレビのなかで真っ青になっていました。「換気扇を止めてください。不要不急の外出を避けてください」と、アナウンサーが繰り返し言っています。お風呂場の換気扇を止めました。そんなことで、どれだけ放射能をさえぎれるんだろうと疑問でしたが、まあ、しないよりはましだろうと思うことにしました。

世の中は騒然とし、不安の影はますます濃く広がっていき、スーパーは相変わらず品薄状態がつづいています。私は車を持っていませんが、近所のガソリンスタンドに長い車列ができているのを見ました。

「まつしま」のご主人とは電話がつながり、奥さんも建物も無事だとわかりました。でも、漁村のほうのことは、情報が錯綜《さくそう》しているし、連絡が取れないひともいて、なにがなんだか埒《らち》が明かない。明日にでも車に物資を積んで、行ってみるつもりだ、とのことでした。

十四日には、確定申告のため税務署へ行きました。うちから自転車で三十分ほどなのですが、テレビでは連日、放射能がどうのこうのと言っているので恐くなり、マスクをして眼鏡をかけ、帽子と軍手装着で出かけました。そんな重装備で出歩いているひとはおらず、恥ずかしかった。そりゃそうですよね。軍手とマスクでどうにかなるなら、放射能云々《うんぬん》と騒ぎになるはずないですもの。花粉症なんだなと思ってもらえたならいいのですが。

それにしても、確定申告。非常事態が起きているのに、同時並行で日常もつづいています。なんだか変な感じです。あと数年もしたら、いえ、もしかしたら半年も経たずに、今回の地震や津波や原発事故のことは、多くのひとの意識に上らなくなってしまうのかもしれません。いたみを感じているひとの気持ちを置き去りにして。

それが日常だし、生きるということなのでしょうけれど、だとしたら日常とは、生きるとは、やはりときとしてとても残酷で鈍感なものだと思います。もちろん、私自身も含めて。

はなは、こういう残酷と鈍感を憎んだのでしょう。いまになって、それがよくわかる気がします。それでも私は、日常を捨ててなんらかの行動に出る勇気も、そのつもりもなく、ただ「どうなるんだろう」と思うだけで、漫然と時間を過ごしている。まさに残酷と鈍感を体現する存在です。これは開き直っているのではなく、そうとしか言いようがない、ということです。

家での仕事も通常どおりに再開し、パソコンに向かって原稿を書く日々を送っています。昨日は地震以来はじめて、打ち合わせで都心へ行きました。

待ちあわせが夕方だったので、午後五時ごろに地下鉄の改札を出たのですが、驚きました。会社員が続々と帰路についているのです。ふだんだったら残業するひとも、節電のためとかで、五時までに会社から追いだされるのだとか。

お堀に面したカフェで編集者と打ち合わせをし、軽くご飯を食べて、七時には解散しました。そのころには完全に夜になっていて、街は戒厳令でも出たのかと思うほど暗く、ひとも車もほとんど見かけませんでした。あんな東京ははじめてです。皇居の森はいつもより黒々とし、星がとてもよく見えました。

　原発で事故が起きて以降、東京を離れ、西のほうや国外へ行ったひとも多いと、打ち合わせをした編集者は言っていました。「でも、どのタイミングで戻ってこようと判断するんでしょうね。半減期が何万年っていう物質もあるらしいのに」と。

　考えてみたら、私には行くところがありません。親とも疎遠だし、親戚づきあいもないし、生まれてからこれまで、神奈川と東京でしか暮らしてこなかった。もうずいぶん長く、東京で働き生活していて、そこが故郷になっている。どこにも行く場所なんてないし、行きたくもないのです。生まれ育った家に帰りたいと言うお年寄りの気持ちが、なんとなくわかる気がします。

　そしてまた、あなたのことを思います。故郷を追われた人々のなかで、きっとあなたは今日も働いているのでしょう。そうだと信じたい。そうであってほしいと願っています。

　為五郎は帰ってきません。きっと、地震に驚いて外へ飛びだし、闇雲に走るうちに、帰り道がわからなくなってしまったのでしょう。貼り紙もしたし、保健所にも連絡したし、あちこち探しまわってもいるのですが、見つかりません。

　こんな事態になって、猫ごときの心配をしているのかと嗤われるかもしれませんが、一人ベッドに横たわると、涙が出てきます。

二〇一一年三月十八日

野々原茜

＊　＊　＊

牧田はな様

最近、ひさしぶりにあの感覚に襲われている。家にもう一人、だれかがいるような感覚。

すごく以前、高校生のころにも手紙に書いたことがあるので、はなは覚えてくれていると思う。私は両親と暮らしていたとき、なぜだかもう一人、家族がいるような気がして、四人分の食器を用意しなくちゃいけないんじゃないかしらと、頭が混乱することがよくあった。

その感覚が、またよみがえったの。いまは一人暮らしなのに、家のなかにだれかがいる気配を感じる。ずっとそのひとと二人、親しく暮らしてきたような気がしてならない。

ただの錯覚、勘違い。そういったものだと、ちゃんとわかっていますからご安心を。

霊感なんかじゃない。そんなの、あってたまるもんですか。いままで私は、幽霊を見たことなんて一度もないのだから。

だって霊感だとすると、はなはすでにこの世にいないということになる。

そう、私が感じているのは、あなたの気配なのです。恐くはない。ふとした瞬間、私に寄り添い、見守ってくれているあなたの存在を感じます。パソコンに向かう私を背後から眺める目を。部屋のなかを静かに歩きまわる、かそけき空気の流れを。

最初は、為五郎が帰ってきたのかと思った。だけど餌皿のカリカリは減った形跡がなく、猫用のドアが揺れているということもない。じゃあ悦子さんの幽霊かしらとも考えたのだけれど、悦子さんは化けて出るタイプじゃないのよ。いえ、どんなタイプのひとが幽霊になるのか、死後の世界の事情に詳しくないので、断言はできませんけれど。

それで、「ああ、はな。あなたなのね」と気づいた。もしかしたら、両親と暮らしていたころに感じた気配も、やはりあなただったんじゃないかしら。時系列がねじれていて変ですが、時空を超え、あらゆる時代の私を見守る力がはなにはあるんじゃないか、なんて考えるのよ。

大丈夫。こんなこと、だれにも話していません。頭がおかしくなったと思われるもの。

もちろん、はなの気配じゃないかと思い当たった直後は、不安にもなった。あなたの身になにかあったのではないかと、思いきってみどりちゃんに電話をしました。地震のことを知り、あなたがみどりちゃんに連絡を入れたかもしれない、という期待もあったからです。

　電話をしてきた私に、みどりちゃんは警戒するふうでした。あなたに執着しすぎている、あるいは、あなたのことを嗅《か》ぎまわっている、と受け取ったのかもしれません。地震を口実にするのは気が引けましたが、そうでもしなければ会話の糸口がないほど、素っ気ない応対でした。

「大変なことになったけれど、そちらはお変わりない？」

「ええ、おかげさまで」

「はなから、なにか連絡はあった？」

「いいえ、なにも」

「そう、心配ね。どうしているのかしら」

「さあ。両親とも話してるんです。姉は磯崎さんに迷惑をかけて、自分勝手なことをしたんだから、いまさら連絡なんてしてこられても困るって」

　ねえ、はな。誤解しないで。私は、いつかあなたにこの手紙を読んでもらえる日が来ると信じています。だったらなぜ、こんな会話を記録するのかって思うでしょ？

　みどりちゃんの言葉、そのまま受け取らないで。電話口で、彼女の声はかすかに震えていた。少しうわずっていた。それで私、わかったのです。みどりちゃんも、はなをとても案じている。でも家族だからこそ、その気持ちを率直に表せないこともあるんだ、と。

　磯崎さんへの遠慮や配慮もしなければならないでしょう。加えて、あなたのおうちは代々、外交官をしてきた。その立場からすれば、あなたの行いを容認しがたいのは当然です。

磯崎さんはやっぱり離婚に「うん」と言わないままなんだろうかと思いましたが、みどりちゃんに聞くことはできなかったし、磯崎さんにコンタクトを取るのもいやなので、探索活動はそこまでになりました。

そういうわけで、為五郎が去り、はなの行方もあいかわらずはっきりとはわからないまま、私は一人です。あなたとつながるためには、想像力だけが頼りです。

私にはなんのしがらみも立場もありませんから、心の赴くままに、はなを案じ、はなの現在について思いを馳せることができる。それって案外、自由で胸躍ることじゃないかしら。そう思ったら、部屋であなたの気配を感じても、もう不安は覚えなくなりました。むしろいまは、喜びだけがある。

おかしいわよね。遠く隔てられればそれだけ、想像力が強く深く羽ばたき、一人になればなるほど、だれかを身近に感じるなんて。さびしさに耐性があるのか、ないから幻を生みだしてしまうのか、我がことながらよくわからなくなってきたわ。

先日、電車に乗っていたとき、大学生らしき男の子二人の会話が聞こえてきました。彼らも私もドア付近に立っていて、車内はそれなりに混みあっている。

二人はドアの窓から夕暮れの町を眺めながら、「いま地震が来たらいやだな」「まだ余震が多いよね」なんてことを、最初は話していた。

「このあいだの地震が、いままで経験したなかで一番大きかった。東京であの揺れなんだから、東北はすごかっただろうな……」

「うん。阪神大震災のときのほうが、このあいだの東京よりも断然揺れたもん」

「そっか、おまえ神戸だっけ。俺らが四歳のときか。覚えてる？」

「もちろん。忘れられない。俺は兄ちゃんと一緒の部屋で寝てたんだけど、ものすごい揺れが来て、タンスが倒れてきそうになったんだよ。飛び起きた兄ちゃんが、体でそれを支えてさ。『逃げろ！　早く！』って言うんだけど、恐いし、とても立てるような揺れじゃないし、俺は布団にへたりこんで震えてた」

「タンスは？」

「兄ちゃんがずっと押さえてくれてた」

「すげえな、おまえの兄ちゃん。いくつだったの？」

「七つ。いまもたまに喧嘩《けんか》するけど、どうしても頭が上がんないところがあるね。あのとき、必死で俺を守ろうとした兄ちゃんの姿が目に焼きついてるから」

「無事でよかった。ほんとに、無事でよかったな」

聞くともなしに二人の会話を聞いていた私は、なんだか泣きそうになりました。人間の善なる部分が、二人の言葉には端的に表れていると感じたからです。

はな。私はあなたの存在を知った日から、どう生きるべきかをずっと考えてきた気がします。あなたを愛し、あなたに愛されるにふさわしい人間になりたいと願って。答えはまだ出ません。でも、私はこれからも、だれかを愛し、だれかに愛されるにふさわしい人間になるべく、模索しつづけるでしょう。

その際に標《しるべ》となるのは、あなたの姿です。私には見えるのです。弟のために咄嗟にタンスを押さえた幼い男の子のように、どうしようもない「なにか」に突き動かされたのだろうあなたが。戦火のもと、毅然と顔を上げ、地平線を目指して歩み去っていくあなたが。

止めることも呼び戻すことももうできないところへ、あなたは踏みだした。後悔はないとわかるから、私はこの部屋で、あなたの気配を親しく感じながら生きていきます。

もしかしたら、まただれかを愛するかもしれない。為五郎の甥《おい》か姪《めい》と、不思議な出会いがあるかもしれない。

でも、だれを愛しても、だれと暮らしても、私の心には常にあなたの存在があって、私に寄り添い、見ているのです。私の行い、私の言葉を。それを裏切りだと言うひとは、だれもいないでしょう。

あなたは私を「ひと」にし、「ひと」として生かしてくれました。あなたは長い年月をかけて、私に愛を、つまり考え実践しつづけることを、教えてくれたのです。

ヤシの殻でできたお人形は、星の砂と一緒に、いまも私のパソコンデスクに飾ってあります。クローバーの指輪は、あなたを真似《まね》てチェーンを通し、私の胸もとでぬくもっています。

明日から三陸へ行きます。顔見知りの漁村のひとたちは、みなさん無事だったのですが、親しいかたを亡くしたひともいますし、避難生活がつづいているのです。民宿「まつしま」の車に乗せてもらって、手伝いにいってきます。黙って話を聞くぐらいしか、できることはないかもしれませんが。

だからしばらく、この手紙はお休みします。あなたに伝えたいことは、ほとんどすべて書いた気もするので、これが最後になる可能性もあります。

でも、私は今後も、心のなかであなたに語りかけつづけるでしょう。読んでもらいたい手紙も、話したいことも、ものすごい量になっていて、帰ってきたらあなた、睡眠不足になること請けあいよ。

明日は早くに家を出るので、もう休みます。そのまえに、あなたに伝えたかった、一番大切なことを書いておかなければ。

私に魂というものがもしあるのならば、それはあなたのものです。渡り鳥が海を越えて必ず生まれ故郷に帰るように、私の鼓動が止まるとき、魂はあなたのもとへ還《かえ》るでしょう。あなたが形づくり、息吹を与えてくれたものだからです。

ありがとう、はな。

二〇一一年四月三十日　　野々原茜

# 謝辞

本書執筆に際し、
お力を拝借したかたのお名前をここに記し、深く感謝する。
作中で事実と異なる部分があるのは、
意図したものも意図せざるものも、作者の責任による。

越川和彦さん
越川優子さん
宮村智さん

# 解説

辻《つじ》村《むら》深《み》月《づき》

本書を読み終え、あなたの胸に、今、誰の顔が浮かんでいるだろうか。

読書とは、本を読むこと。物語に身をゆだねること。必ずしも、自分の人生を照らし合わせることではない。そうわかっていても、どうしても「自分の物語」だと思わずにはいられない本が、世の中にはある。三浦しをんの『ののはな通信』は、私にとって——そして、おそらくは多くの「私たち」にとってそういう一冊だ。たまらなく心を持っていかれてしまう。これまで自分の歩いてきたどこかに、痛烈に気持ちが引き戻されてしまう。

主人公は野々原茜と牧田はな。ののとはな、二人の往復書簡だから「ののはな通信」。二人は横浜にあるミッション系の女子校で出会う。庶民的な家庭で育ち、クールで毒舌なののと、外交官の家に生まれ、天真爛漫で、甘え上手なはな。手紙のやり取りは昭和59年の日付から始まる。漫画『日出処の天子』の展開に心躍らせ、グリコ森永事件の「かい人21面相」の名が登場するその時期に、二人は互いに向けてせっせと手紙を書く。

明日、学校で会えるのに、速達で。他のクラスメイトと話すのとは別格の、自分たちだけが通じ合える文面を互いに送る。

その幸福に、私は息が詰まり、読みながら、何度も手が止まった。なぜなら、私はこのやり取りを知っているから。むせかえるほどの幸福と楽しさを湛え、相手に惹かれていくまっすぐな情熱が伝われば伝わるほど、その純粋さに懐かしさとともに胸が痛んでいく。

だって、知っているから。こんなにも相手のすべてを受け入れ、自分が受け入れられたと心の底から思えた日々の先に、別れの予感があることを。

少女たちの手紙のやり取りは、誰かの秘密がとびきりのスパイスになる。多感な日々にナイショ話をかわす二人は、自分たちもまた「秘密」と無縁でいられない只中の時期にあることをまだ知らない。その「秘密」はある時は自覚的に、ある時は衝動を抑えきれずに、突如彼女たちに舞い降り、また襲いかかる。

いつしか、はなに友情以上の気持ちを抱いたののは玉砕覚悟で彼女に告白をする。衝動的だった秘密の告白は受け入れられ、しかし、その一方で、自覚的に踏み込んだはずのののののある秘密が、はなへの裏切りとして、二人を長く苦しめることになる。

一章が終わるこの展開に至って、私の心は震えた。二人に別れが訪れたから、ではない。驚嘆した一番の理由、それはこの「運命の恋」を経た二人の物語が、その先も長く長く続いていることだった。ページはまだまだあり、その先に、この小説の真のすごさが広がっていた。

女子校で出会ったののとはな。なぜか気が合い、かけがえのない親友となった二人は、やがて恋人同士に。「運命の恋」を経て、少女たちは大人になる——。

本書のあらすじを書くとしたら、おそらくこうなる。私もきっとこう書く。けれど、実を言えば、本書を読む人たちには、できるだけ、他者がそう書くよりなかった言葉以外の在り方で、それぞれが胸に受け止めてほしいとどうしても願ってしまう。二人の関係の名前も、彼女たちに訪れた変化も、「親友」や「恋人」、「運命」や「大人」という言葉の枠にたやすくはまりきらない。逆に言えば、それくらい『ののはな通信』は、私たちが「大人になる」としか言いようがなかったものが本当はどういうことなのかを、つぶさに、鮮やかに教えてくれる物語だ。

高校時代に「運命の恋」を経て別れた後、はなはその持ち前の天真爛漫さでののにまた手紙を書き、彼女と再び繋がろうとする。最初は撥ね除けようとするののだったが、二人は再会する。

高校時代を描いた一章、大学時代を描いたこの二章ともに、相手に何をどこまで明かすか、秘密が巧みに隠され、混ぜ込まれる手紙のやり取りは、続きが気になってたまらないミステリー小説のようだ。互いの存在を特別なものと思いつつ、ののもはなも、それぞれ別の愛を知り、違う道を歩き始める。早熟だったののに対し、おっとりとして見えたはなが大学生になって初めて、目先のことではない「自分について」も語り始める。

二度目の別れを経て始まる三章では、二十代と三十代の大きな時間を隔て、二人は、「大人」になっている。ののはフリーのライターとして東京で暮らし、はなは大学時代に出会った外交官の夫について、アフリカ中西部のゾンダ共和国（本書を読んで、ネットで検索したりした人も多いと思います。リアリティの厚みがそれくらいすごいし、私も検索した一人ですが、どうやら架空の国です）で大使夫人として暮らしている。

四十代になった二人のメールのやり取りは「秘密」の色や匂いが、それまでとがらりと変わる。大人になった二人にとっての「秘密」とは、少女時代あんなにもキラキラと顔を輝かせて興じた娯楽ではもはやなく、互いにだけそっと打ち明けたい過去であり、心の中に密かに固めた決意や意思だ。

二人は、確かに「大人になっていた」。だけど、そこまでにしてきた選択や、静かに胸に沈めた決意は、まぎれもなくそれまでの彼女たちの生き方、考え方の延長にあるものだ。大人になることはそれまでの自分や過去と断絶することではなく、昨日までの自分と地続きであることを二人の手紙が語る。あんなにも互いをゆさぶった激しい恋も、苦い後悔の記憶も、切り捨てることなく、二人の中にちゃんとある。ののとはな、互いが互いに対して思う潔癖さが、二人の言葉を真正面から向き合わせる。砂に眠る神殿のような思い出を抱えたままの世界で、これまで読んできたあののの と、あのはなが、今生きていることが伝わる。互いに対する理解や信頼、愛情が、やり取りした言葉の分だけ蓄積されて。

友だち、という言葉が便利な言葉だ、という言い回しが、学生時代ののの手紙に出てくる。この世に存在するどんな感情よりも深い思いをこめることもできれば、なんの思い入れもない知り合いを遠回しに表現することもできる、と。

関係性の名前を一つだと無条件に信じ、だからこそ純粋に怒り、泣き、狂おしいほどの幸福にも哀しみにも襲われた苛烈な日々を経て、〝大人になった〟二人の関係性には、名前がいらない。これこそが、「大人になる」ということそのものなのかもしれない。

相手を想うのに、関係に名前を求める必要がなくなる。

ののとはなは女性同士であるがゆえに、交際していることも、していたことも、その関係をどう説明するかも、迷ったり、しらばっくれたりする。はっきりとした関係の名前がないことに、歯噛みしたくなることも、窮屈さや悔しさを感じることも、おそらくあった。けれど、「友だち」であり、「親友」であり、「恋人」であり「元恋人」で、互いに認める唯一無二の「運命の相手」でいられ、その関係にどんな名前も必要としないのに同時にどんな関係でもいられるのは、二人がともに女性であったからだという気がしてならない。

　相手の知らない過去を秘密として、互いに打ち明けた手紙を読む時、それまでは、おそらくはどちらかに感情移入の比重を多くしていた私たち読者は、もう、ののでも、はなでもある。だから、悦子さんとの別れを伝えた後の返信で、はなが洩らす「ああ、ののの！」の一文にこんなにも涙が出る。「外交官夫人会の女王だった」と打ち明けた手紙に返すののクールな「あなたったらほんとに自由なひと！」の言葉に、こんなにも胸がすく。

ラスト、離れた場所にいるはなに、ののが書き綴る手紙でこの物語は終わる。東日本大震災が起きてすぐの、二〇一一年の日付の手紙だ。

誰かを思い、手紙を書くことは、作中でののが書くように「知り、考え、想像すること」だ。

ののだけではなく、私たちは自分の人生を生きる時、無意識に、おそらくは大切な「誰か」に向けて心の中で手紙を書いている。今の自分が何をどう考え、それをどう捉えているか。相手から見た自分は今、どんなふうに見えるだろうか。たとえ二度と会うことがなくても、その人の幸せを願い、思う。

ののとはなの長い通信は、私たち読者が無意識に行っていた「誰かを思う」ということを、しなやかに可視化した物語だ。だから、読者の心がこんなにも波打つ。自分が接してきたあの人、途切れてしまったあの人、相手を想った狂おしい日々の全部が詰まって、読みながら、自分の人生のあの場面、この場面に気持ちが、心が、引き戻される。

他者と触れ合い、理解された日のすべてが満たされた喜び、後悔や裏切り、大切な存在だとわかっているからこそ見透かし、傷つけ、だけど、大好きだから何度も惹かれ合う。関係性の名前を一つだと無邪気に無条件に信じていられた十代二十代を経て、新しく何度も繋がり直すののとはなの手紙を読みながら、何度も胸が引き絞られ、涙があふれる。それは私が通ってきた道であり、通ることができなかった道だから。

天真爛漫を装ったはなが、勇気を出して、もう一度繋がろうと伸ばした手を、多くの「私たち」は、人生のどこかで相手に伸ばせなかった。あんなにも好きで、相手と一体化してしまいたいと願ったあの気持ちを、ののように勇気を持って恋だと認めることが、私はできただろうか。相手に伝えられただろうか。

恋に至らなかったあの思い出も、傍からは「運命」と名付けてもらえなかったけれど、確かに私の中にあった「運命」も、ののとはなの勇気を携えた長い往復書簡は、肯定してくれる。どのページにも、あの日の私や、選べなかった多くの私が息づいているから、私たち読者は、本書を「私の物語」と呼ぶ。

『ののはな通信』は、そういう、私たちにとっての特別な、大切な一冊だ。

三浦さん、書いてくれて、心の底からありがとう。

本書は二〇一八年五月に小社より刊行された
単行本を文庫化したものです。
この作品はフィクションです。
実在の人物、団体等とは一切関係ありません。

ののはな通《つう》信《しん》

三《み》浦《うら》しをん

令和３年 ６月25日　初版発行

発行者●堀内大示

発行●株式会社KADOKAWA
〒102-8177　東京都千代田区富士見2-13-3
電話　0570-002-301（ナビダイヤル）

角川文庫 22664

印刷所●株式会社暁印刷
製本所●株式会社ビルディング・ブックセンター

表紙画●和田三造

◎本書の無断複製（コピー、スキャン、デジタル化等）並びに無断複製物の譲渡および配信は、著作権法上での例外を除き禁じられています。また、本書を代行業者等の第三者に依頼して複製する行為は、たとえ個人や家庭内での利用であっても一切認められておりません。
◎定価はカバーに表示してあります。

●お問い合わせ
https://www.kadokawa.co.jp/（「お問い合わせ」へお進みください）
※内容によっては、お答えできない場合があります。
※サポートは日本国内のみとさせていただきます。
※Japanese text only

©Shion Miura 2018, 2021　Printed in Japan
ISBN 978-4-04-111067-6　C0193

◇◇◇

# 角川文庫発刊に際して

角川源義

第二次世界大戦の敗北は、軍事力の敗北であった以上に、私たちの若い文化力の敗退であった。私たちの文化が戦争に対して如何に無力であり、単なるあだ花に過ぎなかったかを、私たちは身を以て体験し痛感した。西洋近代文化の摂取にとって、明治以後八十年の歳月は決して短かすぎたとは言えない。にもかかわらず、近代文化の伝統を確立し、自由な批判と柔軟な良識に富む文化層として自らを形成することに私たちは失敗して来た。そしてこれは、各層への文化の普及滲透を任務とする出版人の責任でもあった。

一九四五年以来、私たちは再び振出しに戻り、第一歩から踏み出すことを余儀なくされた。これは大きな不幸ではあるが、反面、これまでの混沌・未熟・歪曲の中にあった我が国の文化に秩序と確たる基礎を齎らすためには絶好の機会でもある。角川書店は、このような祖国の文化的危機にあたり、微力をも顧みず再建の礎石たるべき抱負と決意とをもって出発したが、ここに創立以来の念願を果すべく角川文庫を発刊する。これまで刊行されたあらゆる全集叢書文庫類の長所と短所とを検討し、古今東西の不朽の典籍を、良心的編集のもとに、廉価に、そして書架にふさわしい美本として、多くのひとびとに提供しようとする。しかし私たちは徒らに百科全書的な知識のジレッタントを作ることを目的とせず、あくまで祖国の文化に秩序と再建への道を示し、この文庫を角川書店の栄ある事業として、今後永久に継続発展せしめ、学芸と教養との殿堂として大成せんことを期したい。多くの読書子の愛情ある忠言と支持とによって、この希望と抱負とを完遂せしめられんことを願う。

一九四九年五月三日